引用の文学史

引用の文学史

フランス中世から二〇世紀文学におけるリライトの歴史

篠田勝英・海老根龍介・辻川慶子 編

水声社

序文

海老根龍介

『引用の文学史――フランス中世から二〇世紀文学におけるリライトの歴史』という、「引用」と「書き直し《リライト》」とが同じ内実を持つ概念であるかにみえるタイトルに、違和感がある方もいるかもしれない。一般的な用法では、「引用」とはあるテクストの中に別のテクストの一部がそのまま組み込まれることを意味し、「書き直し《リライト》」とはあるテクストを改変を加えながら反復する行為を意味するだろう。いずれもあるテクストと別のテクストとの関係を指すという点で、一九六〇年代後半以降の文学批評で大きな存在感を持った「間テクスト性(intertextualité)」とも関わりが深い概念である。

「間テクスト性」は論者によってさまざまな定義がなされ、広く用いられているわりに厳密な用法が確立しているとはいいがたい用語だが、[1] それまで「作品」の名のもとで静的で統一的な意味を持つとされていた対象を、さまざまな言説がその内で対立し絡み合う「テクスト」として捉え直すために編み出されたのはたしかである。この場合の「テクスト」は、たとえば「作者」がその意味を特権的に統御できるものではもはやなく、それ自体が内包している複数の「テクスト」相互の緊張と相剋によって、たえず意味が産み出される場所となる。「テクスト」はテクストとテクストとの関わり合い、すなわち「間テクスト性」そのものの謂いに他ならないわけである。[2]

このような「間テクスト性」の捉え方は、「作者が作品を支配する」という命題へのアンチ・テーゼであり、[3]既存のテクストを前提としつつそれを変形する主体を想起させがちな「書き直し《リライト》」よりも、主体という概念を介さずにテクストの生産性を導きやすい「引用」と親和性が高い。「いかなるテクストも引用のモザイクとして組み立てられる」[4]という、ジュリア・クリステヴァによる有名な定式はそれを裏づけるものといえよう。しかし葛藤を演じる諸言説がテクストに組み込まれる際、それらがもとのテクストから逐語的に移行されるとは限らない。とくに文学テクストを言説一般のモザイクと見なすのではなく、他の文学テクスト、あるいは芸術テクストとの関わりにおいて捉える場合には、あるテクストの全体あるいは断片が別のテクストに組み込まれるときに被る変形が大きな意味を持ってくるだろう。ただしその役割をどこまで認め、どこまで重きを置くかはともかく、変更を加える主体としての「作者」という概念が、このときある程度回帰してくるのは避けられない。

ジェラール・ジュネットは大著『パランプセスト』において、「あるテクストを先行テクストに注釈でない形で接ぎ木させるあらゆる関係」を「イペルテクスト性（hypertextualité）」と名づけ、[5]こうした変形の多様なありようの網羅的な記述を試みている。だがジュネットは、この「注釈でないあらゆる関係」から、「ふたつもしくはそれ以上のテクスト間での共存在」、多くの場合、「あるテクスト内での他のテクストの実際上の存在」として定義される「間テクスト性」を除外してしまった。[6]ここで「イペルテクスト性」と呼ばれている現象は広義の「書き直し《リライト》」と、「間テクスト性」と呼ばれている現象は逐語的「引用」と大筋で重なると考えてよいが、仮に逐語的な引用であったとしても、別のテクストに移し入れられた瞬間に、もとのテクストにはなかった意味や機能が備わるのだから、「イペルテクスト性」と「間テクスト性」をことさらに区別する必要はないようにも思える。やや逆説的ではあるが、あるテクスト内に異質なテクストの全体または一部、あるいはその痕跡を認めるうえで、「書き直し《リライト》」という過程を前提とした時点で、「引用」をも「書き直し《リライト》」の一変種として捉える視座が開けてくるのである。あるいは逆に「引用」の定義を拡張し、「書き直し《リライト》」を経たテクストの別のテクストへの挿入あるいは置き換えをここに含めることも可能だろう。

もちろん「書き直し《リライト》」という用語は、より狭い意味で、先行テクストを文字どおり書き換える行為を指すこともある。とりわけジェンダー批評やポストコロニアル批評を通じて、欧米の文学者たちが女性や植民地被支配者たちを排除・抑圧してきた事情が明らかになると、確固たる地位を得た正典《カノン》を書き直すことで、排除と抑圧の構造を可視化するテクストが評価され、また新たに書かれるようにもなった。そのもっとも有名な例のひとつが、一九六六年に初版が出た、ドミニカ生まれのイギリス人女性作家ジーン・リースの小説『サルガッソーの広い海』である。周知のようにこの小説は、シャーロット・ブロンテの『ジェイン・エア』の前日譚を、主人公ジェインと結ばれるロチェスターの妻で、夫から管理・抑圧された挙げ句に精神を病み、「狂女」として屋根裏に閉じ込められるジャマイカ生まれのクレオール女性バーサ・メイソンの立場から書き直したものだ。[7] 過去のテクストを時代や状況にあわせて改変するのは、古代より連綿と続く「書き直し《リライト》」の典型的なありようだが、二十世紀の後半になると、文学の正統において周縁化され声を奪われてきた人びとが声を取り戻すための有効な手段のひとつとして、特に大きな位置が与えられるようになったのである。[8] さらに文学の正典《カノン》が欧米文学に偏りすぎているという認識から、それを全世界に開いていこうとする「世界文学」研究においても、「書き直し《リライト》」は重要な論点を形づくる。「世界文学」の普及や研究には「翻訳」という作業が不可欠であるが、アンドレ・ルフェーヴルの「リライト理論」などが示すように、翻訳はそもそも何が翻訳されるのかも含めて、それがなされる状況に応じて、言語的に、イデオロギー的に、経済的に、あるいは社会システム的に影響を受ける。(9)透明で正確な翻訳というものはありえず、さまざまな力学の作用の中で、意識的であれ、無意識的であれ、訳者は必ず「書き直し《リライト》」の作業を強いられるのである。

「引用」から「書き直し《リライト》」へと徐々に重心が移動してきた感のある、以上のような理論的背景を本研究は無視するわけではない。しかしその基本的立場は、「引用」と「書き直し《リライト》」との間に質的な差異を設けず、「引用＝書き直し《リライト》」をあるテクストが他のテクストへと何らかの形で関連づけられることとあえて漠然と捉えたうえで、それぞれの事例の個別性をそれがなされたコンテクストとともに検討するというもので、「引用」や「書き直し《リライト》」について汎用性のある理論を構築することは目指していない。あるテクストを他のテクストへと関連づけるうえで、作家は社会・文化的状況からさまざまな制約を受けながら自らの実践を見いだしていくわけだが、そうした制約はまた歴史的なものでもある。対象を「フランス文学」に限定して個別の事例を詳細に検討することで、背後にある歴史的なコンテクストの変遷が見えやすくなり、同時に状況に還元しえない個々のテクストや作家の「かけがえのなさ」も逆照射される。そしてひとつひとつの事例の個別性の追究によって、包括的理論化だけでは捉えきれない、「引用＝書き直し《リライト》」の多様性にみちた広がりを明らかにすることが本書の最終的な目的となるだろう。『引用の文学史』というタイトルのもと、個別具体的研究を多く集めた所以である。


四部と補論からなる本書に収められた各論文の内容を概観しておこう。第I部はフランスの中世から十八世紀までの文学に関わる四本の論考を集めた。

冒頭の篠田論文は、「作者」という観念も、「オリジナル」という観念もほとんど存在しなかった中世という時代にあって、作品とは誰かがどこかで作り出すものではなく、すでに在るものがさまざまに姿を変えたものであることを、豊富な事例にもとづいて明らかにしている。既存の作品に改変を加える誰かは存在したはずだが、その人物に帰すべき「オリジナリティ」という感覚がきわめて希薄である一方で、写本の一冊一冊でさえ複製不能という意味で「オリジナル」たらざるをえなかった以上、中世文学における「書き直し《リライト》」は、創作原理というよりほとんど生成原理のように思えてくる。

ルネサンス期を扱った伊藤論文は、エラスムスの著したラテン語教本の紹介からはじまる。ある文章を出発点に表現方法のみならず主題や内容までをも深め広げていく「書き換え」の意義を、エラスムスが「コピア(copia＝豊饒さ)」の概念に依拠して強調していることを見たうえで、彼自身が「書き換え」をいかに実践したのかを、新約聖書「ローマ人への手紙」の「書き換え＝パラフラシス」の詳細な分析によって浮き彫りにしていく。ルネサンス期において、「書き直し《リライト》」という行為がそれ自体豊かな創造性を追求するものであったことが、説得的に示されるのである。

秋山論文は、モリエールの『守銭奴』が古代ローマの喜劇詩人プラウトゥスの『黄金の壺』、ならびにシェル・ド・マロルによるそのフランス語訳の「書き直し《リライト》」という面を持つことから、二つの作品の間で重点を置く主題や登場人物の造形がいかに変化しているのかを確認したのち、『守銭奴』のアルパゴンに相当する『黄金の壺』のエウクリオの独白の変遷にさらに焦点を当てる。この独白はモリエール以前にもさまざまに書き直されており、マロルの仏訳に加えて、ラリヴェーの『幽霊騒ぎ』、シャピュゾーの『騙された守銭奴』をも比較対象とすることで、アルパゴンの金銭への執着ぶりを観客に印象づけ、観客の笑いを誘発し、何より観客自体を舞台の構成要素に組み込むかのようなモリエールの「書き直し《リライト》」の特徴が、緻密な考察によって明らかにされている。

ルソーを論じた越論文は、旧約聖書の中でも特に残酷な部分として知られる「士師記」の終わり三章の「書き直し《リライト》」である『エフライムのレヴィ人』を分析の対象にすえる。『エミール』がパリ高等法院から有罪判決を受け、のちに逮捕状が出されるという自らの状況と重ね合わせ、その精神的傷から立ち直るためにルソーは「士師記」を書き直したとする解釈に対して、その根拠の脆弱性と恣意性を指摘し、『エフライムのレヴィ人』はむしろ他者に読まれるために書かれたテクストであり、情念を克服し共同体のために自己犠牲をいとわない精神の持ち主として、読者にルソーという人間を印象づけるのを目的としていたことを丁寧に論証している。

第II部はジャンヌ・ダルクの表象をめぐる二本の論考に、文学というよりはむしろ歴史叙述に関わる論考を加えて構成した。

嶋中論文は、ルイ十四世をめぐる歴史的証言として重要な位置を与えられてきたダンジョー侯の日記を取り上げている。ルイ十四世の身近にいて、毎日勤勉に記録を残したダンジョー侯のテクストは、文学的要素を欠いたその無味乾燥な文体によって、かえってその資料的信憑性を増すと捉えられてきたが、研究者たちがルイ十四世の臨終の場面を記述するにあたって主に依拠するのは、「日記」をのちに書き直した「覚書」のほうであり、そこでは文学性を感じさせない「隠された文学的効果」が、虚構化を隠蔽し証言の真実性を演出している。「書き直し《リライト》」の観点を導入することで、歴史記述における「証言」の価値を問題化したスリリングな論考である。

ジャンヌ・ダルクを扱った続く二つの論文のうち、北原論文では十七世紀のジャン・シャプランによる叙事詩『処女《ラ・ピュセル》あるいは解放されたフランス』と、十八世紀にそれを書き直したヴォルテールの英雄喜劇詩『オルレアンの処女《ラ・ピュセル》』が扱われている。シャプランが中世以来のジャンヌ像を徹底させ、戦意を高揚させる機能を果たす、肉体性を欠いた神の道具としてこれを描いたのに対し、ヴォルテールは身体を有する欲望の主体としてジャンヌに人間性を回復させ、パロディ化の手続きによって聖戦思想を無力化した。シャプランの詩そのものはもはや読まれないとしても、その聖戦思想は姿を変えて現在も生き残っており、パロディ的「書き直し《リライト》」

としてのヴォルテール作品の批判的意義はなお失われていないとする結論部の指摘は、アクチュアルな問いかけとして重い。

一方の坂本論文は、十九世紀の歴史家ミシュレによる、ジャンヌをめぐる記述の変遷を論じている。火刑に処せられたジャンヌの受難を、制度化された宗教ではない、より自発的な民衆の詩的創造物としての「キリストの理想」と重ねることで、初期のミシュレはそこに民衆の自己贖罪と近代的祖国の誕生という歴史的契機を同時に読み込んだが、時代が下るにしたがって、世俗化を前提にある程度受け入れていたキリスト教はより根源的な批判の対象となり、ジャンヌはキリストの伝説に抑圧された自然、およびそれを体現する聖霊・精霊の側に位置づけられるようになった。ジャンヌという一形象の「書き直し《リライト》」が、キリスト教からの解放という十九世紀フランスを貫く壮大な精神史的課題と、ダイナミックに結びつくさまを描き出した刺激的な論文である。

第Ⅲ部は十九世紀から二十世紀前半に関する四本の論考を集めた。

ネルヴァルを扱った辻川論文は、独創性を生み出す父という「作者の資格《パテルニテ》」よりも先人からの「継承《フイリアシオン》」に重きを置くロマン派第二世代に属するこの作家が、「すべては書かれてしまった」という世代共通の歴史意識の中で、すでにある言葉、消滅の危機にある言葉をマテリアルな質感とともに転写する「引用」という形式によって、多様な現実の作品内への取り込みと、自己と他者、現在と過去との対話とをともに可能にする独自の詩学を実践したことを、複数の作品の精緻な読解を通して証明している。

続く海老根論文はルソー作品の「書き直し《リライト》」として知られる、ボードレールの散文詩「お菓子」の再読を行っている。書き直しによってルソーの思想を転倒させることが、人間が本源的にとらわれている悪の原理の普遍性を表現する、寓意の多層的な重ね合わせへと繋がっていく道筋の描写を試みたものである。

彦江論文は、建築家のトニ・ガルニエが理想都市の設計プランを図案化した『工業都市』に見られる、ゾラのユートピア小説『労働』の引用という、興味深い事例を分析対象とする。ゾラの文章は都市の中心に配置された集会議場に刻み込まれているが、これはガルニエが都市そのものを小説の「書き直し《リライト》」として設計した可能性を示唆する。ガルニエは『労働』に出会うことで、ジャック・ランシエールいうところの「言葉の受肉」の衝動に駆られ、旧来の建築・都市思想に通底する「ポリス的秩序」から逸脱する、新たな都市の構想に向かったのではないか。しかし新たな都市は「不和」の契機を消去することで、「ポリス的秩序」へと逆行する危険をうちにはらむ。都市計画を文学作品の「書き直し《リライト》」として読み解く斬新な視点を提供しながら、返す刀でユートピア論の観点からゾラのテクストに描かれた都市にも新たな光を当てる、実り豊かな論文である。

千葉論文は、一九一〇年代から二〇年代の芸術運動における、イタリア・ルネサンスの画家ウッチェッロの新たな評価が、アンドレ・マッソンのアトリエでの集合的体験の中で、マルセル・シュオッブによるウッチェッロ小伝を媒介として生まれた可能性を指摘したうえで、「パオロ・ウッチェッロの主題」と呼ぶものをめぐってアルトーが執筆したテクスト群を、たえず分身を求め「演劇となること」を志向する作家の、未完のままに運動するパフォーマティヴな舞台と位置づけている。これらのテクストをシュオッブ作品の「書き直し《リライト》」と見なすのは難しいものの、シュオッブのテクストが大きく作用して生まれたものであった所以を解き明かし、テクスト相互の捉えがたくも豊かな関わり方を析出することに成功している。

第Ⅳ部は二十世紀に書かれた小説をめぐる四本の論考から成っている。

プルーストを論じた池田論文は、しばしば「小説化された批評」とも評される『サント＝ブーヴに反論する』が批評的言説を多く含む小説『失われた時を求めて』に書き換えられた意味を問い直し、『サント＝ブーヴに反論する』におけるのと同じサント＝ブーヴ批判が小説内に見られたとしても、いかにもわざとらしく登場人物の口を通して表明されている点で、さらにはいかにも『サント＝ブーヴに反論する』の内容をそのままなぞっているように見える点で、プルースト自身によって唱えられつつ相対化されていると主張する。批評的言説は批評としての位相を保ちながら、小説という次元で異なる機能をも果たすことを明晰に論じ、ジャンルをまたいだ「書き直し《リライト》」の刺激的な一例を提示している。

村中論文では、ユルスナールの散文詩集『火』と、クロード・カーアンの小話集『ヒロインたち』とが論じられている。ギリシア観の刷新があった両大戦間期に書かれたこれら二つのテクストはともに、同時代の流れを反映してギリシア神話等の「書き直し《リライト》」の形で一人称で自己を語るが、異なる神話の人物たちが次々に語るというスタイルをとるために、たえず更新され変容を続ける無数の仮面が自己の一元化を阻害するという特徴を持つ。仮面で覆い隠すことで自己を語るという逆説的な自分語りを、「書き直し《リライト》」が可能にするメカニズムが説得的に明らかにされている。

福田論文は、文学テクストそのものではなく、それを語る言説の「書き直し《リライト》」を主題にしている。『悲しみよこんにちは』で華々しいデビューを飾ったサガンを、「十八歳の魅力的な怪物」と呼んだモーリヤックの評言は、必ずしも肯定的なニュアンスを帯びたものではなかった。しかしサガンを語るその後のさまざまな言説において、この評言は原典が確認されることのないままに、大作家モーリヤックをも魅了した、サガンの若き才能を示す証拠として、しばしばさらなる変形を伴いながら反復されてきた。「書き直し《リライト》」によって、ある言葉がもとの文脈から切り離され、都合のよい証言に仕立て上げられて流通する過程を、丁寧に跡づけた興味深い論考である。

三ツ堀論文は、ロブ＝グリエの《ロマネスク》三部作、わけても『アンジェリックあるいは蠱惑』を中心に、ワーグナー作品の「書き直し《リライト》」が、物語の構図を示す「紋中紋」として機能しているさまを分析している。作中に提示される『ニーベルングの指環』四部作の「正統的ならざる解釈」は、『指環』の神話を人間の歴史的生成の寓話に読み換え、またそのことによって、登場人物が生きている歴史＝物語の映し鏡にするのだが、それは同時に既成秩序としての「自然」、そして下敷きとなる先行作品を破壊していくロブ＝グリエの創作原理をも指し示すことが、緻密かつ詳細に論じられていく。

補論として収録したサンシュ論文は、古代から現代における「パロディ的リライト」の歴史を概観したものである。この論考の特徴は、いかなるパロディ作品が書かれてきたのかの歴史ではなく、パロディがどのように定義され、どのように評価されてきたかの歴史に焦点が当てられていることだ。「書き直し《リライト》」を汎用的に定義したうえでその具体的現われを記述するのではなく、「書き直し《リライト》」の捉え方もまた歴史的産物であることをふまえて、個々の事例を論じようという本研究全体の趣旨を、「パロディ」を例に補強する論考といえるだろう。

以上、収録論文の内容を紹介してきた。本書は決まった順序にしたがって読まなければならない性質のものではないので、読者が自らの関心に応じて読む際の参考になれば幸いである。

最後に本書刊行までの経緯を簡単に記す。本書は、日本学術振興会科学研究助成基金の助成による共同研究「引用の文化史——フランス中世から二〇世紀文学における書き直し《リライト》の歴史」（基盤研究（C）、課題番号15K02387）の成果をまとめた論文集である。この研究は、白百合女子大学フランス語フランス文学科教授の篠田勝英を研究代表者に、フランス文学を専攻する同学科専任教員四名（海老根龍介、越森彦、辻川慶子、福田耕介（当時、現上智大学））を研究分担者にして、平成二十七年度に三年間の予定で始められた。実質的な研究は平成二十九年度までにほぼ見込みどおりの成果をあげたが、本書の刊行を核とする成果の公表のために研究期間を一年間延長し、平成三十一年三月まで継続する形になっている。

共同研究が本格的に開始され、代表者・分担者がそれぞれの調査に取りかかるタイミングで、平成二十七年の四月から七月にかけて白百合女子大学大学院にて、海老根と辻川がコーディネーターとなり、国語国文学、英語英文学、仏語仏文学を専攻する学生を対象としたリレー講義「芸術におけるリライト」を行った。このリレー講義では、「書き直し《リライト》」の定義を最大限広くとって、既存の作品の書き直しだけでなく、引用やコラージュ、翻訳など、先行作品を何らかの形でふまえた創作をすべて「リライト作品」と位置づけ、文学のみならず、演劇や映画、漫画、美術にいたるあらゆる芸術ジャンルにおける、その多様なあらわれ方を学生たちとともに概観した。その講義録が平成二十八年に弘学社から出版したブックレット『芸術におけるリライト』である。[10]「書き直し《リライト》」という主題がカヴァーしうる具体的論点とその広がりが、ここではさまざまな角度から検討されており、代表者・分担者の間で本研究を位置づけるべき文脈を意識化・共有することができた。続く研究は、この共通の土台のうえに、各自がさらなる調査・考察を深める一方で、本来の研究対象であるフランス文学の領域で、二つの催しを計画・準備することで進められた。一つ目は平成二十九年三月十日に行った二本の発表からなる公開講演会「ジャンヌ・ダルクとリライト」であり、二つ目が平成三十年三月二十三日に行った十二本の発表からなる公開シンポジウム「引用の文化史——フランス中世から二〇世紀文学における書き直し《リライト》の歴史」である。本書に収録した論考のうち十四本は、これら二つの講演会ならびにシンポジウムの内容にもとづいて発表者が書き下ろしたものであり、シンポジウム当日には総括的挨拶と分科会の司会のみを担当した研究代表者篠田の新たな論考、さらには平成二十七年五月二十九日に白百合女子大学で開催したスイスのヌーシャテル大学教授ダニエル・サンシュ氏による公開講演「リライトとパロディ」の日本語訳とがそれに加わった。講演会ならびにシンポジウムの場における発表者間あるいは会場との意見交換をふまえ、各自がそれを深める形で執筆した論考が揃っており、本共同研究の成果の最終報告である。

【注】

（1）「間テクスト性」という用語の指す内実の不確かさは、グレアム・アレンがその著書の冒頭で指摘している。グレアム・アレン（森田孟訳）、『間テクスト性』研究社、二〇〇二年、四頁。

（2）こうした「間テクスト性」の概念は、ミハイル・バフチンの影響のもと、ジュリア・クリステヴァが以下の初期論文集などで、一九六〇年代後半に提唱、展開したものである。Julia Kristeva, *Semeiotikê. Recherches pour une sémanalyse*, Seuil, 1969.

（3）「作者の死」を宣告した同時期のロラン・バルトも、この立場を代表するひとりであったことはいうまでもない。Roland Barthes, « La mort de l'auteur » (1968) dans, *Le Bruissement de la langue*, Seuil, 1984, pp.61-67.

（4）« Le mot, le dialogue et le roman » (1967) dans Kristeva, *op. cit.*, p.146.

（5）Gérard Genette, *Palimpesestes. La Littérature au second degré*, Seuil, 1982, p. 13.

（6）*Ibid*., p. 8. クリステヴァとジュネットとで、「間テクスト性」という語の指す意味は、大きく異なっている。

（7）Jean Rhys, *Wide Sargasso Sea*, Andre Deutsch, 1966.（『サルガッソーの広い海』小沢瑞穂訳、『灯台へ・サルガッソーの広い海』池澤夏樹個人編集 世界文学全集、河出書房新社、二〇〇九年所収。）リースのこの小説を『ジェイン・エア』とともに読み解き、ジェンダーや人種、植民地主義等の観点から「書き直し（リライト）」としての位置づけを行って大きな影響を与えた論文が、Gayatri Chakravorty Spivak, « Three Women's Texts and a Critique of Imperialism », *Critical Inquiry*, 12:1 (Autumn 1985), p. 235-61 である。スピヴァクのこの論文の意義については、スティーヴン・ノートン（本橋哲也訳）、『ガヤトリ・チャクラヴォルティ・スピヴァク』青土社、二〇〇五年、一四一―一五〇頁で概観されている。

（8）近年のフランス語圏の例として、カミュの『異邦人』で主人公ムルソーに「太陽のせい」で殺されたアラブ人の弟が、この事件とアルジェリアの歴史について語るという設定のカメル・ダーウドの小説『ムルソー、再調査』（『もうひとつの『異邦人』』という題で水声社より刊行）などが挙げられよう。Kamel Daoud, *Meursault, contre-enquête*, Actes Sud, 2014.

（9）ルフェーヴルは翻訳に及ぼすさまざまな権力作用を総称して「支援（patronage）」と名づけている。「リライト理論」全般については、モナ・ベイカー、ガブリエラ・サルダーニャ編（藤濤文子監修・編訳）『翻訳研究のキーワード』研究社、二〇一三年、一九五―二〇二頁を参照。

（10）『芸術におけるリライト』白百合女子大学言語文学研究センター編（海老根龍介、辻川慶子責任編集）、弘学社、二〇一六年。海老根による序文のほか、講義をもとに書き下ろされた、以下の十二本の論考が収録されている。篠田勝英「書き継ぎと書き直し――『薔薇物語』の場合」、辻川慶子「ネルヴァルにおける引用の詩学にむけて――フランス・ロマン主義時代におけるリライト」、日置貴之「演劇におけるリライト――日本の古典演劇と西洋演劇の比較を通して」、笠間直穂子「フランス小説の漫画化をめぐって」、北村昌幸「軍記物語のなかの『史記』」、畠山寛「ヘルダーリンの『エンペドクレスの死』——書き換えの原因とその意味」、秋草俊一郎「「書き直し」としての自己翻訳——ノーベル文学賞候補西脇順三郎の「神話」」、塩塚秀一郎「自画像としての引用——ジョルジュ・ペレックの実践」、緑川眞知子「『源氏物語』のメタモルフォシス」、河本真理「美術におけるリライト（描き直し）／コラージュ」、小山太一「エミリー・ブロンテ『嵐が丘』と四つのワールド・シネマ」、福田美雪「君の削除箇所を読め（Lis tes ratures）」——小説家ゾラの『準備ノート』」。

引用の文学史　◉目次◉

I

オリジナルのない時代

篠田勝英

中世文学における書き換え

「リライト」（書き換え）という語およびその意味作用を、ここではなんらかの形（手稿、印刷物、ディジタル・データ等）で存在するテクストに対して、その成立に原則として無関係な言語主体がなんらかの改変を加えること、ないしその結果として作成された別のテクストを指すものと解することにする。一般に書き直し、改作、脚色、焼き直し、更新、換骨奪胎、翻案と呼ばれるような行為とその産物はすべて該当するだろうし、引用、借用、剽窃なども部分的なリライトと見なすことができそうだ。

さてリライトの視点で中世文学を見直してみると、作品の具体的成立事情の明らかでない時代の文学作品は、ほとんどすべてが書き換え、書き直しと無縁ではないことが分かってくる。その点に関して最初に指摘できるのは、作品の受容に関わる問題である。印刷術実用化以前のテクストはすべて写本というメディアで現代に伝えられているのだが、写本にテクストを記す人物が写字生（copiste）と呼ばれるように、写本の作成は何かを書き写すという行為であり、しかもその筆写が必ずしも正確に行なわれているわけではないし、その時点で改変が行なわれることも珍しくはなく、また作者と想定される人物と伝承された写本との関係は通常まったく未知であるという事情がある。口承文学の場合はその間の事情がより複雑であることは容易に予想できる。

第二に、筆写の対象となる作品自体が全面的に純然たる創作であることは珍しく（あるいは確認が困難であり）、通常あらゆるタイプの書き換えが盛り込まれて作品が成立していることが指摘できる。中世とは œuvre anonyme の時代である。これは「匿名（の作者による）作品」という意味ではなく、「作者不詳（未詳）の作品」の意であるが、この場合、先行作品と写本の関係に見るとおり、「作者」にもさまざまな段階があり、現代的なひとりの作家という意味にはなりえない。中世文学の諸作品を見ていくと、近代的な意味での作者・作品の関係が確認できるケースは稀であり、ある作品ないし作者の個性・独創性を尊ぶという発想は明確にはなかった。よく言われるように、個性の尊重はきわめて近代的なものであり、ロマン派以降といっていいかもしれない。ルネサンスを経て十七—十八世紀に至るまでは、美の規範があって、いかにしてそこに近づくかに主眼が置かれるという古典主義美学が支配的であったからである。その時代まではむしろ人びとに広く共有される、既知のもの（トポス）をいかにさばくか、というところに作者の技倆が発揮されていた[1]。その意味では、作者の名さえよく知られていない中世は「オリジナルのない時代」といった方がいいかもしれない。

こうした観点を踏まえて、以下に書き換えに関わる中世文学の諸相を、主としてジャンル別に見ていく。フランス中世文学史はジャンルの交替ないし継起的発生という側面が特徴的であるからである。

聖者伝――翻訳・翻案

一般にフランス文学史は聖者伝に始まるとされる。識字層の圧倒的多数が教会人である時代に記された文書が宗教的なものに限られるのは当然であろう。それらのうちで文学作品的結構を比較的多く備えたのが聖人・聖女の生涯を伝える文書、すなわち聖人伝であるが、起源が定かではなく、断片しか残っていない『聖女ユーラリーの続誦』や『預言者ヨナの頌歌』は別にすると、(2)『聖アレクシス伝』(一〇四〇年頃)に代表される数々の聖人伝はラテン語の *Vita* と総称される作品群からの翻訳ないし翻案である。たとえばここにあげた『聖アレクシス伝』(3)についていえば、五世紀に小アジア半島で生まれたと思われる聖者伝説がコンスタンチノープルに伝わって主人公の名がアレクシスというギリシア系の名になり、やがて十世紀末にシリアの司教セルギウスという人物がローマに逃れてこの伝説を伝え、おそらくその頃ラテン語散文の伝記が作られたとされ、その伝記から現存のフランス語韻文の聖者伝が成立したと考えられている。

一方逆に、十三世紀末にフランス語で書かれた『教皇聖グレゴリウス伝』(4)は、実在する同名の教皇の誰とも伝記的事実が対応しないが、ソポクレスを思わせる近親相姦の運命との相剋というドラマチックな展開のためもあってか、ほどなくドイツ語に翻案され、この作品は六世紀半後にトーマス・マンの『選ばれし人』(一九五一)に素材を提供することになる。また十四世紀にはラテン語散文に移され、『ゲスタ・ローマーノールム』(5)(*Gesta Romanorum*)に加えられるという、世俗の言葉からラテン語への逆方向の翻案がなされている。このふたつの例に見るように、フランス文学史最初のジャンル、聖者伝は翻案・翻訳によって成立するジャンルであった。

武勲詩――口承文学における「書き換え」

『聖アレクシス伝』が現存の形を取る少し前、十世紀の終わり頃にランの司教アダルベロンは、社会を構成する人間のカテゴリーを「祈る人」「戦う人」「耕す人」の三つの階層に分類した。すなわち聖職者、王侯貴族、平民である。十三世紀に「ファブリオ」というジャンルが出現するまで、文学作品の主人公にはなりえなかった第三身分はひとまず脇に置くとして、第一身分と第二身分の間にはつねに対立と緊張があった。何より大きいのは十一世紀から十二世紀にかけてのグレゴリウス改革にともなう司教叙任権闘争であり、そのもっとも象徴的な例が「カノッサの屈辱」(一〇七七)であるが、日常的には婚姻制度をめぐって、管理をもくろむ教会と、家系の存続第一の王侯貴族の間で頻繁に争いが生じていた。その際どちらかというと一方的に働きかけていたのは教会側で、聖職者は「野蛮な」ゲルマンの戦士たちをキリスト教化するのに腐心していたのだった。

騎士道の起源には、成人式等のイニシエーションに典型的に見られるようなゲルマン諸部族の間のさまざまな慣習があったのだが、これを洗練させ、制度化し、キリスト教世界に組み込んでいったのはまさしく教会であった。当初はまず武具の聖別という形で介入し、やがて次第に儀式化をおしすすめ、騎士叙任式のなかに少しずつ信仰をしのび込ませていく。そして若き戦士たちの感受性にうったえかけるようなキリスト教の理想を提示し、神と教会の兵士という具体的なイメージを創出した。十一世紀末の第一回十字軍がこうした騎士道のキリスト教化の傾向にいっそう拍車をかける。武勲詩という叙事詩の一形態は、そのような背景をもとに誕生したのだった。ただし具体的な成立事情は分かりにくい。口承文学だからである。しかし、この頃までに形をなした現存武勲詩最古の作品、『ロランの歌』(*La Chanson de Roland*)の一写本の末尾の解釈の可能性を検討すると、この作品の成立過程の範囲をある程度絞り込むことができる。

『ロランの歌』のオクスフォード写本(6)の最終行を見てみよう。

Ci falt la geste que Turoldus declinet.

この行は以下のように和訳されている。

(a)「チュロルデュス歌に作る史籍は、ここに終わる」(有永弘人訳、岩波文庫)
(b)「チュロルドの作れる歌ここに終わる」(佐藤輝夫訳『中世文学集』、筑摩書房)
(c)「チュロルデュスの歌ここに終わる」(神沢栄三訳『フランス中世文学集1』、白水社)

原文は「チュロルドゥスが decliner した geste はここに終わる」という意味構造を持つが、ジェラール・モワニエによれば(7)、動詞 decliner は「創作する」「転写する」「朗唱する」など約十、名詞 geste は「武勲」「史籍」「歴史物語」「歌」など、多数の語義を持ち、それに応じてチュロルドゥスの役割も作者、訳者、写字生、朗唱者(芸人)など、複数の可能性が出てくる。和訳の(a)、(b)は広い意味での「作者」として捉え、(c)は断定を避け、「写字生」「歌い手」の可能性を残していることが明瞭であろう。この点に関してはすでに論じたことがあるので(8)、詳細に立ち入るのは控えるが、確実なのは、チュロルドゥスという固有名詞が作者として写字生に認識されていても、あるいはこの作品を聴衆の前で歌った(語った)人物と見なされていても、さらにはこの写本を筆写した写字生自身と同一視しても、歴史的背景や写本の記述との齟齬、矛盾は生じないということである。

すなわち写本の形で現代に伝えられた武勲詩は、常に変化を繰り返す生成状態にある不定型なテクストを、言い換えればたえず書き換えられているテクストを、何者かの判断で固定したものにほかならない。その意味では採集された民話などと同じ次元のテクストといえよう。これはあらゆる口承文学の文字化に共通する基本的な条件である。

伝説から物語へ、物語から伝説へ――「トリスタン物語」

武勲詩の多くは作者未詳であるが、時代が下り「ロマン」（十二世紀後半以降に成立した韻文の物語）と同時代のものではジャン・ボデル、アドネ・ル・ロワなど作者の名と若干の情報が伝わっている事例もあり、口承文学の文字化とは見なしにくい作品も増えてくる。しかし武勲詩の場合は何らかの史実があり、そこから伝説が生まれ、さらに作品の形を取るという流れがある程度痕跡を残しているのに対し、「ロマン」の場合は素材の選択の自由度が高まり、史実へのこだわりはなく、しかし伝承・伝説に起源を持ちながら、同じ素材、共通の登場人物を取り上げる複数の作品が誕生することで、あらたな伝説が形成されるという現象が見られる。典型的な例がトリスタン伝説であろう。

トリスタンはアーサー王の円卓の騎士のひとりとされるが、どちらかというと独立した存在であり、主人公の生涯をめぐるエピソードで伝説＝物語は一応完結すると見ることができる。その源流には姦通と駆け落ちをテーマとするケルト系の伝承があり、そのまた起源をめぐってはペルシアにまで遡るとする見解もあるようだが、ここではフランス中世に時代を限定しよう。現存するさまざまな断片から推測すると、十二世紀中頃にそれまでの口承ないし書記伝承で伝えられるトリスタンの運命をまとめたひとつの作品がひとりないし複数の作者によってまとめられたと考えられる。これを便宜的に「エストワール」と呼ぶことがあるが、「エストワール」はあくまで仮構の作品であり、具体的な痕跡は存在しない。その作品が何段階かの「書き換え」によってトリスタン物語として写本で伝えられたと見なされているのだが、そこには後世の研究者から「流布本系」(version commune)、「騎士道本系」(version courtoise)と呼ばれるふたつの系列があった。「流布本系」のもっとも古いテクストの作者(ないし演者ないし写字生)はベルール(Béroul)と呼ばれ、テクスト自体は約四五〇〇行が写本で残されている(ただし冒頭と結末を欠いた状態)。一方「騎士道本系」はベルールと同じような存在のトマ(Thomas)によるテクストが存在するが、こちらはやや複雑な形で、やはり冒頭を欠き、残りの部分もいくつかの断片としてヨーロッパ各地に写本として残っている。どちらの断片群も十二世紀後半中頃のテクストである。内容的には語り物の痕跡が明らかに感じ取れる「流布本系」と恋愛至上主義を感じさせる「騎士道本系」の対照が著しく、特にトリスタンとイズーが船上で飲む「媚薬」の効果の期限の有無という点で、愛の捉え方に大きな差異が生じていることが指摘できるが、ここでは内容への言及は控え、「書き換え」「翻案」の観点からテクストの移植、拡大という現象を見ていこう。

ベルールとほぼ同じ頃に、ということはおそらく共通の土台から生まれたと思われるのが、アイルハルト・フォン・オーベルク(Eilhardt von Oberg)によるドイツ語のテクストである。アイルハルトのテクストはベルールのものとはずれがあるものの、トリスタンの誕生からトリスタンとイズーの死に至るまでを記述し、物語の体裁をなしている中世のトリスタン物語としては唯一の存在である。一方ドイツにおける「騎士道本系」のテクストとしては一二〇〇年頃に成立したと見られるゴットフリート・フォン・シュトラスブルク(Gottfried von Straßburg)の作品があり、トマのトリスタンとの親近性が指摘されている。(9)

十三世紀に入ると、『散文トリスタン』と呼ばれる長大な作品が次第に形を成していくが、これは複数の作者により、数回にわたる加筆と再構成によって成立するテクストで、写本の数も多く、トリスタン伝説の伝播に大きく寄与することになる。ただし内容的にはトリスタン誕生をはるかに遡る前史が繰り拡げられる一方で、聖盃伝説が複雑に盛り込まれるなど、複数の物語の集大成的な様相を呈している。そしてこの作品の普及がヨーロッパ各地で、北欧の『サガ』、イタリア語の諸作品などを生みだす契機となったと考えられている。やや時代の下った十五世紀には、英国でトマス・マロリーがアーサー王物語の総合ともいえる『アーサー王の死』を完成させるが、その中に『散文トリスタン』に依拠したと見られるトリスタン物語を組み込み、英語圏でのトリスタン伝説普及を決定的なものにした。そして時代を大きく下って一八九〇年に、本格的中世フランス文学研究の第二世代を代表する研究者ジョゼフ・ベディエにより、ベルール、トマ、アイルハルト、ゴットフリートの諸テクストをもとにして、首尾一貫した筋立ての『トリスタン物語』が書かれた（佐藤輝夫訳、岩波文庫）。単なるあらすじではなく、文学作品として読めることをめざした著作である。ベディエ自身は自作を renouvelé と称している。これは「改訂」と見るべきか、「更新」と考えるか、それとも「新説」とするか、いずれにせよ中世という時代に拡大した伝説の、現代における「書き換え」である。その他にもトリスタン伝説がテクストの枠を越え、ヴァーグナーの楽劇『トリスタンとイゾルデ』（*Tristan und Isolde*）やジャン・コクトーが脚本を担当した映画『悲恋』（*Éternel Retour*）に変容していくのは周知の通りである。

教訓文学――『薔薇物語』の場合

フランス中世文学において「物語」（Roman）というタイトルを持つ作品は非常に多様であり、いわゆる「宮廷風騎士道恋愛物語」（Roman courtois）もあれば、諷刺文学の一方の極『狐物語』（*Le roman de Renart*）もあり、近代的な物語を思わせる「冒険物語」（Roman d'aventure ジャン・ルナール『ギヨーム・ドゥ・ドール』など）もある。そして中世独特のジャンルといっていい「教訓文学」（littérature didactique）に分類される『薔薇物語』も Roman のタイトルを冠した作品である。[10]

この作品がふたりの作者、ギヨーム・ド・ロリスとジャン・ド・マンによるふたつの作品の総称であることはよく知られているが、作品中の記述に見られる、ギヨームの死によって中断された作品をジャンが書き継いだものという文学史的限定が、事実関係は別にしても必ずしも正しくはなく、事実上ジャンの作品はギヨームの作品の大胆かつ大規模な書き直しであることは、作品の構造を見ると、かなり明瞭に見て取れる。書き換え（リライト）の観点からの『薔薇物語』分析はすでに試みているので、[11] ここでは深入りを避けるが、『薔薇物語』が中世にはしばしば見られる「書き継ぎ」の例（後述）には必ずしもあてはまらず、むしろ後篇の作者ジャンがギヨームの前篇の構成をかなりのところまで踏襲して、しかし自らのまったく新しい作品（ディスクールの羅列による知識の展開）に書き直したことを再確認しておこう。

それと共に強調しておきたいのは、ジャンによる古典古代、同時代の哲学・文学からの借用（引用）が知識の誇示というよりは、むしろ権威（auctoritas, auctoritates）への依存という意味合いが強かったのではなかったか、という点である。このことは現代語の autorité（auctoritas）の語源が「著者」（auteur、古形は auctor）と共通の動詞 augere「増加させる」であることと無関係ではあるまい。中世文学における借用・引用について考えるときに、auteur と autorité の関係[12]はたえず考慮するべきであろう。

書き継ぎ（Continuations）

ひとりの人物の書いた作品を、別の人物が書き継ぐ例は時代を問わずときおり見られる。書き継ぎの意味を拡げると、明らかに未完に終わった作品を完結させるべく続きを書く場合と、舞台設定・登場人物をそのままに続篇と見るべき作品をあらたに書く場合のふたつに大きく分けることができよう。後者にはさらに、現代のエンターテイメントに多い例だが、作者の死など避けがたい事情で終了したはずのシリーズ物を、別の作者がバトンを受けるようにして書き継いでいくという特殊な事例も含まれる。中世文学にもこれらふたつの場合の事例が少なからず存在している。

よく知られた例がクレチアン・ド・トロワの『ランスロ（荷車の騎士）』である。クレチアンはこの作品の結末七〇〇行あまりを、ゴドフロワ・ド・ラニィという、クレチアンの同郷人とされる人物に委ねているが、これは作者の死などの外的な事情で中断された作品の書き継ぎではなく、作者自身の意図による中断と継承というきわめて珍しい例である。この作品のテーマは「騎士が自分の存在基盤を失いかねない屈辱的な試練を経て（たとえば騎乗ではなく、荷車に乗せられての移動）、自己完成を目指す」というパラドクサルなものであり、それがクレチアンの意に染まないものであったという説もあるが、作者交代の真の理由は不明である。

複数の作者による作品という意味では、すでに述べた『薔薇物語』の存在が際立つが、この作品は前述のように書き継ぎというより書き直し（すなわち書き換え）という側面が目に着きやすい。しかしながら『薔薇物語』の写本には、ギヨーム・ド・ロリスの前篇に続けて、作者不詳の「続き」が書かれたものが複数存在するのであるから、同時代にはギヨームの作品を未完と見なす考え方が一定程度受け入れられていたのであろう。

『ランスロ』や『薔薇物語』ほど知られてはいないが、音楽面での情報を記載した写本が残されているために現代でも演奏の試みられる機会が多く、古楽ファンによく知られた作品に『フォーヴェル物語』（*Le Roman de Fauvel*）がある。十四世紀初めに書かれたこの作品は第一部（一二二六行）と第二部（二〇五四行）で構成され、第二部の作者がジェルヴェ・デュ・ビュス（Gervais du Bus）という高官であることはほぼ確認され、第一部も同人によると推測されているが、フランス国立図書館所蔵のある写本では、原作に三〇〇〇行近くの加筆がなされ、一五〇以上の歌詞が挿入されるという、倍以上の規模に拡大する書き換えがなされている。この改作にはシャイユー・ド・ペスタン（Chaillou de Pesstain）という名が記されているが、この人物はオーヴェルニュやトゥーレーヌなど各地の国王代官《バイイ》を勤めたラウール・シャイユー（Raoul Chaillou）とほぼ同定されている。この作品は主人公自体が寓意的な存在で、その名フォーヴェル（Fauvel）にもさまざまな解釈がなされているがここでは詳細に立ち入るのを避け、内容的には反教権主義的傾向が明瞭で、『薔薇物語』後篇の作者ジャン・ド・マンの影響が感じ取れること。またおそらくそのため作者と目される人物の名を明示的に示していないことを指摘しておきたい。作者についても、内容についても、謎めいた事柄や解釈の分かれる点の多い作品であるが、二十世紀の後半以降急速に研究が進んでいるだけに、謎の解明に期待が持てる。

『ペルスヴァル』と「続篇」(Continuations) ——コーパスの形成

『ランスロ』を自身の意図で中断させたまま別の作者に委ねたクレチアン・ド・トロワは、最後の作品『ペルスヴァル(聖盃の物語)』(*Perceval, le Roman du Graal*)を、おそらくはその死により、未完のまま残した。「グラアル」は本来、単なる容器に過ぎなかったが、この作品で賦与された聖性と神秘性が同時代、後世の物語作家たちを強く刺戟したのであろう、数々の続篇や発展型が書かれた。韻文による長大な続篇は四篇を数え、重要な作品としてロベール・ド・ボロン『聖盃の由来の物語』(*Le Roman de l'Estoire du Graal*)に始まるロベール・ド・ボロン作品群があり、さらには十三世紀の散文五部作(数え方によっては六作)など、それぞれが原作をはるかに凌駕する分量の大作であるだけに、その総量は膨大なものとなる。またドイツ語圏ではヴォルフラム・フォン・エッシェンバハ(Wolfram von Eschenbach)により『パルチファル』(*Parzival*)が書かれているのもトリスタン伝説のような拡がりを感じさせる。内容的にもクレチアンの作品が前半でペルスヴァルを主人公とし、後半でアーサー王の円卓の騎士のひとりゴーヴァンを中心に展開していることもあって、ペルスヴァルと聖盃の物語からアーサー王伝説全体に拡がる壮大なコーパスが形成されている。それも十二世紀後半から十三世紀初めにかけて、比較的短期間に成し遂げられたのだった。

翻案——説話の世界・滑稽譚の系譜

洋の東西を問わず、似たような話が伝えられている例は、「浦島伝説」「一角獣の話」「小鳥の歌」「ささやき竹」など、よく知られた例だけでも少なからぬ数に上る。[13] こうした説話・民話・寓話（fables）の世界の奥行きは深く、考古学・歴史学・宗教学・民俗学・文化人類学等々の文学研究の隣接領域からの研究も枚挙にいとまがない。とくに起源研究は各分野にまたがって行なわれ、一時期はほとんどの説話がインド起源とされるような行き過ぎもあったが、東西いずれの方向にも伝播の痕は見られる。説話の多くは集成の形を取るが、そのもっとも人口に膾炙した例は、いわゆるイソップ寓話であろう。アイソーポス作とされる寓話の数々は、ファエドルス、アウィアヌスなどのラテン語ヴァージョンを経由して、フランス中世では『イゾペ』（*Isopet*）の名で数種の集成が広まった。『レ』で知られるマリ・ド・フランスの『寓話』（*Fables*）もこれらをもとにしたものである。この流れが十七世紀に至ってジャン・ド・ラ・フォンテーヌにより、フランス語の宝ともされる『寓話集』（*Fables*）に昇華したのはよく知られているとおりである。

中世フランス語には fable「説話」の縮小辞 fablel があり、その特殊形（おそらくピカルディー方言）として fabliau という語がある。説話、小話のなかで滑稽譚、好色譚の類がこの「ファブリオ」という名で呼ばれ、これがジャンルの名称ともなっていったのは十三世紀フランスにおいてのことであった。ファブリオの定義、起源についてはさまざまな議論があるが、広く愛好されたジャンルであり、十四世紀のボッカチオ『デカメロン』、十五世紀の『新百物語』（*Cent nouvelles nouvelles*）（日本では邦訳名『ふらんすデカメロン』で知られる）、さらには十六世紀になるとマルグリット・ド・ナヴァールの『エプタメロン（七日物語）』（*Heptaméron*）、ついでラ・フォンテーヌの『コント集』などと共通するテーマのものも少なくない。

もうひとつのパブリック・ドメイン

以上のようにフランス中世文学を見てくると、この時代の文学は広い意味での「書き換え」によって伝えられた作品ばかりのように思われてくる。これは最初に述べたように、写字生という当時の知的階層による筆写という行為により、写本というメディアで後世に伝えられた作品の宿命的性質かもしれない。まず第一にメディアが常に単数であり、複数の受け手に同時に発信することができないという大きな制約がある。しかし何より決定的なのはメディアを扱う主体の意識であろう。

これまで見てきたように、写字生は必ずしも正確な筆写をしない。誤写や誤記はもちろんのこと、欠落もあれば、より大胆な付加もある。そして近代的な意味で作者と目される主体は、無断借用はもちろん、文脈を無視した変更もためらわない。先行作品の権威（auctoritas）に対する敬意は明らかにある。敬意があるからこそ、借用を行なうのであるが、しかしその敬意はもとのテクストの改変を妨げない。これはオリジナリティーの尊重という意識がまったく欠落していることを意味するし、ひいてはオリジナルという概念が稀薄であることのあらわれでもあろう。中世の書き手にとって、なんらかの形を取ってすでに存在する作品群は、書き手としての技倆を発揮するために自由に使える、一種のパブリック・ドメインを形成していたのであった。本稿のタイトル「オリジナルのない時代」は、中世の文学作品のオリジナル探しが、言語の起源へと向かう無限の探索行となりかねないことを意味すると同時に、オリジナリティーという概念の噴出を抑制する力が作用していた時期をも意味することの再確認でもある。

[注]

（1）クルツィウス（エルンスト・ロベルト）『ヨーロッパ文学とラテン中世』（南大路振一・岸本通夫・中村善也訳、みすず書房、一九七一年）第五章「トポスとトポス論」参照。

（2）『ストラスブールの宣誓』（八四二）前後のロマン語時代の文書については、概説、各論ともに依然としてポール・ズムトールの文学史（*Histoire littéraire de la France médiévale (VI*^{e}*-XIV*^{e} *siècles)*, 1954, Paris）に及ぶものがない。特に序章の「文学的定数」で取り上げられた諸点は、ラテン文学と中世文学を結ぶ手がかり、基礎概念として貴重である。

（3）神沢栄三訳『聖アレクシス伝』（『フランス中世文学集1　信仰と愛と』、白水社、一九九〇年）

（4）新倉俊一訳『教皇聖グレゴリウス伝』（『フランス中世文学集4　奇蹟と愛と』、白水社、一九九六年）

（5）*Gesta Romanorum*『ローマ人の事蹟』は十三世紀末ないし十四世紀に編纂された逸話・物語集。チョーサー、シェイクスピアなど後世の文学に直接間接の影響を与えた。

（6）Ms. Digby 23, Bodleian Library, Oxford.

（7）*Introduction de La chanson de Roland, texte établi d'après le manuscrit d'Oxford*, traduction, notes et commentaires par Gérard Moignet, Bordas, Paris, 1969.

（8）篠田勝英「武勲詩――「声」から「文字」へ」（春田節子編『口承文学の世界』アウリオン叢書3、弘学社、二〇〇五年）。

（9）一九九六年刊のプレイヤッド版『トリスタンとイズー』は、*Les premières versions européennes* の副題を持ち、フランス語の各作品ばかりではなく、アイルハルト、ゴットフリートはもとより、アイスランド、スカンディナヴィア、イングランド、イタリアなどヨーロッパ各地の言語で記された小品、断片の仏訳を収める。*Tristan et Yseut*, éd. par Christiane Marchello-Nizia et al., Bibliothèque de la Pléiade, Gallimard, 1996.

（10）中世の作品のタイトルは写本の記述や内容から、後世の編纂者・研究者が便宜的に付けた題名が定着して文学史に記述されることが多いが、『薔薇物語』の場合は作品中で作者＝語り手が自作のタイトルを *Le Roman de la Rose* と宣言する、珍しいケースである。

（11）篠田勝英「書き継ぎと書き直し――『薔薇物語』の場合」（海老根龍介・辻川慶子編『芸術におけるリライト』アウリオン叢書16、弘学社、二〇一六年）。

（12）クルツィウス、前掲書、第三章「文学と教育」の「教材用の著作家」の項目を参照。

（13）松原秀一『中世の説話――東と西の出会い』（東京書籍、一九七九年）、同『西洋の落語――ファブリオーの世界』（東京書籍、一九八八年）。

ルネサンス期のリライトに関する一考察

――エラスムスの「コピア」そして「パラフラシス」

伊藤玄吾

ルネサンス文学とリライト

ルネサンス期の文学はその大部分がリライトの要素を色濃く持つと言えるだろう。クレマン・マロ、ラブレー、デュ・ベレー、ロンサール、モンテーニュといった、文学史で必ず名前の挙がる作家たちの作品の多くは、程度の差こそあれ、先行する作品群を独自のやり方でリライトしたものといえる。それらの作品群においては、十五世紀以来の優れた文献学者たちの仕事によって再び見出された古典古代のギリシア・ラテン語作品群のリライト、そしてルネサンス期イタリアの俗語（トスカナ語）作品群のリライトが中心であった。また十六世紀においても根強い人気を誇った中世の物語群のリライトも忘れてはならない。さらには、ギリシア語学やヘブライ語学の進展によって、聖典である旧約聖書及び新約聖書に関する文献学的な研究が進み、特に使用頻度の高い旧約聖書「詩篇」を中心に、聖書テクストの様々な翻案が現れることになるが、それらの多くは原典の細部に至るまでの忠実な翻訳というよりは、むしろリライトとしての性質を大いに持っている。

例えばラブレーは、一五三二年にリヨンで出版され人気を博していた作者不詳の民衆的巨人譚『ガルガンチュア大年代記』の一種のパロディー的続篇の形でガルガンチュアの息子の物語『パンタグリュエル』を書き、次に、そこから遡る形で父の物語『ガルガンチュア』をリライトし、一種の原作の「乗っ取り」、「原作殺し(＝父殺し)」を行っている。[1] さらに十六世紀中期を代表する詩人ロンサールの叙情詩の多くも、ピンダロスやアナクレオンといった古代ギリシア詩人やペトラルカをはじめとするイタリア詩人の作品のリライトとしての性格を強く持っている。そして十六世紀末の代表的作家モンテーニュも、「私自身こそが本の主題である」とする彼の新しいエクリチュールの試みの重要な部分を、プルタルコスを始めとする古代作家のリライトを通して進めていったことは象徴的であろう。

大いなる翻訳の時代でもあった十六世紀には、模倣と創造をめぐる議論が極めて盛んであったが、一五四九年に出版されたデュ・ベレーの『フランス語の擁護と顕揚』に典型的に見られるように、作家が過去や同時代の優れた作家を模倣するのは、単にフランス語で全く同じものを作り出すためではなく、その最良の部分をフランス語の中において「生き返らせ」、そしてそれを通して新しいフランス語を作り、しかもオリジナルと競合し、それを凌ぐような文学作品を作ることにあるとされる。重要なのは、こう主張するデュ・ベレーの著作自体もイタリアのスペローネ・スペローニの『言語についての対話』の一種の翻案であることだ。しかしそれは剽窃ではなく、イタリアで行われていた議論を彼なりに消化し、フランス語のコンテクストの中で書き換え、フランス語のマニフェストとしてより強力に蘇らせたという点において、彼自身の主張と何ら矛盾するところはない。

本稿では、ある意味論じ尽くされた感もなくはない、こうしたフランス・ルネサンス期の作家によるリライトの個々の例を検討するのではなく、むしろルネサンスにおけるリライトの問題をより原理的に考察するための一つのきっかけとして、フランス語作家ではないが、ヨーロッパの諸言語における文学活動に極めて大きな影響をもたらしたラテン語作家エラスムスの重要な著作に焦点を当てたい。中でも、「リライト」の問題と極めて密接な関係にあるトピックとして、エラスムスが重要視していた、エクリチュールにおける「コピア（copia）＝豊饒さ」の概念と、その実践の一つの重要な形態である「パラフラシス（paraphrasis）＝パラフレーズ」を中心に据えて考察していきたい。

ルネサンスのエクリチュールと「コピア（copia）＝豊饒さ」の問題

十六世紀フランス文学のエクリチュールにとって根本的な重要性を持つテーマとして「コピア（copia）＝豊饒さ」の問題を鋭く指摘したのは、イギリスの研究者テレンス・ケイヴであるが、彼の主著『コルヌコピア――十六世紀における豊饒さのフィギュール』は、エラスムスを出発点において、そこからラブレー、ロンサール、モンテーニュへと分析の対象を展開している。(2) T・ケイヴが強調するのは、「豊饒さ」の問題が単に修辞的テクニックのレベルの問題にとどまらず、この時代のエクリチュールのダイナミスムを根本から規定する決定的な要素であったということである。

「コピア」（copia）という言葉は、古代ローマにおいて、もともと物質的な豊饒さを意味したが、その後、弁論における豊饒さへと意味を広げていった。弁舌能力というものが、財産、軍事力とともに権力獲得とその維持のための決定的な手段とされた時代にあって、コピアとはそうした社会的な権威を保証する言語的能力を保持していることを象徴するものとなった。古代の弁論家キケローやクゥインティリアーヌスはこの「コピア」を論じる際に、res（レース）つまり主題、内容、アイデア、論拠に関わるコピアと、verba（ウェルバ）つまり言葉に関わるコピアに区別して論じているが、前者のコピアは古代修辞学の中で inventio（発想論）に関わるものであり、一方後者のコピアは、単に語彙の問題だけではなくて、広く比喩や各種の文彩に関わり、修辞学においてはelocutio（表現論）に関わるものである。もちろん、「コピア」の持つこの二つの側面は厳密には切り離すことができず、実際にはその二つが互いに密接に結びついた形で「コピア」が展開されることは言うまでもない。

このように「コピア」という概念については古典古代から言及があるのだが、一方で必ずしも修辞学上のテクニカル・タームとして体系的に使われていたわけではない。その概念を教育的な配慮の下に、明快に理論的かつ実践的な形で提示したのは、エラスムスの『言葉及び内容の豊饒さについて（*De duplici copia verborum ac rerum*）』（タイトルをより正確に訳せば、『言葉と内容の二重の（両方の）豊饒さについて』）という著作である。そしてこのエラスムスの著作の出現は、「ものを書くこと」の教育がまずはラテン語を書くことから始められていたヨーロッパにおいて、極めて大きなインパクトを与えた。そして、このエラスムス的な「コピア」の観念とその実践が、エラスムスを師と仰いだラブレーを始め、ロンサール、モンテーニュといったフランス語作家においても、彼らのエクリチュールを内部から支える重要な原理となっている、ということがT・ケイヴの著作以降のルネサンス研究において頻繁に主張されるようになった。

エラスムスの『言葉及び内容の豊饒さについて』

エラスムスは、早い段階から教育関係の書物を多く著しているが、理論的な内容の著作と共に、極めて実践的な内容を持った作品も多数書いており、それらの多くは十九世紀に至るまで、ラテン語を学ぶヨーロッパの学生たちに大いに活用されていた。その中でも代表的なものとして上述の「コピア」をテーマにして文章作成の原理を実践的に論じる『言葉及び内容の豊饒さについて』、さらには人文主義者にとって欠かせない書簡作成マニュアルである『書簡作成法』（*De conscribendis epistolis*）、もともと様々な場面でのラテン語会話の実践マニュアルとして書かれた『対話集』（*Colloquia*）、そして演説や書簡で効果的に引用するための膨大な格言・

箴言類を収録し解説した『格言集』(*Adagia*)が挙げられる。実践的なマニュアルとはいえ、それらは単にテクニックを示すものだけではなく、そこで展開される内容も実は非常に重要であり、例えば『格言集』も単なる格言集と言うよりは各格言の解説や注釈を通して時事的な問題を論じる場となり、『対話集』もラテン語会話教本という性格を持ちながらも内容的には教会批判や反教皇主義的なテーマに溢れていて、一五二六年以降はたびたび禁書の対象になったほどである。このように、ラテン語学習の実践的教科書の体裁をとった作品の中に生き生きと自説を展開するエラスムスの新たなエクリチュールそのものが、単にラテン語作家だけなく、当時の多くの俗語作家にも大きな刺激を与えたのであり、そうした俗語作家たちの筆頭にラブレーがいることは言うまでもない。

さて、『言葉及び内容の豊饒さについて』(これ以降『コピア』と略記)は、初版が一五一二年にパリのジョス・バド(**Josse Bade**)書店から出版され、その後各地で版を重ね、エラスムス生前最後の決定版がバーゼルのフローベン書店から一五三四年に出ている。その後も多くの版が出され続け、十八世紀に至るまでエラスムスの教科書の中では最も人気を博したものの一つである。

この著作は一五三四年版においては全体で約二五〇頁、二巻構成となっているが、第一巻の一章から十章には「豊饒さ」(**copia**)の実践上の心構えが書かれている。そこでは「豊饒さ」というものが文を作成する上で重要な原理となること、そのための訓練が有用であることが様々な根拠を示しつつ書かれている。例えば、そもそもなぜ「豊饒さ」を追求する必要があるのか、またすでに立派に書かれているものを敢えてリライトしていくことに意味があるのか、これについては第八章に次のように述べられている。

多様性はいかなるところにおいても極めて大いなる力を持つので、いかに輝いていても、この多様性に支えられなければ、くすんで見えないものはないのだ。自然自身が何よりも多様性を喜んでいるのであり、

この広大な事象の集積において、自然がその驚くべき多様性の技によって色付けせずに残しているものなど何もない。(3)

ここで述べられている「自然そのものが多様性を喜びとする」、そして「自然そのものが多様性を求める」という考え方は、エラスムスの真理観念にとって大きな意味を持っている。ジャック・ショマラが適切にも指摘しているように、エラスムスにとって、言葉は多様性（uariatio）によってこそ生きるものであり、繰り返しや抽象化による表現の単一化は、真理が言葉を通して顕現する際の固有のエネルギーをつかみ落とすものである。(4)それは後に見ていく彼の聖書解釈や翻訳、パラフラシスをめぐる問題意識とも密接に関わっていると考えられる。

また、彼は「豊饒さ」の反対の概念である「簡潔さ」にも触れ、豊饒さも簡潔さも実は同じ原理による（ab eadem ratione proficisci）ことを説いている。(5)彼によれば、うまく縮められる人は多くの中から素早く、最も適切なものを選べる人なのである。

よって我々の教育の目標とするところは、できる限り最小の言葉で何も欠けることなく表現できるようになること、また豊饒さによって膨らませながらも、何事も過剰にならないように表現できるようになることである。(6)

ここで、「何事も過剰にならないように」というのは、エラスムスがこの書の所々で言及するように、豊饒さの追求が、意味なき繰り返しに堕してしまうことや、多くの言葉を費やして述べているにも関わらず大切なことを言い落としてしまう過ちを意味していると考えられる。

さて十章にわたる導入部に続くのが、言葉（uerba）の豊饒さを作り出すために、表現を様々な形で変奏する実践的な方法（uariandi ratio）であり、全二〇六章にわたって豊富な具体例とともに提示される。それらは基本的には一つの表現を同等の表現で置き換える訓練であり、短文を様々に書き換えていくための実践的な方法の紹介である。語彙のレベルでの置き換えから、人称や時制、法、態といった文法構造やシンタックスを変更することによるもの、迂回表現、比喩、その他より広い文彩を用いるものなど、極めて詳細にわたって書き換えの方法と実例が示される。ただし「同等の表現による置き換え」とはいっても、もちろん全く同等の表現など存在しないことは大前提の上でそうするのである。表現を置き換えることによって、当然言わんとすることの色合いは微妙にもしくは大きく変わり、読み手や聞き手に対する効果も変わる。その変わり方を、文が発せられるその時と場に相応しく調整することが、よき「豊饒さ」にとって肝要なのである。

『コピア』の第三十三章においては、エラスムス自身が一つの文を二百の異なる文に書き換えて示しており、レーモン・クノーにも比すべき見事な文体練習の見本となっている。ここではそのごく一部のみを紹介したい。出発点となる文章は、“Semper dum uiuam, tui meminero.”（私は生きている限り、あなたのことを覚えているだろう。）である。最初の書き換えは、“Nunquam dum uiuam, tui non meminero.”（生きているうちは、あなたのことを決して覚えていないということはないであろう。）というように否定表現を用いた言い換えとなっている。続く第三の変奏は、“Nunquam quoad uicturus sum me tui capiet obliuio.”（私が生き続けようとする限り、あなたの忘却（＝あなたを忘れること）が私を捉えることはないだろう）となり、これは「私は覚えている」という表現を「忘却が私を捉えることはない」と抽象名詞を主語にした書き換えである。[7] そしてこの後、全部で二百もの書き換えの例が示されていく。それらの書き換えはそれぞれ異なるニュアンスを醸し出し、それぞれに味わい深いのであるが、ここでは印象深い例を幾つか出しておくにとどめたい。ここで引用する書き換え例においては、エラスムスは一人称代名詞「私」をエラスムスという固有名に置き換え、二人称代名詞「君」を盟友トマス・モアという固有名に置き換えて文を作成している（もちろん、このように人称代名詞を固有名に置き換えるのも『コピア』でとりあげられている変奏の一手段である）。まずは一四九番目の書き換え例を見よう。

Tum sursum uersus recurrent amnes, ut Graecis est in prouerbio, cum Erasmus Mori sui poterit non meminisse.[8]
（エラスムスがその大切なモアを覚えていないというようなことがあるならば、ギリシア人の間でことわざに言われているように、川が上流に向かって逆流するであろう。）

これは格言を用いて内容を強調する方法である。エラスムス自身の『格言集』もまさにこうした形で表現の「豊饒さ」を展開させるために編まれたことを忘れてはならないだろう。次に引用するのは一七二番目の書き換え例である。

Quoad hic animus in hoc corpusculo tenebitur alligatus, non exulabit mea memoria Morus.[9]
（この魂がこのちっぽけな肉体につなぎとめられている間は、モアは私の記憶から離れることはないであろう。）

ここでは、"animus（魂）"，"corpus（肉体）"，"memoria（記憶）"という、より哲学的、神学的色合いの濃い表現への書き換えがなされ、まさにそのような文脈において発するのにふさわしい文となっている。一方、次に示す一九八番目の書き換え例は、疑問文と答えの形式を取る。

Quand futurum est, ut apud Erasmum euanescat Mori Memoria? nempe dum uita destituetur.[10]

（エラスムスにおいてモアの記憶が消え去るのはいつの時か？　命に見離される時のみ。）

ちなみに、ここで言及されているトマス・モアはこの『コピア』の決定版が出版された一五三四年に反逆罪でロンドン塔に幽閉され、翌年に処刑されている。こうした背景を考えると、エラスムスの著作における書き換えの実践例も、単なる文体練習を超えて、一人の作家が彼の能力を最大限に駆使して、彼の友情のかけがえのない思い出を表現する最良の可能性を模索したものである、と考えるべき内容を持っていると思われる。つまり、一見テクニカルな話のようでありながら、エラスムス自身の、より真実らしい友情の表現を追求する一つの重要な試みとなっているということである。

さて、『コピア』の第二巻は、言葉ではなく、主題、内容の豊饒さを作り出すための方法、つまり、一つの考えを発展させ豊かにするための実践的な方法を示すものである。それは短文ではなくむしろ段落、そしてより大きい一まとまりの言述を作るための実践的な案内となっている。もともとは短く、一般的な形で表現されている主題・内容を、部分に分けてそれぞれの部分を拡大し、それぞれの言述の理由や背景、人物や物事の詳細な描写、証拠となる要素を追加したり、主題を深めるための幾らかの脱線、そしてフィクション、譬え話などを適宜追加したりして、言述を豊かに膨らませていくやり方が述べられている。

以上が『コピア』という著作の概要であるが、そこで展開されている方法や思考が、エラスムスの他の作品の中でどのように実践されているのかを以下で見ていきたいと思う。今回は、エラスムスの著作群の中でも、宗教改革の緊張感に満ちた時期に書かれた宗教関連の著作の中から、聖典のリライトである『新約聖書パラフラシス』を取りあげ、考察してみたい。

コピア（copia）からパラフラシス（paraphrasis）へ

『校訂版新約聖書』、『新約聖書注解』そして『パラフラシス』

エラスムスの文献学的な仕事の中でも新約聖書関連の著作は大きな比重を占めるが、中でも最大の業績は言うまでもなく一五一六年に出版された『校訂版新約聖書』である。そこにおいてエラスムスは、彼が手に入れ得た限りのギリシア語写本を相互に照合し、古代教父の著作も参考にしながらギリシア語校訂本文を作成し、それにふわさしいラテン語の訳語を添えていった。もちろんこの校訂版は、幾つかの箇所において、ウルガタ訳と異なる読みを提示することになり、ローマ教会との間で少なからぬ問題を引き起こしたことは言うまでもない。とはいえ、そもそもエラスムスの目標は唯一の絶対的な版を作成することでもなければ、唯一の権威ある解釈を提示することでもなく、聖典をよりよく理解するための道具立てをできるだけ揃える、ということにあった。そのため、エラスムスはその後もこの『校訂新約聖書』テクストの改訂を重ね、またそれに添えられた詳細な注解に関しても修正・追加を行っていった。

文献学者としてのエラスムスは、ギリシア語の校訂版テクストや注解や翻訳を作成することにおいては、そのテクストの歴史性に最大限配慮し、新約聖書の言語的な特徴をよく理解し、あくまでもそれぞれの語をその置かれた文脈において捉え、文脈から切り離した神学的解釈や数秘的解釈を極力避けるように努めている。その一方で、単に文字通りの意味にこだわるだけでも不十分で、やはり不明瞭なところはできるだけ明瞭にすることが必要であり、比喩やその他の文彩、誇張表現などはよりわかりやすい形に解きほぐす必要も主張している(11)。

ここで興味深いのは、エラスムスがこうした本文テクストの校訂と翻訳と注解という文献学的な作業にとどまらず、聖書本文のリライトともいえる「パラフラシス」を試みていることである。それは「ローマ人への手紙」に始まり、のちに「黙示録」を除く新約聖書テクスト全体に及んだ。なぜ、エラスムスはそのようなことを行なったのだろうか。この問題を考える上でまず、「パラフラシス」というものについて整理しておくことが必要であろう。

「パラフラシス」について

「パラフラシス」に対応する現代西欧諸語の語彙としての「パラフレーズ」や「パラフラーズ」といった語は、一般に同じ内容の単なる繰り返しや空虚な言い換え、というような否定的な意味合いを持つことが多い。一方、古典古代において、「パラフラシス」は修辞学においてはそれなりの重要性を持つ一項目であり、古代ローマの修辞学者クインティリアーヌスも『弁論術教程』において繰り返し言及している。それによれば「パラフラシス」には、大きく分けて韻文から散文へのパラフラシスと散文から散文へのパラフラシスがあるとされる。韻文から散文へのパラフラシスは最初に韻文形式を解消することから始まり、次に詩的な語彙や形態を散文のそれに置き換えていくというプロセスがあり（この置き換えが“interpretatio”とされる）、その結果、散文の文体の中で言述内容を異なる形で効果的に展開し、新たな命と力を与えるということになる。一方、散文から散文へのパラフラシスの場合は、初めからオリジナルとの競合ということが問題になる。しかもそれはパラフラシスを試みる者が、オリジナルの作者と競い合いつつ、いかに細部にまでわたる努力を重ねてリライトするかによってその質の良し悪しが左右される、とされる。またこのパラフラシスという作業を経ることは、ある作家を理解するための最良の方法であるともされている。つまり、単なる受動的な読書ではなくて、対象テクストを自らよりよく書き換えてみるという、テクストへの積極的なアプローチによって初めて、いかにオリジナルが優れているのかを内部から理解できるというわけである。パラフラシスに関する言及の中で最も重要な箇所の一つを『弁論術教程』第十巻第五章から引用しよう。

また私はパラフラシスが〔オリジナルの〕説明（interpretatio）のようになってしまうことを望まず、むしろ同じ思考内容（sensus）をめぐっての〔オリジナルとの〕競い合い（certamen）、張り合い（aemulatio）であることを望む。よって、私は、ラテンの弁論テクストを書き換えることを〔生徒たちに〕禁ずる者たちとは意見を異にする。彼らによれば、元のテクストはすでに最高の配慮の下に作られているのだから、我々が何か別の言い方をしてしまえばそれはオリジナルより悪くならざるを得ないのだ。私がそうした彼らと意見を異にするのは、すでに言われたものよりもより良い表現を見つけることが可能であることについて、常に希望を失ってはいけないからであり、また自然も、一つの主題には一つの良い言い方しかないとするほど、人間の雄弁というものを不毛かつ貧弱なものとして作ったのではないからである(12)。

エラスムスのパラフラシスも基本的にこの精神の下にある。もちろん、古代ローマの修辞学者が想定しているような世俗的な内容の演説のパラフラシスを行うことと、聖霊の導きの下に書かれたとされる聖書テクストのパラフラシスを行うことを全く同列に扱うことには問題もある。しかしながら、エラスムスを始め十六世紀の少なからぬ文献学者たちが、いくら聖典テクストとはいえ、そのテクスト自体、人間が使用する、歴史的な条件を背負った言語によって書かれているのであり、他の言い方でよりよく言い換えることの可能な要素というのがないわけではないと考えていた。もちろん新約聖書のギリシア語原典テクスト及びその文献学的翻訳の優位は揺らがないけれども、その時代の文脈や関心に応えるようなパラフラシスを行うことも、エラスムスにとっては十分に意味のあることであった。そして実際、エラスムスの『パラフラシス』は、当時において大きな成功を収めたのみならず、その後の聖書研究の進展によってエラスムスの校訂版聖書や注解が時代遅れとなった後でも、『パラフラシス』の方は高く評価され続け、読み続けられたのである。

新約聖書パラフラシスについてのエラスムスの考え方

さて、エラスムスが最初に試みたのは「ローマ人への手紙」のパラフラシスであったが、その執筆の動機を語る上で欠かせないのが、「パウロがローマ人に向かって語る場合に、いかなる言葉で、いかに語るのが相応しいか」というエラスムスの問いである。もちろん「ローマ人への手紙」は実際にはギリシア語で書かれ、ギリシア語で読まれたわけだが、エラスムスは『「ローマ人への手紙」パラフラシス』の冒頭に掲げられたグリマーニ枢機卿への書簡において、次のように述べている。

使徒パウロのギリシア語は、あちこちにヘブライ語が混ざったその独特の性質によって、純粋なギリシア語を話すネイティヴには十分理解されにくいものであったし、もしその言葉が混じり気のない完璧なギリシア語で書かれたとしても、読者にはわかりにくいものであったでしょう。というのも、パウロはキリストの信仰に新たに入信したばかりの未熟な人々に向けて書いているので、神秘について触れても深く踏み込むことはしていないし、色々と指摘はしても説明をしておらず、まさにそれはその時期の状況に応じてのことでありました。しかし今やローマは完全にキリスト教となり、キリスト教の頂点、主座となっていて、教皇の権威を認めるすべての人々によって世界中でラテン語が話されているのですから、私がパウロの口に、より純粋なローマ人かつ一人前のキリスト教徒である人々に向けて、単にラテン語で話すだけでなく、よりわかりやすく話させることができたら、それは無駄なことではなかろうと思った次第です。(13)

ここではパウロのテクストを混じり気のないラテン語で書き直すことが正当化されている。しかも単に純正なラテン語に書き換えるだけでなく、現在の状況に合わせて（tempori seruiens）、明快に、しかも豊かに書き換えることが目指されている。もちろんそこには対象が聖典テクストであるがゆえの困難もあり、エラスムスはその点を十分に意識しながらパラフラシスの仕事を進めていることを同じ書簡の中で述べている。

離れているものを結びつけ、尖ったものをならし、混ざりあったものを分け、絡み合ったものをほぐし、不明瞭なものを明確にし、ヘブライズムにローマ市民権を与える、要するにパウロ、天の雄弁家の言葉を変えつつ、パラフラシスを試みながらもパラフロネーシス（狂気）をつくりだしてしまわないようにすること、つまり言い方を変えつつも他のことを言わないようにすること、特に、様々な意味で難解であるだけでなく、聖なる内容を含み、福音の尊厳に関わるものについてはそうです。そうした箇所においては、滑りやすい場所を進んで行くことになるわけですが、非常に落下しやすく、また落下する場合には極めて大きな危険を伴わないというわけにはいきません。(14)

エラスムスによれば、彼がこうした困難な試みに敢えて挑戦したのは、パウロの言葉の難解さゆえに「ローマ人への手紙」を敬遠している人々が、より親しみを持ってこの魅力的な文書に取り組むようになってほしいからである。さらにエラスムスは自身のパラフラシスが持つ役割について次のように述べる。

聖書のいかなる文字を変えることも拒否するという人にとっては注解の代わりになるように、一方、そうした迷信から解放されている人にとってはパウロ自身が話していると見えるように調整したのです。(15)

さて、エラスムスは『「ローマ人への手紙」パラフラシス』の序において、この文書が一般に難解とされ、多くの読者の理解を妨げている原因について、彼なりに分析し整理している。一つめは、言葉の秩序の点で大きな混乱があること、つまり文章が整っていないこと、文と文の間の関係性が緊密に整えられていないことである。二つめは、パウロの独特の神学的な深みのゆえに、非常に「言葉になりにくいもの」について語っていること、またパウロがそうしたものについて語り始めても、さっと触れるだけで、そのまま深めることなく他の話題へと移ってしまうことである。そして三つめは、頻繁にしかも突然に語り手の性質が変わることである。パウロは時にはユダヤ人に、時には異邦人に、時には両者に語りかける者であり、さらに彼は時には弱い人間、強い人間、時には信心深い者、時には不信心な者の役割を引き受けて語っており、読者としては、一体パウロがどのような者として誰に向かって語っているのかがわからなくなって混乱してしまう、ということである。エラスムスにとっては、そうした困難を一つ一つ解きほぐしていくことこそが、パラフラシスの目的である。しかしそれは同時に、書き換え不可能な要素もあることを十分意識した上でのパラフラシスでもある。

我々は、これらの難しさを一つ一つ和らげようと努めたが、「信仰 fides」、「恩寵 gratia」、「体 corpus」、「肉 caro」、「四肢 membra」、「魂 spiritus」、「心 mens」、「感覚 sensus」、「築き上げる aedificare」といった若干のパウロ特有の用語については他に置き換え不可能なので、無理であった。一方でこの種の語の中でも、完全な置き換えは無理だけれども、できるだけ易しくしようと試みたものもある。(16)

エラスムスはまた、このようにして書かれた「パラフラシス」は翻訳でもなく、注解でもなく独自のジャンルであることをロドヴィコ・コルネッロ宛書簡において述べている。

パラフラシスは翻訳ではなく、より自由な途切れない注解ともいうべきジャンルであり、語り手も変わることがない(17)。

ここで「語り手」と訳したラテン語の"persona"はもともと劇における「仮面」そして「登場人物」を意味する語であるが、ここではテクストの語りのある種の一貫性を保証する存在ということであろう。文献学的な翻訳においては、基本的に原テクストの中の語りをできるだけ忠実に読者に伝えることが目指される。一方、注解テクストにおいては原典の語りとは明確に区別されるもう一つの語り、つまり注解者の語りが現れる。注釈者はまた、一つの箇所に様々な解釈の可能性を提示し、その語りの中で最終的な意味決定を宙吊りにすることができる。一方、パラフラシスはどうか。それはもちろん原典の語りをよりリアルに読者へと届けることを目標にしているが、それは原典をある意図の下に書き換えた語りであり、そこにおいて原典の語りと書き換えの作者の語りが分かち難く結びついている。またパラフラシスは途切れない一つの語りの流れを作るため、注解のように複数の解釈を同時に提示することはできず、「ローマ人への手紙」の原典において様々に錯綜していた複数の語りの「ペルソナ」が統合されて、一つの声、一つの解釈の流れの中で文が整えられていく。その場合、こうした聖典テクストの書き換えを一切認めない者たちにとっては、パウロ自身の語りは消え、パラフラシスの作者であるエラスムスの語りのみが聞こえる。一方、原典の不可侵性に対してそこまで教条的で頑なな態度をとらない者たちにとっては、パウロの語りが、より豊かに充実したラテン語の言述としてチューニングされて聞こえる。このように、読者によって異なる役割を果たす可能性を持つ「パラフラシス」は、エラスムスが主張する通り一つの独自のジャンルなのである。

『「ローマ人への手紙」パラフラシス』

それではここで、実際にエラスムスのパラフラシスを見ていこう。ここで取りあげるのは、『「ローマ人への手紙」パラフラシス』の第一章の冒頭、第一節から第七節までの導入の部分である。この箇所には、エラスムスが『コピア』で扱った、言葉と主題の豊饒さを高めるための様々な方法が駆使されていると同時に、先の引用の中でエラスムスが、書き換え困難なパウロ的語彙の例としてあげていたものが豊富に見られるからである。

まずは、この箇所の聖書本文を見ておこう。最初にエラスムスが校訂したギリシア語テクスト、次に彼がそれに添えたラテン語訳、さらに、それらのテクストに沿いながら、しかもできるだけ現行の新共同訳聖書の訳文からも離れない形で日本語訳したものを順に示す（ただし、原文に句点が一カ所だけしかないのにならい、できるだけ文の流れが途切れないよう、日本語としての自然さは多少犠牲になってしまうのを承知の上で、句点によって文章を区切ることは極力避けてある）。

［エラスムス校訂ギリシア語テクスト］

Παῦλος δοῦλος Ἰησοῦ Χριστοῦ, κλητὸς ἀπόστολος, ἀφωρισμένος εἰς εὐαγγέλιον θεοῦ, ὃ προεπηγγείλατο διὰ τῶν προφητῶν αὐτοῦ ἐν γραφαῖς ἁγίαις, περὶ τοῦ υἱοῦ αὐτοῦ τοῦ γενομένου ἐκ σπέρματος Δαβὶδ, κατὰ σάρκα, τοῦ ὁρισθέντος υἱοῦ θεοῦ, ἐν δυνάμει κατὰ πνεῦμα ἁγιωσύνης, ἐξ ἀναστάσεως νεκρῶν, Ἰησοῦ Χριστοῦ τοῦ κυρίου ἡμῶν, δι᾽ οὗ ἐλάβομεν χάριν καὶ ἀποστολὴν, εἰς ὑπακοὴν πίστεως ἐν πᾶσιν τοῖς ἔθνεσιν, ὑπὲρ τοῦ ὀνόματος αὐτοῦ, ἐν οἷς ἐστε καὶ ὑμεῖς κλητοὶ Ἰησοῦ Χριστοῦ, πᾶσι τοῖς οὖσιν ἐν Ῥώμῃ ἀγαπητοῖς θεοῦ, κλητοῖς ἁγίοις. χάρις ὑμῖν καὶ εἰρήνη ἀπὸ θεοῦ πατρὸς ἡμῶν καὶ κυρίου Ἰησοῦ Χριστοῦ.(18)

［エラスムスによるラテン語訳］

Paulus servus Iesu Christi, uocatus apostolus segregatus in euangelium dei, quod ante promiserat per prophetas suos in scripturis sanctis de filio suo, qui genitus fuit ex semine Dauid, secundum carnem, qui declaratus fuit filius dei, in potentia, secundum spiritum sanctificationis, ex eo quod resurrexit a mortuis Iesus christus dominus noster, per quem accepimus gratiam et muneris apostolici functionem, ut obediatur fidei inter omnes gentes, super ipsius nomine, quorum de numero estis et uos, uocati Iesu Christi, omnibus qui Romae estis, dilectis dei, uocatis sanctis, Gratia uobis et pax a deo patre nostro, et domino Iesu Christo.

［日本語訳］

イエス・キリストの僕、神の福音のために選び出され、召されて使徒となったパウロより。この福音は神が既に聖書の中でご自身の預言者たちを通して約束されたもので、御子に関するものです、御子は、肉によればダビデの子孫から生まれ、聖なる霊によれば、死者の中から復活することによって、力ある神の子と定められたのです、この方がわたしたちの主イエス・キリストです、わたしたちはこの方により、その御名において、すべての異邦人において信仰による従順へと導くために、恵みと使徒職という役割を受け取りました、その異邦人の中にイエス・キリストのものとなるように召されたあなたがたもいるのです、ローマにいるあなたがた全員に、神に愛され、召されて聖なる者となったあなたがたに、わたしたちの父である神と主イエス・キリストからの恵みと平和がありますように。

次にこの箇所のエラスムスによるパラフラシスを示そう。日本語訳は少々ぎこちないが、可能な限り原典の論述の順序を変えないようにしており、また全体が一つの文なので、その流れを区切らないように、句点の使用を敢えて避けている。

Paulus ego ille e Saulo factus, e turbulento pacificus, nuper obnoxius legi Mosaicae, nunc Moysi libertus, seruus autem factus IESV CHRISTI, haud quidem perfuga, aut desertor pristini instituti, sed accersitus ad huius legationis munus, ac felicius segregatus quam eram, cum pharisaicae factionis propugnator, impie pius, et indocte doctus errarem, sed nunc demum uere pharisaei dignus cognomine, quippe semotus selectusque ab ipso CHRISTO, ad obeundum negotium longe praeclarius, nempe ad praedicandum Euangelium dei, nec id sane nouum, sed iam olim ob ipso promissum prophetarum ipsius oraculis, quae nunc quoque extant in libris, non quibuslibet, sed sanctis inuiolataeque fidei de filio ipsius, qui in tempore natus est e stirpe Dauidica, iuxta carnis infirmitatem, sed idem declaratus est aeterni dei aeternus esse filius iuxta spiritum omnia sanctificantem, declaratus autem cum aliis permultis argumentis, tum praecipue ex eo, quod ipse deuicta morte, resurgens e mortuis, omnibus in ipso renatis resurrectionis princeps et autor factus est IESVS CHRISTVS dominus noster, per quem nos non solum hanc gratiam, quam legis obseruatio conferre non poterat, sumus assecuti, uerumetiam apostolicam functionem, quo quemadmodum per alios apostolos inter Iudaeos diuulgatum est Euanglium CHRISTI, ita per me praedicetur inter gentes quascunque, non ut inuoluantur legis oneribus, sed ut sese fidei de CHRISTO praedicatae submittant, et huic innitantur, non inani philosophorum sapientiae, de quarum gentium numero estis uos quoque, quantum ad genus attinet, caeterum adoptione asciti, in ius et cognomen IESV CHRISTI, ne iam sectarum aut regionum uocabula uos dirimant, cum communis sit omnium adoptio. Quotquot igitur estis Romae deo chari, et a pristinis uitiis ad sanctimoniam uitae uocati, gratiam uobis opto pacemque, non quam mundus hic uulgato more solet precari, sed ueram nouamque pacem, quae proficiscitur a parte et domino nostro IESV CHRISTO.(19)

私はパウロ、サウロからパウロになった者であり、嵐の状態から平安へと至った者であり、かつてはモーセの律法に服していたが、今やモーセから解放されて、イエス・キリストの僕となった者でありますが、しかし古き律法を避けようとしたり放棄したりする者ではなく、使徒の役割を担うべく呼び出され、かつてより満たされた形で選び出されている者です、かつて私はパリサイ派の闘士であった頃、不信心でありながら信心深い者として、無知でありながら智者として過ちの中をさまよっていましたが、今やついに本当にパリサイの名にふさわしい者となりました、というのも私はキリストご自身によって引き離され選ばれ、より栄光に満ちた業、すなわち神の福音を宣べ伝えることとなったからですが、その福音は決して新しいものではなく、神ご自身によってその預言者たちの言葉を通して既に約束されていたものであり、それらの言葉もまた今や、書物の中に現れていますが、それは通常の書物ではなく、聖なる、冒されることのない信仰の書物であり、それは神ご自身の御子についての書物であり、御子は、時が満ちて、肉体の不完全さにおいて、ダビデの家より生まれ、しかし全てを聖化する霊において、他の多くの証拠によってのみならず、とりわけ、ご自身が死に打ち勝ち、死者の間から蘇り、彼のうちに再生し蘇る全ての者の第一人者そして（その蘇りの）担い手であるイエス・キリストとなったという事実によって、永遠の神の永遠の子として現れたのであり、そのイエス・キリストによって私たちはこの恩寵、律法の遵守によっては得られないこの恩寵だけでなく、使徒の任務をも授かったのであり、それは、他の使徒たちによってユダヤ人たちの間にキリストの福音が宣べ広められたのと同様に、私によって福音があらゆる異邦人の間に宣べ伝えられるようにするためであり、それによって彼らが律法の重みに潰されるのではなく、キリストについて伝えられた信仰に身を任せ、哲学者たちの虚しい知恵にではなく、その信仰へ信頼を置くためであり、民族の観点からはあなたがたもこうした異邦人たちの数に入るのですが、そうではなく養子縁組の関係によって、キリストの法と名前のもとに迎え入れられるのであり、それは分派や地域の名前がもはやあなたがたを引き離さないためであり、それは養子縁組が全ての者にとって共通のものだからです。よってローマにあって神に愛されているあなたがた、かつての悪徳から聖なる生へと呼びだされたあなたがたに、私は挨拶と平安を送りますが、その平安はこの世が俗に祈るようなものではなく、まことの、あたらしい平安、我らの父にして主イエス・キリストによって与えられるものです。

このパラフラシスにおいては、パウロという人物の中に象徴的に示される二つの対立的な要素、つまり律法の下での古い生き方とイエス・キリストの新しい信仰の光の下での生き方の対比が実に豊かな形で展開されていく。冒頭ではパウロ自身の生涯に焦点が当てられるが、聖書原文では、「神の福音のために選び出され」(segregatus in euangelium dei)、「召されて使徒となった」(uocatus apostolus) ということだけが言われるのに対して、エラスムスのパラフラシスにおいては、パウロという人物の過去の生と現在の生が、対比的な表現を様々に用いてより詳細に述べられている。これは『コピア』第二巻において出来事や人物の背景を述べることによって主題の意義と効果を深める方法に従っており、また個々の表現においては、『コピア』第一巻で解説される様々な言語的方法を駆使している。まず、パウロを、「サウロからパウロになった者であり」(ille e Saulo factus) とし、パウロが過去に「サウロ」の名でイエスの迫害者であったことを示す。次に「嵐の状態から平安へ」(e turbulento pacificus) という表現が続くが、これはエラスムスが『校訂版新約聖書』に付したこの一節への長い注解と密接に関っている。エラスムスはそこで「サウロ」及び「パウロ」という名の語源をめぐる諸説を紹介し、「サウロ」の名と結びつく“saulos”という語は語源的に「嵐の状態」(turbulentum) と関連があるという説や、それに対し「パウロ」の名と結びつく“paulos”という語が「平安の状態」(pacificus) を意味するという説に言及している。[20] このパラフラシスにおいては、“turbulentum”と“pacificus”の二語が対比的に並置されることによって、まさにこの語源的な背景から「サウロ＝嵐」と「パウロ＝平安」の対立が浮き彫りにされ、この二つの固有名詞の中に象徴的に示されている、揺れ動く不安な不信仰の状態から信仰の平安へと至る筋道が強調されている。また続く箇所では、“nunc Moysi libertus, seruus autem factus IESV CHRIST”(今やモーセから解放されて、イエス・キリストの僕となった）とあるが、ここでも「モーセ」及び「イエス・キリスト」という偉大な名に挟まれる形で、「解放された」（libertus）という語と「僕、奴隷」（seruus）という二つの語が隣り合わせに置かれ、その明確な対比によって、古き生と新しき生という決定的に異なる二つの存在様態の間の移行が効果的に徴づけられ、強調されている。

さらに次の箇所では律法から「解放された」ということが単に律法を捨てたということではないということが説明される。そこでは“haud...sed...”（〜ではなく〜）という否定表現を用いて“*haud* quidem perfuga, aut desertor pristini instituti”（古き律法を避けたり放棄したりする者ではなく）、“*sed* accersitus ad huius legationis munus, ac felicius segregatus quam eram”（使徒の役割を担うべく呼び出され、かつてより満たされた形で選び出されている者です）と書かれているが、このように否定表現を用いて内容を豊かに展開し主張を強める手法は、『コピア』第一巻第二十四章において扱われている。[21] さらに続く箇所では、「かつて自分がパリサイ派の闘士であった時、不信心でありながら信心深い者として、無知でありながら智者として過ちの中をさまよっていました」と書かれているが、そこで注目されるのは、「不信心でありながら信心深い者として」（impie pius）、「無知でありながら智者として」（indocte doctus）というように、反対語を並置することによって、回心前のパウロの存在の矛盾したあり方を効果的に浮き彫りにしていることである。これも『コピア』第一巻第二十四章で論じられているところの、反対概念の並置によって主張内容を強調しより豊かに示す方法の一つである。さらに、“nunc demum uere pharisiaei dignus cognomine, quippe semotus selectusque ab ipso CHRISTO”（今やついに本当にパリサイの名にふさわしい者となりました、というのも私はキリストご自身によって引き離され選ばれ……）という記述についても、エラスムスの新約聖書への注解において示されている通り、「パリサイ」という語がヘブライ語で「切り離された」という意味を持つことに基づく展開である。ここにも語源的な情報の追加によってさらに主張の根拠を深めていくプロセスを見てとることができよう。

引用の後半部においても特徴的なのは、「〜ではなく、〜である」型の否定表現（"non...sed" や "nec...sed" など）の多用である。"*nec* id sane nouum, *sed* iam olim promissum"（その福音は決して新しいものではなく、既に約束されていたもの）、"*non* quibuslibet, *sed* sanctis inuiolataeue fidei"（それは通常の書物ではなく、聖なる、冒されることのない信仰の書物）、"*non* ut inuoluantur legis oneribus, *sed* ut sese fidei de CHRISTO praedicatae submittant"（律法の重みに潰されるのではなく、キリストについて伝えられた信仰に身を任せ）、"*non* quam mundus hic uulgato more solet precari, *sed* ueram nouamque pacem, quae proficiscitur a parte et domino nostro IESV CHRISTO"（その平安はこの世が俗に祈るようなものではなく、まことの、あたらしい平安、我らの父にして主イエス・キリストによって与えられるもの）などに明確に見られる。この論法は、このパラフラシスの冒頭部分だけでなく、他の様々な箇所にも多く見られることから、エラスムスのレトリック研究の第一人者であったジャック・ショマラはこれこそがエラスムスの『「ローマ人への手紙」パラフラシス』の中心的方法をなしていると述べているが、まさにその通りであると思われる。[22]

この冒頭の数節のリライトからも想像できる通り、この著作には、エラスムスの原典テクストの徹底的な読み込みと注解の作業に基づいた彼なりのパウロ解釈が組み込まれており、エラスムスの理解したパウロの議論の本質をそれにふさわしい文体へ書き直す試みと考えることができる。実際、この『「ローマ人への手紙」パラフラシス』にこそエラスムス神学の中核の部分を読み取ることができるとする研究もある。ただし、この件については、エラスムスの神学的立場についての丁寧な分析を踏まえて論を展開する必要があり、それは本稿の課題を大きく超えるものである。ここでは、エラスムスにとって「パラフラシス」というジャンルが、彼自身の声と聖書テクストの声を重ね合わせることによって、校訂版の作成や注解や論文とは異なった形で、彼のキリスト教理解をより自由に表現することを可能にする重要な場を提供していたことを指摘するにとどめたい。[23]

結論――エラスムスのエクリチュールとリライトの本質的な関係

エラスムスの『新約聖書パラフラシス』は『コピア』で展開された「言葉」及び「主題」の豊饒さの実践の極めて優れた例となっており、また、それは単なる翻訳でも文体練習でもなく、彼なりの聖書テクスト解釈の一つの創造的な展開の可能性を示すものであり、例えば本稿で見た『「ローマ人への手紙」パラフラシス』の場合であれば、パウロのメッセージを新たな表現の中へと開いていく、極めてダイナミックなものである。先ほども触れたように、エラスムスによればパラフラシスは「聖書のいかなる文字を変えることも拒否するという人」にとっては「注解」の役割を果たすだろうし、一方で「そうした迷信から解放されている人」にとっては、「パウロ自身の声」をより親密な形で、よりリアルに聞き取ることを可能にするだろう。聖典テクストであれ、世俗テクストであれ、そこに含まれている様々なアイデアや主題は、「自然」が与えた多様性を引き受ける人間の言語において、それぞれの時代において、それぞれの地域において、様々な読み手＝書き手において、様々なレベルにおいて、書き換えられ、書き直されていく。書き換えや書き直しの個々の出来の良し悪しはもちろんあるにせよ、真理は唯一の固定された表現の中にではなく、まさにそうした多様な書き換えや書き直しの中にこそ顕現する、という信念が、『コピア』を書き、『新約聖書パラフラシス』を書き、また膨大な書簡をヨーロッパ各地に送り、止むことなく筆を動かし続けたエラスムスのエクリチュールの原動力であったと考えられる。そしてまたそれは、彼に続くルネサンスの作家たちのエクリチュールに共通する根源的な要素であると言えるだろう。

[注]

（1） ラブレー『ガルガンチュア』宮下志朗訳、ちくま書房、二〇〇五年、四三三―四三六頁。

（2） Terence Cave, *The Cornucopian Text: Problems of Writing in the French Renaissance*, Oxford, Oxford University Press, 1979. 仏訳は *Cornucopia. Figures de l'abondance au XVIe siècle: Érasme, Rabelais, Ronsard, Montaigne*, trad. par Ginette Morel, Paris, Macula, 1997.

（3） "Tantam ubique uim habet uarietas, ut nihil omnino tam nitidum sit, quod non squalere uideatur, citra huius commendationem. Gaudet ipsa natura uel in primis uarietate, quae in tam immensa rerum turba nihil usquam reliquit, quod non admirabili quodam uarietatis artificio depinxerit.", Erasme, *De duplici copia verborum ac rerum...* , Basel, J. Froben, 1534, Cap. VIII, p.11. [*ASD* = Opera omnia Desiderri Erasmi Roterodami recongnita et adnotarione cririca instructa notisque illustrata, Amsterdam; I-6 (1988), p.32]

（4） Jacques Chomarat, *Grammaire et Rhétorique chez Erasme*, II, Paris, Les Belles Lettres, 1981, p.719.

（5） Erasme, *De duplici copia*, cap. V, p.9. [*ASD*, I, 6, p.30]

（6） "Nostrae igitur praeceptiones eo spectabunt, ut ita rei summam quam paucissimis complecti possis, ut nihil desit: ita Copia dilates, ut nihil redundet tamen.", *ibid.*, VI, p.10. [*ASD*, I, 6, p.32]

（7） *Ibid,* cap. XXXIII, p.52. [*ASD*, I, 6, p.83]

（8） *Ibid,* cap. XXXIII, p.59. [*ASD*, I, 6, p.88]

（9） *Ibid,* cap. XXXIII, p.60. [*ASD*, I, 6, p.89]

（10） *Ibid,* cap. XXXIII, p.60. [*ASD*, I, 6, p.89]

（11） 聖典テクストの理解と解釈、翻訳をめぐるエラスムスの考え方は『校訂版新約聖書』に序文の形で付された"Paraclesis ad lectorem pium（敬虔なる読者への呼びかけ）", "Methodus（方法論）", "Apologia（弁明書）" さらにはそれを発展させた *Ratio seu Compendium verae theologiae*（『真の神学方法論』）などの諸論考に明確に示されている。これらの論考の邦訳及び解説は『エラスムス神学著作集』金子晴勇訳、教文館、二〇一六年を参照。

（12） "Neque ego paraphrasim esse interpretationem tantum uolo, sed circa eosdem sensus certamen atque aemulationem. Ideoque ab illis dissentio qui uertere orationes Latinas uetant, quia optimis occupatis quidquid aliter dixerimus necesse sit esse deterius. Nam neque semper est desperandum aliquid illis quae dicta sunt melius posse reperiri, neque adeo ieiunam ac pauperem natura eloquentiam fecit, ut una de re bene dici nisi semel non possit.", Quintilien, *Institution oratoire*, t.VI, livres X et XI, éd.crit. par Jean Cousin, Paris, Les Belles Lettres, 1979, p.127.

（13） "Quanquam ita graece locutus est, ut a mere posse graecis non satis queat intelligi, ob passim admixtam Hebraei sermonis proprietatem. Quod si maxime graeca, ac pure graeca fuisset oratio, multum tamen adhuc difficultatis superesset lectori: quod cum scriberet rudibus adhuc, et nuper CHRISTO initiatis, mysteria quaedam magis attigit, quam tractauit: et indicauit uerius quam explicuit, uidelicet tempori seruiens. Nunc uero cum Roma tota adeo sit Christiana, ut illic totius Christianae religionis sit arx culmenque, ac per uniuersum terrarum orbem Romane loquantur, quicumque Romanum agnoscunt Pontificem, uidebar mihi facturus operaepretium, si effecissem, ut Paulus iam mere Romanis, ac plene Christianis, non solum Romane, uerum etiam explanatius loqueretur.", Erasme, *In epistolam Pauli Apostoli ad Romanos Paraphrasis, per Erasmum Roterodamum, ad reverendissmum cardinalem Grimanum*, I. Bâle, Froben, 1518. p.1.

（14） "[...] hiantia committere, abrupta mollire, confusa digerere, inuoluta euoluere, nodosa explicare, obscuris lucem addere, Hebraismum Romana ciuitate donare: denique Pauli, hoc est caelestis oratoris mutare linguam: et ita temperare παράφρασιν ne fiat παραφρόνησις, hoc est, sic aliter dicere, ut tamen non dicas alia, praesertim in argumento non solum tot modis difficillimo, uerumetiam sacro, ac maiestati Euangelicae proximo : in quo cum in lubrico uerseris, et labi sit facillimum, citra graue periculum labi non possis.", *ibid.*, p.2.

（15） "[...] ita negotium temperantes, ut ei qui nolit quicquam in sacris literis immutari, commentarii uice sit futurum, rursus ei qui uacet huiusmodi superstitione, Paulus ipse loqui uideatur.", *ibid.*, p.3.

（16） "Nos difficultates has pro uirili conati sumus amoliri, nisi quod quaedam Paulinae linguae adeo peculiaria sunt, ut aliquoties mutari non queant, uelut haec, fides, gratia, corpus, caro, membra, spiritus, mens, sensus, aedificare, aliaque huius generis, quae ut prorsus mutari non debuerunt, ita quoad licuit, emollire studuimus.", *ibid.*, p.18.

（17） "Est paraphrasis non translatio, sed liberius quoddam commentarii perpetui genus, non commutatis personis.", *Opus epistolarum Desiderii Erasmi Roterodami*, vol. 5, P.S. Allen, Oxford, Clarendon Press, 1924, p.47. [n° 1274]

（18） Erasme, *Novum Instrumentum...*, Bâle, J. Froben, 1516, p.325 (*Epistolae Pauli Apostoli*, p.1). [ASD, VI, 2, p. 21-22]

（19） Erasme, *In epistolam Pauli Apostoli ad Romanos Paraphrasis...*, *op. cit.*, p.19-20.

（20） Erasme, *Annotationes Erasmi Roterodami in Novum Testamentum...*, Bâle, J. Froben, 1516, p. 411. ただしこの注解においてエラスムスは、こうした語源解釈の一つを決定的なものとして示すのではなく、諸説を慎重に紹介するにとどめている。

（21） Erasme, *De duplici copia...*, cap. XXIIII, p.40. [*ASD*, I, 6, p.72]

（22） Chomarat, *op.cit.*, I, pp.600-604.

（23） 木ノ脇悦郎『エラスムス研究――新約聖書パラフレーズの形成と展開』日本基督教団出版局、一九九二年、一七一頁。またエラスムスの『新約聖書パラフラシス』ついて、その神学的なパースペクティヴを十分に考慮に入れつつも、エラスムス自身そしてルネサンス期特有のエクリチュールとの本質的な関わりにおいて再評価しようとする研究が二十世紀の後半から増えており、その動向を把握する上では以下の文献が有用である。 Hilmar M. Pabel and Mark Vessey (ed.), *Holy Scripture Speaks: The Production and Reception of Erasmus' Paraphrases on the New Testament*, Toronto/Buffalo/London, Toronto University Press, 2003; *Les paraphrases bibliques aux XVIe et XVIIe siècles : actes du colloque de Bordeaux des 22, 23 et 24 septembre 2004*, textes réunis par Véronique Ferrer et Anne Mantero, introduction par Michel Jeanneret, Genève, Droz, 2006.

リライト、モリエールの『守銭奴』をめぐって

秋山伸子

モリエールの『守銭奴』とプラウトゥスの『黄金の壺』

モリエールの『守銭奴』(一六六八)がプラウトゥス(前二五四頃—前一八四)の喜劇『黄金の壺』のリライトという側面を持つことはよく知られている。『黄金の壺』のテクストは第五幕第一場までしか残っておらず、一六五八年にミシェル・ド・マロルによるフランス語訳とラテン語原文との対訳版として刊行されたプラウトゥス戯曲集第一巻に収録された『黄金の壺』では、十五世紀ボローニャの人文学者による補足が行われている。その補足のなかにケチな人を指す言葉の一つとしてアルパゴン(Harpagon)が登場している。[1] これが『守銭奴』の主人公の名前となったのだろうか? いずれにせよ、マロルの訳文からの借用と思われる個所がモリエールの戯曲の中に見られることから、マロルの翻訳をモリエールが参照した可能性が高いことが研究者によって指摘されている。[2]

プレイヤード新版『モリエール全集』の編者は、『タルチュフ』が一六六四年の初演直後に上演禁止になってから、一六六九年に公演解禁となるまでの一連の流れのなかに『守銭奴』を位置づけることを提案している。つまり、一家の主がある情熱にとりつかれて、家族の幸せを犠牲にしようとする構造を持つという点で『守銭奴』は『タルチュフ』をなぞっているが、これは、『タルチュフ』公演解禁に向けての運動の一環であると考えられるのだという。『タルチュフ』について国王陛下に提出した第一の請願書(一六六四)において主張されている「演劇の使命」、「人を楽しませながら矯正すること」、「滑稽な姿を描き出すことで今の世の中の悪を攻撃すること」、その格好の対象として「偽善」を選んだのだということを証明するため、偽善に匹敵する悪徳としてモリエールは、当時の社会の関心事であった高利貸しを中心テーマに設定したのではないかというのだ。[3]事実、プラウトゥスの戯曲ではエウクリオは金貸しではない。貧しいことを嘆いていたが、先祖が隠していた大金の入った壺を見つけ、それ以来、すべてに関して疑心暗鬼となっている。これに対しアルパゴンはかなり裕福であり、金貸しであることは第一幕第四場でアルパゴン自身によって語られる。「家の中に大金を置いていると心配でしょうがない」ため、「昨日返してもらった一万エキュを庭に埋めた」[4]と思わずひとりごとを言ってしまうのだが、アルパゴンがとんでもない高利貸しであることは、第二幕で明らかとなり、アルパゴン親子の対立を際立たせる。

プラウトゥスの戯曲では、エウクリオは、せっかく手に入れた黄金の壺が盗まれてしまうのではないかと心配でならず、それが戯曲全体の流れを支配している。第一幕第一場から、エウクリオは、猜疑心を全開にして、召使スタピュラを家から追い出そうとしている。第二幕第二場では、自分の娘に結婚を申し込んできた裕福な男メガドルスに対して、黄金の壺を盗む魂胆ではないかと疑う。黄金の壺が盗まれていないことを確認し続けないと不安で仕方がない。メガドルスと対話中であるにもかかわらず、物音に驚き、会話を中断して、黄金の壺が無事かどうか確認に走る。結婚の祝宴の準備のためメガドルスが送り込んだ料理人たちを泥棒と勘違いして家から叩き出す（第三幕第一場、第二場）。壺が無事なのを確認して、料理人を家の中に戻す（第三幕第三場）が、第三幕第四場では、黄金の壺を埋めておいた地面をつつく鶏の姿を見てあまりの恐怖にかられ、棒で殴ったというエピソードがエウクリオの独白で語られる。メガドルスが婚礼の祝宴のために料理人を派遣し、食べ物や飲み物を運び込ませているのも、自分を酔いつぶして、壺を盗むためではないかと疑い続ける（第三幕第六場）。第四幕第二場では、エウクリオは壺を神殿の中に移し帰宅するものの、カラスの鳴き声に不吉なものを感じ、家から飛び出し神殿に引き返す（第四幕第三場）。神殿の中にいたリュコニデスの奴隷を疑い、盗んだものを返せと迫る（第四幕第四場）。第四幕第六場では、再度壺の隠し場所を変えることにしようと言う。このように、プラウトゥスの戯曲では、金を盗まれることへの恐怖が筋書き全体を支配しているように見える。

これに対し『守銭奴』では、アルパゴンは金を盗まれるのではという危惧は抱いていても、そのために半狂乱になったりはしない。第一幕第五場で、執事を交えて娘と対話している最中、犬の鳴き声に警戒心を呼び覚まされて中座するものの、それはむしろ、二人の恋人がアルパゴンの監視から自由になって話ができるようにするための劇作上のはからいに見える。カラスの鳴き声に不安をかきたてられたエウクリオが、「恐怖に胸をしめつけられ、胸が苦しくて、駆けだすこともできない」(5)と言うのとは対照的である。しかもこれ以降、金が盗まれたことが判明するまで、アルパゴンが不安を表明することはない。第二幕第三場で、フロジーヌに対して「ちょっと待ってくれ。すぐ戻る」と言い残してその場を立ち去り、「俺の金をちょっと見回りに行ってこよう」(6)という傍白があるものの、これは、不安の表明というよりはむしろ、アルパゴンをその場から厄介払いしておいて、フロジーヌとラ・フレーシュの対話を可能にするという劇作上の必要によるものである。エウクリオは召使スタピュラに対して（第一幕第一場）と、リュコニデスの奴隷に対して（第四幕第四場）と、二人の人物に対し盗みの疑いをかけて問い詰めているが、モリエールはこの二つの場面を集約し、二人の人物を一人に統合して第一幕第三場としている。そうすることで、金を盗まれることを警戒する姿を前半に集中させて、戯曲全体の重心をアルパゴン親子の対立へと移したのである。

まさに、プレイヤード新版の編者も指摘しているように、プラウトゥスの『黄金の壺』に比べ、モリエールの『守銭奴』では、父と子の対立に重点が移されていることが特徴的である[7]。プラウトゥスの戯曲では、エウクリオには娘が一人いるのみで、息子は存在せず、したがって、父と息子の対立そのものが起こり得ない。エウクリオの娘（パエドリア）は恋人（リュコニデス）の子を身ごもっており、黄金が入った壺が盗まれて錯乱状態になったエウクリオが舞台に登場する少し前に産気づくが、舞台上に姿を見せることはなく、お産の苦痛を訴える声が家の中から聞こえてくるに留まる（第四幕第七場）。この設定をこのまま取り入れたのでは、ビヤンセアンス（適切さ）の規則に反し、宮廷の貴族の繊細な感受性や女性の観客のはじらいを傷つけてしまう。このような理由から、モリエール作品では、アルパゴンの娘（エリーズ）に寄せる恋人（ヴァレール）の想いは清いものとなり、「命を投げ出して、荒れ狂う波から私を救ってくれた[8]」人として紹介されるのである。プラウトゥスにおいては第四幕第七場になってようやく登場する人物（守銭奴の娘の恋人）をこうして冒頭に配することで、この人物が唐突に現れるという印象も払拭される。

ところで、プラウトゥスの戯曲では、娘への求婚を不審がるエウクリオの誤解をメガドルスが解こうとする長い場面があり（第二幕第二場）、その直前の場面（第二幕第一場、メガドルスの姉が弟の気持ちを聞き出す場面）とあわせて、メガドルスの縁談に大きな割合がさかれている。モリエールでは、アルパゴンは娘エリーズの結婚相手について、「おまえはアンセルムさんにやることにした[9]」といきなり当人に切り出す。プラウトゥスでは、金持ちのメガドルスが娘をもらいたいと言ってきたのは、黄金の壺のことをかぎつけ、横取りしようとしているのではないかと疑心暗鬼になって、エウクリオは、「娘を結婚させようにも、そのための財産がないのです」と申し出を断ろうとする。これに対してメガドルスは言う。「お嬢さんには何も差し上げていただかなくて結構です。お嬢さんの育ちがいいことは疑いようもないのですから、それで充分豊かということではありませんか」[10]。この論理を極端に押し進めると、マリアーヌがいかに理想的な結婚相手であるかを説明するフロジーヌの台詞になる。

失礼ですけど、これがありもしない儲けでしょうか？　持参金の代わりに、徹底した倹約の習慣を持ってきてくれるんですよ。シンプルな格好が大好きっていう遺産と、賭けごとが大嫌いっていう大きな資産が手に入るじゃありませんか。[11]

「そんなものが持参金の代わりになるか。受け取ってもないものに受け取りは出せんぞ」と憤慨するアルパゴンだが、自分の娘を結婚させるとなると話は別で、「持参金なしで娘をもらってくれる」ことを「ほかにはない特典」[12]と説明する。プラウトゥスの戯曲では、二人の人物に分散されていた性質（黄金の壺を失う恐怖におびえるエウクリオと恋する老人としてのメガドルス）を一人の人物のうちに統合し、金に対して並々ならぬ執着を見せる一方で恋する老人としての矛盾も抱え込む人物として造形することで、モリエールはアルパゴンの人物像にいっそうの厚みを加えているのである。

プラウトゥスの『黄金の壺』においては、エウクリオが恋する老人として描かれることはなく、したがって、その恋人の女性が登場することもない。モリエールの『守銭奴』においては、恋する老人としてアルパゴンを描くことで、たとえばイタリア即興喜劇コンメーディア・デッラルテの登場人物パンタローネをリライトすると同時に、アルパゴンに息子があり、息子の恋人に父親も恋するという設定として、父と子の対立を新たに組み込んでいるのだ。[13]

恋する老人としてアルパゴンを造形することの副産物としては、アルパゴンがマリアーヌをもてなすために企画する宴がある。プラウトゥスの『黄金の壺』では、エウクリオは、結婚の宴のため市場に買い出しに行くが、何もかも高すぎて閉口して帰宅する（第二幕第八場）。これに対し『守銭奴』では、料理人とのやり取りによって、アルパゴンが苛立ちを募らせる様子が描かれてプラウトゥスとは一味違う効果を上げている。客にどんな料理を出すべきか聞かれてジャック親方が「スープの大皿四つ、オードブルを五皿。スープとしては……」「オードブルとしては……」「口直しに……」[14]と具体的な料理の名前を挙げていこうとするたびに、アルパゴンは、まるでバネ仕掛けの人形のように、コンメーディア・デッラルテが得意としたラッツィの流れを汲む軽快な動きでジャック親方の口をふさいで観客の笑いを誘う。

エウクリオは黄金の壺をまるで人のように扱い、気にかけ、案じる台詞を口にする。「俺の宝物は元気かな」[15]と気遣ったり、「可愛い壺よ」[16]と話しかけたりする。これほどの愛情を壺に傾けているところから、壺と娘にまつわる勘違いの有名な場面が成立するとも言える。第四幕第九場でエウクリオは壺がなくなっているのに気付き、半狂乱となって独白する。この独白が『守銭奴』第四幕第七場においてリライトされている。

エウクリオの独白のリライト

プラウトゥスの『黄金の壺』におけるこの独白は、モリエール以前にもさまざまな作家たちによってリライトされてきた。プラウトゥスの『黄金の壺』がイタリアの作品を経由してフランスに紹介されたものが、ラリヴェーの戯曲『幽霊騒ぎ』である。[17]一方、モリエール劇団とも深い関わりを持っていたと思われる劇作家シャピュゾーは、プラウトゥスの戯曲を比較的自由に翻案して『騙された守銭奴』を書いている。[18]プラウトゥスの『黄金の壺』をマロルが仏訳したものとあわせて、この三つの作品において、金を盗まれて守銭奴が動転する場面をモリエール作品と比較してみたい。

まずは、シャピュゾーとの比較から始めよう。シャピュゾーの戯曲『騙された守銭奴』は、ライバル劇団オテル・ド・ブルゴーニュ座において、一六六二年に上演されていることから、モリエールも強い関心を向けていたであろうと考えられる。シャピュゾーの選択は、プラウトゥスの手本から大きく離れて、長大な独白を大胆に刈り込んで、他の人物との対話のうちに組み込むというものであった。第三幕第四場冒頭を『守銭奴』第四幕第七場と比較したい。(19) 金が入った袋を盗まれたことに気付いたクリスパンが「理性を失った人のように走りながら登場し、藁人形にぶつかって、藁人形もろとも倒れ込んでしまう」というト書きに表れているような登場人物の慌てぶりは、モリエールの『守銭奴』に受け継がれ、アルパゴンが「庭のほうから《泥棒！》と叫んで、帽子もかぶらずに登場して」というト書きと響き合う。

モリエールの戯曲では、プラウトゥスの作品同様、その後長大な独白が展開されるが、シャピュゾーの作品では、プラウトゥス作品に見られた長大な独白が細分化されていることが大きな特徴である。クリスパンの最初の台詞はわずか二行で、「泥棒！　俺は死んだ。奴をつかまえてくれ、逃げてしまう。間抜けな奴め、夜め、忌々しい」と言うと、「立ち上がり、恐怖のあまり二歩後ずさりする」。庭師ラ・フルールが「あなた、死体を押しつぶしましたよ」と言うと、ジェロントが「落ち着いてください、誰かがあなたをかつごうとして藁人形を置いたのですよ」となだめようとするが、この言葉も耳に入らぬ様子でクリスパンは言う « Cher ami, c'en est fait, courez, je ne l'ai plus. »「友よ、もうおしまいです。走って追いかけてください。あれがとられてしまったのです」。これに対してジェロントが「お嬢さんをお嫁にやることを不当にも拒否されたことの報いですよ。私がお嬢さんをくださいとあれほど言ったのに〔あなたが拒否するから〕、お嬢さんが攫われてしまったじゃありませんか」と返す。« je ne l'ai plus »「あれがとられてしまった」の « l' » をクリスパンの娘と勘違いしての言葉だが、シャピュゾーは、プラウトゥスが二つの場面に分散していたものを一つに圧縮している。つまり、金の入った包み（あるいは箱や壺）と守銭奴の娘をめぐる取り違えの場面を守銭奴の独白場面に組み込むという離れ業をやっているのだ。

ジェロントの言葉に応えることなく、クリスパンは「すべてを失ってしまったからには、もう死にたい」と言うため、ジェロントはクリスパンの気がふれてしまったのではないかと思う。この後のジェロントとクリスパンのやり取りは、一つの行を二人で分け合う渡り台詞のような趣となり、「何という叫びだ。頭がおかしくなってしまったのだろうか」というジェロントの台詞と「そうだ、俺は死のうとしているのだ」というクリスパンの噛み合わない台詞が一つの行を作る。続いてジェロントがクリスパンの娘のことを改めて持ち出してもクリスパンがまるで取り合わないため、ジェロントは相手が「正気を失ってしまった」のだと思う。クリスパンの台詞「俺はなんてみじめなんだ!」は、直前の「彼は正気を失ってしまった」というジェロントの台詞と一つの行を構成することで、クリスパンの狂気と孤立感をよりいっそう際立たせる。「それはまた見つかりますよ」という庭師ラ・フルールの慰めの言葉も、「おまえも悪党の一味じゃないのか」というクリスパンの疑いを呼び起こすばかりで、これをきっかけにクリスパンはまるで堰を切ったようにアレクサンドラン(十二音節詩句)を六行重ねるのだが、前半三行は、娘のことは今問題ではないということを言うために費やされており、「娘が日本にまで行ったとしても、ちっとも心配じゃない」とまで言っている。[20] プラウトゥスの長台詞の片鱗が顔を出すのはほんの一瞬、後半の三行のみである。

破滅するか、俺のお宝を取り戻すかどちらかだ。
誰も俺のために駆けつけてはくれない。もっと叫ぼう。
助けてくれ、助けてくれ、人殺し、殺される。

主人公の独白を細分化し、他の人物との対話を織り交ぜ、取り違えの場面と融合させることでシャピュゾーは、主人公の狂気をこれまで以上に際立たせる舞台を作ろうとした。

シャピュゾーは、金を盗まれて錯乱状態に陥った守銭奴の台詞を「泥棒！」という叫びで始めているが、モリエールはこれを踏襲して、この場面の緊迫感を高めている。プラウトゥスの『黄金の壺』には「泥棒！」にあたる台詞はないが、ラリヴェーの戯曲[21]では、« Au voleur ! Au larron, au larron ! » と畳みかけるような調子でこの表現が用いられている。モリエールは「泥棒！　泥棒！」の後に「人殺し！　殺人鬼！」と続け、さらに「正義よ、正義の神よ！」を加え、間投詞的表現をラリヴェーにも増して連ねて、言葉にならぬ動揺ぶりを巧みに描き出す。これに続く « Je suis perdu, je suis assassiné, on m'a coupé la gorge »「俺はもうおしまいだ。息の根を止められた。喉をかっ切られた」は、プラウトゥスでは守銭奴の台詞の冒頭に置かれている « Je suis perdu, je suis assassiné, je suis mort. » と呼応する[22]。ただし、モリエールは、誰かに喉を切られるという生々しいイメージを加え、さらに「金を盗まれた」と続けて、アルパゴンの金への執着をいっそう鮮明に印象づけている[23]。

プラウトゥスの『黄金の壺』のエウクリオの台詞は大きく三つの部分で構成されている。第一の部分は、黄金の壺がなくなったことによる錯乱である。エウクリオは動揺のあまり口走る。「どこに走っていくべきか。どこに走っていくべきではないか。俺の壺を盗んだ奴を捕まえてくれ」。ラリヴェーの作品では、説明的配慮が先行していて、「そいつを捕まえてくれ！　通りがかる奴すべてを捕まえろ！　戸口を閉めろ、戸を閉め、窓を閉めろ！　俺は何とみじめなのだ！」という言葉を挟んだ後で「どこに走っていくのか」が配置されているが、「どこに走っていくのではないか」という、主人公の錯乱ぶりをより鮮明に表す一節は採用されていない。これに対しモリエールは、マロルの訳文やラリヴェーの文章をさらに軽快なものとしている。たとえばマロルの訳文においては、« Où dois-je courir ? Où ne dois-je point courir ? » と、ラリヴェーの文章では « Où cours-je ? » となっていたところをモリエールは « où courir ? où ne pas courir ? » と、主語や助動詞を省いて大胆な軽量化をはかっている。

「俺の壺を盗んだ奴を捕まえてくれ」と言った直後にエウクリオは自問する。「自分がどこへ行こうとしているのか、今どこにいるのか、自分が誰なのかもわからない」。マロルの訳文はラリヴェーにほぼそのまま踏襲されているが[24]、モリエールにおいては、同じような一節が見られるものの、右往左往するアルパゴンの動きの中に組み込まれてより立体的になっていることが特徴的だ。アルパゴンは、「どこに走ればいい？　どこに走っちゃマズイ？　あっちか？　こっちなのか？」と舞台を駆け回り、泥棒を発見したと思い、相手に呼びかける。「誰だ？　止まれ、俺の金を返しやがれ、この野郎」。ところが、捕まえたと思った相手は、他ならぬ自分の腕。自分の腕を犯人として捕まえるという演技によって示される錯乱ぶりに導かれるようにして「気が動転して、今どこにいるかも、俺が誰なのかも、何をしているのかもわからない」という台詞が引き出される。

エウクリオの独白の第二の部分は、観客への呼びかけによって構成される。「お願いです、皆さん、助けてください。俺の壺を盗んだ奴が誰か教えてください」とまずは観客全員に話しかけ、泥棒は、あなたたちの中に隠れているのではないでしょうかと問う。続いて、観客の一人に話しかけ、「あなたの意見はどうですか」「お顔を拝見すると、立派な方のようにお見受けしますが」と言う。するとここで観客から笑いが起きたのか、その笑いに反応して言う。「どうしたのです。なぜあなたたちは笑っているのですか」と問いかけ、「ここには泥棒が大勢いるようですね」と言った後で、「何ですと、ここにいる皆さんの中で、あの壺を盗った人はいないのですか」と憤慨し、「教えてください、誰が盗ったのですか。ご存知ありませんか」とすっかり絶望的な調子となって、こうなった上はもう死ぬしかないという絶望を表明する第三の部分へと移っていく。

この第二の部分はラリヴェーにおいても踏襲されているが、大幅に簡略化されている。モリエールにおいては、アルパゴンが観客に呼びかける箇所が大変よく知られており、当時の演劇において画期的な場面とされるのも、アルパゴンが観客に呼びかけたり、観客の笑いを台詞の中に取り込んだりする手法の斬新さゆえのことだが、これらの要素はすでにプラウトゥスに見られる。ただし、プラウトゥスにおいては、第一の部分、つまり、主人公の錯乱ぶりを表す部分の直後に、観客への呼びかけ部分が配されているのに対し、モリエールにおいては、第三の部分、もう死ぬしかないという絶望の表明が先取りされて登場する。アルパゴンは、金に対して「俺のかわいいお金、俺のかわいいお金、俺の大事なお友達！」と呼びかけ、「おまえがいないと、俺は生きていけない」とまで言う。アルパゴンは地面に倒れ込むが、助け起こしてくれる人もいないため、「俺の大事なお金を返して俺を生き返らせてくれようって人はいないのか？」と立ち上がり、「えっ？　何だって？」と耳をそばだてて、観客の反応を窺う。「なんだ、そら耳か」という一節で、まずは小手調べという調子で、ここに観客との最初のコンタクトが生まれ、少し後で再び観客に向けられる長い台詞の土壌が整えられる。「誰がこんなことをしでかしたか知らんが、よっぽどうまくその時を見計らったな。俺があの馬鹿息子と話している時を狙いやがって。外に出よう。警察を呼んで来て、家じゅうの者たちを拷問にかけてやる、小間使いも召使も、息子も娘も、それから俺もだ」と言うと、不意に観客に目を向けて、驚きを表明する。「おや、何て人だかりだ！　どれも怪しい顔ばかりだな。何もかもが俺の金を盗んだ奴に見える。ああ！　そこ、何の話をしてる？　俺の金を盗んだ奴のことか？　そこで、何を騒いでる？　俺の金を盗んだ奴がそこにいるのか？お願いだ、俺の金を盗んだ奴のことを知っていたら、俺に教えてくれ。おまえたちの中に隠れてるんじゃないのか？　こいつらみんな俺のことをじろじろ見て笑い出したぞ。俺に盗みを働いた奴とグルなんだな？」プラウトゥスにおけるエウクリオ以上にアルパゴンは、舞台上を縦横無尽に動き回り、« là »「そこ」や « là-haut »「そこで」などの表現を用いて観客に語りかけることで、その言葉は自分に向けられたものではないかという感覚を観客に抱かせる。プラウトゥスにおいて、「なぜあなたたちは笑っているのですか」と、観客に向かって無邪気に発された問いをモリエールは、「こいつらみんな俺のことをじろじろ見て笑いだしたぞ」と変換している。こうして、舞台上の俳優を観客が見つめ、場合によっては笑うという状況を逆手に取り、プラウトゥスにも増して、観客を舞台上の虚構の中に巻込んで、あたかも観客の反応がアルパゴンの猜疑心をいっそうかきたてるかのようにしているのだ。アルパゴンの猜疑心は頂点に達し、「みんなしばり首にしてやる。それでも俺の金が見つからなきゃ、自分で首をつらなきゃならん」と劇的な幕切れとなる。

金を失った悲しみを、アルパゴンが、まるで愛する女を亡くした悲しみであるかのように語るのに対し、プラウトゥスやラリヴェーの作品ではいずれも説明的な色彩が濃く、どれほど苦労して集めた金かということが詳しく述べられる。ラリヴェーの作品では、こんな調子だ。「どうしてこれ以上生きていけようか、あんなに心を砕いて集めたお金を失ってしまったのだから。この両目よりも大切にして愛したお金なのに。この口に入れるパンも惜しんで節約して集めたお金、そのために腹いっぱい食べることもかなわなかった。それなのに、今や誰かが、俺を苦しめ、俺を傷つけて、喜んでいるのだ」。プラウトゥスでも同様だ。「あんなに一所懸命に守ってきた黄金なのに、それを盗まれてしまった。俺がこんなに苦しんでいるのを喜んでいる奴らがいる。そんなことは耐えられない」。このように説明的な箇所をモリエールは大きく刈り込んで、大切な金を失ったからには死ぬしかないという絶望を、まるで恋人に対するような調子で金に話しかけるアルパゴンの姿で表現する。さらに、「おまえがいないと、俺は生きていけない。もうダメだ。立っていられない。俺は死ぬ、もう死んだ、土に埋められた」と座り込み、続いて横たわるという身体的表現が言葉に肉付けし、立体的かつ躍動感あふれるものとする。だからこそ、その直後に「俺の大事なお金を返して俺を生き返らせてくれようって人はいないのか?」とアルパゴンがいきなり立ち上がることで観客の笑いが増幅されるのだ。

金を失ったことを嘆く守銭奴の独白場面については、シャピュゾーがプラウトゥス作品の長い独白を解体し、続く取り違えの場面と融合させてよりダイナミックなものとしたのに対し、モリエールはプラウトゥス作品の長い独白に回帰しつつも、三部構成の第二と第三の部分を入れ替えることで、自らが演じたアルパゴンの演技の効果を最大限に引き出すものとした。これに加え、アルパゴンの独白を幕切れに配置することで、この人物の孤立を一層強調している。先行作品とは違い、アルパゴンの嘆きに耳を傾ける人物は一人もいないのだ。

プラウトゥスはエウクリオの独白を、次の取り違えの場面へとつなげて展開すべく、この独白の後、エウクリオの娘パエドリアの恋人リュコニデスを登場させている。リュコニデスは、エウクリオの嘆く様子を見て、てっきり、パエドリアが子供を産んだことが露見してしまったのだと思い込み言う。「バレちゃったんだな。お嬢さんが子供を産んだことを知っているに違いない」。この台詞が、続く取り違えの場面を準備して、スムーズな移行が行われる。ところがモリエールは、アルパゴンの長い独白で第四幕を締めくくり、第五幕では刑事を登場させてまずジャック親方を尋問し、金と娘の取り違えの場面の配置を後ろにずらし、第五幕第三場に送っている。絶望するアルパゴンの姿を幕切れに配置することでモリエールは、観客により鮮烈な印象を与えようとしたのだろう。プラウトゥスにおいてはリュコニデスが絶望するエウクリオの姿を見て、これはてっきり自分の不始末のせいに違いないと確信し、慰めようとするのだが、そのような要素を排除することでモリエールは、アルパゴンの孤立感をよりいっそう際立たせようとしたのではないか[25]。

リュコニデスはエウクリオの嘆きを見て「お嬢さんが子供を産んだことを知っているに違いない」と思い込み、「あなたを苦しめている罪を犯したのは私なのです[26]」とすぐに打ち明ける。ここがモリエールとの決定的な違いである。つまり、プラウトゥスにおいては、リュコニデスの罪（エウクリオの娘をはらませ、その子が生まれたこと）がすでに観客の前に明らかにされているのに対し、モリエールにおいては、身に覚えのない罪を問われて、アルパゴン家の執事ヴァレールがアルパゴンの娘エリーズと結婚の約束をしてしまったことを打ち明けるとき、観客もここで初めて事実を知らされて驚く。だからこそ、アルパゴンが仰天するさまが、同じように不意を打たれた観客の笑いをいっそう大きなものとするのだ。これを準備するため、ヴァレールが無実の罪（金の入った小箱を盗んだ罪）の犯人に仕立て上げられる場面（第五幕第二場）が設けられたと考えられる。

それればかりではない。モリエールにおいては、アルパゴンが金の入った小箱をまるで恋人のように扱う様子が取り違えの場面に集約されており、恋人のことを語るヴァレールの言葉を、金への愛を語るものと勘違いするアルパゴンの傍白（「俺の小箱に美しい瞳だと？　まるで恋人が好きな女のことでも話すような口ぶりだな」）がいっそう観客の笑いを誘うのだ[27]。

さらに、モリエールの『守銭奴』では、第五幕第二場の冒頭で「そいつの喉をさっさと切ってくれ。それからそいつの足をあぶって、グラグラ煮えたぎった湯の中にぶち込んでから、天井につるしておいてくれ」というジャック親方の台詞が「誰を？　俺の金を盗んだ奴をか？[28]」というアルパゴンの台詞を誘発して、第五幕第三場の取り違えの場面を準備し、より喜劇的なものとしている。

プラウトゥスにおいては、取り違えの対象は、黄金の壺と娘の操《みさお》であるため、フランス古典主義演劇のビヤンセアンスの規則に抵触してしまう。「俺のものにどうして手をつけたんだ」と詰問されてリュコニデスは言う。「酒と恋ゆえのことです[29]」と。同じような質問をされてヴァレールは憤慨して言う。「僕が、手をつけるですって？　ああ！　あんまりです。あのひとにとっても、僕にとっても。僕は純粋で尊敬に満ちた気持ちでこの身を焦がしているんですよ[30]」。娘の妊娠と出産という要素を取り除いたうえで、娘との結婚は「その神さまのせいでやったことならどんなことも赦される、つまり愛の神さまのせいなんです[31]」とヴァレールに言わせることでモリエールは、時代の美意識にあわせたリライトを行っていると言えるだろう。

リライトの交差点としてのモリエールの『守銭奴』

アルパゴンの有名な独白、取り違えの場面以外にも、モリエールは多くの着想を先行作品から得ているし、モリエールがリライトを試みたのは、今回取り上げた作品に留まらない。モリエール劇団が好んで演じていた劇作家ボワロベールの手になる戯曲『美しき訴訟女』(一六五三年初演、一六五五年刊)の一部がリライトされて、借金を申し込んだ相手の高利貸しがじつは自分の父親であることが判明して父と子の対立の場面を生み出していることも指摘されている。[32] また、モリエール劇団の演目の一つであったトマ・コルネイユの戯曲『ドン・ベルトラン・ド・シガラール』(一六五一年初演、翌年刊)において召使が描く主人の肖像がアルパゴンをおだてるフロジーヌの台詞に組み込まれて喜劇的な効果を高めていることもまた知られている。[33]

さらに、「すぐに死んでマリアーヌさまを未亡人にしてくれるという条件で、あの人とは結婚するんですよ。それも婚姻証書の条項のひとつに含まれているんですから。あと三カ月してもまだ生きているなんて赦されませんよ[34]」というフロジーヌの言葉は、ドン・ベルトラン・ド・シガラールの召使の言葉と重なる。召使はこう言って、主人との結婚をイザベルに納得させようとするのだ。

主人がすぐに死んでくれなきゃ、私はあなたにひどく同情しますよ。
あんなのを夫にするという試練を経験したなら、
あとは未亡人になるという希望だけが慰め。
もし私があなたなら、結婚したりしないでしょうね、
六カ月後には死んでくれるという条件でなければ。
それでも悔悛には長すぎるくらいですけどね。[35]

モリエール劇団が一六五八年にパリでの公演を開始して間もなく『ドン・ベルトラン・ド・シガラール』は劇団の重要な演目となり、一六五九年から一六六一年にかけて、私的な公演を含めて十数回上演されているが、モリエールはこの作品にかなり愛着があったようで、『ドン・ベルトラン』第二幕第四場でドン・アルヴァー

ルがイザベルへの恋心をイザベルの父親や求婚者の前で架空の物語に託して語るところは、『病いは気から』(一六七三)の第二幕第五場、クレアントがアンジェリックへの恋心を愛する人の父親や求婚者の前で架空の物語に託して語るしかない状況に追い詰められたあの場面に書き換えられているようにも思える。『ドン・ベルトラン』の大筋、最初は結婚の意思を持っていたドン・ベルトランが未来の妻に不安を抱き、結婚をやめたいと思うものの、娘の父親に結婚を無理強いされそうになるという筋書きはモリエールの『強制結婚』(一六六四年にコメディー゠バレエとして初演)にそっくりそのまま踏襲されている。しかも、バレエ部分を削除して一幕物の喜劇に改められた一六六八年版の『強制結婚』に新たに加えられた場面において、上記の一節のリライトと考えられる台詞がドリメーヌから恋人に語られる。コメディー゠バレエとして初演されたこの作品をモリエールが一幕物の喜劇に仕立て直して上演したのが『守銭奴』初演のほぼ半年前であることを考えると、『強制結婚』のリライト作業を通じて『ドン・ベルトラン』を再度参照し、その経験が『守銭奴』のこの場面のリライトにも反映されているのではないかと思えてくる。一六六八年に『強制結婚』に新たに加えられた一節において若い娘が言い放つ。

あのじいさんが近いうちにくたばってくれると思うから結婚するんじゃない。大丈夫、すぐにあの世にいってくれると思うわ。どう見ても、あと六カ月って感じだもん。絶対、私が言った通りになるわよ。相手はあと半年の命なのよ。「早く未亡人になれますように」って神さまにお祈りするのも長くは続かないわ。[36]

『ドン・ベルトラン』や『強制結婚』(一六六八年版)では「あと六カ月」となっていた余命が、『守銭奴』においては「あと三カ月」と短縮されて喜劇的効果をより高めている。しかも、第二幕第二場において、「父親のほうも、お望みとあらば、あと八カ月もしないうちにくたばることは請け合ってくれるって話ですよ」[37]と別の人物に語らせておいてから第三幕第四場では「あと三カ月」と極端に短縮することでモリエールはこの場面をより喜劇的にすることを狙ったのではないか。ちなみに、『ドン・ベルトラン』において滑稽な求婚者（ドン・ベルトランもまた、アルパゴン同様、守銭奴であり、恋する老人である）がイザベルを花嫁としてもらい受けようとして使者を派遣した際にイザベルをまるで商品のように扱い、イザベルの父親相手に珍妙な「受け取り」（quittance）を発行して相手を呆れさせる場面がある。[38] この「受け取り」（quittance）という言葉は、「そんなものが持参金の代わりになるか。受け取ってもないものに受け取りは出せんぞ[39]」と憤慨するアルパゴンの台詞にも組み込まれて、観客の笑いを増幅したと考えられる。『ドン・ベルトラン』の印象的な場面を巧みに重ね合わせることで、アルパゴン像にいっそうの厚みを加えることができるとモリエールは考えたのではないか。

さまざまなテクストという花々の蜜を集め溶かし合わせて作られた『守銭奴』の魅力は一言では語りつくせない芳醇な味わいを持っている。さまざまにリライトされたテクストの交差する場所としてモリエールの『守銭奴』を読むことで、モリエール作品の創造の秘密の一端を垣間見ることができるように思う。

［注］

（1） *M. Accii Plauti Comoediae in quatuor tomos digestae*, traduction par Michel de Marolles, Pierre l'Amy, tome I, 1658, p.168. ちなみに、プラウトゥス『ローマ喜劇集1』（京都大学学術出版会、二〇〇〇年）に収録されている『黄金の壺』の翻訳（五之治昌比呂訳）においては、現存するテクスト（第五幕第一場まで）のみが収められており、したがって、「アルパゴン」という言葉は見られない。

（2）　Jürgen von Stackelberg, « Molière et Marolles : à propos des sources d'*Amphitryon* et de *L'Avare* », *Revue d'Histoire littéraire de la France*, 1992, n° 4, p.679-685.

（3）　Molière, *Œuvres complètes*, tome II, édition dirigée par Georges Forestier, avec Claude Bourqui, Gallimard, « Bibliothèque de la Pléiade », 2010［OCII］, *Notice*, p.1315-1317.

（4）　OCII, p.13. および、ロジェ・ギシュメール、廣田昌義、秋山伸子共編『モリエール全集』第七巻（臨川書店、二〇〇一年）所収、『守銭奴』（秋山伸子訳）、一一九頁。

（5）　第四幕第三場（*M. Accii Plauti Comoediae*, tome I. *op. cit.*, p.154）。

（6）　OCII, p.27.『守銭奴』、一四七頁。

（7）　OCII, *Notice*, p.1321.

（8）　第一幕第一場（OCII, p.6.『守銭奴』、一〇六頁）。

（9）　第一幕第四場（OCII, p.17.『守銭奴』、一二七頁）。

（10）　*M. Accii Plauti Comoediae*, *op. cit.*, p.134.

（11）　第二幕第五場（OCII, p.31.『守銭奴』、一五四―一五五頁）。

（12）　第一幕第五場（OCII, p.19.『守銭奴』、一三一頁）。

（13）　ちなみに、父子が同じ女性をめぐってライバルとして対立するという構図は、イタリア即興喜劇コンメーディア・デッラルテの常套手段であり、その他にもコンメーディア・デッラルテのシェナーリオ（筋書き）やラッツィ（軽快な所作を伴うギャグ）をモリエールは数多く取り入れていることが指摘されている（OCII, *Notice*, p.1321）。

（14）　第三幕第一場（OCII, p.37.『守銭奴』、一六六―一六七頁）。

（15）　第二幕第二場（*M. Accii Plauti Comoediae*, *op. cit.*, p.136）。

（16）　第三幕第六場（*M. Accii Plauti Comoediae*, *op. cit.*, p.152）。

（17）　イタリアの作家ロレンツィーノ・デ・メーディチ（一五一三―四八）による喜劇『アリドーシア』（一五三六）をピエール・ド・ラリヴェー（一五四〇頃―一六一九）が翻案した『幽霊騒ぎ』は『ピエール・ド・ラリヴェーの最初の六つの滑稽な喜劇』（一五七九）の一つとして刊行されたが、これはプラウトゥスの『黄金の壺』の他、同じくプラウトゥスの『幽霊屋敷』、テレンティウス（前一九五頃―前一五九）の『兄弟』の三作品を混ぜ合わせたような作品となっている（Pierre de Larivey, *Les Esprits*, édition de M. J. Freeman, Genève, Droz, 1987, *Introduction*, p.20）。この作品の校訂版を作成した研究者は、モリエールがこの作品から「大きな着想を受けた」（*Ibid.*, p.3）とし、守銭奴セヴランが金を盗まれたことを知って嘆く場面（第三幕第六場）

の独白を、プラウトゥスの『黄金の壺』の該当箇所、モリエールの『守銭奴』第四幕第七場と比較対照できるよう配列している（*Ibid.*, p.139-141）。モリエール作品について網羅的な源泉研究を行ったクロード・ブルキは、ある程度の類似については認めているが、モリエールが必ずしも『アリドーシア』や『幽霊騒ぎ』を参照したとは限らないとしている（Claude Bourqui, *Les Sources de Molière*, SEDES, 1999, p.218-219）。

（18）『黄金の壺』の自由な翻案としては、シャピュゾー（一六二五―一七〇一）の『騙された守銭奴』（Chappuzeau, *L'Avare dupé, ou l'homme de paille*, Guillaume de Luyne, 1663. 一六六二年初演）があるが、この戯曲はライバル劇団オテル・ド・ブルゴーニュ座で初演されたこと、また、シャピュゾーの別の戯曲が一六六一年にモリエール劇団によって初演されたこともあり、モリエールは『騙された守銭奴』の存在についてはかなり意識していただろうとクロード・ブルキは述べている（Claude Bourqui, *op. cit.*, p.222）。

（19）Chappuzeau, *op. cit.*, p.68-71.『守銭奴』については、第四幕第七場（OCII, p.59-60.『守銭奴』、二〇七―二〇九頁）。

（20）ちなみに、コルネイユ『舞台は夢』（一六三五―一六三六、第二幕第二場）において、マタモールは、自分は「日本の王妃」の心まで奪ったのだ、と自慢している。

（21）Pierre de Larivey , *op. cit.*, p.139-141.

（22）ラリヴェーもまた、プラウトゥスの三拍子のリズムをうまく踏襲して、« je suis détruit, je suis perdu, je suis ruiné »「俺はやられた、俺はもうおしまいだ、破滅だ！」としている。

（23）シャピュゾーの分断された長台詞においては、冒頭の「泥棒」という叫びに呼応するようにして、最後の行で« Au secours, au secours, au meurtre, on m'assassine. »「助けてくれ、助けてくれ、人殺しだ、殺される」と言っているが、ここでも、「誰かが」が主語に立てられることで、緊迫感が生まれている。

（24）ラリヴェーでは次のようになっている。« Je ne sais où je suis, que je fais, ni où je vais. »「自分が今どこにいるのか、何をしているのか、どこへ行こうとしているのかもわからない」。

（25）ラリヴェーの作品では、守銭奴の絶望の叫びを聞きつけてやってくる人物がいるし、シャピュゾーの作品では、そもそも、守銭奴の絶望を和らげるかのように、他の登場人物がそこにいて、守銭奴に話しかけている。

（26）第四幕第十場（*M. Accii Plauti Comoediae*, *op. cit.*, p.161）。

（27）OCII, p.66.『守銭奴』、二二一頁。エウクリオもまた黄金の壺に親しく話しかけているが、注15と注16で示したように、第二幕第二場、第三幕第六場などに分散しており、取り違えの場面と関連づけて笑いを増幅する手段として用いたのはモリエールの独創である。

(28) *Ibid.*, p.61.『守銭奴』、二一一頁。

(29) 第四幕第十場（*M. Accii Plauti Comoediae*, *op. cit.*, p.161）。

(30) OCII, p.66.『守銭奴』、二三一頁。

(31) *Ibid.*, p.65.『守銭奴』、二一八頁。

(32) *Ibid.*, *Notice*, p.1322.

(33) *Ibid.*, p.1327.

(34) 第三幕第四場（OCII, p.43.『守銭奴』、一七七頁）。

(35) Thomas Corneille, *Théâtre complet*, tome I, édition Liliane Picciola, Catherine Dumas et Montserrat Serrano Mañes, Classiques Garnier, 2015, p.506.

(36) *Le Mariage forcé* in Molière, *Œuvres complètes*, tome I, édition dirigée par Georges Forestier, avec Claude Bourqui, Gallimard, « Bibliothèque de la Pléiade », 2010, p.955. ロジェ・ギシュメール、廣田昌義、秋山伸子共編『モリエール全集』第四巻、臨川書店、二〇〇〇年、六一頁。

(37) OCII, p.26.『守銭奴』、一四四頁。

(38) 第一幕第六場（Thomas Corneille, *op. cit.*, p.517）。

(39) 第二幕第五場（OCII, p.31.『守銭奴』、一五五頁）。

ルソーの『エフライムのレヴィ人』再考
――連想遊戯のような解釈を疑う

越森彦

記憶の隠蔽と回帰

一七六二年六月、ジャン＝ジャック・ルソー（一七一二―一七七九）はフランスからスイスに馬車で逃亡しようとしていた。人類の幸福に寄与するはずだった『エミール』が、パリ高等法院から意表外の有罪判決を受けたのである。逃亡から約七年後、逮捕状が出された日のことをルソーは次のように振り返っている。

出発の翌日から、私はそれまでに起こったことをすべて完全に忘れ去った。高等法院のこともポンパドゥール夫人のこともショワズール氏のこともグリムのこともダランベールのことも、彼らの陰謀やその共謀者たちのことも。心ならずも警戒の念をゆるめなかったということがなければ、旅行のあいだそれらのことを思い返すことさえしなかっただろう。そうしたことすべての代わりに心によみがえったのは、出発の前夜の最後の読書の思い出であった。

それから少しまえに、訳者のユブネールが送ってくれた、ゲスナーの『田園恋愛詩集』を思い出した。この二つの観念がじつにはっきりとよみがえり、私の精神のなかで混じり合ったので、私は『エフライムのレヴィ人』の主題を、ゲスナーふうに扱って、この二つを結びつけることを試みたいと思った。あの田園風の素朴な文体は、あれほど残虐極まる主題に合っているとは思えなかった。それにそのときの状況は、それを明るいものにするだけの陽気な気分を提供してくれそうにもなかった。それでも私は、もっぱら馬車のなかの暇つぶしとして、少しも成功を望まずにやってみた。〔……〕私は自分の生涯で、あれほど心温まる良俗、あれほど新鮮ないろどり、あれほど素朴な描写、あれほど正確な時代考証、すべてにわたってあれほど古代的な単純さのただようものを書いたことがないと確信している。しかも、それらすべては、呪うべき舞台を背景にして恐怖に満ちた主題を展開しているのだ。だから、他のことはいっさい別としても、難題を克服したという功績は得たわけである。(1)

以上は、自伝『告白』の第十一巻末尾からの引用である。ルソー自身の報告によれば、馬車での逃亡が始まるやいなや、ルソーは最後に読んだ書物を想起したという。その書物は二冊ある。一冊は、ゲスナーの『田園恋愛詩集』である。もう一冊は、旧約聖書の七番目の書である「士師記」の終わり三章であった。そして、ルソーは、ゲスナーのような「田園風の素朴な文体」を用いて、「士師記」を書き直すことを思い立ったという。しかし、これは明らかに「難題」であった。なぜなら、「あれほど残酷な主題」ないしは「嫌悪すべき主題」とルソー自身が認めているように、「士師記」の終わり三章は旧約聖書の中でも最も血なまぐさい物語だからである。「田舎風の素朴な文体」すなわち牧歌的な文体でリライトするには最も適さない物語、それが「士師記」の終わり三章である。

では、このような「難題」に取り組もうとした理由は何か。『告白』の著者は、「もっぱら馬車のなかの暇つぶし」のためだったと説明している。しかし、その説明を真実のものとして受け入れることはできない。「暇つぶし」と訳した代名動詞の〈s'amuser〉は、「退屈しないよう、肩のこらない気晴らしをしながら時を過ごすこと」と一七六二年版のアカデミー・フランセーズの辞書では定義されている。この定義に即してルソーの言明を解釈すれば、リライトという気晴らしを楽しめるぐらいの精神的余裕がルソーにはあったことになる。実際、「それまでに起こったことをすべて完全に忘れ去った」とルソーは強調している。つまり、「士師記」のリライトという「難題」に取り組んだのは、逮捕と逃亡という過酷な現実を忘れるためではなく、現実を忘れたためなのである。忘れるためにではなく、忘れたために書いた、書けた。そのようにルソーは強調する。

ところが、現実の忘却を高らかに宣言する言明がある一方で、その直前にも直後にも、忘却されたはずの現実の回帰を露骨に示唆する言明が見られる。それが以下の二つの言明である。

（1）「心ならずも警戒の念をゆるめなかったということがなければ、旅行のあいだそれらのことを思い返すことさえしなかっただろう。」

（2）「それにそのときの状況は、それを明るいものにするだけの陽気な気分を提供してくれそうにもなかった。」

さらに、「すべて完全に忘れ去った」というわりには、「ポンパドゥール」、「ショワズール」、「グリム」、「ダランベール」といった個人名が矢継ぎ早に列挙されているのはどうしたわけであろうか。否認され隠蔽されたはずの記憶が回帰している。そう言わざるをえない。現実は忘却されていない。「士師記」とゲスナーという他の記憶によって置き換えられたわけではない。その意味で、『エフライムのレヴィ人』というリライト作品は単なる「馬車の中の暇つぶし」以外の何かである。

『エフライムのレヴィ人』のあらすじ

先述したように、『エフライムのレヴィ人』は、旧約聖書第七番目の書である「士師記」の終わり三章、すなわち第十九章から第二十一章のリライト作品である。「士師記」の終わり三章といえば、「暴力を称賛する長い長い物語」(2)とも言われる旧約聖書の中でも最も血なまぐさい物語として知られている。ルソーが参照したと思われるル・メートル・ド・サシ訳版聖書の記述に従って物語の内容をまとめてみよう(3)。

十九章：エフライムの山地の奥に住んでいたレヴィ人が、ユダのベツレヘムから妻を迎え入れる。しかし、しばらくすると、妻は父の家に帰ってしまう。四カ月後、レヴィ人はベツレヘムに出発して妻を連れ戻す。エフライムに戻る道中、レヴィ人は、ベニヤミン族の住む町ガバで同郷の老人の家に泊めてもらう。ところがその夜、レヴィ人たちがくつろいでいると、ベニヤミン族の「ならず者たち」が老人の家に押しかけてきて、こう言う。「お前の家に来た男を差し出せ。我々がその男を弄ぶことができるように。」歓待の掟を守るために、老人は、自分の娘とレヴィ人の妻を差し出すことを提案する。しかし、レヴィ人は自らの手で妻だけを差し出す。ならず者たちは妻を「一晩中朝になるまで弄ぶ」。翌朝、レヴィ人が戸を開けたときには、妻は家の入り口ですでに事切れていた。レヴィ人は妻の遺体を持ち帰り、十二の部分に切断して、イスラエルの各部族に送りつける。出エジプト以来の犯行にベニヤミン族を除く全部族が憤慨する。

二十章：集結したイスラエルの諸部族はレヴィ人から事情を聞くと、ベニヤミン族の制裁を決意する。四十万人のイスラエル兵が二万六千人のベニヤミン兵に対して陣を敷く。二度の戦いにわたってイスラエル兵は敗北を喫する。しかし、三度目の戦いではイスラエル側が勝利することを神は約束する。巧みな退却作戦によってガバを急襲したイスラエル兵はベニヤミン族を皆殺しにする。生き残った六百人のベニヤミン兵はリモンの岩場に逃げ込む。

二十一章：戦いに勝利したものの、イスラエルの人々は声をあげて泣き叫ぶ。イスラエルから一つの部族が欠けようとしていたからである。ベニヤミン族を復活させるためには、生き残った六百人のベニヤミン兵に妻を与えなければならない。しかし、戦闘が始まる前に、ベニヤミン族には自分の娘を嫁として与えないことをイスラエルの人々は神に誓っていた。そこで、戦闘に参加しなかった部族がいないかを調べたところ、ギレアドのヤベシュの住民は一人も戦闘に参加していないことが判明する。早速、一万二千人の兵士がヤベシュに送られ、全住民が殺される。ただし、四百人の娘たちは例外であり、彼女たちはベニヤミン兵の妻にさせられる。ところが、生き残りのベニヤミン兵は六百人だったので、まだ二百人の娘が足りない。そこで、シロの町で主の祭りが行われていることをイスラエルの人々は思い出し、ベニヤミン兵にこう言い渡す。「ぶどう畑に言って、待ち伏せし、シロの娘がそろって踊りに出てくるのが見えたら、ぶどう畑から出て行って、シロの娘の中からそれぞれ妻にしようとする者を捕まえ、ベニヤミンの地に帰りなさい。」ベニヤミン兵たちは命令に従い、シロの娘を略奪して自分の妻にする。こうして、「その頃、イスラエルには王がなく、各人が自分の好きなことをやっていた」という暗示的な一文とともに物語は終わる。

以上のあらすじに明らかなように、「士師記」の終わり三章には、統治機構のない原始的な状態にあった人々のなす暴力行為の数々が描かれている。どのようにリライトしようとも、輪姦殺人と大量虐殺を中心に展開する物語のもつ暴力性を隠すことはできないだろう。実際、旧約聖書の非人道性を糾弾していたヴォルテールは、その典型例として「士師記」の名を挙げた(4)。

連想遊戯のような解釈

なぜ、いかなる目的で、ルソーは、極めて暴力的なテクストである「士師記」をリライトの先行作品として選んだのか。真っ先に考えられるのは、作者の心的葛藤がリライトされた作品に反映されているのではないか、ということであろう。この仮説に基づいた読解方法としては伝記的読解がある。いわば偽装された自伝として作品（ここでは『エフライムのレヴィ人』）を解釈する読み方である。その急先鋒として、ルソー研究の泰斗であるジャン＝フランソワ・ペランがいる。ペランによれば、ルソーは、迫害されている自分の姿を「士師記」の登場人物に投影している。「ベニヤミン族の再生──『エフライムのレヴィ人』から『告白』へ」[5]と題された論文の中心的主張は以下の二つである。

（1）ベニヤミン族の「ならず者たち」に襲われたレヴィ人の物語に自分自身の物語をルソーは読み取った。根拠は以下の三つ。一つ目は、レヴィ人が襲われたのも、ルソーが逮捕命令を告げられたのも、真夜中であること。二つ目は、「逮捕」を意味する〈prise de corps〉という表現は、字義通りには身体を拘束することであり、ベニヤミン族のならず者たちによってレヴィ人も身体を拘束されそうになった。三つ目の根拠は、〈lévite〉という単語は女性名詞として用いられた場合、「丈長のフロックコート」を意味しており、晩年のルソーもこれを愛着していた。

（2）ルソーは、ベニヤミン族に自分の出自を見出している。この主張の根拠としてペランは、ベニヤミン族の祖であるベニヤミンもルソーも自分の出産が原因で母を亡くしている点を指摘している。

このように、ペランは、作者の伝記的事実と作品の言語的事実との一致を手がかりにして連想遊戯のような解釈を繰り広げている。そして、「ルソー＝レヴィ人」「ルソー＝ベニヤミン族」という等式を打ち立てる。この等式に従えば、イスラエルの諸部族に被害を訴えるレヴィ人とは、迫害の真実を読者に暴露する『告白』の作者の似姿である。さらに、迫害から立ち直りたいという自分の夢を民族浄化の危機から再生するベニヤミン族にルソーは託したということになる。煎じ詰めれば、迫害から受けた精神的傷を癒やすために、ルソーは「士師記」をリライトしたのである。しかし、ルソーは本当に、迫害される自分の姿をレヴィ人やベニヤミン族に重ね合わせていたのだろうか。リライトという営み、あるいはその産物である自作品を読み返すことに、ペランの指摘するような治療効果を求めていたのだろうか。

公刊の企図

執筆の動機を知るための手がかりとして、『告白』以外にも、『エフライムのレヴィ人』の刊行のためにルソーが準備した序文の草案がある。

> 人生で最もつらい時期に私が取り組んでいたものがこれです。当時の私は、名誉を重んずる人にとっては予想もできないような災難に襲われていました。不運の海に沈み、恩知らずで野蛮な同時代人たちの悪事によって打ちのめされた私が、彼らの意に反して免れている唯一の悪、そして私の恨みを晴らすために彼らに残された悪、それは憎悪という悪です。
>
> (*OC* III, p. 1205)

ルソーは一七六三年、すなわち『エフライムのレヴィ人』を書き上げた翌年にこの序文を執筆した。わざわざ序文を準備したのは、他の作品とともに『エフライムのレヴィ人』を出版しようとしていたからである。つまり、『エフライムのレヴィ人』は、『告白』の記述とは異なって、作者が一人で読み返して精神的な癒やしを得ることができれば事足りるというような類の自己充足的な作品ではなかった。少なくとも、執筆された当初においては、自分以外の人間に読まれることを他の作品同様にルソーは強く望んでいる。実際、自分と敵たちという構図をルソーは描いてみせる。つまり、ルソーは復讐心を抑制しているのに対して、敵たちは込み上げてくる情念にいつまでも突き動かされている。この非対称的構図を利用して、ルソーは読者の読み方に一定の方向性を与えようとしている。ルソーによれば、敵たちは、「狂おしい怒りに身を任せて思いつくままにあらゆる悪事で」ルソーを責め立てている。普通であれば、「怒りと憤りで心が食いつくされてもおかしくない」状況である。しかし、ルソーの魂は平安のうちにある。不正を受けたとしても、報復の欲望を抑制している。つまり、自分が悪意のない、無害で無実の無辜の人間（homme innocent）であることを読み取るようにルソーは読者に要請しているのである。

レトリックと言説分析の立場からルソーの要請を捉え直せば、『エフライムのレヴィ人』の企図はエートスの構築にあったと言えるだろう。周知のように、エートスとはロゴス、パトスと並ぶ説得手段の一つであり、アリストテレスは『弁論術』の第二巻第二章でこの言葉を「信頼に値する論者の人柄」という意味で使っている。さらに、ドミニック・マングノーと並んでフランス語圏における言説分析の旗振り役であるリュース・アモシーは次のように定義している。「聞き手に何らかの影響を与えるために話し手が自己のディスクールの中で構築する自己像[6]」。以下、この定義に従って「エートス」という術語を用いる。

「悪人」ルソー

エートスの構築を要請された背景について、ルソーは、序文草案において次のように語っている。

もし万一、誰か公正な人が、これほど多くの侮辱と誹謗文書に応えて私を擁護してくださるなら、次のような讃辞を私は望みます。人生で最も辛かった時期に、『エフライムのレヴィ人』を彼は書いた。

(*OC* III, p.1206)

「誹謗文書」(libelle)という言葉に注意されたい。実際、十八世紀の作家でルソーほど人格攻撃の対象になった作家はいないだろう。具体例として、最も有名なものを取り上げよう。

一七五七年、出版されたばかりのディドロの喜劇『私生児』をルソーは受け取った。それを読むと、コンスタンスという登場人物の台詞に「ひとりでいるのは悪人だけ」という台詞があった。これを、田舎に隠棲した自分に対するあてつけとしてルソーは受け止めた。実際にあてつけだった可能性もある。いずれにせよ、ディドロとの関係は急速に悪化していき、一七五八年に刊行された『ダランベールへの手紙』の序文において、ディドロとの絶交をルソーは公式に表明する。敵意に満ちた文言とともに。

私は一人で暮らしているので、この作品を誰にも見せることができなかった。かつて私には、厳しくて公正なアリスタルコスがあったが、いまはもういないし、私ももはや彼を望んでいない。(*)

(*OC* V, p. 7)

アリスタルコスは、アレクサンドリアの文献学者・批評家であり、厳正な批評によって知られていた人物である。「アリスタルコス」という固有名詞による換称(antonomase)がディドロその人を標的にしていることは一目瞭然であった。さらに、追い打ちをかけるようにして、旧約聖書の一節をルソーは注(=*)に引用している。

* 「友人に剣を抜いても、絶望することはない。友人は戻ってくるかもしれない。友人に悪口を言って

も、心配することはない。和解はできる。しかし、侮辱、不当な非難、秘密の暴露、裏切りなどによってつくられた心の傷に対しては、もはや友人の許しは期待できない。離れた友人は二度と帰ってこないであろう。」（『集会の書』XXII 26-27）（*OC* V, p.7）

この引用文は、内容はもちろんのこと、注という補足説明の体裁を成している点においても、極めて陰険なやり口として受け止められた。結果、パリのサロンに集う人々の間では、ある一つのルソー像が形成されていくことになる。次に引くのは、問題の注を読んだディドロの感想である。

彼の注は悪辣さの塊だ。〔……〕この男は悪魔のようにずるくて、虚栄心が強く、恩知らずで冷酷、偽善的で悪意に満ちている。〔……〕この男は怪物である。(7)

一方、ルソーの側からすれば、旧約聖書を引用したのはディドロを名指しで直接攻撃しないための配慮であった。「消え去った友情に対してなお捧げねばならぬ尊敬の念」とまでルソーは述べている（*OC* I, p.497-498）。しかし、旧約聖書の引用はそれがなされた時期からしても、ルソーの「悪意」を証明する証拠資料として読まれた。なぜなら、当時のディドロは、『百科全書』の刊行をめぐってさまざまな圧迫と妨害に悩まされていたからである。さらに、ダランベールが『百科全書』の編集から手を引いたのも、ちょうどこの時期であった。

「徳の擁護者」ルソー

ディドロとの訣別以降、パリのサロンでは「悪人」ルソーのイメージが流布していく。しかし、それとは正反対のイメージも確立しつつあった。「徳の擁護者」ルソーというイメージである。このパブリック・イメージを作りあげたのは、『新エロイーズ』の読者たちであった。これも、数ある例の中から一つ取り上げよう。ロバート・ダーントンは、デュ・ベルジェ夫人という『新エロイーズ』の女性読者がルソーに宛てた書簡を紹介している。日付は一七六二年一月二十二日、すなわち『エフライムのレヴィ人』が執筆される五カ月前である。

ジュリーは本当にいたのですか。サン＝プルーはまだ生きているのですか。ヴォルマール氏やエドワード卿といった人たちはみな、優しいクレールは親友の後を追ったのですか。〔……〕クレール、あの〔……〕ただの架空の存在なのでしょうか。もしそうであるとしたら、何ともひどい世界に私たちは住んでいるものです。徳がただの観念にすぎないなんて。たぶんあなた一人が、幸せな人間として、徳をわきまえ、実践していらっしゃるのでしょうね(8)……。

『新エロイーズ』の刊行以降、これと同内容の書簡、すなわちルソーを徳高きジュネーヴ市民として崇拝する書簡が大量に書かれた。その書き手は主に、地方に住む若者や田舎貴族、支配的な文化から排除された職人、とりわけ社会的因習の重圧に苦しむ女性たちであったという(9)。彼ら・彼女らはルソーの著作のなかに作者ルソーの声を聞き取っていた。作品の内容と同時に、あるいはそれ以上に、現に生きている生身の人間としてのルソーの人となりに強い関心を寄せていた。

あえて単純化すればこうなる。ルソーと実際に会ったことがあるパリ社交界のエリート読者とりわけ百科全書派の人々にとって、ルソーは復讐のためなら卑劣な手段も辞さない「悪人」であった。しかし、ルソーと一度も会ったことのない地方の崇拝者にとっては地上でただ一人の徳の擁護者であった。

リライト①——レヴィ人の場合

「悪人」と「徳の擁護者」。二つの相反する作家像が競合的に産出されていた。このような言説状況の中で、『エフライムのレヴィ人』の作者は、どのようにしてエートスを構築したのか。歪曲された自己像を修正するために、「士師記」のテクストを構成する様々な言語的・説話的要素のうち、どの要素をリライトしたのだろうか。最初に、ペランによれば、迫害される自分の姿をルソーが投影したというレヴィ人について検討してみよう。以下に引用するのは、レヴィ人が妻の遺体を発見する場面である。最初に「士師記」から。

夫は朝起きて、妻を探して旅を続けようと戸を開けた。すると、妻が家の入り口で敷居に手をかけて倒れていた。自分になされた侮辱の復讐をしてくれと頼むためであるかのように。夫は最初、妻が眠っているのだと思い、妻に言った。「起きなさい。出かけよう。しかし、妻は何も答えなかった。夫は妻が死んでいることを認めた。夫は妻を驢馬に乗せ、自分の家に帰った。（XIX 28）

原文では単純過去が使用されており、継起した出来事が時間的順序に従って淡々と語られている。行動のみが客観的に描かれ、レヴィ人の心境については何も説明がない。この行動主義的な記述をルソーのそれと比較してみよう。

野獣たちを巣へと追いやる夜明けが近づいて、悪党どもがちりぢりになると、哀れな女は最期の力をふりしぼって、老人の家まで身を引きずって行く。彼女は戸口でうつぶせに倒れ、腕を敷居にのばしている。

一方、レヴィ人は、〔自分を泊めてくれた〕主人の家で呪詛の言葉と涙につつまれた一夜を過ごしたあと、出発しようと戸を開けるや、あれほど愛した女の姿を目にする。レヴィ人の引き裂かれた心には、なんという光景だろう。レヴィ人は、罪を罰する天に向かって嘆きの叫び声をあげる。そして、娘に声をかけて言う。「起きなさい。呪われたこの地を去ろう。来なさい。おお私の伴侶よ、私がお前の破滅の原因なのだ。私はお前の慰めとなろう。お前の不幸をとがめるような、不正な卑劣感は滅びるがよい。こんなにもむごたらしい目にあうとは。それでも私にはお前がいっそう愛おしい。」娘は一言も返事をしない。レヴィ人は動揺する。恐怖にとりつかれた心は、さらに悲惨なことが起こるのを恐れる。レヴィ人はもう一度彼女を呼ぶ。眺める。触れる。もう妻はこの世の人ではなかった。「おお、あまりに愛おしい最愛の娘よ、こんな目にあうために私は、お前を父親の家から連れ出したのだろうか。お前のためにと思って私の愛が準備したのは、このような運命だったのだろうか。」こう言い終えたとき、レヴィ人には妻のあとを追う覚悟ができていた。以後、妻よりも長く生きたとしても、それはただ妻の恨みを晴らすためだった。

(*OC* III, p.1215)

一読して明らかなように、先行テクストの二倍以上も文章が長くなっている。追加された文言は、そのほとんどがレヴィ人の心理描写に充てられている。ただし、記述されている出来事は「士師記」と同じである。しかし、ルソーのテクストには先行テクストとは比べようもないほどの情念が漲っている。ルソーの描くレヴィ人は、何よりもまず、怒りに突き動かされる人間である。この重大な変更を可能にしている要素として、レヴィ人の台詞の中に二つの文体的特徴を指摘できるだろう。一つ目は、呼びかけ法（apostrophe）の乱発。二つ目は、修辞疑問文（question rhétorique）の反復である。両者はともに心の高揚と関係している文彩であり、引用部の後半において長々と展開される感嘆法（exclamation）と連動している。さらに、内面の高ぶりという点では、先行テクストの単純過去が現在時制に変更されているのも見逃せない。いわゆる物語体的現在であり、迫真法（hypothypose）の構成要素として、絶望し怒り狂うレヴィ人が目前にいるかのような臨場感を与えている。

しかし、ルソーの描くレヴィ人は嘆き悲しみ怒るだけの人間ではない。ルソーによってリライトされたレヴィ人は復讐の鬼と化す。「士師記」のレヴィ人は、妻の死を前にしても、それを「認める」だけである。極言すれば、他人事のように妻の死を眺めている。一方、ルソーのレヴィ人は、一晩中「涙」を流したうえに、「あれほど愛した女」を返してくれ、「不正な卑劣感は滅びるがよい」と「罪を罰する天」に向かって「呪詛」の叫び声を上げる。「士師記」のレヴィ人と違って、ルソーのレヴィ人は、これ以上ないほどに強く急激な情念を露わにしている。ルソーは、「レヴィ人の復讐鬼化」とでも呼ぶべきリライトを実践しているのである。

この点で注意したいのが、サシによる翻訳版「士師記」にも、ヘブライ語原典に対する微妙なリライトがすでに見られることである。「士師記」における遺体発見の場面を再度引用する。

> 夫は朝起きて、妻を探して旅を続けようと戸を開けた。すると、妻が家の入り口で敷居に手をかけて倒れていた。*自分になされた侮辱の復讐をしてくれと頼むためであるかのように*。（XIX 27）

「自分になされた侮辱の復讐をしてくれと頼むためであるかのように」という、追加法（hyperbate）によって配置された最後の一句に注目されたい。この一句をサシはイタリック体にしている。妻が手を敷居にかけていたのは、夫に復讐を依頼するためだったと念を押して説明するためである。しかし、このような補足説明は、翻訳者であるサシの独自判断による追加である。ヘブライ語原典には見当たらない。実際、より忠実に原典を翻訳しているオステルヴァルの訳文は次のようになっている。「そして彼女の夫は朝起きて、戸を開けて、旅を続けようと外に出た。しかし、自分の側女である女が家の戸口で手を敷居にかけていたのであった。」（XIX

27）つまり、ヘブライ語原典には、サシが追加したような復讐のテーマは見られない。一方、サシの翻訳では、妻が手を敷居にかけていたことの意味が補足説明によって分かりやすくなっている。とはいえ、この補足説明は、司祭でもあったサシによる教育的配慮であり、「士師記」を復讐の物語にする狙いはなかったであろう。しかし、ルソーは、サシの補足説明が明らかにした復讐のテーマを最大限に利用している。その実例として、死体切断の場面を比較検討してみよう。まずは「士師記」の記述から。

家に着くと、レヴィ人は刃物をとって、妻の体を骨とともに十二の部分に切り離し、一部分ずつイスラエルの各部族に送った。（XIX 29）

レヴィ人の行為のみが実にあっさりと報告されている。レヴィ人の心理は依然として不明である。次に、ルソーのレヴィ人を見てみよう。

この瞬間から、レヴィ人の心は唯一の計画によって占められ、他のあらゆる感情に耳を貸さなかった。愛情、後悔、憐れみ、すべてが憤怒に変わる。それを見れば涙にくれるはずの亡骸も、もはやレヴィ人を嘆かせることも泣かせることもできない。レヴィ人はそれを乾いた暗い目で眺める。そこに見出すのは、激怒と絶望の種だけである。〔……〕迷いも震えもなく、レヴィ人は野蛮にもその体を十二に切り分けた。しっかりとしたゆるぎない手つきで、恐怖心もなく打ち込み、肉と骨を切り、頭と手足を分離した。これらの身の毛もよだつ贈り物をイスラエルの各部族に送ると、先んじてマスファに向かった。

（*OC* III, p.1215）

先行テクストに対して二つの書き換えがなされている。最初に、「士師記」では、語り手による道徳的判断は一切見られないのに対して、ルソーはレヴィ人を「野蛮人」と呼んでおり、レヴィ人の行為を批判的に捉えている。次に、「士師記」では、妻の亡骸を家に運ぶレヴィ人の姿はまったく描かれておらず、遺体の発見から切断へと間断なく物語が進行していく。これとは対照的に、ルソーのテクストでは、ギブアからエフライムまでの帰り道でレヴィ人を襲った感情が克明に描かれている。レヴィ人を襲った感情とは「憤怒」である。ただし、レヴィ人はもはや感情に支配されているわけではない。「乾いた暗い目」「迷いも震えもなく」「しっかりとしたゆるぎない手つき」といった表現からも分かるように、狂気の憤怒に突き動かされながらも、復讐の計画を冷静沈着に練り上げて粛々と実行していくのである。このような人物造形は先行テクストである「士師記」にはまったく見られない。

リライト②——ベニヤミン族の場合

次に、ベニヤミン族を見ていこう。はたしてルソーは、ペランの主張するように、迫害からの立ち直りという自分の夢をベニヤミン族に託したのだろうか。

「士師記」では、レヴィ人を襲ったベニヤミン族の男たちを次のように説明している。「ベリアルの子たち、すなわち、軌範なき子供たち」。新共同訳聖書では「ならず者」と訳されている「ベリアルの子」という表現は、素行の悪い者や偶像崇拝者あるいは特に男色家を対象にした軽蔑語であり、旧約聖書においては頻繁に用いられる。「ベリアル」という名詞の語源は明らかになっていない。サシが « c'est-à-dire sans joug » と補足説明しているように、「法の束縛・支配を受けない者」を指す。ルソーは、この補足説明に自分の解釈を付け加え、「軌範も歯止めも抑制もないベリアルの子供たち」と書き換えている。つまり、サシの補足説明の後に、

「歯止めがない」と「抑制がない」の二語を追加して、激情に駆られやすいベニヤミン族の無抑制ぶりを強調している。また、先に引用した箇所でもルソーは、ベニヤミン族を夜明けとともに巣に帰る「野獣」に喩えていた。実際、ルソーの描くベニヤミン族のならず者は肉体的欲望に抗うべき理性を有していない。その行動は衝動的かつ突発的である。リライトの観点から重要なのは、野獣に比すべきならず者たちに対して、ルソーが否定的評価を下している点である。レヴィ人の妻が襲われる場面において語り手は次のように述べている。「人間の名にも値せぬ、野蛮人め。お前たちのほえ声は恐ろしいハイエナの叫び声のようだ。」このような否定的評価は「士師記」にはない。さらに、一部のならず者だけでなく、ベニヤミン族全体に対しても、ルソーは徹底的に侮蔑的な態度を示す。たとえば、次の一文のように。「ベニヤミンはかみ裂く狼。朝には獲物に食らいつき、夕には奪ったものを分け合う。」これは、創世記四十六章二十七におけるヤコブの予言からの引用である。「士師記」にはない。この引用文は、ディドロに向けられたものと同じくらい辛辣であり、侮蔑的である。なぜなら、文脈と完全に離れており、ベニヤミン族に対する痛烈な皮肉になっているからである。実際、この引用文が配置された場面においてベニヤミン族は獲物を奪い合うどころか、戦いに負けて滅亡の危機に立たされている。狼は狼でも牙の抜け落ちた狼なのである。つまり、文脈をあえて無視した切り貼りの引用を用いて、ルソーはベニヤミン族に冷笑を浴びせている。

エートスの構築手段としてのリライト

以上見てきたように、ルソーは、レヴィ人もベニヤミン族も情念に突き動かされた存在として描き、両者に対して批判的な立場を取り続けている。ルソーを取り巻いていた言説状況を考慮するならば、それは当然のことであろう。なぜなら、情念という「心の突発的で激した運動」（セネカ『倫理書簡集』七五・一二）にひとたび身を任せると何をやらかすか分からない狂気の「悪人」、それがまさにパリのサロンで流布していたルソー像だったからである。エートスの構築という観点からすれば、レヴィ人とベニヤミン族に自分の姿を重ね合わせることによってルソーが得られるものは何もない。

では、どのようにしてルソーはエートスを構築したのであろうか。情念の克服を描くことによって、共同体への自己犠牲を描くことによって、個人的な感情が徳に昇華される過程を描くことによって、というのが私の答えであり、以下はその証左である。

物語の後半で、生き残りのベニヤミン兵に娘を略奪された家族に文句を言われた時の対応が問題になる。最初に「士師記」から引用する。

もし彼女らの父や兄が私たちに文句を言いに来たら、こう言おう。「我々のために憐れみをかけてやってほしい。我々は、戦争の間それぞれ妻を迎え入れることができなかった。あなたたちも彼らに娘を与えることができなかった。与えていたら、あなたたちは罪に問われたはずだ。（XXI 22）

この台詞について、ルソーは微妙な書き換えを行っている。それは、人称に関わっている。

もし彼女らの父と兄が私たちに文句を言いに来たら、こう言おう。我々のためにも、彼らの兄弟であるあなたがたのためにも、彼らに憐れみをかけてやってほしい。あの戦争があってからというもの、彼らを結婚させることもできず、誓いを捨てて我々の娘を与えることもできない。もし彼らを子孫もなく滅亡させたら、我々の罪になるのだから。（OC II, p. 1221-1222）

「私たちへの憐れみ」が「私たちとあなたたちへの憐れみ」に、「あなたたちの罪」が「私たちの罪」にそれぞれ書き換えられている。「士師記」では、ベニヤミン族が滅亡した場合、その責任はシロの町だけにある。ところが、ルソーはこれをイスラエル人全員に関わる連帯責任に変更している。ベニヤミン族を救うことは、公共善の問題なのである。つまり、「士師記」にはなかった共同体への奉仕、自己犠牲というテーマが新たに導入されている。さらに、この倫理的なテーマを十全に展開するために、ルソーは、「士師記」にはない独自のエピソードを物語の終盤において挿入した。それは、シロの町に住むアクサという娘が父の説得に従い婚約を断念してベニヤミン兵の妻となる、というものである。

アクサの父はやって来るや、アクサの手を取って言った。アクサよ、お前は私の心を知っているはずだ。私は、〔お前の婚約者の〕エルマサンを愛している。彼は私の晩年の慰めになったかもしれない。しかし、お前の民の救済とお前の父の名誉のほうが、彼に優越せねばならぬ。娘よ、お前の義務を果たしてくれ。兄弟たちのなかにいる私を恥辱から救ってくれ。起こったことはすべて、私が勧めたのだから。アクサはうなだれ、答えもなく吐息をついた。しかし、やっと目を上げると、尊敬すべき父の目に出会った。その目は口よりも雄弁であった。彼女は心を決めた。彼女の弱く打ち震えた声が、弱々しい最後の別れの言葉のなかで、エルマサンの名を発するや否や、彼女は目もくれず、たちまち背を向け、半死の状態でベニヤミン人の腕に崩れ落ちた。

(*OC* II p. 1222)

アクサという登場人物が唐突に現れてコルネイユ的状況に置かれる。あろうことか、シロの町の娘の略奪をベニヤミン族に提案したのはアクサの父だったのである。自分から言い出したのであるから、自分の娘だけ見逃してくれとは言えない。父の名誉を守るため、そしてイスラエル人の民族としての存続を守るために、アクサは婚約者に対する個人的な欲望を放棄することを決意する。すべては義務のため、共同体のため、公共善のためである。

アクサの決断は、『新エロイーズ』のジュリーを露骨に想起させる。なぜなら、ジュリーもアクサのように父の名誉を守るために恋を諦めるからである。その時の心境をジュリーは次のように報告している。

> 聖書の言葉にあれほど強く述べられている結婚の純潔、尊厳、神聖、人類の幸福に、秩序に、平和に、存続にまことに重要な、清らかで崇高な結婚の義務、義務として果たすだけでもまことに甘美な義務、こうしたことすべてが私にきわめて深い印象を与え、私は内面に突然の変革を感じたように思いました。〔……〕私は自分が再生する思いでした、別の人生をまた始める思いでした。甘美な心慰める徳よ、おまえのために私はまた人生を歩み始めるのです。おまえこそが私に生を大切に思わせてくれるもの、おまえにこそ私はこの生を捧げましょう。
>
> （*OC* II, p. 354-355）

「甘美な義務」という撞着語法的な表現が示すように、ジュリーは、父親の命令に盲目的に服従しているのではない。命令の妥当性を洞察するがゆえに、自発的に同意している。命令の持つ意味を自分のものとして、自分の意志のうちに取り込んでいる。自らの選択的意志によって義務を遂行すること。これをジュリーは「徳」と呼び、忠誠を誓っているのである。つまり、『新エロイーズ』とは、情念の力に対する意志の勝利すなわち徳の勝利の物語であり、先に紹介したデュ・ベルジェ夫人のような地方の読者がルソーに心酔したのもそのためである。

ここで注意したいのは、『エフライムのレヴィ人』もまた徳の勝利を称揚している点である。より正確に述べれば、徳の勝利の物語に書き換えられている点である。その根拠として、「士師記」と『エフライムのレヴィ人』における最後の一文を比較してみよう。同じ物語内容であるはずなのに、なんと正反対の結末を迎えているではないか。

> 「士師記」：当時、イスラエルには王がなく、それぞれが自分の好きなことをしていた。（XXI 24）

「士師記」はサムソンが死んでサムエルが登場するまでの移行期の混乱を描いている。よって、新たな混乱がまた同じように生じるであろうことを予感させて物語は終わる。これに対して、ルソーは物語を半ば強引に終わらせた。

> 『エフライムのレヴィ人』：われわれの祖先の神よ、祝福されてあれ。イスラエルにまだ徳があったのだ。（*OC* III, p.1223）

このように、一度は失われたかに思えた徳の現存を言祝ぐことによってルソーの物語は終わる。「半ば強引に物語を終わらせた」と先に述べたのは、婚約を断念したアクサの姿に感化されたシロの町の娘たちが皆こぞってベニヤミン兵たちに身を任すという、にわかには信じがたい事態が生じているからである。つまり、個人的であれ集団的であれ、『エフライムのレヴィ人』において情念はその一切の要求を放棄して沈黙する。最後に勝つのは徳なのである。

結論を述べよう。なぜ、ルソーは「士師記」をリライトしたのか。それは、『告白』におけるルソー自身の説明とは違って、リライトという知的遊戯による現実逃避のためではなかった。さらに、作者の自伝的事実と作品の言語的事実の符合（実は偶然による一致）を発見したという錯覚を連想遊戯による解釈がどれだけ与えようとも、作品の執筆された時の言説状況を冷静に確認してみるならば、ルソーが自分の姿を登場人物に投影することは無意味であるばかりか自損行為に他ならないことがよく分かる。もちろん、偽装された自伝を読むことから生じる治療効果を求めていたわけでもない。誹謗文書によって歪曲された自己像を修正し、真正な自己像を読者に差し戻すこと、エートスを構築し直すこと。これが、少なくとも当初は作品の出版を企図していたルソーの目的であった。そのためにルソーは「士師記」のリライトを通じて、執筆以前に流布していた「徳の擁護者」という作家像を甦らせようとしたのである。『新エロイーズ』の読者たちがそうしたように、あるいは、数十年後にスタール夫人がそうしたように、作者がどのような人物であるかを想像しながら読むことをルソーは求めている。スタール夫人はルソーを評してこう述べたそうである。「ルソーは、情念を徳に変えた人だ[10]」。

【注】

（1） *Œuvres complètes de Jean-Jacques Rousseau*, Bibliothèque de la Pléiade, Gallimard, 1959, tome I, p. 586. ルソーの作品については以下のように略述して本文中に記す。*OC* I, p. 586.『エフライムのレヴィ人』については、以下の版も参照した。*Le Lévite d'Éphraïm*, édition critique par Frédéric S. Eigeldinger, Honoré Champion, 1999. / *Le Lévite d'Éphraïm*, introduction, notes et bibliographie par Sébastien Labrusse, Les éditions de la transparence, 2010.

（2） スティーブン・ピンカー『暴力の人類史』（上）幾島幸子・塩原通緒訳、青土社、二〇一五年、三五頁。

（3） 「士師記」については、以下の版を参照した。*Sainte Bible, contenant l'Ancien et le Nouveau Testament, avec un commentaire littéral inséré dans la traduction française*. Par le R. P. De Carrières, Prêtre de l'Oratoire de Jésus. Tome second, [trad. de Louis-Isaac Le Maître de Sacy], à Paris chez Huart et Moreau, 1750. / *La Sainte Bible, qui contient le vieux et le nouveau Testament, revue et corrigée sur le texte hébreux et grec par les pasteurs et les professeurs de l'Église de Genève*. Avec les arguments et les réflexions sur les chapitres de l'Écriture Sainte et des notes. Par J. F. Ostervald, Pasteur de l'Église de Neuchâtel. À Neuchâtel, De l'imprimerie d'Abraham Boyve et compagnie, 1744.

（4） Voltaire, *Mélanges*, Bibliothèque de la Pléiade, Gallimard, 1961, p. 258.

（5） Jean-François Perrin, « La Régénération de Benjamin : du *Lévite d'Éphraïm* aux *Confessions* », dans *Autobiographie et fiction romanesque. Autour des Confessions de J.-J. Rousseau*, Publication de la Faculté des Lettres de l'Université, 37, 1996, p. 45-57. なお、『エフライムのレヴィ人』の登場人物にルソーが自分の姿を重ねているとする読解は以下の研究にも見られる。François Van Laere, *J.-J. Rousseau du phantasme à l'écriture. Les révélations du Lévite d'Éphraïm*, Archives des lettres modernes, N°81, 1967. / M. Thomas Kavanagh, *Writing the Truth. Authority and Desire in Rousseau*, University of California Press, 1987. / Michael S. Kochin, "Living with the Bible : J.-J. Rousseau reads Judges 19-21", *Hebraic Political Studies*, vol.2, no.3 (Summer 2007), 2007, p. 301-325.

（6） Patrick Charadeau, Dominique Mainguenau, (sous la dire. de), *Dictionnaire d'analyse du discours*, Seuil, 2002. (Article « ethos »)

（7） Denis Diderot, « Tablettes », 1758. 以下のアンソロジーを参照した。Raymond Trousson, *J.-J. Rousseau. Mémoire de la critique*, Presses de l'Université de Paris-Sorbonne, 2000, p. 175.

（8） ロバート・ダーントン『猫の大虐殺』海保真夫・鷲見洋一訳、岩波書店、「同時代ライブラリー」、一九九〇年、二一二―二一三頁。

（9） ロバート・ダーントン「ルソーを読む――十八世紀の平均的読者像」水林章訳、ロジェ・シャルチエ編『書物から読者へ』（みすず書房、一九九二年）に所収、二一六頁。

（10） Trousson, *ibid*., p. 20.

II

歴史記述における史料の引用

――瀕死の太陽王をめぐるダンジョー侯の証言

嶋中博章

太陽王の黄昏

「太陽王」ルイ十四世は、歴代フランス王の中で最も長生きをし、最も長い期間フランスを統治した。一六四三年に五歳で即位し、一七一五年にあと四日で七十七歳という年齢で亡くなるまで、七十二年間、フランスに君臨したのだった。その長い治世の間に、ルイ十四世はたくさんの病気を経験したことが知られている[1]。とくに一六八五年からは痛風に苦しめられ、一六九〇年以降はリウマチの症状も現れて、王は歩くのさえ難しいほどだった(図1)。また、有名なエピソードであるが、一六八六年には大がかりな痔瘻の外科手術も経験した。そんな満身創痍のルイ十四世が死去するのは一七一五年九月一日のことであるが、その一週間ほど前から王は迫りくる死を覚悟していたようである。八月二十四日には左足に壊疽の症状が現れ、翌二十五日以降、王は家族や親しい宮廷人に別れの言葉を述べ、死後に行うべきさまざまな処置についてもあれこれ指示を出して

図1　車椅子で庭園を散歩するルイ14世（1713年）

いる。年老い、死に臨んだ王の姿は、多くの歴史家によって描かれてきた。歴史書における王の臨終の場面は、もちろん、同時代の証言にしっかりと基づいている。たくさんある証言の中でも、とくに有名なのが、ダンジョー侯（marquis de Dangeau）の証言である。彼が書き残した日記は十九世紀半ばに公刊されて[2]、いくつもの歴史書、とくにルイ十四世の伝記で繰り返し引用されてきた。本稿では、ダンジョーの日記が王の死をめぐる証言として高い評価を得るようになった要因を、ダンジョーの記述とその記述を引用する歴史書を突き合わせることで、少し立ち止まって考察してみたい。

『ダンジョー侯の日記』とその権威

ダンジョー侯こと、フィリップ・ド・クルシヨン（Philippe de Courcillon）は、一六三八年に、フランス北西部、メーヌ地方の古い貴族の家系に生まれた（つまりルイ十四世と同い年ということになる）（図2）。一般的な貴族の子弟と同じように将校の道を選んだダンジョーは、一六六五年に国王連隊の連隊長の地位を得、遺産帰属戦争（一六六七―一六六八）にもその肩書で参加する。この職務のおかげで彼は王と近づきとなったわけだが、王はダンジョーの軍人としての奉仕だけでなく、詩作の腕前や宮廷でのカード賭博の才能を高く評価したようである。(3) ダンジョーに対する王の寵愛は、一六七〇年に「入室特権（entrée）」の授与という形で表現された。この特権のおかげで、ダンジョーは王の居室に入ることを許され、ルイ十四世を間近から日常的に観察する機会を得たのだった。王の親しい友人であるダンジョーは、それ以外にも、王太子の近侍、王太子妃の名誉騎士、聖霊騎士団の騎士、ブルゴーニュ公妃の名誉騎士、科学アカデミーの名誉会員など、たくさんの名誉を身に着けた。

しかし、もしダンジョーがたんなる王のお気に入りとして人生を終えていたなら、現在はすっかり忘れられた存在になっていただろう。彼を忘却の淵からすくい上げたのは、彼のエクリチュールだった。ダンジョーは一六八四年四月一日から一七二〇年八月六日までの三十六年間、ほぼ毎日日記をつけた。たいていは口述筆記だったが、ときに自分で書くこともあった。たくさんの写本が作られていることから、十八世紀におけるこの日記の評判がわかる。フランス外務省公文書館には三十六巻の写本が収められている。この写本を作らせたのがサン＝シモン公（duc de Saint-Simon）で、それをもとに彼は「追記」（additions）を記し、そして有名な『メモワール』を作成したのだった。この『メモワール』

図2　ダンジョー侯の肖像（1702年）

のおかげで、サン＝シモンは「フランスの大作家」の仲間入りを果たすことになる(4)。

ダンジョーの日記が公刊されるのは、一七七〇年以降のことである。はじめは抜粋の形だったが、一八五四年から六〇年にかけて最初の完全版が、サン＝シモンの「追記」と一緒に、全十九巻で刊行された（注2参照）。ダンジョーの証人としての権威は、サン＝シモンが彼のテクストに下した評価と無縁ではない。予め注意しておきたいのは、サン＝シモンがダンジョーのテクストを「日記」ではなく「メモワール」と呼んでいることである。ダンジョーのテクストに限らず、近世のテクストを読むとき、確立された「ジャンル」を前提にすることはできない。テクストにつけられたタイトルは、その著者がつけたものではなく、あとの時代に出版業者がつけたものも多いのである。さて、サン＝シモンはダンジョーの日記にどのような意見をもっていただろう。

彼のメモワールは御用新聞が沈黙している多数の事実にあふれており、年代が正確で、混同を避けることができるので、時代が経つにつれて高い評価を得るだろうし、より正確に書きたいと思っている人にとって大いに役立つだろう(5)。

サン＝シモンはダンジョーのテクストを詳細かつ正確な「メモワール」として高く評価している。だからこそ、彼は自身のメモワール執筆にあたって、ダンジョーのそれを利用したのだった。しかしその一方で、サン＝シモンはダンジョーのテクストに容赦ない批判をぶつけてもいる。

これほど粗末で、これほど無味乾燥で、これほど用心深く、これほど字義通りの、こんな作品を五十年以上にわたって毎日書くという忍耐力と辛抱強さを人が持てたなんて、とうてい信じがたいことである。まったくもって嫌になる不毛きわまりない、うわべのことしか書いていないのだ。ただ、ダンジョーには本物のメモワールを書くということは難しかったのだと言わねばならない。本物のメモワールは宮廷の内実とさまざまなからくりに通じていることを要求するものなのだ[6]。

サン＝シモンには、ダンジョーの退屈な文体と洞察力の欠如が我慢ならなかったようである。ところが、サン＝シモンによって欠点とされた特徴が、後世の人びと、とくに歴史家たちにとっては、ダンジョーの証人としての権威の保証となるのである。例えば、ルイ十四世の伝記をはじめ、ルイ十四世時代の歴史書を数多く書いているフランソワ・ブリュシュは、自らが編集した『偉大な世紀事典』でダンジョーの日記を次のように評価している。

一八五四年に刊行されたダンジョーの日記は、その無味乾燥さ、精彩のなさ、そして不公平さ（！）をサン＝シモンに非難されたが、スルシュ侯のメモワールとともに、我われが所有しているヴェルサイユの宮廷に関する最良の史料を成している。スルシュに比べて遠慮がちで、おそらくいくぶんおもねりが過ぎるが、ダンジョーには毎日書き、文学的効果をまったく狙っていないという唯一無二の価値がある[7]。

以上から、サン＝シモンや後世の歴史家は、ダンジョーの記述に三つの長所を見出していると言えるだろう。ひとつ目が正確さ。ダンジョーは一日の終わりに、その日あった出来事を書きとめていたと考えられている。出来事と執筆の時間的距離の近さが、記述に信用を与えているのである。二つ目が継続性。ダンジョーは三十年以上にわたり、ほぼ毎日、見聞きしたことを書きとめた。サン＝シモンを驚かせたその「忍耐力」が、ダンジョーの日記を類まれな記録としている。そして三つ目が文学的要素の欠如、つまり「文学的効果」を狙わずに書いたこと。これはサン＝シモンをうんざりさせた要因でもあるが、後世の歴史家の目には最も重視すべき美点と映ったのである。

二つのエクリチュール

一七一五年八月二十六日に、瀕死のルイ十四世が五歳の曽孫に与えた言葉はよく知られている（図3）。フランソワ・ブリュシュは、評価の高いルイ十四世の伝記の中で[8]、『ダンジョー侯の日記』の記述を引用しながら、その場面を次のように描いている。

正午、ルイ十四世は曾孫の王太子（ちょうど五歳半の未来のルイ十五世）を呼び出した。ルイ十四世は彼を抱擁し、次の短い言葉を述べた。それは道徳的な遺言と、公的な告白、ルイ十四世らしい偉大さ、そしてル・テリエ神父〔王の聴罪司祭〕流の敬虔さの寄せ集めである。「坊や、おまえは間もなく偉大な王になるのだよ。ただし、おまえの幸福は神様に服従するかどうか、おまえの民の負担を軽くしてあげようと配慮するかどうかにかかっている。そのためには、できる限り戦争を避けなくてはならない。民たちを破滅させることになるからね。このことで私がおまえに示した悪いお手本に従ってはいけないよ。私はあまりに軽々しく戦争をしすぎたし、虚栄心から戦争を続けてしまった。私を真似てはいけない。平和な君主になりなさい。おまえが一番熱心に取り組むべきは臣民の負担を軽くしてあげることだ[9]」。

実は、この有名な台詞には、いくつものヴァリエーションが存在し、史料によって言い回しが微妙に異なっている。サン＝シモンもその『メモワール』の中で同じ場面を描いているが、先の引用とは異なる台詞を伝えている。

「わが子よ、おまえは偉大な王になるのだよ。私の建築好き、そして戦争好きを真似てはいけない。反対に、隣国とは平和を保つよう心がけなさい。神に負うものは神に返しなさい。神に感謝しなさい。臣民に神を称えさせなさい。良き助言にたえず従いなさい。民の負担を軽くするよう努めなさい。それは不幸にも私ができなかったことだ。ヴァンタドゥール夫人〔養育係〕への感謝を忘れてはいけないよ(10)」。

つまり、この場面に関して、サン＝シモンはダンジョーに依拠していない。より正確には、依拠したくてもできなかったのである。というのも、ダンジョーの日記には、この場面の記述は存在しないのである！　では、後世の歴史家、ブリュシュの伝記の中に、ダンジョーの証言としてこの台詞が引用されているのはどうしてだろうか。

図3　王太子に語りかけるルイ14世（1753年）

ここで注意すべきことがある。十九世紀半ばに『ダンジョー侯の日記』と題されて出版された書物には、ダンジョーの日記以外のテクストも含まれていることである。ダンジョーの日記は、一七一五年八月二十八日でいったん中断している。日記が再開されるのは、王の死後のことである。日記の空白期間を含む、王の最後の一週間、八月二十五日から九月一日までについて、ダンジョーは

「日記」とは別の記述を残した。それが「王のご病気の間、王の寝室で起こったことに関する、ダンジョー侯の覚書」（以下「覚書」）と題され、『ダンジョー侯の日記』第十六巻に収められているテクストである。[11] 理由は不明であるが、このテクストの手書き原稿は、サン＝シモンが「追記」とメモワールを書いた時代には、すでに国外（ウィーン）にあり、彼はその存在を知らなかった。いずれにせよ、『ダンジョー侯の日記』と題されて出版された書物には、ダンジョー侯の「日記」とその部分的な「リライト」と言える「覚書」、二つのテクストが収められているのである。歴史家が『ダンジョー侯の日記』を出典として明示していても、実際の「日記」ではなく、「覚書」の記述から引用されていることが少なくない。先ほど挙げたブリュシュの伝記はまさにその一例である。

王の「痛み」と「日記」の中断

では、ダンジョーはなぜ「日記」の執筆を中断し、稿を改めて「覚書」を作成したのだろうか。ここでは、王が耐え忍んだ苦痛の表現に着目して、「日記」と「覚書」の記述を比較し、この「リライト」の問題を考えてみたい。[12]

先にも触れたように、一六八六年十一月十八日午前七時、ルイ十四世は痔瘻の外科手術を受けた。麻酔なしの施術で、メスを二度、ハサミを八度あてて患部を切開したという。大きな手術だったにもかかわらず、ルイ十四世はその日の午後には公務に復帰し、顧問会議を開き、宮廷人に接見も許した。ダンジョーは術後の経過と王が経験した痛みをほぼ毎日「日記」に書きとどめている。

〔一六八六年十一月〕十九日火曜日、ヴェルサイユにて――ミサのときとブイヨンが供せられたとき、王は大勢の宮廷人に会った。王はとても穏やかである。王は全員に接見し、何も痛まないかのように(comme s'il n'avoit rien souffert)寝台で身体を動かしている。王はいつものように(à l'ordinaire)顧問会議を開き、挨拶にやってきた外国の大臣たちに会った。[13]

もう一例だけ挙げる。

〔一六八六年十二月〕九日月曜日、ヴェルサイユにて――午前、王は〔患部の〕大がかりな切開を受けた。王は手術が行われた日以上に苦しんだ(souffrit)。外科医たちはもう切るべきものは何もなく、治癒は確実であるとはっきり断言している。陛下が苦しんだ痛み(mal)は、顧問会議を開き、いつものように(à l'ordinaire)宮廷人に会う妨げには一切ならなかった。[14]

ダンジョーの「日記」を読んで気がつくのは、「いつものように(à l'ordinaire)」日常が過ぎたことに記述の力点が置かれていることである。王は痛みに苦しめられながらも立派に耐え忍び、日常を維持し継続したことが強調されている。王が経験した痛みは、最終的に「これまで聞いたことのない、最も心揺さぶり感動的な健康回復[15]」の物語に回収されているのだ。

痛みと戦いながら日常をいつも通りにこなす王の姿は晩年になっても変わらない。死のひと月ほど前の一七一五年八月十二日から、ルイ十四世は「座骨神経の痛み」に苦しめられるようになる。

〔一七一五年八月〕十三日火曜日、ヴェルサイユにて――王はミサに行くのに肘掛椅子で運ばせた。座骨神経の痛み(douleurs)が少しひどくなったからだ。ミサから戻ると、王は玉座の間でペルシアの大使を引見した。王は長い引見の間ずっと立っており、そのせいでひどく疲れた。王は自室に戻って横になりたいと思った。しかし、王は大臣たちを呼ばせて財政顧問会議を開き、少しも横にならなかった。王はいつものように（à son ordinaire）昼食をとり、昼食のあとは大法官殿と働き、それからマントノン夫人〔王の愛妾〕の部屋へ行き、そこで小音楽会に臨んだ。(16)

ここでも王が痛みに耐えつつ「いつものように」日常を続けていたことが語られている。ところが、八月二十四日の記述から急に様子が変わる。

〔一七一五年八月〕二十四日土曜日、ヴェルサイユにて――王はとても調子よく夜を過ごしたが、足がずっと王をひどく苦しめている。人びとは、この痛み（mal）がはじめ思っていたより、ずっと深刻かもしれないと恐れ始めている。しかし王は、あたかも健康そのものであるかのように（comme s'il étoit en parfaite santé）公衆の前で昼食をとり、財政顧問会議を開き、大法官殿と働いた。王が大臣たちと働いたあと、マントノン夫人と女官たちが王の居室へ行った。九時に王は部屋着で夕食をとり、宮廷人たちを〔部屋に〕入れた。だが、すぐに退出するようお願いした。痛み（douleurs）が大きくなっていたからだ。王は執務室に入って妃殿下方に会うことはしなかった。王はル・テリエ神父を呼びにやり、告解をした。人びとは、壊疽が王の足にできたのではないかと恐れている。それを疑わせる黒斑があるからだ。この悲しい状況の中、王はどんな事柄も蔑ろにしておらず、死を恐れているようにも見えない。(17)

たしかに王は気丈に痛みと戦い、日常を維持しようとしてはいるが、増大する痛みを前に、いつも通りの生活ができなくなっている。さらにその痛みには、死を暗示する壊疽の「黒斑」が伴っていた。そして翌日には、痛みは王に死を覚悟させるまでに増大する。

〔一七一五年八月〕二十五日日曜日、サン=ルイの日、ヴェルサイユにて――夜、王の具合は悪かった。痛み（douleur）が大きくなる。危険は大きくなり始めている。しかし王は、この日に行われる慣わしであったことを何も変えないことを望んだ。……だが、痛み（douleurs）が大きくなり、痙攣の動きが現れたので、王は臨終の聖体拝領を求め、枢機卿殿〔宮廷司祭長のロアン枢機卿〕がそれを与えた。さらに王は、とても敬虔かつ毅然とした態度で終油の秘跡を受けた。(18)

「日記」のこの箇所はダンジョーの自筆で書かれていることがわかっている。『ダンジョー侯の日記』の編者によると、「筆跡は大急ぎで書かれており、著者の激しい心の揺れ」(19)が現れているという。痛みと戦う王以上に、ダンジョーが痛みに耐えきれずにいるかのようだ。実際、この日を境にダンジョーは王を苦しめる痛みから目を背ける。翌二十六日から「日記」が中断される二十八日までの三日間の記述から、痛みをあらわす単語（douleur, mal）が消えるのである。

では、王の死後に書き直された「覚書」には、王の痛みがどう描かれているだろうか。先ほどと同じ、八月二十五日の記述は次のようになっている。

……七時頃、眠っていた王が目を覚ましたが、脈の具合がとても悪く、意識がなかった。そのため医師たちはたじろぎ、直ちに臨終の聖体を王に与えることに決めた……。王は、目覚めのあと十五分ほど陥っていた意識の障害から回復すると、再び同じような状態に陥ることを恐れて、御自ら臨終の聖体拝領を早急に受けるべきとお考えになった。そして、このときから、あとわずかしか生きられないと確信し、死にゆく人間として振る舞い、命令を下した。ただしそこには、過去に前例のない、毅然とした態度（fermeté）、はっきりとした意識（présence d'esprit）、そして偉大な魂（grandeur d'âme）が伴っていた[20]。

ここでも王が臨終の聖体拝領を求めたことが語られているが、そのきっかけとして「意識の障害」が指摘される一方で、「痛み」があったことには言及がない。あたかも痛みそのものが存在しないかのようである。実は、この記述を含め、「覚書」を通して（王が経験したものとしては）痛みをあらわす語句は一切出てこない[21]。ダンジョーはおそらく「覚書」の記述から意図的に痛みの存在を排除したと考えられる。

すでに確認したように、「日記」では「いつものように」王の日常が繰り返されたことが強調されていた。つまり「日記」は日常の営みが継続していることを記録するのが目的のエクリチュールだったと言える。その中で、痛みは日常を脅かす存在として登場するものの、最後には克服されるものとして扱われていた。裏を返せば、克服できない痛みには居場所を与えることができないことになる。実際、一七一五年八月の死を予期させる痛みは、ダンジョーにとって受け入れがたいものとなった。その結果、ダンジョーは「日記」を中断せざるをえなくなったのである。

他方、「覚書」は王の死によって日常が断絶した後に書かれているため、日常の継続を記録するという目的をもたない。「覚書」が読者に提示するのは、勇敢に死に立ち向かい、安らかな死を与えられた王の姿である。王は「キリスト教徒としての英雄的な毅然たる態度で迫りくる死に耐え[22]」、「消えるロウソクのように、如何なる努力も必要としない[23]」穏やかな死によって報われた、というわけである。このような物語では、はじめから痛みに居場所はない。痛みなどないかのように従容として死に就く王の英雄的態度を称える「覚書」のエクリチュールが、「文学的効果をまったく狙っていない」とは考えにくいように思われる。少なくとも、事実の客観的な伝達を目的としていないことだけは間違いない。

台詞の書き直し

ルイ十四世が王太子を枕元に呼んだ八月二十六日、王は宮廷人に向けても直接語りかけた。このときルイ十四世が語った言葉は「日記」と「覚書」の両方に書きとめられている。ところが、同じ著者による同じ場面の描写にもかかわらず、二つの記述は同じではない。まずは「日記」の記述を読んでみよう。

王が宮廷人に語ったことを一字一句違わずに以下に挙げる。「諸君、私があなた方に示した悪い手本を許してほしい。あなた方が私に仕えたその仕方、そしてあなた方が私にいつも示してくれた愛情と忠誠に心から感謝する。あなた方にしてあげたいことをしてあげられないことが残念だ。時世がよくないせいだ。私に示してくれた勤勉さと忠誠を孫にも示してほしい。まだ子どもだから、やがてたくさんの困難に見舞われるだろう。あなた方が他の臣民全員の手本となるように。私の甥〔ルイ十五世の摂政となるオルレアン公〕が与える命令に従うように。間もなく彼が王国を統治することになる。彼がうまく統治できることを願う。また、あなた方が一致団結することも願っている。誰か離れる者がいれば、連れ戻してあげなさい。私は感傷的になって、あなた方まで感傷的にしてしまった。許してほしい。さらば、諸君。あなた方がときどき私を思い出してくれることを願っている[24]」。

ここでダンジョーは直接話法を用いてルイ十四世の台詞を再現しているだけでなく、「一字一句違わずに(mot pour mot)」という前置きによって、自身の証言の確かさを強調している。では次に、「覚書」の記述を見てみよう。ここでも「日記」と同じように直接話法が用いられている。

午後十二時半、王は寝室でミサを聞いた。……ミサが終わると、王はロアン枢機卿殿とビシ枢機卿を近くに来させ、少しの間話をした。彼らと話し終わると、王は寝台脇と〔寝台前の〕手すりの近くにいた王の役人である私たち全員に向けて、大きな声で言葉をかけた。私たちは皆、王の寝台に近づいた。王は私たちにこう言った。「諸君、私はあなた方の奉仕に満足している。あなた方は私に忠実に仕え、私を喜ばせようとしてくれた。あなた方にもっとしっかりと報いてあげられなかったことが残念だ。近頃の状況がそれを許さなかったのだ。後悔とともにあなた方と別れる。私に仕えたのと同じ愛情をもって王太子に仕えるように。まだ五歳の子どもだから、これから多くの困難に見舞われるだろう。私も若い頃に多くの困難に見舞われたことを思い出す。私は逝くが、国家はいつまでも残る。国家に忠実に尽くしなさい。あなた方が他の臣民全員の手本となるように。皆がひとつにまとまりなさい。それこそが国家を結びつける力となるのだ。私の甥が与える命令に従うように。間もなく彼が王国を統治することになる。彼がうまく統治できることを願う。また、あなた方が義務を果たし、ときどき私のことを思い出してくれることも願っている[25]」。

問題は微妙な言い回しの違いではない。ここで引用した「覚書」には、見過ごすことのできない台詞が書き加えられている。「私は逝くが、国家はいつまでも残る（Je m'en vais, mais l'État demeurera toujours）」。あたかも「王の二つの身体」という王政の理念を意識したかのような言葉である。王の権威、国家の権威を帯びた言葉を、証人としての権威をまとった人物が証言することで、この台詞は読み手に強い印象を残す。さらにこの台詞が十二音節で構成され、アレクサンドラン（十二音綴）のようになっていることも、読者への効果という点で注目に値しよう[26]。

実際、先ほど挙げたブリュシュの伝記では、この台詞の部分をわざわざ大文字の活字を用いて強調して引用している（ゴチック体の箇所が大文字になっている部分）。

今、王は宮廷人や奉公人たちに寝台の側に来るよう合図を送り、次の言葉をかける。その声は弱々しくもしっかりしている。「諸君、私はあなた方の奉仕に満足している。あなた方は私に忠実に仕え、私を喜ばせようとしてくれた。あなた方にもっとしっかりと報いてあげられなかったことが残念だ。近頃の状況がそれを許さなかったのだ。後悔とともにあなた方と別れる。私に仕えたのと同じ愛情をもって王太子に仕えるように。まだ五歳の子どもだから、これから多くの困難に見舞われるだろう。私も若い頃に多くの困難に見舞われたことを思い出す。**私は逝くが、国家はいつまでも残る。**国家に忠実に尽くしなさい。あなた方が他の臣民全員の手本となるように。皆がひとつにまとまりなさい。それこそが**国家を結びつける力となるのだ。**私の甥が与える命令に従うように。間もなく彼が王国を統治することになる。彼がうまく統治できることを願う。また、あなた方が義務を果たし、ときどき私のことを思い出してくれることも願っている」[27]。

この例以外にも、エルネスト・ラヴィスをはじめ、何人もの有名な歴史家がこの台詞を引用している[28]。例えば、最近ルイ十四世の最後の日々に関する著作を出版したジョエル・コルネットは、王が王太子に語った言葉について、ダンジョーの証言は正確ではないと指摘して退けているが、宮廷人にあてたこの言葉については、何の躊躇いもなくダンジョーダンジョーの「覚書」を採用している。

ルイ十四世は親しい宮廷人全員に［寝室に］入るよう命じた。……そして彼らに向けて、この有名な言葉をかけたのである。「私は逝くが、国家はいつまでも残る。国家に忠実に尽くしなさい[29]」。

さらにこの台詞は、小説を経由して映像作品にも取り上げられることになった。フランソワーズ・シャンデルナゴールの小説『王の小径』をもとにした同名のテレビ・ドラマがそれである。[30]そこでも死を覚悟した王の口からこの台詞が印象深く語られている。

引用の判断基準

このように広く知られる台詞(「私は逝くが、国家はいつまでも残る」)だが、もし「日記」の「一字一句違わずに」という表現が本当なら、この「覚書」の台詞はダンジョーの創作ということになろう。しかし、問題は「覚書」の信憑性の有無ではない。この「覚書」の証言が多くの歴史家に採用された事実こそ問題にしなくてはならない。というのも、これら歴史家たちは「日記」ではなく「覚書」の証言を採用した明確な学術的根拠を示していないからである。もしかすると、歴史家たちがルイ十四世に対して抱いているイメージ、すなわち国家を体現する威厳ある王というイメージが、証言の取捨選択を左右している可能性も否定できない。『ダンジョー侯の日記』の編者による次の注記は、そのような心配が杞憂でないことを示しているように思われる。

〔「日記」の記述を〕ダンジョーの覚書にある記述と比較すると、こちら〔覚書〕のバージョンを選ばないではいられない。ルイ十四世はきっとこの言葉を口にしたはずだ。それは彼の性格にとても適っている。「私は逝くが、国家はいつまでも残る[31]」。

ルイ十四世ならこう言ったはずだ。ここで表明されているのは、「覚書」の読者でもある編者の主観的判断以外の何ものでもない。証言の取捨選択に際して判断基準となっているのは、語られている台詞が自分自身のルイ十四世のイメージと合致しているかどうかであって、ダンジョー自身の「一字一句違わずに」という宣言も、出来事とエクリチュールの時間的距離の近さも、まったく省みられていないのである。王が王太子に向けて語った言葉に関して、ブリュシュが「覚書」を引用した際、「ルイ十四世らしい偉大さ」をそこに見ていたことも、あわせて指摘しておきたい。したがって、かりにダンジョー自身が「文学的効果」を狙っていなかったとしても、彼の「覚書」に記されたルイ十四世の台詞は、偉大な君主の言葉として読者を惹きつけ納得させる「文学的効果」を発揮していると言えるのである。

ここで問題となっている台詞を含む「覚書」の記述は、語り手の存在を示す主語が含まれている点でも注目に値する。ダンジョーのテクストにおいては、「日記」でも「覚書」でも、視線はもっぱら主人であるルイ十四世の行為に注がれているため、語り手である「私」はめったに登場しない。行為者として描かれるのは、著者であるダンジョーではなく観察対象であるルイ十四世である。ルイ十四世が宮廷人に語りかけるこの場面では、珍しく語り手が登場する。ただし、それは一人称単数の「私（je）」ではなく、一人称複数の「私たち（nous）」である。「覚書」の記述をもう一度確認していただきたい。「王の役人である私たち」、「私たちはみな近づいた」、「王は私たちにこう言った」。語りの中でダンジョーはルイ十四世を見守る大勢の宮廷人たちに溶け込んでいる。

たしかにダンジョーは王をすぐ近くで観察しているが、彼の語りの中では、他の宮廷人たちと一緒に観察している。その結果、王の振る舞いは、宮廷人たちに共有された経験として伝達されている。この証言の客観的外観が、「無味乾燥」という『ダンジョー侯の日記』に対するサン＝シモンの評価と結びついて、「文学的効果」を覆い隠し、読者に著者の証言としての権威を信じ込ませてしまうのである。その隠された文学的効果は、専門の歴史研究者をも魅了した。サン＝シモンがその溢れ出る文才のせいで歴史家から敬遠されたのとは逆に、ダンジョーはそのきわめて控え目な文才、あるいは客観性の覆いをまとった隠された文才によって歴史家のあつい信頼を得ることができたのである。

文学的効果と証言の権威

十九世紀半ばに刊行された『ダンジョー侯の日記』は、晩年のルイ十四世とその宮廷に関する最重要史料のひとつとして、後世の歴史家たちに繰り返し引用されてきた。歴史家たちは、ダンジョーが目撃者としての立場で、出来事から間を置かずに継続的に、文学的効果を狙わずに記録を残したことを高く評価したのだった。しかし、『ダンジョー侯の日記』には、ダンジョーが日々つけていた「日記」とは別に、ルイ十四世の死後に改めて作成された「覚書」が組み込まれている。そして、歴史家が『ダンジョー侯の日記』を出典として挙げていても、実際は「日記」ではなく、「日記」の部分的リライトである「覚書」を引用している事例が多々あることが判明した。この「覚書」は決して客観的な観察の記録ではない。死の恐怖に打ち勝ち、安らかな死を与えられた王を称えることを目的としたエクリチュールと考えられる。

注目すべきは、ルイ十四世が宮廷人たちに語った台詞に関して、歴史家たちが「日記」ではなく、創作の疑いさえある「覚書」の記述を選んで引用したことである。選択に際しては、正確さも、出来事と記述の時間的距離も顧慮されていない。国家の体現者である偉大な君主というルイ十四世のイメージに合致しているかどうかが、判断の基準になっている可能性が高いのである。この台詞（とくに「私は逝くが、国家はいつまでも残る」というフレーズ）は、そうした期待に応えることで「文学的効果」を発揮し、歴史家たちを惹きつけた。私たちはここに、証言の真偽や正確さとは無関係に、証言が信用を得て、権威すらまとうさまを見て取ることができるのである。

[注]

（1） Michelle Caroly, *Le corps du Roi-Soleil*, Paris, Les Éditions de Paris, 1999 ; Stanis Perez, *La santé de Louis XIV. Une biohistoire du Roi-Soleil*, Seyssel, Champ Vallon, 2007.

（2） *Journal du marquis de Dangeau*, publié en entier pour la première fois par MM. Soulié, Dussieux, de Chennevières, Mantz, de Montaiglon ; avec les additions inédites du duc de Saint-Simon publiés par M. Feuillet de Conches, 19 tomes, Paris, Firmin Didot frères, 1854-1860.

（3） *Journal du marqui de Dangeau*, t. 1er, Notice sur la vie de Dangeau et sur sa famille; François Bluche (dir.), *Dictionnaire du Grand Siècle*, nouvelle édition, Paris, Fayard, 2005, pp. 445-446.

（4） 『サン＝シモンのメモワール』は「フランスの大作家」叢書の一冊として刊行された。*Mémoires de Saint-Simon*, collationnés par Arthur de Boislisle avec collaboration de Léon Lecestre, collection « Grands Écrivains de France », 45 vols., Paris, Hachette, 1880-1930.

（5） Saint-Simon, *Mémoires*, édition établie par Yves Coirault, Bibliothèque de « Pléiade », VII, Paris, Gallimard, 1987, p. 713.

（6） *Ibid.*, p. 712.

（7） Bluche (dir.), *Dictionnaire du Grand Siècle, op. cit.*, p. 446.

（8） イヴ＝マリー・ベルセは、ブリュシュの伝記を「間違いなくもっとも完成度の高い作品」と評している（阿河雄二郎・嶋中博章・滝澤聡子訳『真実のルイ一四世　神話から歴史へ』昭和堂、二〇〇八年、一八八頁）。

（9） François Bluche, *Louis XIV*, Paris, Fayard, 1986, réimp., dans la collection « pluriel », Paris, Hachette, 1999, pp. 889-890.

（10） Saint-Simon, *Mémoires*, édition établie par Yves Coirault, Bibliothèque de « Pléiade », V, Paris, Gallimard, 1985, p. 461.

（11） Mémoire du marquis de Dangeau sur ce qui s'est passé dans la chambre du roi pendant sa maladie, dans *Journal du marquis de Dangeau*, t. 16, 1859, pp. 117-136.

（12） ここで注目する単語は「souffrir」、「douleur」、「mal」の三語である。フュルチエールによれば、「souffrir」とは「la douleur, du mal」あるいは何らかの相当な不具合を感じること」とある。つまり「douleur」と「mal」は同義として扱われている。

実際「mal」はこう説明される。「douleur、身体の障害」。「douleur」は「身体のある部分を害し、自然に敵対する、辛く耐え難い感覚」と定義される。したがって、本稿では「douleur」と「mal」に同じ「痛み」という訳語を当てることにする。Antoine Furetière, *Dictionnaire universel*, 3 tomes, La Haye et Rotterdam, 1690, réimp. Genève, Slatkine Reprints, 1970.

（13） *Journal du marquis de Dangeau*, t. 1er, 1854, p. 418.

（14） *Ibid.*, p. 426.

（15） *Ibid.*, p. 436.

（16） *Journal de Dangeau*, t. 16, p. 11.

（17） *Ibid.*, pp. 109-110.

（18） *Ibid.*, p. 110.

（19） *Ibid.*, p. 111.

（20） Mémoire du marquis de Dangeau sur ce qui s'est passé dans la chambre du roi pendant sa maladie, dans *Journal du marquis de Dangeau*, t. 16, p. 119.

（21） 「痛み（douleur）」という単語があらわれるのは、八月二十五日に関する以下の表現においてである。「……陛下は愛のこもった涙を流しながら、これら王族方全員に話しかけられた。王族方がそのお言葉を小部屋にいた宮廷人たちに繰り返すと、宮廷人たちは苦悩（douleur）に打ちひしがれ、動けなかった」。ここで「douleur」を感じているのは、宮廷人であって王ではない。*Ibid.*, p. 122.

（22） *Ibid.*, p. 129.

（23） *Ibid.*, p. 136.

（24） *Journal de Dangeau*, t. 16, p. 112.

（25） Mémoire du marquis de Dangeau sur ce qui s'est passé dans la chambre du roi pendant sa maladie, dans *Journal du marquis de Dangeau*, t. 16, p. 128.

（26） この台詞がアレクサンドランになっていることを筆者に指摘してくださったのは、伊藤玄吾氏である。公開シンポジウム「引用の文化史」（二〇一八年三月二十三日、於白百合女子大学）での質疑。

（27） Bluche, *Louis XIV, op. cit.*, pp. 891-892.

（28） Ernest Lavisse, *Histoire de France*, tome VIII, Paris, réimp. New York, AMS, 1969, p. 475 ; Jean-Pierre Labatut, *Louis XIV. Roi de gloire*, Paris, Imprimerie nationale, 1984, p. 335 ; Olivier Chaline, *Le règne de Louis XIV*, tome 2, Paris, Flammarion, 2005, p. 398.

(29) Joël Cornette, *La mort de Louis XIV*, Paris, Gallimard, 2015, p. 32.

(30) Françoise Chandernagor, *L'Allée du Roi*, Paris, Julliard, 1981 ; Nina Companéez (réalisateur), *L'Allée du Roi*, France 2 vidéo, 1995. 原著の日本語訳は以下の通り。フランソワーズ・シャンデルナゴール（二宮フサ訳）『王の小径――マントノン夫人の回想（上・下）』河出書房新社、一九八四年（『無冠の王妃マントノン夫人――ルイ十四世正室の回想（上・下）』中央公論新社、二〇〇七年）。映像作品の日本語版は以下の通り。ニナ・コンパネーズ（監督）『ルイ一四世の秘密の王妃――マダム・ド・マントノン』、一九九六年。

(31) *Journal du marquis de Dangeau*, t. 16, p. 111, note.

【図版出典】

図1：Charles Chatelain, *Vue de la fontaine du Buffet d'Eau dans les jardins du Grand Trianon en 1713* (détail). https://www.altesses.eu/princes_max.php?image=3aff8a1933（二〇一八年六月四日確認）

図2：Hyacinthe Rigaud, *Portrait de Philippe de Courcillon, marquis de Dangeau*. https://fr.wikipedia.org/wiki/Philippe_de_Courcillon_de_Dangeau（二〇一八年六月四日確認）

図3：Charles-Nicolas Cochin (père), *Louis XIV se faisant présenter le petit duc d'Anjou* (détail). art.rmngp.fr/fr/library/artworks/charles-nicolas-cochin-le-vieux_mort-du-roi-louis-xiv_1753（二〇一八年六月四日確認）

処女ジャンヌの剣
——シャプランの聖戦からヴォルテールの反戦へ

北原ルミ

はじめに——なぜシャプランとヴォルテールか

ジャンヌ・ダルクを描いた文学のなかでも、十七世紀のジャン・シャプランによる英雄詩『処女《ラ・ピュセル》、あるいは解放されたフランス』[1]（一六五六）と十八世紀のヴォルテールによる喜劇的な詩『オルレアンの処女《ラ・ピュセル》』[2]（一七六二）は、今ではほとんど読まれない作品である。前者は、ボワローに嘲笑された壮大な失敗作として、少なくともその題名は文学史に残されている。他方、ヴォルテールの詩への評価は、歴史のなかで変遷した。刊行時には卑猥で冒瀆的として発禁処分を受け、地下出版のベストセラーの一つとなったが[3]、十九世紀の国民意識の高まりとジャンヌ・ダルク人気に反比例して評価が下がり、共和国の偉人ヴォルテールの名誉にふさわしくないとして、封印されてしまった[4]。いずれにせよ、二十世紀にはどちらの詩も忘却されたといってよい。十七、十八世紀という理性の時代がいかにジャンヌを、そして中世を理解せず冷淡であったかを示す例として挙げられるのだ。[5]

しかしながら、シャプランもヴォルテールも、中世史料のジャンヌを知った上で、それらを核に自分たちの思想や文学性に基づいてジャンヌ物語を書き直している。本論考では、中世のモチーフを確認した後、両作品でのそれらのモチーフの展開を辿りたい。また、とりわけ、シャプランとの比較を通してヴォルテールの詩の再評価を試みる。

中世史料のジャンヌをめぐる四つのモチーフ

シャプランもヴォルテールも、詩のタイトルに「処女《ラ・ピュセル》」(la Pucelle) の語を掲げている。日本語では「乙女」とも訳されるが、「処女・童貞を失わせる」という意味の「デピュスレ」(dépuceler) の語が十二世紀から使われていることからも、性的体験の有無を想起させずにはおかない。「ジャンヌ・ラ・ピュセル」の呼び名は、ジャンヌ自身が公の場で名乗ったもので、通称であった。[6] ジャンヌのアイデンティティが処女性に求められた理由の一つは、シャルル王太子側の人々が宣伝していたメルランの予言(「フランスは一人の女によって荒廃するが、その後、一人の処女によって立て直されるだろう」)にある。[7] ジャンヌこそ予言された処女とされ、純潔がジャンヌの正当性を担保していた。それゆえ、敵のイギリス兵はジャンヌを「淫売」とののしり、処女のもたらす恐怖を打ち消そうと努めたが、ジャンヌの捕縛後の検査の結果、その純潔を認めざるを得なかった。この処女性が第一のモチーフである。

第二のモチーフは「声」(les voix) である。ジャンヌは、処女の身を保つことを「声」に対して誓っていた。本人の証言によれば、十三歳の時に、「行いを正すよう汝を助けよう」との「声」が聴こえた。[8] その数年後、「声」は、シャルルを助け王国を回復する使命をジャンヌに与える。ジャンヌは、裁判で「声」について執拗に質問され、その「声」の主が、聖カトリーヌと聖マルグリート、そして聖ミカエルであると証言するが、裁判官たちは「迷信的で邪悪且つ悪魔的精霊に由来するもの」[9]とした。ジャンヌを導いた「声」が何であるかという大問題は、ジャンヌを支持する側にも否定する側にもそれぞれの判断を迫ったのだった。

第三のモチーフは剣である。シノンの宮廷でオルレアンへの出陣を待つジャンヌが、近郊のサント・カトリーヌ・ド・フィエルボワの教会の祭壇裏にある古い剣を、「声」のお告げにより取り寄せたエピソードは、神がジャンヌを導いている証拠の一つとして、当時大きな評判となった。[10]処刑裁判では、この奇跡の剣の発見についても、ジャンヌの他の予言の力と共に、「迷信か占い」であり、「虚しい自惚れ」[11]による作り話とされた。

第四のモチーフは戦闘行為である。ジャンヌが自らの手で敵を殺したかどうかが、処刑裁判では問われた。本人は、直接手を下したことはないと証言し、それ以上追及されなかったものの、他方で彼女が口述筆記をさせた有名な「イギリス人への手紙」には、「彼等が従わない場合は皆殺しにするであろう」[12]とあり、ジャンヌもこれを書かせたことは認めた。結果、ジャンヌは「残忍で人の血に飢え〔……〕神を冒瀆した者」と告発された。[13]のちの復権裁判では、たとえばジャンヌの戦友アランソン公が、ジャンヌの戦闘指揮能力の高さを証言した。[14]むろん、ジャンヌを断罪するためではなく、才能を賞賛する言葉だが、戦闘とは敵を殺すことにほかならない。味方と敵で捉え方が大きく異なるのは当然といえよう。

右の四つのモチーフ、「処女性」「声」「剣」「戦闘行為」は、シャプランの叙事詩組み立ての中核であった。

シャプランの『処女、あるいは解放されたフランス』（一六五六）

シャプランは、一六二五年頃からこの叙事詩の準備を始め、前半の十二の歌を刊行するまでに実に三十年もかけた。[15]一六三三年には、アンリ・ドルレアン・ロングヴィル公（ジャンヌとともにオルレアン解放戦に勝利した「オルレアンの私生児」こと後のデュノワ伯の子孫）からこの作詩のための年金を取得。一六三四年にはアカデミー・フランセーズ創設に関わり、文壇の重鎮として君臨するようになった。それだけに、フランスの威信をかけた壮大な英雄叙事詩が期待されていた。実際、一六五六年に前半の十二の歌が刊行されるや六版を重ね、成功と見えたが、その後ボワローの諷刺によって、無様な脚韻を延々と踏み続ける駄作との烙印を押され、シャプランは後半の十二の歌を生前に刊行することを断念した（没後刊行の遺言も果たされないまま時が過ぎ、後半の歌が陽の目を見たのは十九世紀末だった）[16]。

前半の十二の歌は、「声」による使命を受けたジャンヌが敵に捕らえられるまでを、後半の十二の歌は、ジャンヌの殉教とデュノワの活躍を歌う。本論考では、十七世紀に刊行された前半の十二の歌のみ取り上げる。

「声」と「剣」――厳かなる摂理によるフランスの聖戦

シャプランの歌を起動させ、物語の導線となるのは「声」と「剣」のモチーフの結びつきである。

「羊飼いの娘よ」と声は言った、「正しく聖なる処女よ、
そなたの恐れを鎮め、そなたの不安を一掃せよ、
われこそは、永遠なる天の王の使者であり、
そなたがこれからまとう栄誉を告げに来た者ぞ。
厳かなる神の摂理は、今日、そなたの腕を借り、
フランス王国の民に活力を与えなおさんと欲せらるる。
して、その力を天より賜るありがたさ、民にしかと見せるため、
そなたをば、この草深い里の奥より引き抜かんとされたまう。

そなたの腕は、万軍率いる偉大な神の腕となり、
イギリス人は、そなたがために戦力を奪い尽くされよう、
嘆きの町オルレアンは、そなたによりて解放されよう、
そしてまた、そなたによりてランスにて、国王戴冠式もなされよう。
これら驚異の事績に向けて、そなたの勇気を整えよ、
至高なる神の栄光が、そなたの顔に輝かん、してまた
戦率いる神の雄々しさが、そなたの雄々しき心を奮い立たせ、
イギリス人を打ち倒し、地の塵を食ませたまおうぞ。[17]」

（強調は引用者、以下同じ）

みずからを「天の王の使者」と告げる「声」は、聖カトリーヌなどの女性的要素や、ジャンヌの日々の生活との連続性を一切感じさせない。シャプランの「声」はジャンヌに勇壮な戦士たる使命を突如与え、その目的を敵の打倒に特化した。使命を与える神自身が、戦闘的な性格によって規定され、本引用の後には、弱弱しかったジャンヌが、神の戦う力、恐怖を与える力、「主の激しい怒り」を注入され、戦士に変貌する場面が続く。また、オルレアン解放、ランスでの戴冠式が予告されるが、すべて「厳かなる神の摂理」によるものとされた。「声」は「摂理」の解説者へと還元され、それ以上の個性は持たない。

ジャンヌがシャルルのもとに馳せ参じると、「剣」のモチーフが提示される。ジャンヌは「わが腕に勝利をもたらすはずの剣」がサント・カトリーヌ・ド・フィエルボワにあると告げ、これぞ「高名なるマルテルの燃ゆるがごとき剣[18]」、つまり八世紀にトゥール・ポワチエの戦いでイスラーム軍を打ち破ったフランスの英雄カール・マルテルが用い、「血塗られた状態のまま、偉大なる神へ」奉納された剣と説明した。聖《サント》カトリーヌの女性的イメージがカール・マルテルの男性的イメージに塗り替えられるとともに、現在のイギリス人との戦い

は、異教徒との過去の戦いに重ねられ、神の導く聖戦の伝統に連なるのである。

聖なる武器へのこだわりは、天にまで拡張された。「至高の天の武器庫」には、天使たちが悪魔と戦った武器がおさめられ、さらにノアの洪水を起した貯水庫、ソドムとゴモラを滅ぼした火、エルサレムに攻め来たアッシリア軍を皆殺しにした聖ミカエルの剣など、旧約聖書において神や天使が用いた「武器」が列挙される。[19]戦争、ペスト、飢饉などといった、人間を襲う不幸も、神の「武器」としてここに入れられ、神や天使の戦闘的性格が具体性を増して強調される。

人間界に介入するのは天だけではない。「いつの時代にも悪魔めは、冷酷無情な心の内に／フランスに向け深い憎しみを育みおった／それは、これほど度々、おのれの冷酷無情な試みが／不面目にも、フランスがため、無に帰す様を見てきたゆえに[20]」と歌われ、フランスによってフン族やサラセン人、ロンバルディア人、サクソン人が打破され、「不遜なるイスラームの手より聖地エルサレムは取り戻され／道踏み外したアルビ派は、教会に連れ戻された[21]」例が挙げられる。つまり異教徒や異端者の背後には悪魔が、これと戦うフランスの背後には神がいるとする善悪二元論的世界観によって、フランスが正当化されている。その延長で、悪魔がイギリスを助けるのは、百年後にローマ・カトリック教会に逆らう英国国教会が誕生するゆえに、と未来を先取りした理屈が述べられる。さらに、人々が戦うオルレアンの城壁の真上では、地獄の軍団に対する天使と聖人連合軍の空中戦が展開され、これを見たジャンヌが勝利の雄叫びをあげて味方を激励する場面が続く。

あまりに勝手な史実の解釈と見えるが、もともと中世においても「声」や「奇跡の剣」のモチーフは、神が戦いの場でフランス（シャルル側）に味方することを示すものであり、ジャンヌは旧約聖書の女預言者デボラや女傑ユディトと重ねて理解され、当然、これは敵側には受け入れられなかったのであるから、シャプランがこの前提をフランス史としての過去や未来に応用し、論理的な相関関係を築いて発展させただけであることが理解できよう。また、旧約聖書の戦闘的な神をさらに全面的に強調することで、もはやジャンヌによる敵の殺戮をタブー視せず、天に対立する地獄という二元論的世界観の導入によって、地上における聖戦の主体としてフランスを位置づけたのである。

「処女性」と「戦闘行為」――恋より戦

神の力で女戦士となったシャプランのジャンヌは、剣を大いに活用する。目から恐ろしい光を放ち、剣を縦横無尽に操るジャンヌによる殺戮が幾度となく活写される。「無慈悲なる剣は、すばやい動きで／振り下ろされるたび、必ず敵を殺めずにはおかぬ、／聖女のまわりはいたるところ、小川のごとく血が流れ／切り倒された肢体の山が、うず高く積みあがる。[22]」恐ろしげなジャンヌの姿であり、その処女性は、「ラ・ピュセル」という呼称のほか話題にならない。身体的描写も限られている。不思議な雲に包まれて宮廷に出現したジャンヌの風貌は、次の通りである。

娘の顔はつつましく、いかめしい面持ちで、
もっとも無礼な者どもにさえ敬意の念を起こさせる。
茶色の髪は、自然に波打つ巻き毛となって、
黒い瞳の燃ゆる火に映えている。
また、その肌の色はと言えば、終生変わらぬ清らかさ、
色白の肌に赤みの差すのが見て取れる。
愛想のよさや、ほほえみ、色気、色香については、
この毅然たる顔の武器に、なりようもなし、
顔は素のまま美しく、人を魅惑するより服従させる、

それゆえ人は、この顔を崇めはするが、恋する勇気は持てはせぬ。[23]

髪、瞳、肌がかろうじて言及されるものの、「いかめしい」(sévère)「毅然たる」(altier)といった形容詞が畳みかけられ、魅惑や恋の要素は頑なに否定されるのが見てとれる。シャプランは頻繁に「男性的な」(mâle)の語を用い、「彼女の男性的な美」「男性的な演説」などと描出するが想像しがたく、ジャンヌの身体的存在感はむしろ希薄となる。

ところが、このジャンヌに対してデュノワが恋に落ちるのである。マリーという婚約者がありながら、デュノワは血まみれのジャンヌの雄姿に心を奪われる。奇妙な「恋」ではある。葛藤するデュノワの独白にも、ジャンヌへの「尊敬」(respect)「敬意」(estime)ばかりが強調され、「欲望なき恋」(un amour sans désir)とまで断言される。[24]デュノワの想いを寄せ付けないジャンヌの処女性は、デュノワをマリーとの人間的な恋(情念)から引き離し、戦に専念させる役割を担うといえる。

デュノワを介して虚構の人物マリーがジャンヌに対置され、戦に導く処女性と恋(情念)の対立構造が生まれたのに加え、さらにシャルルを介してその愛妾アニェスがジャンヌに対置された。アニェス・ソレルは実在したが、オルレアン解放戦時には七歳であり、シャルルの愛妾になるのはずっと後のことだ。時代錯誤を犯してでも、シャプランがアニェスを美の化身のごとく描き、聖なる処女ジャンヌと対決させたのには理由がある。中世のメルランの予言、「フランスを荒廃させる一人の女」をアニェスに仮託し、シャルルを愛欲におぼれさせ戦意を喪失させる存在として描きたかったのである。ジャンヌはアニェスを厳しい言葉で陣営から追い払う(「皆にとり、また自身にも、災いもたらす麗人よ、/この陣営より、見目麗しき厄病の身を遠ざけられよ、/男を惑わす優しき手管は孤独のうちに持ち帰り、/復讐の神のひそかな裁きを畏れなさるがよい![25]」)。アニェスを操る地獄の力は、ジャンヌのこの演説に打ち負かされた(「この衝突で、天により、地獄は圧倒されたのであり、／美は聖性を前に屈したのである。[26]」)。すなわち、愛欲、情念の象徴たる女は地獄とつながる一方、ジャンヌは国家への義務、戦いを象徴する処女として聖性を帯びたわけである。

実は、この詩を通して、ジャンヌという固有名は出てこない。「処女」「聖女」「女戦士」「羊飼い」「娘」などの一般名詞でしか呼ばれず、ジャンヌの人間としての個性や具体性はほとんど消し去られている。「人間以上の」(plus qu'humaine) との形容も多く、シャプランのジャンヌは超人間的存在として戦意高揚の機能を果たす、神の道具でしかない。作者自身、序文においてこの詩の真の英雄はデュノワ伯であり、ジャンヌは彼を導く女神パラスだとも述べ、この詩のジャンヌが人間的ではないと認める。ただし、愛欲や情念を表す「女」と対立する、潔癖な「処女」の役割は、中世におけるジャンヌ理解にすでに見られた。史実のジャンヌも、軍隊から「兵隊たちに付きまとう女たち」を追い払ったとの証言がある。[27]シャプランは、古代叙事詩を模しつつ、中世のモチーフをよりシステマティックに機能させるために人物を配置しなおし、物語化を試みたといえるのである。

シャプランからヴォルテールへ——詩人の前口上

この謹厳で重苦しい詩を、ヴォルテールは笑いを誘う軽やかな詩に書き換えた。両詩の冒頭におかれた前口上を並べてみよう。シャプランは次のように始めた。

かの処女と、聖なる武勇を、我は歌わん、
かの人は、滅びゆけるフランスの、今わの際で、
国王の、萎える勇気をふたたび奮い立たせ、

イギリス人を打ち倒し、その支配の下より国家を建て直せり。
天は激しく怒りたまい、地獄は猛威を放てり、
されどこの処女、おのれの心を熱意と勇気で武装しつつ、
剣打ち振るう戦いのなか、熱き祈りの力をもって、
天の怒りをやわらげ、なおまた、地獄を抑え従がうるすべを知れり。(28)

ヴォルテールは、こうである。

私は、もともと、聖人さまを讃えるような柄でなく（a）、
わが声は細く、世の塵に、やや汚れてもいる。
けれどそれでも皆さんに、あのジャンヌを歌って見せねばならぬ、
神業の奇跡をいくつもなしとげた、とされる、ジャンヌのことを。
ジャンヌこそ、処女の両手で、すっくと立たせたのだった、
フランス王家の百合の花、その支えの茎たる仏国教会信徒《ガリカーン》らを。
フランス国王を、荒れ狂う英国国教会信徒《アングリカーン》の手より救い出し、
ランス大聖堂の祭壇で、戴冠のため、塗油の式を挙げさせた。
ジャンヌは見せた、女らしい顔の下、
コルセットの下、ペチコートの下に、
かの豪傑ローランばりの、雄々しさあふれる勇猛心を。
私なら、夜ごと思いのままになる

羊のように従順な美女の方がよいのだが、
ジャンヌ・ダルクにあったのは、獅子さながらの心意気。
この作品をお読みになれば、皆さんも目にされよう。
手柄があらたに立てられるたび、皆さんも身を震わせよう。
そしてその、たぐいまれなる功績のうち、もっとも偉大な武勲とは、
まる一年、おのれの処女を守ったことだった。(29)

シャプランの控えめな「私」が、ヴォルテールにおいては前面にしゃしゃりでて、自分の性格や好みを述べ立て、ジャンヌを論評している。この「私」は聴衆や読者に対して「あなた／皆さん」(vous)と語りかけるだけでなく、この続きではシャプランその人にも呼びかけ、詩才の欠如をからかうなど、歌うべきジャンヌの物語の外の言語を自在に活用する。さらに(a)の箇所には注を付し、詩人の「私」とはまた別の注釈者のふりをするヴォルテールが、韻文詩のテクストのさらに外に出て、散文でもっともらしい校訂や解説を行なう。物語の内や外、さらにその外へと、複数の異なる次元を自由に行き来して風通しをよくし、ここに文学論争でも、十八世紀の時事問題でも、なんでも放り込める形式に変えてしまったのである。

エロチスムへの置換にも注目したい。シャプランが「国王の、萎える勇気をふたたび奮い立たせ」とした句は、ヴォルテールにかかると、「処女の手」で「茎」を強固なものにする、という露骨に性的な比喩へ移されてしまう。また「ジャンヌが見せた」ものについて、視点を顔からコルセット、ペチコートと順次下の方へ誘い、下着の下に「豪傑ローランばりの、雄々しさあふれる……」と想像をかきたてながら、「勇猛心」はそのオチでしかない。処女を一年守ったことがジャンヌの最大の武勲とされるにいたるが、これは、シャプランが恋や愛欲と敵対させた処女性のモチーフを肉体の側から捉えなおし、拡大して、詩の最大のテーマとして挑戦

的に押し出したことにほかならない。ヴォルテールにおいては、恋のみならず、情欲にみちた敵が襲いくるため、ジャンヌの処女性は直接的な危機に度々さらされ、ジャンヌの戦いは自分の身体を守るための戦いに転化されている。

また、シャプランと同じく、時代錯誤的な英国国教会「アングリカーン」を持ち出しながら、同時に、フランス教会のローマからの独立志向を示唆する「ガリカーン」の語によって韻を踏みつつバランスを回復し、「ローマ・カトリックに逆らう悪の権化イギリス」のイメージを中和している点も見逃せない。天国と地獄の戦いというより、それぞれの国の信徒の教会が相対化されて、ここでは同次元に置かれ、また音韻的に並列されることで笑わせる効果を発揮しているのである。

ヴォルテールの『オルレアンの処女』（一七六二）

ヴォルテールは、一七三〇年頃、とある夕食会でシャプランの詩が話題になった際、あなたならもっと楽しい詩を作れるでしょうとけしかられたのを機に、数週間で四つの歌を作り、朗読を披露した。これが好評を博した。三十年余、断続的に歌を作り続けることになる。内輪の楽しみのためとしていたが、その手稿が友人・知人間で競って回し読みされ、写されるうちに流出し、一七五五年に海賊版が出版された[30]。それ以来続々と異なる版が出され、なかには乱交の歌や、ジャンヌが翼あるロバと性交する歌などが挿絵入りで混ぜられたものもあり、ヴォルテールは自分を陥れるために敵が書き換えたと激しく抗議する。海賊版の横行に耐えかね、ついに作者公認版を刊行したのが一七六二年だった。しかしながら、海賊版の方も負けずに版を重ね続け、あまりに多く流通したため、作者公認版との区別が難しく、「唾棄すべき下劣な」作品との否定的な評価に影響したとも考えられている[31]。いずれにせよ、公認版についても、より穏健とはいえエロチックである上、反教権主義や宗教諷刺の過激さにより、禁書となった。こうした事情で、表立った賞賛は少なかったにも関わらず、海賊版とともに地下出版のベストセラーとなったことは、すでに述べたとおりである。

大々的な賞賛の声を惜しまなかったのは、早くから詩の愛読者であったプロイセン国王フリードリヒ二世だった。一七七八年のヴォルテールの訃報を受けてベルリン王立科学・文芸アカデミーで朗読した「ヴォルテール頌辞」では、この詩をヴォルテールの代表作の一つとしてとりあげ、「一切が独創的、一切が輝かしい想像力の快活さを息づかせている[32]」と称えた。また、コンドルセによれば、ヴォルテールが亡くなる直前、数十年ぶりにパリに帰還し、桂冠詩人の称号を受けた際、沿道で待ち受けた大群衆が熱狂し、『アンリヤード』『マホメット』といった作品とあわせて「『ラ・ピュセル』万歳!」と叫んだという[33]。宗教戦争を収めたアンリ四世を寿ぐ叙事詩、マホメットに仮託した狂信を批判する劇作品と並んでこの『オルレアンの処女』が人々の口にのぼったとする取り合わせが興味深い。

オクスフォード版『ヴォルテール全集』の校訂者フェルクルイッセは、この詩をシャプランの詩と照合しても、両者は単に似ても似つかぬ作品だとの結論しか出てこないと述べている[34]。しかし、ヴォルテールがシャプランの構築した枠を一旦はなぞりながら粉砕していく点を以下で明らかにしたい。

「処女性」——戦より恋、逆転する論理

シャプランにおいてはジャンヌの身体が希薄だったのに対し、ヴォルテールのジャンヌは生命力あふれる身体そのものとして描出される。

つぶらな黒い瞳は顔からはみだすほどに輝き、
三十二本の歯は、どれも劣らず真っ白、

深紅の口の飾りとなって、
その口は、耳から耳まであるように見え、
だがくっきりと縁どられ、色鮮やかで、
食いつきたくなるみずみずしさ。
小麦色の乳房は巌のようにしっかり締まり、
法官も、軍人、僧侶も引き付ける。
働き者で、手先は器用、腕力もあり、
むっちりとしてたくましい片手で
重い荷物をひょいとかつぎ、ワインを百壺もついでまわり、
ブルジョワ、貴族、法律屋にも給仕する。(35)

かたくなに欲望を排したシャプランとは真逆に、こちらのジャンヌは欲望をそそる身体を備え、健康で活発、ほがらかに人々の間を動き回る宿屋の娘である。デュノワのジャンヌへの恋はシャプランから受け継ぐが、欲望にみちた相思相愛の恋に書き換えた。ただし、二人はすぐには結ばれない。デュノワはジャンヌへの欲望を「国家のために」抑えようとする。恋は、戦や国家への義務に反するというシャプランの図式を踏まえ、これをヴォルテールは、「ジャンヌが処女を守る限り、フランスは救われる」との因果関係に変換したのである。この因果関係によって、様々な敵がフランスを滅ぼす大義を掲げてジャンヌに襲いかかり、波乱万丈のエロチックな筋立てが展開していく。
つねに瀬戸際で処女性を守るジャンヌと対置されるのが、やはりアニェス・ソレルである。シャルルを愛欲にからめとり、戦を忘れさせる役割はシャプランと同一ながら、こちらのアニェスは悪魔の手先などではない。

むしろ、ジャンヌの身代わりさながら、様々な敵に襲われる被害者である。アニェスは相手の情欲をいやでも受け入れてしまう娼婦的存在として描かれ、処女ジャンヌと対をなす裏の女主人公として、その冒険はジャンヌの戦争叙事詩からしだいに逸脱していく。さらに、虚構の恋人たちが何組か登場し、時にジャンヌの道のりと交錯しながら冒険を繰り広げるため、一向にオルレアンに辿り着けない。ここではアリオストなどの騎士物語を模倣しつつ、戦よりも恋や情欲の方を主テーマとし、プロットを完全に反転させたといえる。

注目すべきは、この詩において、当初対立するかにみえたジャンヌとアニェスが互いを排斥せず、出会ったのちは仲良く語らいあう点である。戦や国家への義務を主張するジャンヌと、恋を生きるアニェスの対称性が際立つ場面を取り上げよう。オルレアンを目前にフランスの恋人一組が悲劇的な死を遂げ、みな悲嘆にくれる中、ジャンヌは復讐戦を説く。「雄々しく、容赦ない口調」でジャンヌはアニェスを叱る。「国王たるものは敵を倒してこその王、ため息をついてはなりません。／かわいらしいアニェスさま、優しく善良な魂に湧く情に／ただただ流されるままであってはなりませぬ。／アニェスさまこそ、恋しいお方に吹き込んでさしあげるべきです、／王冠にふさわしい感情を。」[36] しかし、この会話を締めくくるのはジャンヌではなく、アニェスその人だ。

アニェスはジャンヌに応えた、「ああ！　このままそっと泣かせてください！」

シャプラン的なジャンヌの雄々しい演説はこの一言に否定され、復讐の戦を拒む反戦のメッセージに取って代わられたのである。

「声」と「剣」と「戦闘行為」――聖戦思想の戯画化

それでは、シャプランが緊密に結び合わせた「声」と「剣」はどう扱われるのか。「声」の主として、ヴォルテールはフランスの守護聖人である聖ドゥニ（五世紀の初代パリ司教）を選び、登場人物として行動させた。お告げの場面は、イギリス人修道士グリブルドンの妖術によって眠らされたジャンヌが襲われかけた瞬間、聖ドゥニが出現し、悪者を退散させたところから始まる。

聖ドゥニは前へと進み、ジャンヌを励ます、
神をも畏れぬ乱暴に会い、震えの止まらぬジャンヌのことを。
そして言った。「神に選ばれた器のそなた、
王たちの主である神は、そなたの汚れなき両手によって
フランス人にのしかかる圧政の報復をお望みであり、
傲慢なイギリス人らの血塗られた軍団を
イギリスの田舎へと送り返すお考え。
神は強力な息一吹きで、
かぼそき葦を巨大なレバノン杉へ変えるも自在、
海を干《ほ》し、丘を崩し、
全世界の廃墟を復興されるも自在。
そなたの歩む先々に、雷鳴が轟こう、
そなたのまわりには激しい恐怖が飛び交おう、

そしてそなたは目にしよう、勝利の天使が
そなたのために栄光の道を開くのを。
私についてきなさい、これまでのつまらぬ仕事は捨てるのだ、
ジャンヌという名を英雄の列に加えるために、来るがよい。」
この恐ろしげにして悲壮感《パテティック》あり、
実に慰めとなり、かつ実に神学的《トレ・テオロジック》な演説を聞き、
驚いたジャンヌは口をあんぐり開け《グラン・ベック》て、
わけのわからぬギリシア語で話しかけられ《コン・リュイ・パルレ・グレック》たとしばし、思ったことだ。
だが恩寵が働いた。教父アウグスティヌス述べるところのあの恩寵が、
ジャンヌの精神に、有効な光をもたらした。(37)

聖ドゥニは、シャプランの天使と同じく、まず神の意図(フランス人のための報復、イギリス軍打破のためにジャンヌの手を借りる)を告げ、ついで旧約聖書のイメージを借用しながら神の偉大な力を描き出す。雷鳴や激しい恐怖、勝利、栄光といった語を畳みかけつつ英雄戦士となるべき使命を告げる路線は同一ながら、これに対するジャンヌの滑稽な反応との落差によって、大げさな旧約聖書的イメージそのものも笑いの対象に変えてしまった。さらに、シャプランが持ち出した「厳かなる《オーギュスト》神の摂理」(auguste Providence)をもじったような「アウグスティヌス《オーギュスティーヌ》述べるところのあの恩寵」(cette augustine grâce)を働かせ、十七世紀以来のジャンセニストとイエズス会の恩寵論争まで茶化している。

「剣」のモチーフはこの直後に現れる。「有効な恩寵」によってお告げを理解したジャンヌに、「天の武器庫」から武器が直送されるのである。シャプランのジャンヌはカール・マルテルの剣しか手にしなかったが、ヴォ

ルテールのジャンヌはカール・マルテルの時代を飛び越え、より古く、より権威ある旧約聖書に由来する武器を複数受け取る。すなわち、女預言者デボラの敵将軍シセラの頭を貫いた長い釘、ダヴィデがゴリアテの頭に打ち込んだ小石、サムソンがペリシテ人たちを撃ち殺したロバのあご骨、ユディトが将軍ホロフェルネスの寝首をかいた短剣。いずれも殺された側は、神の民イスラエルの敵である。この具体的な武器の列挙によって、神に選ばれた民のための殺人が尊いとされる旧約聖書の残酷さに気づかせ、聖なる殺人の武器を受け継ぐことで神の支援を得ているとする論理を滑稽化したといえる。「これらの品に、聖女ジャンヌは感嘆し、／その武具を早くも身につける。／取り上げるのは、兜、そして胴鎧、／腕鎧、腿当て、肩帯、籠手、／戦用の槍、釘、短剣、狩猟用の槍、小石、ロバのあご、／歩いてみたり、試してみたり、栄光のために燃え立つ思い[38]」と、武具のちぐはぐさが可視化され、極めつけに、翼の生えた灰色ロバが乗り物として駆け巡るに至って、ジャンヌの聖なる武装という発想は止めを刺された。

地獄とイギリスとの関係はどうなるか。ジャンヌをしつこく狙うイギリス人修道士グリブルドンは、まさに地獄の大魔王の臣下とされ、サタンによるイギリス支援の設定はシャプランから引き継がれた。ところが、地獄のありかた自体が、この詩においては一貫性を欠く。というのも、後に首をはねられて死んだグリブルドンが地獄に直行し、サタンに挨拶する場面では、悪魔らも地獄落ちの新参者らと陽気な宴会に浮かれ騒ぎ、地獄が罪や罰の機能を失っているように見えるからである。しかし、やはり悪人が落とされる忌むべき場所としての性質も判明する。グリブルドンは、ここでフランス国王クローヴィスに出会うのである。

ああ！　誰が信じよう、初のキリスト教徒の国王が
異教徒さながら地獄に落ちていようとは[39]！

シャプランは、クローヴィスをキリスト教王国フランスの始祖として当然のごとく讃え、その栄光ある武具がフランス王家に伝わっていることも歌っていた[40]。また中世においても、ジャンヌがランスでの戴冠式にこだわったのは、かつてクローヴィスが洗礼を受けた場所と知ればこそだった。そのクローヴィスを、多くの殺人のかどで地獄へ落としたヴォルテールは、神の加護を受けるフランスという伝統を拒否したのである。さらに、天にいるはずの聖人ドミニコまでをも、異端アルビ派を迫害したかどで地獄に置いた。シャプランがアルビ派の方を悪魔に奪われたものとしたことを思い起こせば、ヴォルテールが図式を転倒させ、天と地獄の二元論的世界観を混乱させていると理解できよう。

イギリスを地獄が支援し、フランスを天が支援する構図は、イギリスの守護聖人ジョージの闖入によって、別の角度からも揺さぶられる。ジャンヌの「声」がフランスの守護聖人なら、イギリスにも守護聖人がいたではないか、とのバランス回復の論理である。天にあって聖ドゥニの不穏な動きに気づいた聖ジョージが怒りを爆発させる。

「ドゥニよ、ドゥニ！　弱き身で喧嘩売りたるわが敵よ、
哀れな者らの一派を、支えきれぬ腰抜けよ、
汝はこうして、こそこそ地上に降りきたり、
イギリスのわが勇士らの喉首掻こうとするのだな！
運命の命ずることを変えられるとでも思っておるのか、
汝のロバや、おなごの腕などで？
汝も、汝のおなごも、フランスも、
わが正義の報復をうけ、ついには罰されることを恐れはせぬのか[41]？」

キリスト教の聖人同士がトロイア戦争の神々さながら応酬し、各国民の守護聖人と異教の神々の相似性が示される。ジャンヌの「声」が聖ドゥニという一人物に血肉化されたがゆえに、聖ジョージも現れ、戦う立場の相対化が図られた。さらに聖ドゥニは、ガリアへの布教中に断頭され殉教しながら、その頭を持ってしばらく歩いた伝説が有名である。ヴォルテールは、この聖人伝説の強烈なピトレスク効果を利用して、「座りの悪い、その禿げ頭」をパリの城壁に向けて放り出してやる、と聖ジョージに威嚇させている。このイギリスの聖人の存在によって、天と地獄の争いを背景にしたフランスの聖戦は説得力を喪失した。

ならば、この英仏の聖人同士の争いにどう決着をつけるのか。歌合戦が聖ペトロによって提案される。上手に歌った方が地上の勝利も得られるように、と[42]。イギリスの聖人は旧約聖書の世界を朗々と歌い上げる。すでにジャンヌへのお告げや武装において、旧約聖書の残酷なイメージは多々用いられたが、歌合戦でさらに徹底的に、神の罰、神が命ずる殺人、神の名による殺戮のエピソードが延々と積み上げられる。さりげなく、アンリ四世の暗殺者ラヴァイヤックの名も挿入され[43]、狂信につながる聖戦思想の根拠としての聖書の暴力性があぶりだされた。天の聴衆は戸惑い、静まり返る。

他方、フランスの聖人たちは新約聖書の世界を選び、マグダラのマリアにアニェスを重ね、愛と悔い改め、赦しを歌い、諸天使、諸聖人の拍手喝采を浴びる。シャプランのひたすら戦闘的な叙事詩に対する、ヴォルテールの恋や愛欲中心の詩の勝利への目配せにも読める。ともあれ、フランスの勝利は天に決定された。月明かりの下、翼ある灰色ロバに乗って飛び回るジャンヌの戦闘は、もはや一切の英雄らしさを剥ぎ取られた漫画でしかない。オルレアン解放戦の大勝利の後、ジャンヌとデュノワの恋が成就し詩は幕を閉じる。シャプランの処女神的なジャンヌは、身体も欲望もある人間に引き戻され、中世から続く「女」と「処女」の対立もここに解消されたといえよう。また「声」や「剣」のモチーフを成り立たせる聖戦の思想、天の支持する国民が地獄の支持する国民を倒すという発想は、視覚的なパロディ化によって崩壊させられた。中世のモチーフに潜んでいた聖戦の問題をシャプランがシステマティックに拡大展開させたからこそ、ヴォルテールはそれを逆転させ滑稽化しやすくなったのである。

シャプランの詩は諷刺によって葬られたが、実は、その諷刺の内容は詩の拙さに関わるもので、この詩の提示する聖戦思想自体が批判されたわけではなかった(44)。実際に、十九世紀にジャンヌ人気が高まった際、シャプランは韻の踏み方は下手だったがジャンヌを讃える意図はよかったとか、十九世紀の国民感情の早すぎた先駆者だといった肯定的な評価もなされている(45)。シャプランの詩自体が読まれずとも、その精神は生き延びているように思われる。第一次世界大戦時に、ジャンヌがまさにシャプラン的な戦の女神となって兵士を導いたことも記憶に新しい(46)。フランスに限らず、聖戦の思想はさまざまに形をかえて、二十一世紀の現在までも命脈を保っているのではなかろうか。シャプランの詩の骨組みとなる聖戦思想を掘り崩したヴォルテールの詩は、革命やテロも含めた「戦争」という人間的事象を考えるために、今こそ再読されてよいのではないか。また、ジャンヌ・ダルクを離れても、この詩は、シャプランのみならず、聖書や聖人伝説、古代叙事詩をはじめ、多種多様な文学・歴史・時事テクストの引用や書き換えを自在に繰り広げるハイブリッドな作品である。「哲学的ポルノグラフィ」にとどまらない、さまざまな読み解き方がありうるだろう。

[注]

（1） Jean Chapelain, *La Pucelle ou la France délivrée, poëme heroïque*, Augustine Courbé, 1656.

（2）　Voltaire, *La Pucelle d'Orléans, poëme, divisé en 20 chants, avec des notes*, SL, 1762.　なお、ヴォルテールは、一七七三年に歌を一つ加えるなど手を入れ続けた。本論考における引用は、一七七五年版を作者の最終版とするフェルクルイッセ校訂版に従う。*La Pucelle d'Orléans*, édition critique par Jéroom Vercruysse, *The complete works of Voltaire ;* 7, Genève, Institut et Musée Voltaire [Oxford, Voltaire Foundation], 1970.

（3）　ロバート・ダーントン『禁じられたベストセラー』近藤朱蔵訳、新曜社、二〇〇五年、四五頁、一〇八頁、一二七頁。『女哲学者テレーズ』とともに「哲学的ポルノグラフィ」の章で取り上げられている。

（4）　ミシェル・ヴィノック「ジャンヌ・ダルク」渡辺一行訳、ピエール・ノラ編『記憶の場　3』谷川稔監訳、岩波書店、二〇〇三年、三一―六六頁。

（5）　同右、一〇―一二頁。ただし、近年のヴォルテール研究において再び注目され始めている（Jennifer Tsien, « Voltaire and the Temple of bad taste. A Study of *La Pucelle d'Orléans* », *SVEC*, 2003 : 05, pp.287-422 ; *La Pucelle revisitée*, *Revue Voltaire*, n° 9, PUPS, 2009)。

（6）　『ジャンヌ・ダルク処刑裁判』高山一彦編訳、白水社、二〇〇二年。ジャンヌは英軍の監視する異端裁判の末、一四三一年に処刑された。この裁判を通常「処刑裁判」と呼ぶ。

（7）　コレット・ボーヌ『幻想のジャンヌ・ダルク』阿河雄二郎他訳、昭和堂、二〇一四年、第六章「ジャンヌ以前のジャンヌ」、第八章「乙女」。

（8）　『ジャンヌ・ダルク処刑裁判』、前出、七〇頁。

（9）　同右、三〇五頁。

（10）　同右、九四―九七頁。コレット・ボーヌ、前出、二二二―二二七頁。

（11）　『ジャンヌ・ダルク処刑裁判』、同右、三〇六頁。

（12）　同右、二〇八頁。

（13）　同右、三〇八頁。

（14）　レジーヌ・ペルヌー編著『ジャンヌ・ダルク復権裁判』高山一彦訳、白水社、二〇〇二年、一九三頁。「復権裁判」とは、後にシャルル七世側がジャンヌの処刑裁判を無効と証明するために行った裁判で、ジャンヌを知る多くの人々が証言した。これにより、一四五六年、ジャンヌの異端判決は破棄された。

（15）　シャプランの作品執筆・刊行の経緯および受容については、Georges Collas, *Jean Chapelain 1595-1674*, Genève, Slatkin Reprint, 1970 (Paris, 1912).

（16） *Les douze derniers chants du poème de la Pucelle de Chapelain*, Orléans, Herluison, 1882. なお、前半の十二の歌も一八九一年に現代語表記で再版された。注45参照。
（17） Chapelain (1656), *op.cit.*, p.21.（第一の歌）
（18） *Ibid.*, p.39.（第一の歌）
（19） *Ibid.*, p.65-66.（第二の歌）
（20） *Ibid.*, p.106.（第三の歌）
（21） *Ibidem.*
（22） *Ibid.*, p.64.（第二の歌）
（23） *Ibid.*, p.32-33.（第一の歌）
（24） *Ibid.*, p.85.（第二の歌）
（25） *Ibid.*, p.244.（第六の歌）
（26） *Ibid.*, p.245.（第六の歌）
（27） 『ジャンヌ・ダルク復権裁判』、前出、一九二頁。アランソン公の証言。
（28） Chapelain, *op.cit.*, p.3.
（29） Éd. Vercruysse, *op.cit.*, p.258.（第一の歌）
（30） Nora M. Heinmann, *Joan of Arc in French Art and Culture (1700-1855) From Satire to Sanctity*, Burlington, Ashgate, 2005, p.27-31.
（31） 作品の執筆、刊行の経緯はすべて、フェルクルイッセによる。なお、海賊版へのヴォルテール本人の関与を疑う見方もある（Marguerite Chenais, « New light on the publication of the *Pucelle* », *SVEC*, 12, 1960, pp.9-20 など）。
（32） 『ヴォルテール回想録』福鎌忠恕訳、大修館書店、一九八九年所収の『ヴォルテール頌辞』（フリードリッヒ大王）より、二八〇頁。
（33） « Avertissement des éditeurs », *La Pucelle d'Orléans, poème en vingt-un chants ; avec les notes et variantes par M. de Voltaire*, Buckingham, [éd. Kerl, 1785], A2.
（34） Éd. Vercruysse, *op.cit.*, p.162.
（35） *Ibid.*, p.278-279.（第二の歌）
（36） *Ibid.*, p.557.（第十九の歌）
（37） *Ibid.*, p.284-285.（第二の歌）

(38)　*Ibid.*, p.287.（第二の歌）

(39)　*Ibid.*, p.349.（第五の歌）

(40)　Chapelain, *op.cit.*, p.39.（第一の歌）

(41)　Éd. Vercruysse, *op.cit.*, p.440-441.（第十一の歌）

(42)　*Ibid.*, p.506.（第十六の歌）

(43)　エグロン王を刺殺した士師エフド（「士師記」）を「あのヘブライ版ラヴァイヤック」と呼んだ。フランソワ・ラヴァイヤックは、一六一〇年にアンリ四世を刺殺した狂信的カトリック。

(44)　Nicolas Boileau, « [Contre Chapelain] », « [Parodie de Chapelain] », « Vers en style de Chapelain, pour mettre à la fin de son poème de *la Pucelle* », dans *Art poétique ; Épîtres – Odes, Poésies deverses et Épigrammes*, Chronologie et préface par Sylvain Menant, GF Flammarion, 1969, p.137-138. なお、シャプランの詩のみならず、十七世紀フランスの叙事詩形式そのものが、新旧論争のきっかけとなった。

(45)　Saint-Marc Girardin, « *La Pucelle* de Chapelain et *la Pucelle* de Voltaire ; I Chapelain », in *Revue des deux mondes*, série 4, juillet-septembre 1838, p.826-837. Émile de Molène, « Notice sur Jean Chapelain », dans *La Pucelle ou la France délivrée, poëme héroïque en douze chants par Jean Chapelain*, tome I, Marpon et Flammarion, 1891, p.I-XXXI.

(46)　*Une sainte des tranchées : Jeanne d'Arc pendant la Grande Guerre*, Catalogue de l'exposition organisée à Domrémy-la-Pucelle du 1er juin au 30 septembre 2008, Conseil général des Vosges, 2008.

「生ける伝説」としてのジャンヌ・ダルク
――ミシュレの歴史叙述における二つの伝説

坂本さやか

十九世紀は、歴史研究においてジャンヌ・ダルクが「再発見」され、「国民史の英雄」としてのジャンヌ像が確立される時期だが、その中で一八四一年に出版されたミシュレの『フランス史』第五巻は、「ジャンヌものの祖型」を示したと言われている[1]。自由主義の歴史家、オーギュスタン・ティエリやシスモンディたちから国民史の英雄としての民衆的なジャンヌ像を受け継いだミシュレは、ジャンヌの行動と彼女の鼓舞によって奮い立つ民衆の姿を描き出す[2]。だが同時に、キリスト教の「伝説」とジャンヌが示した新しい祖国の「伝説」を対比し、教会の権威と「声」に象徴される内なる信仰の間で葛藤するジャンヌの姿をも浮き彫りにする。このように、ミシュレは、国民的英雄ジャンヌ・ダルクを通して、未来の国民である「民衆」の登場を描き、同時に「教会」の支配の外で生まれつつある新しい道徳、信仰、人間像を喚起する。そして、ジャンヌの伝記的叙述をフランスの国民国家形成における「世俗化」(脱キリスト教化)の過程に組み込む[3]。以下では、数多くの先行研究に依拠しつつ、このキリスト教の「伝説」と新しい近代の「伝説」との関係が、どのように語られているかという点を中心に、『フランス史』第五巻とそれ以降の作品におけるジャンヌに関する叙述の特徴を探ることを試みる。まず『フランス史』第五巻について、ミシュレの提示する伝説の「枠組み」を確認した後、キリスト教の伝説、祖国の伝説、伝説の詩的創造という三つの点を中心に検討を進める。次いで『フランス史』第七巻「ルネサンス」、『フランス史』「一八六九年の序文」におけるジャンヌに関する描写の分析を行うことにする。

ジャンヌ・ダルクの生涯と「伝説」の「枠組み」――『フランス史』第五巻（一八四一）

ミシュレはジャンヌ・ダルクの歴史を、一八四一年に出版された『フランス史』第五巻第十篇において語っている。第十篇第一章において、信仰と霊的生活について述べた十五世紀の書物『キリストに倣いて』が人々に与えた希望をジャンヌの活躍と関連づけた後、第三章と第四章で事実上のジャンヌの伝記的叙述を行っている。

ミシュレはジャンヌ・ダルクの生涯を「生ける伝説」と呼び、百年戦争において国民を鼓舞したジャンヌの伝記を祖国の歩みに一致させる形でフランス史に組み込んでいる。しかしミシュレの叙述は、ジャンヌの「伝説」を含みながらも同時に伝説の「解釈」を含むなど複雑な様相を帯びている(4)。第十篇第四章の最後に、ミシュレは「宗教の観点から、祖国の観点から、ジャンヌ・ダルクは聖人だった」と語った上で、歴史家としてジャンヌの生涯を前に「理想化の誘惑」に屈しないよう自戒している。

この議論の余地のない歴史よりも美しい伝説があるだろうか。だがそこからひとつの伝説を作り出すことのないようによく注意しなくてはいけない。われわれは、そのすべての特徴、もっとも人間的な特徴す

ら敬虔な気持ちで残し、感動的で恐ろしい現実を尊重しなくてはならない[5]。（VI, 120）

しかしその一方で、注において「英雄の生涯の定型」の「枠組み」を提示してもいる。

枠組みはすっかり示されているようだ。それは英雄の生涯の定型そのものだ。（一）森、啓示（二）オルレアン、行動（三）ランス、栄誉――（四）パリとコンピエーニュ、試練、裏切り（五）ルーアン、受難[6]（VI, 120）

このように、「感動的で恐ろしい現実」、ジャンヌの「もっとも人間的な特徴」を尊重しながらも、ミシュレは同時にジャンヌの生涯から引き出される伝説の「枠組み」にも執着を示す。

しかし一八五三年にアシェット社の鉄道叢書において『フランス史』第五巻から第十篇第三章と第四章のみを抜き出す形で『ジャンヌ・ダルク』が単独で出版される際には、伝説化へのためらいはなくなる。この時期は、二月革命の失敗後、「伝説」を民衆教育の手段として重視したミシュレが、革命期や北ヨーロッパの英雄を描く「民主主義の黄金伝説」に取り組んでいた時期にあたる。鉄道叢書版において、ミシュレは、新たに序文を付し、同時にもともと第三章と第四章に分かれていたジャンヌの伝記を、あまり修正を加えず、上記の「枠組み」の五つの段階を踏まえて以下のように組み直し、「英雄の生涯の定型」をためらいなく打ち出している。

一　ジャンヌの子供時代とその召命
二　ジャンヌ、オルレアンを解放し王をランスで聖別させる

三　ジャンヌ、裏切られ売り渡される
四　裁判――ジャンヌ、教会に従うことを拒絶
五　誘惑
六　死

上記では、「英雄の生涯の定型」の(二)「オルレアン」と(三)「ランス」は二へ、(四)「試練」「裏切り」が三へ統合されたことに加え、あらたに「四　裁判」「五　誘惑」が加わり、計六つの部分に組み直みなおされている。ただし、ここでは「英雄の生涯の定型」で使われていた「啓示」「受難」といったキリスト教用語は消えており、代わりに四では、ジャンヌと教会の対立を明確に示す題が採用されている。

キリスト教の伝説

『フランス史』第五巻第十篇において、ジャンヌとキリストの対比は、ジャンヌの伝記が始まる前からすでに「キリストに倣いて」に割かれた第一章において始まっているが、その前に、「キリストの理想」の実現としてのジャンヌの主題がすでに『フランス史』第二巻の最後で、中世史全体の文脈において先取りされている。(7)

人類は自分自身のうちにキリストを認めなくてはならなかった。永遠のキリストというこの神秘主義的な直観は、人類において絶えず新たにされ、中世にいたるところで姿を現す。その直観は確かにぼんやりしたもので不明瞭だったが、日々新たに明るさの度合いを増していく。それは自発的で民衆的であり、聖職者の影響とは無縁で、それとはしばしば相反している。民衆は、司祭に従いながらも、司祭から、聖人、

神のキリストをよく区別している。民衆は、時代ごとに、この理想を育み、高めて、歴史の現実のうちに純化させる。この穏やかさと忍耐のキリストは、司教らから罵倒されるお人好しのルイ〔ルートヴィヒ一世、フランク王国カロリング朝の国王〕のうちに現れた〔……〕。理想は、教会によって見捨てられ、教会のために死んだカンタベリー大司教トマス〔トマス・ベケット〕においてさらに大きくなった。それは司祭‐王、人間‐王である聖王ルイにおいて新たな段階の純粋さに達する。間もなく、この理想は一般化し、民衆のうちに広がるだろう。それは十五世紀において、民衆の男のうちにだけでなく、女のうちに、乙女ジャンヌのうちに実現する。乙女のうちで民衆が民衆のために死ぬ。この乙女が中世のキリストの最後の形象となるだろう。（IV, 609）

この一節で、ミシュレは人道主義（humanitarisme）の思想と、イタリアの哲学者ジャン・バッティスタ・ヴィーコの唱える人類の自己創造という思想とを、中世史の解釈に適用している。ポール・ベニシューは、人道主義の思想が、人間のうちに神を認め、苦しむキリストと人類を同一視し、神の贖罪を認めず人間の自己贖罪のみを容認すると指摘している。[8] こうした人道主義的思想は、「人類は自分自身のうちにキリストを認めなくてはならなかった」という一節や、「民衆が民衆のために死ぬ」というジャンヌ・ダルクの贖罪の考えのうちに明確に現れている。他方、ミシュレは一八三一年の『ローマ史』の「前書き」において、ヴィーコの『新しい学』の内容を「人類は自分自身の創造物である」という原則のうちに要約する。それによって、人類が「数世代分を一人の人物のうちに積み上げて」、神話に見られるような神々や英雄的人物を創造したという解釈を示す。ミシュレはこの原則を、ヴィーコとは異なり、神話の中の人物だけでなく、歴史上の英雄・偉人にまで適用する。ミシュレはさらに、諸民族の創造物であるこうした「歴史的偶像」への盲目的崇拝から、人類を解放する必要を説くに至る[9]（II, 341）。キリストの理想について語ったこの一節において、ミシュレは「人類」をすぐに「民衆」と言い換えつつ、「永遠のキリスト」という「神秘主義的な直観」を「民衆的」なものと見なす。そして、この理想の体現者が歴代の王や偉人である場合でも、「時代ごとに、この理想を育み、高め、歴史の現実のうちに純化させる」という理想の創造と実現の行為を「民衆」に帰している。「民衆が民衆のために死ぬ」という「中世のキリストの最後の形象」であるジャンヌ・ダルクは、この民衆による集合的自己創造の一つの到達点となる。このようにミシュレは中世史において、「キリストの理想」を、制度化された宗教としてのキリスト教とは別の、より自発的な民衆の詩的創造物と見なし、人類の自己贖罪への歩みをたどる。こうした民衆によるキリスト教の乗り越えは、キリスト教の終焉をも含意するものであり、実際、この一節に続いてミシュレは、「己のうちに神の似姿を認めた人類の変貌」が、「キリスト教とキリスト教芸術の死のように見えた」(IV, 610)と述べている。[10]

こうしたミシュレによる「キリスト教の概念の人道主義的な置き換え」[11]は、信仰の本『キリストに倣いて』の流布を描いた第五巻第十篇第一章においても確認することができる。ミシュレはこの『キリストに倣いて』を取り上げた同章の末尾で、ジャンヌとキリストの受難を重ね合わせているが、それに先立ち、『キリストに倣いて』という「諦め」を語る本が、フランスの民衆のうちに「国民的抵抗の英雄性」(VI, 47)を抱かせるに至った経緯を詳しく語っている。ミシュレは、この本が「人類に運動と行動を取り戻させるのに貢献することができた」ことの理由を、「司祭の言語」ラテン語ではなく「民衆の言語」によって「民衆を呼び出した」点に見ている(VI, 43)。フランス語に訳された『キリストに倣いて』が、「修道院の本」から「民衆の本」へと変化し、人々に「魂の復活」をもたらした時、キリスト教的な徳である「諦め」ではなく、英雄的な徳である「行動」の精神が民衆のうちに広まったのだ(VI, 46-47)。

他方で、『キリストに倣いて』の精神が民衆において非キリスト教的・英雄的な徳に変化したことを明記しつつも、ミシュレは、ジャンヌの行動を『キリストに倣いて』が示した「至高のモデル」(VI, 41)に倣う行為として定式化している。

イエス・キリストに倣うこと、乙女において再現されるキリストの受難、それがフランスの贖罪だった。(VI, 47)

キリストとの類比がとりわけ緊張感をもって劇的に描かれるのは、訴訟の際の囚われのジャンヌの様子が、典礼暦と対比されながら語られる場面である。復活祭に先立つ一週間である「聖週間に病気になった」ジャンヌの容態は、木曜日に「宗教の助けを奪われたために」悪化する(VI, 103, 105)。続く聖金曜日、キリストの処刑を記念する日に、ジャンヌは「自分の苦しみをキリストの苦しみに結びつけ、立ち直」るが(VI, 105)、牢獄に閉じ込められたままで迎える翌々日の復活祭には、却って悲嘆にくれてしまう。

ただ一人、すべての人が神において一つになる時に、ただ一人、世界の喜びと万人の交わりから除け者にされ、天の扉が人類に開かれる日に、ただ一人、そこから締め出されているとは!(VI, 106)

そして、ミシュレは、ジャンヌの胸に去来したと思われる、恐れ、疑念、疑問をジャンヌの立場になって表現し、「あれほど約束された解放」が訪れないことで、ジャンヌが「心の内で穏やかに聖女や天使たちをとがめただろうことはまったく疑いがない」(VI, 106)と推測し、ジャンヌの葛藤という内面劇を再現しようとする。そして最後に火刑台の炎の中で「死を約束された解放として受け入れ」て、「イエス様!」と叫んで息絶えることで、ジャンヌはキリストの「至高のモデル」を実現することになる(VI, 119)。

このように火刑という試練を通してキリスト教的伝説を成就させるジャンヌだが、「中世のキリストの最後の形象」であるジャンヌの死は同時に中世の終わりであり、近世の始まりでもある。祖国を開示することによって、ジャンヌは、近代へと国民を導く存在なのだ。そのことをミシュレがはっきり言明する箇所の一つが、「詩」(poésie) としての完全さを備えたジャンヌの生涯と祖国の創造について語る以下の一節だ。「小説的な精神」がジャンヌの生涯に触れることがあろうとも、「詩」——ここでは詩的創造とほぼ同義——が、ジャンヌの生涯につけたすものは何もないと述べたあと、ミシュレは以下のように続ける。

> 詩が全中世を通じて抱いた観念、伝説から伝説へと追い続けた観念、その観念がついに一人の人間になった、その夢に人は触れたのである。騎士たちが呼びかけ、天から来るのを待ち望んでいた戦場の救い主の聖処女は、地上にいた……誰のうちに？ それこそが驚異である。人々が軽蔑していたもの、もっとも取るに足りなく見えたもの、一人の女の子、農村の、フランスのあわれな民衆の素朴な娘のうちにいたのだ。というのも、一つの民衆（＝国民）がいて、一つのフランスがあったのだ。この過去の最後の形象は、始まりつつあった時代の最初の形象でもあった。彼女のうちに聖処女と……すでに祖国が同時に現れたのだ。
>
> (VI, 120)

「過去の最後の形象」であるジャンヌは、過去の伝説を成就させることにより終わらせる。しかしミシュレは、この「過去の最後の形象」のうちにすでに「始まりつつあった時代の最初の形象」を見出し、ジャンヌを新しい祖国誕生の伝説として歴史の中に書き込む。この一節は、先に見た、ジャンヌを「中世最後の形象」と表現するキリストの理想についての一節と対をなしている。この後者の一節についてヴィアラネーが述べる、「乙女の『伝説』」の「二重の意味」の指摘はこの一節にも当てはまる。すなわち、「乙女の『伝説』」は、一方で「中世の精神の冒険を締めくくる」伝説であり、他方で「国民という名の近代の教会の時代を創始する」新しい伝説なのだ。[12]

しかしジャンヌの体現した新しい伝説を伝説として提示するのは、ミシュレの歴史のエクリチュールに他ならない。ミシュレ自身は、ジャンヌの歴史から「伝説を作り出すことのないようによく注意しなくてはいけない」と言っているにもかかわらず、ミシュレの語る歴史は「祖国の（奇跡のない）伝説」に転じることにより、「神話化」へと傾いている。[13]

それでは、近代の伝説の英雄としてのジャンヌの先進性を示す事実に注目していこう。ジャンヌは、「フランス王国にあった《悲惨》」(VI, 48)、「フランス人の血を見ると髪が逆立たずにはいられない」(VI, 74) といった言葉によって、国民感情や祖国の創始者とされる。加えて、民衆の士気を高め、近代の革命軍を予告するような兵士へと変身させたのもジャンヌである。[14]

またフランス革命との関連で特に重要なのは、ジャンヌの噂を聞いて押し寄せたランスへ向かう民衆の波が、中世の「十字軍」の再現であると共に、革命の群衆の先駆けともなっている点だ。

日々、乙女の奇跡の噂を聞いてやってきたあらゆる地方の人々が押し寄せた。彼女しか信じず、彼女と同じように王をランスへ連れて行こうと急いでいた。それは巡礼と十字軍の抗いがたい勢いであった。
無気力な若い王自身がしまいには、盛り上がっては北へと押し流すこの大きな潮流、この民衆の波に持ち上げられるがままになった。王、宮廷人、政治家、熱狂した人々、みなが一緒に、いやおうなしに、愚

者も賢者も出発した。（VI, 78）

フランク・ロランは、ジャンヌが「十字軍の精神を『国民化』した」と述べつつ、ミシュレの『フランス史』の「中世史」と『フランス革命史』のうちに、「前者が後者の前兆となり、後者が前者を補完し、なおかつ、あるいは、完成させる」という対応関係を読み取っている。[15]

この指摘を踏まえてポール・プティティエも、ランスへ向かう民衆の波の描写を『フランス革命史』の連盟祭の語りの前兆と見なしている。[16] 実際、後の『革命史』でミシュレが「結婚の儀式と戴冠の儀式はいくつもの点で類似していた。王は民衆と結婚したのだ」と述べることを想起するなら、ジャンヌと民衆によって後押しされたこの成聖式・戴冠式は、各地から押し寄せた民衆によって代表されるフランスと国王との婚姻という性質を帯びることになる。[17] その意味で、この民衆のフランスと国王の婚姻としての成聖式は、フランス各地から来た連盟兵らがパリのシャン・ド・マルスに集うフランス革命の連盟祭での「フランスのフランスとの結婚」の前触れとなっているのだ。[18]

しかし、ジャンヌの先進性はそれだけにとどまらない。裁判において、「目に見える教会」である地上の教会の権威に対し、「目に見えない教会」、つまり自分のうちに聞こえた天の声の権威を上に置いたという点で、ジャンヌは、宗教改革の先触れともなっている[19]（VI, 101）。ジャンヌは、この内なる信仰と引き換えに教会から破門され、火刑台での死という犠牲を引き受ける。その場面を、ミシュレはボーヴェ司教の読み上げる判決文を引用した後、以下のように語る。

このように教会から見捨てられ、彼女は神へのまったき信頼に立ち戻った。（VI, 118）

この信仰に関する先進性について、ミシュレは一八五三年の鉄道叢書版の序文においてより明確に断言している。

それでも彼女は処刑台の上で、信仰の権利を、内なる声の権威を打ち立てているのだ[20]。

信仰の権利は、教会裁判による火刑という試練を経て確立されるのであり、その意味でも、教会に見捨てられた後にジャンヌが「神へのまったき信頼に立ち戻った」とミシュレが表現しているのは示唆的である。このように、国民感情、祖国愛という点で時代に先んじたジャンヌは、中世に属する教会の犠牲となり信仰の権利を確立することによって、二重に近代の伝説の側に位置づけられるのだ。

伝説の源——詩的創造者としてのジャンヌと民衆

それでは、キリスト教の伝説を実現しつつ近代の伝説を創始するジャンヌの創造性の源はどこにあるのだろうか。魂と身体において、「子供でい続けるという天与の資質」を持った彼女は、すでに見たように、祖国を創造したが、ミシュレは、ジャンヌの創造力に二つの源泉を想定している。すなわち、一つ目は、ジャンヌが幼い頃母から聞いた信仰の話である。ジャンヌは、「彼女の宗教を、説教、儀式としてではなく、母の素朴な信仰として、夜の団欒の美しい物語という飾らぬ民衆的な形で受け取った」。そのことについてミシュレは、「このように血と乳とともにわれわれが受けとるものは、生きたもの、生命そのものである」と説明する[21]（VI, 63）。さらに、教会の聖人伝説の影響にも触れつつ、ジャンヌの生命力・創造力について以下のように述べる。

教会のまさに壁の下で生まれ、鐘の音を子守唄にし、伝説に養われた彼女は、誕生から死に至るまで、迅速で純粋な伝説そのものだった。

彼女は生ける伝説だった。だが高められて凝集した生命の力はそれでもやはり創造力に満ちていた。若い娘は知らぬうちに、言うなれば、創造し、自分自身の考えを実現し、そこから存在を作り出し、それらの存在に彼女の汚れない生命の宝の中から、この世のあわれな現実が青ざめるほどの、輝くばかりの全能の実在を注いだのだった。(VI, 63)

こうした「創造」という意味での「詩」の「取るに足らない出発点」としてミシュレが挙げる二つ目の源が、森や泉に現れる妖精をめぐる民衆の夢想である。


実際取るに足らない出発点だが、それはすでに詩的だった。彼女の村は、ヴォージュの大きな森のすぐそばにあった。父の家の戸口からは、古い楢の森が見えた。妖精たちがこの森に出没した。妖精たちは、妖精の木、貴婦人の木と呼ばれていた大きいブナの木の近くにある泉を特に好んでいた。〔……〕しかし教会は、地方の古い神々をつねに警戒していた。司祭は神々を追い払うために、毎年泉にミサをあげに行った。

ジャンヌはこれらの伝説の間で、民衆の夢想のなかで生まれた。(VI, 64)

このように、母から受け取った宗教の物語と、妖精をめぐる夢想という、ジャンヌの二つの重要な創造力の源は、いずれも民衆の詩的創造力から発していることになる。ちなみに、伝説創造の起源に妖精の森を示すこの上記の一節について、ロランス・リシェは、ミシュレによる「伝説の脱キリスト教化の始まり」を見ている。[22]

ここで登場した、森や妖精、子供らしさといった要素は、コレージュ・ド・フランスでの一八四三年の講義を経た後、『魔女』に受け継がれる。[23]『魔女』において、ミシュレは、泉や楢を、民衆による聖人伝説の創造の舞台とし、黄金伝説や妖精物語の民衆による創造について語ることになるのだ。

その後の『フランス史』におけるジャンヌ——『フランス史』第七巻「ルネサンス」「序文」（一八五五）

次に一八四一年の第五巻以降に書かれた『フランス史』第七巻「ルネサンス」「序文」と「一八六九年の序文」の二つの例を取り上げて、二つの伝説の関係を中心にジャンヌ像の変遷を辿ることにしよう。『フランス史』第六巻「中世史」の執筆を終えた後、ミシュレは一旦『フランス史』の準備を中断し、『フランス革命史』（一八四七—一八五三）の執筆を優先する。その後出版された『フランス史』第七巻「ルネサンス」には長い「序文」が付されているが、そこでミシュレは、その間に自身に起こった中世への見方の大きな変化を説明する。この変化は主として、キリスト教への共感が批判的態度に転じたこと、イエズス会との論争後に強まった反教権的態度などに由来している。特に「序文」に先立つ前書きでは、『フランス史』第二巻のゴシック芸術に関する記述を振り返って、それが「中世の示した理想」を描いたものであると述べ、それに対し「ルネサンス」の「序文」では中世の「現実」を提示すると述べている（VII, 49)。特に中世ないし教会が行う「自然の回帰に対する執拗な抵抗」（VII, 52）が、ルネサンスを遅らせた原因として批判の的となる。こうした思想の変化が、「序文」に挿入されたジャンヌの叙述にも深く影響している。ジャンヌは第五巻同様、国民的英雄としてたたえられる一方、教会の抑圧を逃れた人間精神の息づく自然の側に位置づけられる。

まず、ジャンヌは「序文」の「第九節　英雄的福音書——ジャンとジャンヌ——むなしい努力」と題された箇所で、ボヘミアの宗教家ジャン・フスと並んで国民的英雄として登場する。[24] ミシュレは、「それぞれの国民の精髄」である「言語」が開示する「祖国」の「革命」の流れに、スラブの精髄を喚起したジャン・フスを位置づけた後、祖国の「受肉」者としてのジャンヌ・ダルクとその「痛ましい受難」について語る（VII, 75）。『フランス史』第五巻との比較でまず注目したいのは、『キリストに倣いて』の精神とジャンヌの体現した精神がより対比的に描かれている点だ。

『キリストに倣いて』の本によって当時新たにされた修道院の《福音書》はわれわれに告げる、「悪しきこの世を逃れよ」と。英雄的《福音書》（一冊の本だろうか、いや一つの魂だ）はわれわれに告げる、「この世を救い、そのために戦って死になさい」と。（VII, 75）

このように修道院の《福音書》と英雄的《福音書》を対置した後、ミシュレは鉄道叢書版と同様、ジャンヌによる祖国の創設と信仰の権利の確立について触れる。しかし同時にジャンヌによる祖国の開示にもかかわらず、それに続く時代がジャンヌを忘れ、国民性を見失い混迷した点について、「古い伝説」と近代を対比させながら以下のように記す。

火刑用の薪に火がつき、誰もが口にする古い伝説が現実となり、偉大になって再び現れると、誰もそれを認めず、誰もそれを意に介さない。そしてわれわれ現代の批評家らが、これほど遅れてその聖遺物を見つけ出し、われわれの仲間、自由の偉大な死者たちのうちにそれを加えるのだ。（VII, 76）

また、ミシュレはジャンヌ・ダルクを「革命の生きた予言」（VII, 76）とも呼んでいるが、民衆の教育者であるべき中世の教会はその義務を怠ったため、もはやジャンヌが火刑台で再現する「古い伝説」も革命の予言も、教育を受けなかった民衆には理解されることなく終わる。
続いて同じ序文の「第十二節　パトランの笑劇——ブルジョワジー——倦怠」では、ミシュレは、台頭するブルジョワジーとの対比で誇りを失う貴族の例として、ジャンヌ・ダルクを売り渡したリニー伯ジャン・ド・リュクサンブールについて言及した後、教会によって教育をなおざりにされた民衆を襲った退屈と絶望を、「倦むことのない鐘」を聞いて出るあくびによって表現する（VII, 86, 87）。この鐘についての文章は、続く「第十三節　妖術——概要」とともに、一八六二年の『魔女』に取り込まれる叙述である。そして教会から脱け出した「人間的思想の霊気」（l'éther de la pensée humaine）は、「千年来夜になると人々の集まる妖精の楢の木、泉」に逃げ込む。「古き時代の精霊」「地方の根強い魂」が棲む森や泉で、夜な夜な森のディアナをたたえ、束の間の自由を歌って祝う人々の古くからの集いを、ミシュレは「無邪気な反逆」（VII, 88）と呼ぶ。そして他ならぬジャンヌの霊感も、この「無邪気な反逆」と結びつけている。

繰り返すが、それは素朴で純粋な心の本能によって、無邪気なのだ。おや！　フランスのもっとも優れた魂、その魂においてフランスが再生した聖処女ジャンヌ・ダルクが、最初の霊感をロレーヌ辺境で、神秘的な林間の空地で得たことを知らぬ者などあるだろうか。そこには樹齢千年になる妖精の木が立っており、雄弁な木はジャンヌに祖国について語ったのだ。（VII, 88）

「慰めをもたらす母なる《自然》への心の不可避的な回帰の効果」をこのように描いた後、ミシュレは誤った教育のために道を外れた民衆を襲う退屈、絶望、狂気の果てに起こる魔女の出現について説明することになる。『フランス史』第五巻において、民衆による詩的創造力の源として現れた森や泉は、「ルネサンス」では「反逆」と結びつき、ジャンヌ・ダルクと魔女との類縁性が示唆されるのだ。

「一八六九年の序文」

この『フランス史』を総括する序文では、ミシュレはジャンヌを「われわれの時代の最大の伝説」(IV, 22)と位置づけながら、キリスト教の「伝説」からは区別し、ジャンヌをある意味で完全に世俗化している。そしてジャンヌの霊感の源を、「[キリストの]伝説の抑圧をついに逃れた結合、愛の精神」としての「聖霊」(Saint-Esprit, Esprit)や地方に古来より宿る「精霊」(Esprit)に求めている。まず、農村の民衆としてジャンヌの先駆けである十四世紀のジャックリーの乱に触れ、この農民の恐ろしい風貌の下に隠れる「人間的魂」の発する源を求めて時代を遡る。そして、キリスト教を源としながらもその「伝説」の束縛を逃れた神秘主義的な聖霊の系譜を辿り、それを古来より生き続ける自然の精霊に合流させる。アッシジの聖フランチェスコによれば、聖霊は『キリストに倣いて』の作者であり、フィオーレのヨアキムによれば、「イエスの治世の後に来る」のが聖霊の治世だ。また、俗人の自由な結合である兄弟会や自治都市もこの「愛と結合の精神」に基づいている。さらにミシュレは「聖霊」を「新しい精神」と言い換えつつ、それを十三世紀に教会が迫害したアルビジョワ派の南仏の自治都市や騎士たちの信仰の対象と見なしている。『キリストに倣いて』についても、この聖霊ないし「新しい精神」の流れに位置づけており、「明らかに聖霊がすべてに取って代わり」「司祭も教会も見えなくなる」ような節があるゆえに、より肯定的な評価を下している。それでもミシュレは微妙なやり方で、この修道院の本とジャンヌの霊感の源とを分けている。『キリストに倣いて』における聖霊の重要性について触れた後、ミシュレは次のように記す。

もし聖霊(Esprit)の声が修道院において聞こえるのなら、森や果てしない自由な教会ではどれほどよく聞こえることだろう！　精霊（Esprit）が梢の奥で語った時、ジャンヌ・ダルクはそれを聞いて身震いして、優しく言った、「私の声！」
（IV, 23）

「ルネサンス」では「妖精の木」がジャンヌに「祖国について語っ」ていたが、ここでは、「梢」を通して語るのは「精霊」である。そしてジャンヌがそこから聞き取るのは、「私の声」すなわち「信仰の声」であり、ジャンヌは戦場にも牢獄にもその声を携えていくのだ。

さらにミシュレは人道主義の立場から、ジャンヌにおける「われわれの苦しみに心を配り、地上に神の正義を置くことを欲し、行動し、戦い、救い、癒す英雄的優しさ」を「キリスト教の受け身の諦め」に対立させる。そして、「行動の英雄」という「新しい典型」を作り出したジャンヌが、「キリスト教の受動的自由」という「不吉な教義」から人々を解放し、革命を垣間見せたという解釈を示す（IV, 23）。とりわけ処刑の場面を喚起する際にはキリスト教の教会との対立が鮮明になる。

神々しい光景だ、処刑台の上で見捨てられた子供がたった一人で、王－司祭、殺人者の教会に抗し、彼女の内なる教会を炎のただ中でかたく守り、こう言って姿を消す、「私の声！」
（IV, 23）

「殺人者の教会」といった激しい表現に加えて、『フランス史』第五巻ではジャンヌは息絶える前に「イエス様！」と叫んでいたにもかかわらず、ここでは火刑台の上でも「私の声！」という言葉を繰り返している。『フランス史』第五巻でも第七巻「ルネサンス」でもジャンヌの最期はキリストの最期と分かちがたく結びついていたのに、火刑台から「姿を消す」（s'envole）上記のジャンヌは、むしろサバトの最後に「間近に迫った火刑の火」に思いを馳せる魔女や、「炎と曙のなかで姿を消す」サタンを想起させる。(25)

「一八六九年の序文」では、キリストの「伝説」は聖霊の抑圧者であり、『キリストに倣いて』すらキリストの伝説ではなく聖霊の声と直接関連づけられている。そして火刑台のジャンヌの描写からもイエスの伝説を想起させる要素がすべて消し去られているのだ。

人間性の抵抗

以上、異なる時期に書かれた『フランス史』の叙述を分析したことで、ジャンヌの体現する伝説性の変化が明確になった。ミシュレは、一八三三年、第二巻の段階から「キリスト教の概念の人道主義的な置き換え」を行い、歴史におけるキリストの伝説の世俗化の過程を喚起した。ミシュレはキリストの伝説を神秘主義的直観による民衆の自己創造と結びつけ、「キリスト教の死」を示唆しつつ、キリストによる贖罪から民衆による自己贖罪への移行を示した。一八四一年、第五巻でも、『キリストに倣いて』を、民衆による受容を通して「国民的抵抗」と結びつけた。このようにキリストの伝説の変容・世俗化を語りつつも、他方でその魅力に惹かれ続け、『キリストに倣いて』の提示する「至高のモデル」や、ジャンヌの最期とキリストのそれとの対比などによって、キリストの伝説の重要性を強調せずにはいられなかった。中世・教会に対する態度が硬化した後の一八五五年、第七巻「ルネサンス」でも、火刑台のジャンヌをキリストの「古い伝説」の再現と捉える点は変わりなかった。しかし「一八六九年の序文」に至って、ジャンヌを、キリストの伝説の抑圧を抜け出した聖霊・精霊の系譜に位置づけ、火刑台の描写においてキリストとの対比をなくすことで、ジャンヌを脱キリスト教化したのだ。

近代の伝説に関して言えば、ミシュレは、第五巻においてすでに、国民感情の創始者、フランス革命の前兆、信仰の権利の確立といった主要な要素を提示していた。他方、第五巻において民衆の詩的創造力の源として描いた森や泉のイメージを、第七巻では教会への抵抗、自然・人間性の復権、魔女といった要素と結びつけた。「一八六九年の序文」でも、自然に託された人間性の抵抗という主題を、神秘主義・異端迫害の系譜を交えて展開させた。

「キリストの伝説」の後退・消滅、それにともなう近代の伝説における人間性の抵抗という主題の登場は、教会・キリスト教に対する共感から訣別への変化、自然に対する認識の変化、魔女の発見といった、ミシュレ自身の経てきた変化を反映している。『われらが息子』（一八六九年）においてミシュレは、「フランスを救ったあの愛すべき子供ジャンヌ・ダルクは過去、伝説に従っていると信じている。だが彼女はそれとは反対に新しい未来の民衆の理想なのだ」（XX, 424）と述べている。[26] また「一八六九年の序文」では、ジャンヌの魅力を「人間性」という語に集約し、ジャンヌを「われわれ、すべての人」（IV, 24）と同一視している。最終的に、ミシュレはジャンヌが従った過去の伝説を切り捨て、ジャンヌのうちに「未来の民衆」である「われわれ」の姿を映し出すことに専念するに至ったのだ。

【注】

（1）　Michel Winock, « Jeanne d'Arc », *Les Lieux de mémoire*, t. 3, sous la dir. de Pierre Nora, Paris, Gallimard, 1997, p. 4434.

（2）　Gerd Krumeich, *Jeanne d'Arc à travers l'Histoire*, Albin Michel, 1993, p. 71-93. 真野倫平「伝説と歴史のはざまで――ミシュレによるジャンヌ・ダルク像」『アカデミア　文学・語学編』（六九）、二〇〇一年、一四九―一七〇頁。ちなみにクルマイヒによると、ミシュレがジャンヌについて繰り返し述べる「良識」や「自然さ」という民衆的な見方は、プロスペール・ド・バラントが『ブルゴーニュ公の歴史』（一八三九）において提示した年代記や資料に基づいているという。他方、クルマイヒは、ミシュレの特徴として、裁判の様子を時を追って克明に再現したこと、ジャンヌに寄せた民衆の信頼とそれに支えられたジャンヌの行動の効果を初めてはっきり描き出したことなどを挙げている。

（3）　「世俗化の問題」については以下を参照：Claude Foucart, « “Cette vivante énigme” : Jeanne d’Arc », *Figures mythiques médiévales aux XIXe et XXe siècles, Partie thématique*, sous la dir. d’Alain Montandon, Paris, H. Champion, 2004, p. 19-29. また未来の国民としての民衆については特に以下を参照：Jacques Seebacher, « Le Peuple de Jeanne », *L’Information littéraire*, XXVII, 1975, p. 62-66.

（4）　ジャンヌ・ダルクにおける歴史と伝説との関係については以下を参照：Paul Viallaneix, « La Jeanne d’Arc de Michelet, légende romantique », *Travaux de Linguistique et de Littérature*, XVII, 2, 1979, p. 105-114 ; Claude Millet, *Le légendaire au XIXe siècle : poésie, mythe et vérité*, Paris, PUF, 1997 ; —, « La Jeanne d’Arc de Michelet : histoire d’un seuil », *Images de Jeanne d’Arc*, textes recueillis par Jean Maurice, Daniel Couty, Paris, PUF, 2000, p. 197-206.

（5）　以下、『フランス史』等のミシュレ作品のフラマリオン版『全集』からの引用は、Jules Michelet, *Œuvres Complètes*, éditées par Paul Viallaneix, Paris, Flammarion, t. I, 1971, t. II, 1971, t. IV, 1974, t. VI, 1978, t. XX, 1987 にもとづく拙訳を用い、ローマ数字で巻数を、アラビア数字でページ数のみを示すものとする。訳出にあたっては、『ジャンヌ・ダルク』（森井真・田代葆訳、中公文庫、一九九四年）及び『フランス史』（一巻、二巻、三巻、大野一道・立川孝一監修、藤原書店、二〇一〇年）も参照した。

（6）　以下、引用文中の強調は原文による。

（7）　ジャンヌとキリスト教の伝説との関係については以下を参照：Paul Viallaneix, « Préface », Jules Michelet, *Jeanne d’Arc et autres textes*, édition établie et présentée par Paul Viallaneix, Paris, Gallimard, 1974, p. 20-30.

（8）　Paul Bénichou, *Romantisme français* I, Paris, Gallimard, 1996, p. 938-939.

（9）　Olivier Remaud, *Les Archives de l’humanité. Essai sur la philosophie de Vico*, Paris, Seuil, 2004, p. 17.

（10）　この点については以下を参照：Jean Guéhenno, *L’Évangile éternel, étude sur Michlet*, Paris, Grasset, 1927, p. 79-80 ; Paul Bénichou, *op. cit.*, p. 939.

（11）　Paul Bénichou, *op.cit.*, p. 939.

（12）　Paul Viallaneix, « Introduction » (VI, 10).

（13）　Claude Millet, *op. cit.*, p. 132, note 1.

（14）　Thérèse Moreau, *Le Sang de l’histoire. Michelet, l’histoire et l’idée de la femme au XIXe siècle*, Paris, Flammarion, 1982, p. 209-210 ; Claude Foucart, art. cit., p. 21. 一八五三年の鉄道叢書版では、ミシュレはこの点について序文で、ジャンヌが「すべての民衆を率い」、「民衆は彼女とともに兵士となった」とより明確に記している：Jules Michelet, *Jeanne d’Arc et autres textes*, édition établie et présentée par Paul Viallaneix, Paris, Gallimard, 1974, p. 38.

（15）　Franck Laurent, « Errance et Nation dans l’*Histoire de France* et l’*Histoire de la Révolution française* de Jules Michelet », *Michelet entre naissance et renaissance (1798-1998)*, textes réunis et présentés par Simone Bernard-Griffiths, *Cahiers romantiques*, n° 6, 2001, p. 257-258, p. 260.

（16） Paule Petitier, « Présentation », Jules Michelet, *Histoire de France*, XI, Paris, Éditions des Équateurs, 2008, p. XI.

（17） Jules Michelet, *Histoire de la Révolution française*, t. I, édition établie et annotée par Gérard Walter, Paris, Gallimard, 1952, p. 248. 両者の儀式の具体的な類似については、今村真介『王権の修辞学――フランス王の演出装置を読む』講談社、二〇〇四年、一六九頁を参照。

（18） Jules Michelet, *Histoire de la Révolution française*, t.1, *op.cit.*, p. 414.

（19） Paul Viallaneix, art. cit., p. 113.

（20） Jules Michelet, *Jeanne d'Arc et autres textes*, *op. cit.*, p. 38.

（21） ジャンヌの宗教・伝説に関わるこれらの節については以下を参照：Claude Foucart, art.cit., p. 22 ; Laurence Richer, *La Cathédrale de feu. Le Moyen Âge de Michelet, de l'histoire au myth*, Palam, 1995, p.78-79.

（22） Laurence Richer, *op.cit.*, p.78.

（23） Laurence Richer, *op.cit.*, p. 78-97 ; Paule Petitier, « Présentation », *op.cit.*, p. V-VI.

（24） 「ルネサンス」におけるジャンヌ・ダルクをめぐる読解については以下を参照：Laurence Richer, *Cathédrale de feu*, *op. cit.*, p. 92-93 ; —, « Jean et Jeanne. Michelet et les Hussites », *Les Amis de Pierre Leroux* 12 (mai 1995), p. 293-300.

（25） Jules Michelet, *La Sorcière*, chronologie et préface par Paul Viallaneix, Paris, GF-Flammarion, 1966, p. 131, p. 138.

（26） Cité par Laurence Richer, *op.cit.*, p. 175.

III

言葉と記憶
——ネルヴァルにおける引用の詩学

辻川慶子

一八二七年にゲーテの『ファウスト』翻訳でデビューし、晩年に至るまでハイネのドイツ詩などを翻訳し続けていたネルヴァルは、生涯を通じて、翻訳、翻案、作品集の編纂、引用、剽窃、模倣などの書き直し《リライト》の営為を続けてきた。異言語間の翻訳であれ、過去に書かれた伝承や書物の転写であれ、ネルヴァルにとって創作とは多くの場合、必ずしも自己の孤立した営為ではなく、むしろ他者に開かれ、他者とともに書く営為を指していた。

ネルヴァルの主要作品である旅行記、演劇作品、短篇、自伝を読み直してもこのことは容易に確認できる。ネルヴァルが生涯の情熱を傾けた演劇作品のほとんどは共作で書かれ、旅行記『東方紀行』（一八五一）には、「暁の女王の物語」、「カリフ・ハーケムの物語」など、土地の伝承または旅の道連れから聞いた逸話の聞き書きとして、多くの文献や学術書を踏まえた物語が挿入されている。初期の『ロンサール〔他十六世紀〕詩選』、『ドイツ詩集』（ともに一八三〇）からヴァロワ地方の民謡の収集まで、ネルヴァルはたえず新たな文学モデルとなる作品のアンソロジーを編纂している。また『火の娘たち』（一八五四）で描かれるモチーフ（世紀児、舞踏会での邂逅、廃嫡者、オリーヴ山）の多くは、ゲーテ、ルソー、ミュッセ、スコットらのテーマに独自の変奏を加えたものであり、そればかりかこの作品集には数々の引用、翻訳、剽窃が見られる。晩年の自伝的作品には、過去に書かれた作品の自己引用が多用されていることも指摘できるだろう[1]。

自己と他者との対話として、あるいは自他の境界を消失させながら書かれるこれらの作品の多くは、作者確定の問題という解決不能の疑問をはらむものとなる。そしてそのことはまた、共作、翻案、剽窃というオリジナルではない作品の看過をもたらすことも多い。しかし、ネルヴァルが引用、剽窃、模倣によって物語を紡ぎだす時、はたしてそれは独創性の欠如としてのみ捉えられるのだろうか。他者とともに書くことを創作の中心に据えていた詩人にとって、過去の作品の転写はむしろ固有の意味を担っているのではないだろうか。

小ロマン派とリライト——権威との戯れ、継承と反逆

さて、ロマン主義時代において、自他の境界をゆるがせ、作品内でリライトを多用するのは一人ネルヴァルに限られたことではなかった。ユゴー、ヴィニー、ラマルチーヌら「預言者」または「祭司」として「詩人の使命」を標榜するロマン主義第一世代とは異なり、小ロマン派と呼ばれる作家たちは何よりもまず先行する作品の読者として、自在にリライトを作品の随所に取り入れている。ネルヴァルのみならず、ミュッセやゴーチエもまた模倣者であることを時に誇示する作品を発表していた。

アルフレッド・ド・ミュッセは詩篇「ロラ」（一八三三）や『世紀児の告白』（一八三六）などで遅れてきた世代の意識を高らかに歌い、読者に鮮烈な印象を残した（「この年老いた世界に私は来るのが遅すぎた。／希望もない世紀からは恐れを知らない世紀が生まれる[2]。」）しかし、オーレリー・ロワズルールら研究者が示すよ

うに、若い世代の苦悩を代弁し、ミュッセ個人の生きた経験が読み取れるようなこれらの作品は、実はラムネー、ボナルド、ラマルチーヌの「カリカチュアともいえる大幅なリライト」[3]なのである。ミュッセの作品は、紋切型となっていた同時代の問い掛けの「辛辣かつ絶望的な諷刺」として読めるのだ。ミュッセの作品が実体験に即した内面の吐露ではなく、パロディ、パスティーシュ、剽窃など、ありとあらゆる形のリライトを駆使したものであることは、同時代のサント＝ブーヴもすでに指摘していた。

ミュッセはパスティーシュの素晴らしい才能を持っている。彼は若くしてカジミール・ドラヴィーニュのような詩句、アンドレ・シェニエのようなエレジー、ヴィクトル・ユゴー風のバラードを書いた。次にクレヴィヨン・フィスへと移行する。さらに後には、シェークスピアの幻想《ファンテジー》的作品によく似た何かを身につけ、そこにバイロン風の叙情の飛躍を加え、特にヴォルテールの皮肉を利かせてドン・ジュアンのリメイクを行った。これらすべてはある種の独創性を形成している。それでもなお、彼の端正な作品や寸劇のほとんどは翻訳されたもののようで、どこかはわからないが翻訳物のような印象を与えるのである。[4]

実際にミュッセは、古典主義・ロマン主義に関わらず新旧の作品をリライトし、時にはリベルタン文学または同時代の艶笑画までをも言外に示唆する作品を残している。[5]ラマルチーヌはミュッセの「軽やかな文学」の持つ抗し難い魅力を認めながらも、これを「崇高のパロディ」[6]であると批判した。遅れてきた世代の作家であるミュッセの作品は――後に見るネルヴァルと同様――、生と書物との精妙な均衡の上に成り立つものなのである。

ミュッセの軽やかさとは異質ながらも、ロマン主義時代に「作家」が身に纏うことになる演劇性を逆説の精神によって暴き出したのが、ネルヴァルの盟友テオフィル・ゴーチエである。ゴーチエが一八三三年に発表した『若きフランスたち――諧謔小説集』は、若きロマン派を気取り、文学的熱狂に没頭する作家を痛烈に揶揄した、まさにロマン主義作家の紋切型事典の様相を呈する作品であり、井村実名子氏も指摘するように、この作品における間テクスト性の問題は大きい[7]。ブルジョワ社会の凡庸さとは一線を画すると自認する作家の気取り自体が、すでに繰り返された第二次の文学として描き出されてゆく。

「乱痴気騒ぎくらい流行っているものはない。近刊の小説はみんな乱痴気騒ぎを書いている。ぼくらも乱痴気騒ぎをやろうぜ。乱痴気騒ぎは人間生活にとって必要であるばかりか、ウジェーヌ・ランデュエル書店の八折本にもなくてはならぬもので……」〔……〕

「そうだ！　そうだ！　とてつもなく派手な乱痴気騒ぎをやろう！」と変わり者たちは口々に叫んだ。「気違いじみて、髪ふり乱した《エシュヴレ》、けばけばしい乱痴気騒ぎ、バルザック氏の『あら皮』のような、ジャナン氏の『バルナヴ』のような、ウジェーヌ・シュー氏の『サラマンドル号』のような、愛書家ジャコブの『離婚』のようなのを[8]。」

一八三二年六月十四日に『ル・キャビネ・ド・レクチュール』に発表された「フランスにおける独創性について」でも、ゴーチエはオリジナリティの欠如こそがフランスでは評価されるという逆説を述べている[9]。ジョゼ＝ルイス・ディアズの『想像的な作家』によると、ロマン主義時代とは「作家のステレオタイプ化が幅広く繰り広げられる最初の時代」であり、そうした作家による自己像の演出を最も辛辣に批判したのがミュッセやバルザックやゴーチエであった[10]。模倣に模倣が重ねられ、たえず消費されるスペクタクルとなった「作家像」を前に、ゴーチエは多様に第二次の文学と戯れ、自己自身をもパロディの対象とし、ロマン主義時代に「作家」が身に纏うことになる演劇性や聖別された「作家」の王冠を問い直そうとする。

そしてネルヴァルが一八五一年に発表した『東方紀行』もまた、先人の残した文学の記憶とともに書かれており、物語にはホメロス、プルタルコス、バイロン、スタール夫人、ラマルチーヌらのみならず、ホフマンやハイネなどの言及や引用が織り込まれている。先人の作品は様々に異国への憧憬をかき立てるものであり、時に現実とのギャップを生みながらも、語り手は文学の援用を繰り返す。ギリシャに船で赴く語り手は「《海上に自由あり！》とバイロンの言う通りだ」と感極まり、イギリス領となったセリゴ島および荒廃したキクラデス諸島を見ては「牧神は死んだ！」とプルタルコス『神託の衰退』の言葉を想起する。カイロで出会った黒髪の女性は、聖書の雅歌の表現の通りに「ナツメヤシの木のごとくすらりとした体にカモシカの黒い瞳をして」おり、バールベックについて触れる時には「この壮麗な廃墟の中で何時間も夢想に浸ったが、ヴォルネーとラマルチーヌの後ではもはや描写のしようもない」と述べる[11]。多くの研究者が指摘するように、ネルヴァルは数多くの学術書や文献、先行する旅行記を参照し、旅行記の実体験や現地での対話として描いている[12]。旅は文学の記憶と現実との重ね合わせであり、理想と現実の乖離、または予想外の重ね合わせがネルヴァル固有のユーモラスな歩調を生み出している。

ミュッセの軽やかな筆致、ゴーチエの揶揄と逆説、ネルヴァルの気まぐれな遊歩のいずれにおいても、遅れてきた世代の作家たちは、既存の文学と戯れ、読者との共犯意識に働きかけながら、独自のリライト作品を紡いでゆく。読書から執筆へと軽やかに移行するのは、作家の筆の速さのためであるのか、既存の文学という権威への反逆と挑発であるのか、あるいは、偉大で独創的な作品の時代はすでに終了し、ただパロディやパスティーシュのみが可能であるという同時代の歴史意識が透かし見られるのか。いずれにせよ、独創性を持つ作品を生み出す父・権威としての作者の資格《パテルニテ》に代わり、むしろ先人からの継承《フィリアシオン》こそを強調する後継者としての創作が彼らの出発点にあったことに注意すべきだろう。

すべてはすでに書かれてしまった――「太陽の下にも、燭台の下にも新しく予想外のものは何も現れない[13]」――と繰り返すネルヴァルにとって、過去に忘れ去られた書物を拾い上げ、新たな意匠を施して再生することが、創作にも比肩する意味を持つ。こうした意識が明確に現れるのが、書物から生まれた書物である『幻視者たち』（一八五二）である。十六世紀から十八世紀までの社会改革者たちを集めたこの伝記作品集には、当の人物たちの著作、関連文献、ミショーの『世界人物事典』などの記述が多用されており、その割合は作品全体の八割近くにも上る[14]。伝記というジャンル自体が、近代においては資料への参照が不可欠だと考えられるものであり、参照文献のリライト自体は非難されるべきものではない[15]。では、典拠の引用、言及、翻案のみならず、時には剽窃にも近い借用が行われるこの作品は、どのようにリライトを用い、どのような意味でネルヴァル固有の作品だといえるのだろうか。

まず、『幻視者たち』で描かれる六人の人物はみな、一冊以上の著作を残した著作者であり、さらに彼らはみな、過去の文献の読者または模倣者でもあることに注意したい。ネルヴァルが描く人物たちは、決してオリジナルの思想を発表したのではなく、独学者として過去の著作の読書およびリライトを試みている。「ビセートルの王様」のラウル・スピファームは、アンリ二世の名で勅令集を刊行するという、勅令集の模倣者または偽造者である。独学者であることは、「民衆作家」として百科全書的知のリライトを試みるレチフ・ド・ラ・ブルトンヌのみならず、ジャック・カゾットにも共通している。「古いカトリック伝説の模倣」や「古い騎士道譚詩の模作」などを試みた後に傑作『悪魔の恋』を残すカゾットも、「自分自身の幻想よりも時代の嗜好にしたがってきたにすぎない」と伝記者ネルヴァルは述べている[16]。そして、革命期に異教信仰を復興しようとしたクイントゥス・オークレールの著作『トラキアの秘法』に関して、ネルヴァルが最初に引用するのは、オークレールがプラトン、キケロ、セネカ、ティレンティウス、ユウェナリス、アリストファネス、アリスティデースらを引用し、守るべき教訓は「あらゆる国民に見出される」[17]と示す部分である。ネルヴァルが選ぶ人物たちの思想はいずれも、奇妙なまでに既視感のあるものばかりなのだ。この点でネルヴァルが同時期に発表した「赤い預言者たち」[18]とは対照的である。ラムネー、プルードンなど新宗教・思想の創始者たちとは異なり、ネルヴァルは必ずしも、類例のない新奇な人物を描くのではなく、むしろ読者、模倣者、追随者として、時代を越えた奇妙な知の継承を行う人物たちに着目しようとする。

六人の人物たちが「哲学の異端者たち」と捉えられるのは、彼らの思想の独自性のためではなく、時代錯誤のためであることもネルヴァルは指摘する。かつて「純粋な唯物主義では満足できず、宗教伝統を拒絶しないが、それに関して議論をしたり、解釈を加えたりする若干の自由を保持していたいという人々が大勢いた。[19]」こうした信仰と自由との共存は、『幻視者たち』の人物たちが生きた時代にはもはや前時代的なものとなっている。「宗教に関する白紙状態が生じている」時代、宗教的無関心の時代においては「最も真摯にして最も熱烈な神秘主義」を示したジャック・カゾットや、「あの荒々しく沸き立とうとする言葉の熱気」を繰り広げるレチフ、とりわけ「精神を宗教感情へと引き戻した」クイントゥス・オークレールの思想は、「今日では狂気に近いものだ」と捉えられる。[20]しかし、歴史の周縁に位置する人物たちを拾い上げ、彼らの言葉をただそのままに転写する身振り自体が、彼らを排斥、嘲笑、忘却する社会への抵抗という政治的な意味を持つものとなる。

こうしてネルヴァルは翻案、引用、剽窃などのリライトによって過去の著作に新たな生命を吹き込もうとする。そして、一つの精神的系譜を描くこの集合的伝記において、描かれる人物の集合性あるいは独自性を強調しながら、主に次の三つのリライトの形式が試みられる。

第一に「ビセートルの王様」や「ビュコワ神父の物語」などでは、作者は歴史小説さながら典拠となった文献を辿り、自在に虚構を交え、独自の物語として展開している。「ビュコワ神父の物語」は、ルイ十四世治下にバスチーユなどの監獄から脱獄したビュコワ神父の物語であるが、ネルヴァルは典拠のデュノワイエ夫人の『歴史恋愛書簡集』に加えて、この物語に――歴史的事実に反して――カミザールの新教徒叛乱の残党を登場させようと試みる。カミザールの叛乱とは、一八四〇年代にアレクサンドル・デュマやウージェーヌ・シューが紹介し、新たな関心を呼んでいた民衆叛乱の主題である。(21) ネルヴァルはビュコワ神父の物語に関しては典拠を忠実に転写しながらも、異なる事実の結合によって物語に新たな色彩を加え、ビュコワ神父の反逆に、中央集権に対する地方の叛乱、歴史の敗者の存続という集合的意味を付与しようとする。

第二に、『幻視者たち』所収の「ニコラの告白」や「ジャック・カゾット」は、――『ドイツ詩集』や『ロンサール〔他十六世紀〕詩選』に続き――文学モデルの探求としても読むことができるだろう。「ジャック・カゾット」はバスチアン刊行の全集に収録された作品と資料をほぼ全面的に、順番通りに切り貼りしたコラージュのごとき作品であるが、生者と死者が共存する描写や夢の記述は、さながらネルヴァル自身の文体練習のように見える。これに対し、「ニコラの告白」においては、レチフ・ド・ラ・ブルトンヌの詳細を極める自伝作品『ムッシュー・ニコラ』が全面的に踏襲されながらも、まったく異なる形式で――しかし、レチフの『人生劇』を模倣する形で――全体が大幅に短縮され、三部構成の簡潔かつ明晰な形式に再構築されている。(22) レチフ自身が小説、自伝、詩、演劇、碑文、暦と異なる形式で自らの自伝的要素を繰り返し書き直していたことを考えると、ネルヴァルのリライト自体がレチフの身振りの模倣ととらえられる。ネルヴァル研究の泰斗ジャック・ボニーは、ネルヴァル作品が「文学形式の探求にたえず開かれていた」(23) ことを示したが、ネルヴァルにおける文学モデルの探求は、主要作家、周縁作家、口承伝統など文学史上の軽重を問わず、時に正反対ともいえる作家たちを同次元で結び合わせるものであった。カゾットとレチフ、ピタゴラスとクレヴィヨン・フィスを隣り合わせるネルヴァルは、(24) 文学の正統性を揺るがせながら、『幻視者たち』においても常に新たなモデルを構築しようとする。

しかし、物語的伝記、文学モデルとしての伝記が書かれる中でも、『幻視者たち』の物語は次第に、異質な引用の雑多な寄せ集めという性質を強めてゆく。最後の短篇「クイントゥス・オークレール」は、異教信仰の復興を提唱する人物の著書の引用が物語の四分の三近くを占めており、革命期の証言を集めたレチフやカゾットなど他の伝記作品の最終部分でも物語的再構成はほとんど見られない。ネルヴァルは他者の言葉を物語の中に回収するのではなく、引用符《ギユメ》やイタリック体など表記上でも彼らの言葉の持つ思想・表現上の特異性を強調しながら作品中に取り入れようとする。転写される言葉に対して、伝記作者は時にアイロニックな距離を置き、時代錯誤の過剰な熱狂として示しながらも、同時にこれらを真摯な信条の表明として自らの共感を隠そうとしない。

『幻視者たち』におけるネルヴァルは、このように対象への冷静な距離と御しがたい魅惑との間でバランスを取りながらも、過去の言葉をただそのままに書き写そうとする。そして歴史の表層には現れることのない、時代から乖離した精神や深層に隠れた動きを証言するものとして、六人の人物たちの言葉をそのままに転写する。時代の変遷とともに忘却され、消滅していく言葉にとって、引用や翻案、剽窃でさえ、過去の言葉を忘却から救い、後世へと伝える場としての意味を持つものとなる。

言葉の物質性と引用の詩学

晩年のネルヴァル作品において鍵となる役割を果たすのが、このような狭義の引用、つまり引用符やイタリック体で明示される引用である。リトレ辞典によると「引用」とは「権威となりうる作者から借用された一節」と定義される。[25] しかし、ネルヴァルはむしろ権威を剥ぎ取る形で、次第に多様な言葉を自由に集める形式として、引用を作品の随所に散りばめてゆく。パスティーシュやパロディなど他のリライトとは異なる引用という形式固有の特徴として、明示性（引用符、イタリック体など表記上の明示）、断片性（一つまたは複数の断片の挿入）、異質性（引用外との語りの審級の違い）、異種性（文学以外の言葉の取り込み）、指示性（引用される言葉が収集された場所・時間・媒体・現実への参照）が挙げられるだろう。[26]ネルヴァルは、引用という形式の可能性を十分に探求することで、言葉を取り囲む多様な現実と記憶を作品内に組み入れているのではないだろうか。

『幻視者たち』という書物発掘の試みは、『東方紀行』や『フランスの古いバラード』（一八四二）の歌や伝承の記録と通底するものである。偶然、ある場所で聴き取られた一回限りの声の体験が、これらの民謡の収集を可能にしたのであり、こうして書き留められた民謡は、声を拾い集めた場や、そこに立ち会った「私」の感興と密接に結びつくものとなる。引用は不完全なものとして、断片的にのみ書き留められるものとなる。

稲田の上に広がったもやを、少しずつ照らし始めた太陽の方を向いて彼は歌い続け、ぼくは何度も繰り返される歌詞を簡単に書き留めることができた。

デュルドゥム！　ブルールドゥム！

アリ・オスマン・ヤジャナンダー！

南国の言葉の中には、女性や若者の声に合うような音節の魅力、抑揚の優美さを持つものがあり、意味はわからないまま何時間でもずっと聞いていたいという気分になってしまう。そしてこの、わが国の田舎の古い民謡を思い出させるような物憂げな歌、震えるような節まわし、そのすべてが対照の妙と不意打ちの力によってぼくを魅了した。[27]

『東方紀行』でもネルヴァルが「引用」として示すのは、偶然に「不意打ち」として耳に入ってきた歌や言葉であり、ネルヴァルがヴァロワ地方の『フランスの古いバラード』を書き留めた時と同様、これらの不完全な引用は収集の場と結びつき、様々に個人的夢想を引き起こすものとなる。突然の邂逅に身をゆだね、耳や目に入る言葉をただ書き記す語り手は、自らの受動的姿勢を隠そうとはしない。

さらにある言葉が、その指し示すもの以上に過去を喚起し、目の前に別の世界を蘇らせる力を持つことを意識していたためか、ネルヴァルは書物や印刷物で目にした言葉、旅や散策で耳にした言葉をその物質的側面（紙、石、声、匂い）を加えて転写する。『塩密輸人たち』（一八五〇）『火の娘たち』「アンジェリック」の語り手は、種々の書物や古文書を探し、十八世紀の警察の調書やアンジェリック・ド・ロングヴァルの残した手記、道中で目にした碑文、ヴァロワ地方の伝説や民謡をそのままに書き写している。

> 私は、ダルジャンソンの署名のある報告書の、オランダ紙の上の黄ばんだ筆蹟を注意深く調べはじめた。「引き続き、自称伯爵を探すように命じております……」という行の余白に、走り書きだが力強い筆致で、次の短い言葉が鉛筆で記されていた。「いくらしても、し過ぎることはない。」何をし過ぎることがないのか？――おそらく、ビュコワ神父を探すことだろう……。

> ここにアルマゾール眠る。これは道化だろうか？――従僕だろうか？――犬だろうか？　石はそれ以上何一つ語らない。(28)

紙や石の状態までも書き写される引用は、それらを生んだ社会をありありと喚起する力を持つものとなる。第一の引用の後に、「私にとっては、もはやすべては生きており、再構成されている。書机についたダルジャンソン、執務室にいるポンシャルトランの姿が私には見える[29]」とネルヴァルが書くのは誇張ではないだろう。引用の持つ現実効果はさらに他の作品でも強調される。『十月の夜』（一八五二）では、偶然目にした見世物のポスターや市場の野菜売りの掛け声などが現実から切り取られ、物語の中に引用として取り込まれる。『ボヘミアの小さな城』（一八五三）での自己引用ですら、音楽や香りなどの記憶と結びつくことは、以下のように——しかもスカロンの原文を大幅に改変し、ロンサールという誤りを意図的に混じえながら——ネルヴァル自身が注釈を加えていることからも明らかだろう。

ひとつ注目してもらいたいのは、オドレットは歌われたのであり、歌われることで民衆のものになったのだ。『芝居物語《ロマン・コミック》』の一節がこのことをよく示している。「女中が、にんにくの香りの染み込んだ口で、老ロンサールのオードを歌うのが聞こえた。

われらの歌声と
象牙のリュートの音で
精霊のこころを奪い取ろう[30]！」

さらにネルヴァルは、他者の言葉のみならず、自己の言葉をも次第に異物として物語の中に取り込もうとする。一八五一年以降のネルヴァルにおいては、作品の執筆とともに、作品集としての過去の自作品の再構成が活動の中心を占めている。詩作品・詩論・演劇を集めた自伝的アンソロジーである『粋な放浪生活』および『ボヘミアの小さな城』、さらには『火の娘たち』では、異なるジャンルに属する作品の結合と再構成によって、過去の作品の文脈が刷新され、新たな意味が付与される[31]。そして、『火の娘たち』の短篇や『散策と回想』（一八五四—一八五五）、『オーレリア』（一八五五）などの作品に見られる自伝的要素は、回顧的物語としてではなく、過去に書かれた断片の引用という形が取られることが多い。以下に、「アレクサンドル・デュマへ」、『オーレリア』、『散策と回想』における自己引用の導入または追記を見てみたい。

友よ、すでに古びたこれらの詩が、まだいくらかは香りを残しているかどうか、ご覧いただきたい。

（『ボヘミアの小さな城』）

霊感者、幻視者、預言者という名声をすでにあきらめた私は、あなたが正当にも不可能な理論、実現しえない書物と呼んだものを差し出すことしかできません。スカロンの『芝居物語』の続篇をなすかのごとき一章を以下にお目にかけましょう……。これについてご判断いただきたいのです。

（『火の娘たち』「アレクサンドル・デュマへ」）

ここに「記憶すべきこと《メモラーブル》」と題して、今述べた夢に引き続いた、いくつかの夢の印象を書き記しておく。

（『オーレリア』）

熱病かあるいは憂鬱の最中に書かれたこれらの紙片を、風よ、運び去れ、――かまいはしない、風はすでに幾枚かのページを吹き散らした。そして、私にはそれらを再び書き直す気力はない。

（『散策と回想』[32]）

これらの自己引用は、歌や古文書や石碑の転写と異なり、引用を取り囲む媒体や現実までをも含むものではない。それでもなお、ネルヴァルは過去に書かれたテクストを、あたかもマテリアルな紙葉として、現在時との断絶を強調しながら書き写していることに注意したい。過去との時間的隔たりが生む魅惑、あるいは熱狂や狂気という語りの異質さが、固有の手触りと厚みを持つ現実として示される。「友」、デュマ、読者に引用を提示する語り手は、異質な語りが与える困惑と魅惑に揺れる自己を提示しながら、過去の自作品から言葉の断片を拾い上げようとする。

アンソロジー、旅行記、伝記物語集のみならず、自伝的作品においても引用を多用するネルヴァルは、言葉の転写がただ単なる反復以上に、それが書かれた別の時代、別の現実を蘇らせる力を持つことを意識していたといえるだろう。書物、石、声、紙葉として残された過去の記憶や現実の痕跡を、ネルヴァルは作品内に——象嵌のように——組み込もうとする。こうして文字通りに転写される言葉の引用によって、ネルヴァルは多様な過去の記憶や文学外の現実へと作品を開こうとする。晩年のネルヴァル作品の多くが一人称で語られ、自伝的エクリチュールへ向かうといわれるが、それと同時に、「私」の制御にはおさまらない多様な現実を取り入れる形式として、ネルヴァルは独自の引用の詩学を作り上げているといえるだろう。

＊

ノディエやミュッセやゴーチエなど小ロマン派の詩人たちはリライトを自在に作品に取り入れていたが、そこには遅れてきた世代特有の挑発や反逆と同時に、文学の記憶が執筆の前提条件となっている時代の意識を見ることができた。その中でもネルヴァルは、他者の言葉を通して、他者の言葉と戯れながら、独自の作品、独自の叙情性を生み出している。『幻視者たち』におけるリライトは、過去の書物の継承を通して、忘却されていた過去を現在へと蘇らせようとする試みの一つであった。ネルヴァルは歴史の周縁に置かれた言葉を自らの書物の中に再現することで、忘却された書物に新たな生命を与えようとする。歴史の中で不協和音を奏でる時代錯誤の言葉の数々をパッチワークのように繋ぎ合わせる行為には、マテリアルに消失した過去に向けられたネルヴァル固有の眼差しを見ることができるだろう。そして、ネルヴァル晩年の主要作品においても、現実の中から切り取られた様々な言葉が「引用」という形で収集されていく。ある瞬間に、一人の人物によって書き記された固有の言葉が、ほとんど物質性を帯びたものとして作品内に再現されるのである。

『東方紀行』などで見られた文学への言及・参照が主に誰もが知る文学上のカノンを対象としていたとすると、引用という形式は、文学という枠を越えて、ありとあらゆる現実の言葉を統一性もなく取り込み、隣り合わせることを可能とする。翻訳、パスティーシュ、パロディなどの他のリライトの形式ではなく、引用符によって明示され、異質な語りを取り込む引用は、言葉のコラージュとしての断片性のみならず、言葉の媒体や書かれた場所・状況への参照、文学以外の言語をも取り込む異種性を作品にもたらす。言葉の持つ記憶を現在に蘇らせる「引用」という形式は、このように自己と他者との対話のみならず、現在と過去との対話、さらには文学を超えた多様な現実を作品内に取り込む集合的な場の創設という意味を持つといえるのではないだろうか。

【注】

（1） ネルヴァルにおけるリライトの重要性に関しては、多くの研究がなされているが、特に以下の研究を参照のこと。Gabrielle Malandain, *Nerval ou l'Incendie du théâtre, Identité et littérature dans l'œuvre en prose de Gérard de Nerval*, José Corti, 1986 ; Jacques Bony, *Le Dossier des « Faux Saulniers »*, Namur, Presses universitaires de Namur, Études nervaliennes et romantiques, n° 7, 1983 ; Gérard de Nerval, *Les Chimères, La Bohême galante, Petits châteaux de Bohême*, Bertrand Marchal (éd.), Gallimard, Poésie/Gallimard, 2005 ; Corinne Bayle, *Broderies nervaliennes*, Classiques Garnier, 2016 ; Corrine Bayle (éd.), *Nerval et l'Autre*, Classiques Garnier, 2018.

（2） Alfred de Musset, *Rolla*, *Poésies complètes*, Frank Lestringant (éd.), Le Livre de poche, 2006, p. 370.

（3） Aurélie Loiseleur, « Musset, lettre ouverte aux ancêtres », *Musset, Poésie et vérité*, Gisèle Séginger (éd.), Honoré Champion, 2012, p. 47-61.

（4） Sainte-Beuve, *Portraits contemporains* [1846] ; *Musset, Mémoire de la critique*, André Guyaux (éd.), Presses de l'Université de Paris-Sorbonne, 1995, p. 25, p. 55-56.

（5） ミュッセ研究者が指摘する通り、『火中の栗』はラシーヌ『アンドロマック』およびモーツァルト『ドン・ジョヴァンニ』のパロディであり、『戯れに恋をすまじ』や『マリアンヌの気まぐれ』にはマリヴォー、ヴォルテールのみならず、クレヴィヨン・フィス、カサノヴァ、ルーヴェ・ド・クーヴレ、サドなどの影響が見られる。『杯と唇』にはユゴー『マリオン・ド・ロルム』の、『ナムナ』にはバイロン『ドン・ジュアン』の模倣が見られ、『扉は開くか閉じる必要がある』のタイトルは同時代の艶笑画を示唆したものだといわれる。Franck Lestringant, « Blasphème et parodie dans l'œuvre de Musset : Deux voies d'accès détournées à la vérité littéraire », *Musset, Poésie et vérité, op. cit.*, p. 87-101 et *Alfred de Musset*, Flammarion, Grandes biographies, 1999 ; Valentina Ponzetto, *Musset ou la Nostalgie libertine*, Genève, Droz, 2007 ; Judith Lyon-Caen et Alain Vaillant, « La face obscène du romantisme », *Romantisme*, n° 167, 2015, p. 41-59 などを参照のこと。

（6） Alphonse de Lamartine, « Littérature légère, Alfred de Musset », *Cours familier de littérature*, XVIIIe Entretien [juin 1857] ; *Musset, Mémoire de la critique*, op. cit., p. 81.

（7） 井村実名子氏は『若きフランスたち――諧謔小説集』（国書刊行会、一九九九年）の解説でも「『若きフランスたち』を貫く根本の主題は《書物》である」（二五六頁）と述べている。

（8） Théophile Gautier, « Le Bol de punch », *Les Jeunes-France*, *Romans, contes et nouvelles*, Pierre Laubriet (éd.), Gallimard, Bibliothèque de la Pléiade, 2002, t. I, p. 157-158. なお、本論での文学作品の翻訳には既訳を参考にさせていただいた。

（9） Théophile Gautier, « De l'originalité en France », *Le Cabinet de lecture*, 14 juin 1832 ; *De l'originalité en France suivi des préfaces à Albertus et aux Jeunes-France*, L'Achange Minotaure, 2003, p. 15-16.

（10） José-Luis Diaz, *L'Écrivain imaginaire, Scénographies auctoriales à l'époque romantique*, H. Champion, 2007.

（11） Gérard de Nerval, *Voyage en Orient*, *Œuvres complètes*, Jean Guillaume et Claude Pichois (éd.), Gallimard, Bibliothèque de la Pléiade ［以下、NPl と略す］, 1984, p. 192 ; p. 253 ; p. 295 ; p. 598. なお、プレイアード版の注でも示されるように、第一のバイロンは『海賊』からの不完全な引用であり（「青い平原を航海する時、われわれの魂も思考も大洋のように自由なのだ」）、『雅歌』には「黒い瞳」の言及はない（「わが愛する者はかもしかのごとく」［二－九］「おまえの姿はナツメヤシのようだ」［七－七］）。また、ヴォルネーに『廃墟』の想を与え、ラマルチーヌが『東方紀行』で描いたバールベックの地をネルヴァル自身は訪れてはいない。

(12)　ネルヴァルは『東方紀行』においても、先行する旅行記や学術書の抜粋を準備ノート（カイロの手帳）に記しており、バルテルミー・デルブロの『東洋文庫』（一六九七）やアベ・テラソン『セトス』（一七三一）の他、ウィリアム・レインによる『現代エジプト人の風俗習慣』（一八三六）、シルヴェストル・ド・サシの『ドルーズ派宗教についての論考』（一八三八）など数多くの文献を参照している。

(13)　Nerval, *L'Artiste*, 7 avril 1844 ; NPl, t. I, 1989, p. 789.

(14)　ネルヴァルが用いた典拠および本論で扱う『幻視者たち』の詳細な分析については、以下の拙論を参照のこと。Keiko Tsujikawa, *Nerval et les limbes de l'histoire. Lecture des* Illuminés, Genève, Droz, 2008.

(15)　Daniel Madelénat, *La Biographie*, PUF, 1984 ; Bruno Fabre, *L'Art de la biographie dans* Vies imaginaires *de Marcel Schwob*, Honoré Champion, 2010 などを参照のこと。

(16)　« Jacques Cazotte », *Les Illuminés*, NPl, t. II, p. 1079 ; p. 1079-1080 ; p. 1083.

(17)　« Quintus Aucler », *Les Illuminés*, NPl, t. II, p. 1141.

(18)　« Les Prophètes rouges », NPl, t. I, p. 1271-1274.

(19)　« Cagliostro », *Les Illuminés*, NPl, t. II, p. 1123.

(20)　NPl, t. II, p. 1151 ; p. 1083 ; p. 1071 ; p. 1158 ; p. 1160.

(21)　Eugène Sue, *Jean Cavalier ou les fanatiques des Cévennes*, Gosselin, 1840 ; Alexandre Dumas, *Les Crimes célèbres*, *Les Massacres du Midi*, Administration de librairie, 1839-1840. この点については、*Nerval et les limbes de l'histoire*, *op.cit.*, p. 77-91 も参照のこと。

(22)　この点については以下の拙論を参照のこと。「自伝と過去の現前――レチフ・ド・ラ・ブルトンヌからネルヴァルへ」『〈生表象〉の近代――自伝・フィクション・学知』森本淳生編、水声社、二〇一五年、九四―一一〇頁。

(23)　Jacques Bony, *Le Récit nervalien, Une lecture des formes*, José Corti, 1990, p. 267.

(24)　『火の娘たち』序文「アレクサンドル・デュマへ」の中で輪廻転生の思想を想起する作者は、ピタゴラスとピエール・ルルーとともにクレヴィヨン・フィスなどの十八世紀作家の名を挙げ、後者の『ソファ』の一節を引用している（« À Alexandre Dumas », *Les Filles du feu*, NPl, t. III, p. 451）。

(25)　アカデミー・フランセーズの辞書でも、一八三五年の第六版で初めて「権威」の語が見られる（« Allégation d'un passage, d'une autorité, soit que l'on rapporte le passage, etc., ou que l'on se contente d'indiquer où il se trouve »）。ノディエの『合法文学の諸問題』（一八一二、一八二八）でも、「引用」とは「そこにはいくばくかの謙遜が見られ、外国の権威を拠り所として、作家が自らの思想を強調したり、自分の言葉では心もとないため、他者の表現に頼ったりする」と述べられている（Charles Nodier,

Questions de littérature légale, Du plagiat, de la supposition d'auteurs [...], Jean-François Jeandillou (éd.), Genève, Droz, 2003, p. 12)。

(26) Antoine Compagnon, *La Seconde main, ou le travail de la citation*, Seuil, 1979 ; *Revue des Sciences Humaines*, n° 196, « La Citation », 1984-4 ; Tiphaine Samoyault, *L'Intertextualité, Mémoire de la littérature*, Nathan, 2001 [Armand Colin, 2005] ; Sophie Rabau, *L'Intertextualité*, GF-Flammarion, 2002.

(27) *Voyage en Orient*, NPl, t. II, p. 421.

(28) *Les Faux Saulniers*, NPl, t. II, p. 12-13 (nous soulignons) ; p. 104.

(29) *Ibid.*, p. 17.

(30) *La Bohême galante*, NPl, t. III, p. 271; *Petits châteaux de Bohême*, NPl, t. III, p. 409. なお、スカロンの『芝居物語』では、以下のような文章となっている。「だが、一人がソプラノを歌い、他の一人がバスをあえぎあえぎ歌っている下手な二重唱を聴くと、これが小夜曲《セレナーデ》であることはもう疑いなかった。この聖歌隊の二重唱がオルガンと一つになって合奏となり、この地方のすべての犬を吠え立てさせてしまった。歌の文句にいわく、《いざや、われらの歌声と象牙のリュートもて／精霊たちが心を奪わん、》(Scarron, *Le Roman comique*, Garnier Frères, 1967, p. 103)。ベルトラン・マルシャルが指摘するように、この詩句は以下の著作の一六二三—二六年の版、ロンサールの名は一六三三年の版に見られる（[Charles Sorel], *Histoire comique de Francion*, Livre XI, P. Billaine, 1626, p. 863 ; *La Vraye Histoire comique de Francion*, 1633, p. 904)。

(31) Gabrielle Malandain, *op. cit.*, p. 199-245 ; Lieven D'Hulst, « Fonctions de la citation poétique dans *La Bohême galante* et *Petits châteaux de Bohême* de Nerval », *Aux origines du poèmes en prose français (1750-1850)*, Nathalie Vincent-Munnia, Simone Bernard-Griffiths et Robert Pickering (éd.), Honoré Champion, 2003, p. 416-429.

(32) *La Bohême galante*, NPI, t. III, p. 271 et *Petits châteaux de Bohême*, NPl, t. III, p. 409 ; « À Alexandre Dumas », NPl, t. III, p. 451 ; *Aurélia*, NPI, t. III, p. 745 ; *Promenades et souvenirs*, NPI, t. III, p. 685.

リライトと寓意の多層性
――ボードレール「お菓子」再読

海老根龍介

「お菓子」(*Le Gâteau*)は、詩人シャルル・ボードレール(一八二一―一八六七)が一八六二年に『プレス』(*La Presse*)紙に発表した散文詩のひとつで、ジャン＝ジャック・ルソー、アルフォンス・ド・ラマルチーヌ、そして最近ではヴィクトル・ユゴーなど、さまざまな先行テクストと関連づけて論じられてきた。中でもルソーとの関係には多くの研究者が注目し、この詩の源泉として、『新エロイーズ』(*La Nouvelle Héloïse*)第一部二十三番目のサン・プルーから恋人ジュリへ宛てた手紙、ならびに『孤独な散歩者の夢想』(*Rêveries du promeneur solitaire*)「第九の散歩」があったことも、ほぼ完全に証明されている。[1] 本稿では、これまでの研究を踏まえながら、「お菓子」におけるルソー作品の痕跡を再検討したうえで、先行作品の書き換えをとおして「悪」の原理をあらわにすることで、多様なレベルの寓意を合わせ鏡のように重ねる、ボードレール詩学の一面を明らかにしていきたい。

「お菓子」は語り手が自らの山登りの経験を語るところからはじまる。雄大な風景を前に、彼は「地上のあらゆる悪を完全に忘れ」、「人間は生まれながらに善良であると主張するもろもろの新聞を、もうそれほど滑稽に感じない」心境になったという。社会の中で人間はさまざまな悪に染まってしまうけれど、そこから離れて自然のただ中に置かれてみると、人間というのは本質的には善良であるという主張も、あながち間違っていないと感じられたというのである。語り手はそこで空腹を覚え、食欲を満たそうとパンを取り出すと、一人の貧しい子供があらわれて食い入るような目でパンを見つめ、「お菓子だ」とつぶやく。ただのパンを「お菓子」と呼んでしまう無邪気さに笑いだしながら、パンを切ってこの子供にわけてやると、突然、双子の兄弟と見まがうばかりのもう一人の子供があらわれて、凄惨な闘いが繰り広げられる。あまりに激しく奪い合ったために、子供は二人とも血だらけになり、パンは粉々にくだけ、屑となって砂と混じり合ってしまうというのが大まかな内容である。

山上での恍惚感

「お菓子」の前半部が『新エロイーズ』第一部二十三番目の手紙を下敷きにしていることは、先述のとおり多くの先行研究によって指摘されている。詩篇の後半部が『孤独の散歩者の夢想』を下敷きにしているのがいっそう明らかであることを考えれば、「お菓子」がルソーの作品との対話あるいはその批判を目論んだ作品であることは確実で、『新エロイーズ』と重ねて読むことには十分以上の根拠がある。しかしボードレールとルソーとでは最初の設定からして大きな相違も認められる。少々長いが、「お菓子」冒頭と『新エロイーズ』の該当箇所を並べて引用し、共通点と相違点を明確にしておこう。

「お菓子」冒頭：

私は旅をしていた。私がそのただ中に身を置いていた風景は、抵抗できない偉大さと気高さをそなえていた。このときその風景の何かが、私の魂に入ってきたのだろう。私の思念たちは、大気にも等しい軽やかさで飛びまわっていた。憎しみや世俗の愛といった卑俗な情念はいまや、足下の深淵の底に行列する雲たちと同じほど遠くへだたったものに、私には感じられた。私の魂は、私を包む空の円天井と同じように広大で同じように清らかなものに、私には思われた。地上のものごとの思い出は、遠く、はるか遠くで、もう一つの山の斜面で草を食べる、小さくて見えない家畜たちのつける鈴の音のように、弱められ、微かになって、私の心にかろうじて届くのだった。底知れぬ深さのせいで黒くなった、動くことのない小さな湖の上を、時おり雲の影が、天空を横切って飛ぶ空の巨人の外套の反映のように通りすぎた。そして私は、まったく音を立てない大きな運動に引き起こされた荘厳で稀有なこの感覚が、恐怖まじりの歓びで私を満たしたことを思い出す。要するに私は、私を包み込む感動的な美しさのおかげで、私自身とも世界とも完全に和合していると感じていたのだ。それどころか、完全な浄福にひたり、地上のあらゆる悪を完全に忘れた私は、人間は生まれながらに善良であると主張するもろもろの新聞を、もうそれほど滑稽に感じないまでになっていたとさえ思う(2)。

『新エロイーズ』の該当箇所：

私が身を置く清らかな大気の中で、自分の気分が変化し、あれほど長い間失っていた心の安らぎが戻ったのはなぜなのか、はっきり分かったのはここでした。実際、大気が清浄で微細な高い山にいると、息をするのがより楽になり、体はより軽く、精神はより晴れやかに感じられます。すべての人が気づいているわけではありませんが、これは誰もが感じている一般的な印象なのです。そこでは快楽は熱を減じ、情念は穏やかになります。そこでは思考が、私たちを引きつけるまわりの事物に見合った、なにかしら偉大で崇高な性格を、刺戟的でも官能的でもまったくない、なにかしら静謐な悦楽を帯びます。人間たちの住みかから上方へと登るときは、低劣で地上的な感情をすべて置いていくように思えますし、天空の領域に近づくにつれて、その領域の変わることない清らかななにかに魂が染まっていくように思えるのです。(3)

「お菓子」冒頭の山の描写には、一八三八年にボードレールが家族とともに旅をした際に目のあたりにしたピレネー地方の情景、そしてそのときに作った若書きの詩篇の記憶が、おそらくは一定程度反映されている。(4)『新エロイーズ』のサン・プルーが描写しているのは、アルプスのヴァレ地方の山岳風景だが、高みへと移動することが低劣な、あるいは地上的な感情からの解放と同一視されている点、それが人間の魂と外的自然との和合をもたらすとされている点など、「お菓子」との間には明らかな類似が認められ、ボードレールの意図が自らの少年時代の記憶の忠実な再現であるよりは、先行テクストの引用にあったことが見て取れるだろう。山に登り社会から自らを引き離すことで、崇高な自然と一体化できるのなら、世に蔓延する「悪」の原因は人間が構成する社会にあり、人間の本性そのものにはないことになる。これが小説の登場人物サン・プルーのみならず、『人間不平等起源論』(*Discours sur les fondements de l'inégalité parmi les hommes*)をはじめとするルソー作品全体を貫く基本的な命題であることはいうまでもない。雄大な風景のただ中で「人間は生まれながらに善良である」という主張に納得してしまったと告白する「お菓子」の語り手は、ここでルソーのテクストに意図的に身を寄せているのである。

社会との距離

二つのテクストを隔てる相違点も見逃すことはできない。サン・プルーによる山上での恍惚感の描写、とりわけ「人間たちの住みかから上方へと登るときは、低劣で地上的な感情をすべて置いていく」という部分などからは、自然の中の孤独と「人間たちの住みか」との対立を読み取れそうに思えるが、この描写は直後に置かれたヴァレの住人たちの暮らしぶりと関連づけて理解する必要がある。人々が利己愛に支配され、経済的不平等が蔓延する都市とは異なり、産物が豊富にあるため自給自足体制が確立し、外部との商取引もほとんど行っていないヴァレの農村では、人々は儲けることにも自分をよりよく見せることにも無頓着で、対価をいっさい受け取ることなく、見知らぬ旅人であるサン・プルーを家庭生活にそのまま受け入れる姿勢を見せるのである。(5) このような素朴で寛大なヴァレの風俗は、人々が山地というより自然に近い場所で、金銭のやり取りや貧富の差のないより自然に近い形で生活していることに起因するというのが、サン・プルーの筆をとおして表明されたルソーの考えで、直前の箇所で自然のただ中で魂が浄化される体験を記し、人間のあるべき本性を提示しておいたのは、その布石と考えられる。

一方、「お菓子」の冒頭でも、語り手は自然の中の孤独が、同時に人間社会との切断を意味することを、かなりはっきりと述べている。ただしサン・プルーにとって、近代の人間がとらわれている低俗で地上的な感情が、ヴァレの農村で人々が示す素朴で善良な性質と対照をなすのに比べ、「お菓子」の語り手は高地に暮らす人々もまた堕落を免れていないことを、むしろほのめかしているように思われる。実際、「地上のものごとの思い出は、遠く、はるか遠くで、もう一つの山の斜面で草を食べる、小さくて見えない家畜たちのつける鈴の音のように、弱められ、微かになって、私の心にかろうじて届く」という表現は、第一に「地上のものごとの思い出」を家畜たちの鈴の音と重ね合わせることで、山地の素朴な生活もまた地上的な卑俗さの一部であることを表現し、第二に極限まで弱められているとはいえ、それらが語り手のもとへと届くと記すことによって、高地で雄大な風景に溶け込んでいるときでさえ、人間は地上的な情念を完全に忘れることはできないことを暗示している。

語り口にも相違はある。恋人への手紙という形をとるサン・プルーの記述では、はじめこそ高地で自身が感じた内面の変化が単純過去形で描かれるものの、そうした変化を引き起こすメカニズムが存在するとでもいうように、時制は現在形に主語は人間一般（tous les hommes と on）に移行し、その普遍的性格を印象づけている。これに対して、「お菓子」の語り手は「私には感じられる」（m'apparaître, me sentir）、「私には思われる」（me sembler）といった表現を用いて、雄大な風景との和合があくまで主観的感覚にすぎないことを強調するばかりでなく、「私は思い出す」（je me souviens）という現在形の一句を半過去形を連ねた描写に挟み込むことによって、恍惚感が一時的なものにすぎず、いまそれを語る自分にはもはや共有できないことを明確にしている。また「感動的な」（enthousiasmant）といった大げさな形容詞を用いたり、「まったく」（parfaitement）、「完全な」（parfait, total）、「あらゆる」（tout）といった表現を必要以上に繰り返したりした挙句、「もうそれほど滑稽に感じないまでになっていたとさえ思う」という迂遠的言い方を採用し、読者に「真に受ける」ことを躊躇させるしつこさやまわりくどさを生み出しているのである。社会と切り離されて「人間の善良さ」を感じたものの、その「人間の善良さ」をふだんから主張しているのが、社会的「世論」を代表する新聞であるという皮肉な設定も、こうした読みを補強するだろう。引用に続く文章では、語り手が旅行者が薬剤師から買うエキスの壜を取り出したことを述べて、自然との完全な和合の感覚をもたらす登山そのものが流行りの一環にすぎないことを示唆している。人間社会からの切断を求める語り手自身が、流行を追い求めるという人間社会の低俗さを免れていないわけである。

美徳に酔うこと

「お菓子」の前半部が、自然と魂との精神的合一を人間生来の善性と結びつけるルソーの枠組みを基本的にはなぞりつつ、恍惚感の前提となる人間社会との隔絶が錯覚にすぎない可能性を、文体や設定が醸し出す皮肉な調子をとおして暗示していることが、ここまでの考察から明らかになった。ところで「お菓子」のように高地の風景に限られているわけではないが、外的自然と人間の内面とが相互に浸透し一体化した状態はボードレールのさまざまなテクストに描かれており、『人工楽園』(*Les Paradis artificiels*, 一八六〇)の中で詩人はこの境地を「客観性」(objectivité)と呼んで、ハシッシュの酔いの効果のひとつと位置づけている。[6] ハシッシュの効果は他にもあって、その中には服用するものに「私こそはあらゆる人間の中で最も美徳あるものだ」と思わせるというのもあるのだが、この効果についてボードレールがルソーに言及して「ジャン＝ジャックはハシッシュなしに酔ったのだ」と述べているのは興味深い。[7] 自然との和合の感覚、自らの善性への信頼は、ボードレールから見ると、いずれも酔いに由来する錯覚であり、自然ならびに人間の本性を肯定的に捉えるルソーは酔っているだけだというのである。加えてボードレールは、ハシッシュの酔いでは覚醒に近い状態が一時的にあらわれ、そこで服用者は現実へと引き戻されると主張し、そのとき服用者が感じる「がつがつした飢え」やどの「過度の渇き」を強調している。[8]「お菓子」において、山上で感じた恍惚感を描写する前半部から、その恍惚感が雲散霧消する後半部への移行が、語り手の感じる空腹感をきっかけになされることは、「お菓子」を『人工楽園』とともに読むことを正当化するだろう。すなわちボードレールにとって、「お菓子」前半が描く恍惚感は酔いの効果にすぎず、空腹感をきっかけに展開する後半部の出来事は、酔いを打ち砕く現実の力を象徴していると考えられるのである。

施しをめぐる差異

「お菓子」の後半部もルソーへの参照を軸に進んでいく。空腹を覚えた語り手がパンを取り出し切っていると、「ぼろを身にまとい、黒く、髪がもじゃもじゃの小さな生きもの」があらわれて、貪るような目でパンを眺めて「お菓子」とつぶやく。パンを切ってこの子供にわけてやると、双子と見まがうばかりのもう一人の子供があらわれて、凄惨な闘いが起こるという筋書きはすでに述べたとおりである。『新エロイーズ』のサン・プルーの手紙では、自給自足が成立しているヴァレの農村には「乞食はいない」とされており、自然のただ中の充足した風景の中に明らかに飢えた子供を登場させ、飢えに由来する残酷な闘いを描き出すところに、「お菓子」の作者によるルソーへの当てこすりを見て取るのは難しくないだろう。そして『孤独な散歩者の夢想』「第九の散歩」に描かれたあるエピソードと照らし合わせることで、ルソーとの距離はさらに見やすいものとなる。ある日、知人の誕生会に招かれて「金持ちや文学者」とともに過ごすことになったルソーは、買った菓子パン（パン・デピス）を民衆たちに次々に投げ、彼らがそれに殺到し互いに争う姿を眺めて喜んでいる仲間たちに嫌気を催し、一人その場を抜け出す。そこでリンゴ売りの少女と貧しいサヴォワの少年たちと出会った彼は、自ら代金を払って皆にリンゴをわけてやるよう少女にいうのだが、その結果は、先ほどの誕生会の場面とは逆に、場に居合わせた全員の間に「無邪気な年ごろと結びついた」喜びが広がることになったというのだ。(9)『孤独な散歩者の夢想』のエピソードも「お菓子」も、語り手による貧しいものへの施しを主題としている点において共通している。しかしジャン・スタロバンスキーが指摘するように、前者が施しの二つの異なるありようを描くのに対し、「お菓子」はただ一つのありようしか問題にしていない。(10)ルソーの参加した誕生会で、菓子パンを投げられた民衆の間で激しい争いが生じたのは、この施しが社会的不平等を前提に、持てるものが持たざるものに対して行う「悪ふざけ」に他ならなかったからであり、経済的に不平等な社会システムにすでに組み込まれている大人たちの間のやり取りだったからである。社会に染まらずより自然に近い子供たちの間でなら、施しは「無邪気な喜び」の共有を引き起こしたのだから、ルソーにとって、菓子パンをめぐる争いの原因は社会の不具合にこそあるといえる。「悪」の起源は人間の本性にではなく社会にあるという、先に私たちが見たルソーの思想がここにも確認できるのである。もっともここで「無邪気な喜び」はあくまでも「私＝ルソー」を中心として広がったとされていること、ルソーの覚えた充実感は喜びの共有が「自分の行為の結果であること」によってより強まったと述べられていることには注意が必要だ。あるべき施しが打ち立てる無垢の共同体は、施しの主体による「自己中心的性格」を伴っているのであり、ボードレールにならって、ここに自らの美徳を信じ込む「ジャン＝ジャックの酔い」を認める余地は十分にあるだろう。

いずれにせよ、これに対して「お菓子」の語り手がなした施しは、人間社会から切り離された高山の地で、自然に近いはずの子供に対して、何の邪まな意図もなくなされたものである。にもかかわらず、その帰結が悲惨な争いでしかなかったとすれば、それはスタロバンスキーのいうとおり、自然にもっとも近い子供が「無垢ではなく原罪の特権的な証人である」ことを意味するはずだ。[11] 人里離れた高山にも飢えた子供は存在するし、社会の堕落に染まっていないはずの子供でも暴力から自由になれない。こうして人間の不幸は社会の歪んだありように起因するというルソー的な考え方に、人間の本性そのものに不幸の起源があるという悲観的人間観が対置されるわけである。互いに残忍な攻撃を繰り広げる二人の子供たちは、人間がすでにエデンを追放されており、それゆえ本源的に悪にとらわれていることを体現する普遍的神話の登場人物、いわば二人のカインと解することができる。[12] 施しは無垢の共同体を現出させるどころか、似たもの同士の兄弟でさえ互いに殺し合わなければならない、人間存在の闇をこそ明るみに出してしまったのであり、詩篇の前半部で語り手が覚えた人間の善性への信頼、施しという自身の行為によってさらに強化されるはずだった信頼は、完全に粉砕されることになった。

政治的読解の可能性

もちろん飢えや貧困を問題にしている以上、「お菓子」が社会的経済的次元を完全に無視しているわけではない。ドルフ・エーラーはただのパンを「お菓子」と呼ぶ子供の言い違いに、「パンがなければブリオッシュを食べればいい」という有名な台詞の記憶を見て取っている。これはマリー・アントワネットの言葉とされてきたが、それを裏付ける資料的根拠はなく、ある身分の高い女性の言葉として、ルソーの『告白』(*Confessions*) に引かれたものであることは、今日ではよく知られている。エーラーは、「お菓子」の子供が相手を罵るとき、語り手には理解できない「方言」(patois) を用いていることに注目し、持てるものの側にいる語り手と持たざるものの側にいる子供たちが共通の言語を用いていないこと、詩篇をとおして語り手が唯一識別できたのがむしろ上流階級に親しい語であるはずの「お菓子」だったこと、おそらく子供たちは本物の「お菓子」はおろか日々のパンでさえ知らないこと等を指摘する。[13] たとえば『レ・ミゼラブル』における「隠語」(argot) は、貧しき人々が社会の底辺に疎外されていることを象徴的に表現すると同時に、言語をとおして社会に抵抗するための手段でもあり、その意味で人類史の展開の中に貧民たちを位置づける役割を果たしているが、「お菓子」の語り手は、ユゴーが「隠語」に対して示した探究心を共有することなく、眼前に展開する闘いにふさわしい残忍さの表現、理性の枠外にある動物的咆哮の一種としてのみ「方言」を捉えているように見える。[14] ユゴーが貧民たちの言語をなんとか理解して歴史の流れに組み込もうとするのと対照的に、「お菓子」の語り手はその言語の絶対的他者性を強調することで彼らとの間に乗り越え不可能の断絶を固定化しようとするのである。実際、施しが当初の思惑どおりの反応を引き出せず、凄惨な争いを生んでしまってからは、語り手はそれ以上の関与を一切試みず、傍観者の立場を貫いている。「お菓子」という語のみが例外的に語り手の耳に入ってきたのは、作者であるボードレールが、マリー・アントワネットに帰せられていた台詞を逆手にとり、言語的取り違いによって、貧しい子供に「パンがないからお菓子を食べ」させようとすることで、階級的な対立を皮肉とともに描き出そうとしたからであろう。このように読んでくると、社会的経済的に悲惨な状況におかれた子供たちの訴えを不可視の領域に押しやろうとする、持てるものとしての語り手の姿勢を浮き彫りにする、作者ボードレールの位置取りがたしかに見えてくるように思われる。

「お菓子」に政治的メッセージを読もうとする論者たちは、この詩篇を十九世紀中盤のフランスの社会状況、とりわけ一八四八年の騒乱の記憶と結びつけて解釈してきた。その中でもっとも過激なエーラーは、この詩篇は「子供と原罪についてのボードレールの理論とはまったく関係がない」とスタロバンスキーを批判するのだが[15]、この批判をそのまま受け入れるのはさすがに無理があるだろう。重要なのはむしろ、一方でルソーの主張と距離をとり、この世に存在する悪は社会のありようにではなく、人間の本性そのものに由来するという立場を明らかにしながら、他方では現実的な社会問題の次元において貧困を喚起する仕組みを、テクストにおそらく意図的に滑り込ませるという、ボードレールの二重性である。ボードレールの散文詩の中には、「貧しい者の玩具」(*Le Joujou du pauvre*)、「貧しい者たちの眼」(*Les Yeux des pauvres*)、「貧民を殴りたおそう!」(*Assommons les pauvres !*) など、「お菓子」よりさらに明示的に、十九世紀中葉のフランス社会に生きる貧民たちを描いた詩篇が複数ある。社会的経済的不平等が実際に存在することを積極的に打ち出しつつ、善意の施しをはじめとする人為的方策によってその解決をはかる楽観主義を否定するという姿勢には、自らの生きる現実の社会そのものを、本源的悪の力が働く寓意的舞台と見なそうとする、ボードレールの目論見があらわれているのである。「私にとってすべてはアレゴリーとなる[16]」のだ。

子供と野蛮人

「お菓子」にはさらにもうひとつの寓意が重ねられている。しかしその検討に入る前に、ルソーとボードレールの一致点と相違点を、これまでとはやや異なる観点からいま一度見ておくことにしたい。ルソーが見栄と利己愛が跋扈する都市の生活を否定し、自然に近い自給自足の農村生活に魅力を感じていることは、すでに見たとおりである。都市と自然の対比の軸を空間から時間へと移すならば、近代社会と一切の社会的関係がいまだ存在しない「自然状態」との対比と重なるだろう。『人間不平等起源論』を読めば、ルソーにおいて、この「自然状態」が実在したことのない理念的虚構にすぎないことが分かるが、それにより近いがゆえに近代人より堕落の度合いが小さい存在として、実在の「野蛮人」を位置づけているのは否定できない。[17]「エドガー・ポーに関する新たな覚書」（Notes nouvelles sur Edgar Poe, 一八五七）において、ボードレールもまた、「野蛮人」と近代人とを比較したうえで、「野蛮人」に軍配をあげるのだが、次のようにルソーとの違いも強調している。

ジャン＝ジャックが「堕落した動物」を批判したのが正しかったのは、異論の余地がない。しかし堕落した動物の方も、彼が単なる自然に助けを求めたことを非難する権利がある。自然は怪物しか産み出さないのであって、すべて問題は、「野蛮人」という語について分かりあえるかにかかっている。〔……〕しかし、現代人、文明人を野蛮人と、いやむしろ、いわゆる文明化された民族を野蛮と言われる民族、つまり個人が英雄性なしですむような巧妙な発明を一切持たない民族と比べるなら、名誉はすべて野蛮人のほうにあると分からない人などいるだろうか。[18]

およそ二年後に執筆されたと考えられる、コンスタンタン・ギースを論じたエッセー「現代生活の画家」(Le peintre de la vie moderne, 発表は一八六三)で、ボードレールが自然に対して人工を強く擁護したことはよく知られている。「お菓子」の冒頭部分で、自然の崇高な風景と一体化する語り手の魂は、「地上の悪」をほとんどすべて忘れるとされ、「地上の」(terrestre)の語が近代の社会に結びつけられていたのに対し、「現代生活の画家」では「自然な生命が〔……〕そこに積み上げる粗野なもの、地上のもの、下劣なものすべて」を超え、「自然を改善するために絶えず継起的に行われる」人間の試みが評価されている。同じ「地上の」の語が自然の不十分さを指すために用いられているのである。[19]近代人よりも自然に近いという理由で「野蛮人」を評価するルソー、それをなぞるかのような「お菓子」前半部における語り手とは対照的に、ここでのボードレールは「野蛮人」のうちに自然に対する強力な抵抗をむしろ見ているのだ。「現代生活の画家」が「すべてを『新しさのうちに』見る」子供の感受性を賞賛する部分をも含んでいることを思えば、[20]二人の子供が登場しその一人が「小さな野蛮人」(petit sauvage)と呼ばれている「お菓子」の後半部は非常に示唆的である。しかし一切れのパンをめぐって凄惨な争いを繰り広げる子供=野蛮人を、肯定的に捉える余地はあるのだろうか。

詩と悪

「お菓子」の前半部で描かれた、風景と魂との合一の感覚が、『人工楽園』においてハシッシュの酔いの一形態と位置づけられている、外的自然と内面との融合状態と連続していることは、すでに述べたとおりである。これが詩作という人工の営為によっても生み出しうる境地であることは、散文詩「酔いたまえ」(*Enivrez-vous*)で「ワインに、詩に、あるいは美徳に」酔うことの重要性が説かれていることから明らかだろう。[21]ハシッシュのかわりにここではワインが挙げられているが、両者がともに酔いを引き起こす薬物の一種である以上、これは大した違いではない。重要なのは、ワインやハシッシュ同様に酔いをもたらす存在として詩が位置づけられていることであり、それが美徳による酔いとも同一視されていることである。「お菓子」の語り手が山上で、自然と完全に和合したと感じながら自らの善性への信頼も強めたとき、この恍惚感は現実を美化する詩がもたらす陶酔と同じものと見なすことができるのだ。

一方、詩篇の後半部において、子供がパンを「お菓子」と呼び、言語をとおして現実を美化するとき、彼もまた一種の詩的創造を実践していると考えられる。前半部と大きく異なるのは、山上での陶酔が実際に味わった語り手の経験として描かれているのに対し、子供によるパンの言語による美化は、語り手にとって最後まで距離をおいて眺める他者の行為にすぎなかったということである。だが、もし前半部で語り手が語る恍惚感も、後半部で子供が行う現実の美化も、ともに詩的実践に関わるものといえるのなら、「お菓子」という詩篇は、詩のもたらす陶酔を前半部で主観的に表現しながら、後半部でその限界を外側から捉え直し、最後には放棄するまでのプロセスを提示した作品として読めるだろう。[22] 陶酔のただ中で語り手は空腹感を忘れていたが、子供がパンを「お菓子」と呼んだそもそもの原因は飢えであり、欠如の感覚を肉体レベルで満たすに等しい、衝動的でほとんど動物的な欲望が、詩の起源に隠されているのが分かる。そしてその欲望は他者の欲望を喚起し、しかもこれと共存することができない。[23] 実際、パンを「お菓子」と呼ぶ子供は、これを求めるもう一人の子供が登場したとき、「お菓子」をわけあうことをせず、どちらが独占するのか、「所有者」(propriétaire)と「簒奪者」(usurpateur)で立場を入れかえながら、決着のつかない闘いを続けていく。現実を美化する力のうちには、他者を排除する志向が含まれており、複数の主体がこの力を行使しようとすれば、陰惨な対立を帰結せざるをえないこと、すなわち詩的実践のうちには暴力という悪が必然的に含まれることが、こうして示唆されるのである。「お菓子」の冒頭で語り手が感じていた恍惚感は、その起源をなす動物的欲望と、排除している他者の存在とを忘却したところにあらわれる錯覚にすぎず、子供たちの闘いをとおしてそれに気づいてしまった彼は、酔いから覚醒し「悲しい気持ちで」呆然とすることしかできないのだ。『孤独の散歩者の夢想』において、貧しい子供たちへの施しによって生まれた無垢の共同体が、施しを行ったルソーの「自己中心的性格」を持っていることは先に見た。喜びという感情が全員に広がったように書きながら、実際にはルソー自身が彼らを支配し、さらにそれを否認することで美徳に酔っているにすぎないとも考えられるわけである。このことは「お菓子」の前半部で、語り手が味わう道徳的高揚感を伴う恍惚が、他者の排除を否認して成り立つ自己中心的なものであるのと重なり合う。これに対して後半部では、施しを受けた子供は自分自身の欲望を爆発させ、別の子供の欲望までをも刺戟する。一人ひとりが欲望の充足を追い求めるという意味で「平等」ではあるが、ここに同じ感情でつながれた共同体が出現する余地はなく、欲望と欲望がぶつかる混乱と無秩序のみが残されるのだ。[24] 注意したいのは、「お菓子」では、子供同士の対立に起因する場の無秩序が、テクスト表現のレベルでも模倣されていることであろう。

第一の子供はいきりたち、第二の子供の髪を手首で思い切りつかんだ。第二の子供は歯で相手の耳に噛みつき、堂々たる方言での罵りとともに、血みどろの小さな肉片を吐きだした。菓子の正当な所有者は、簒奪者の眼に小さな鉤爪を突き刺そうとした。こちらのほうは、片方の手にありたけの力をこめて相手の首を締め、もう片方の手で戦利品を自分のポケットにすべりこませようとした。だが負けた方は、絶望に奮起して身を立て直し、勝った方の胃に頭突きを食らわせて地面に転がした。[25]

子供と子供の激しい戦闘の様子が、断片化の運動を伴いながら表現されていることが分かる。片方が相手の「髪」を「手首」でつかむと、もう片方は「歯」で「耳」に噛みつくことで対抗する。そして攻撃の主体は子供たちそのものというよりも、それぞれの肉体の断片へとさらに細分化されていく。「小さな鉤爪」が「眼」

を襲えば、「手」が首を締めて応じ、「胃」に「頭突き」をくらわせる。微少な細部が焦点化され、表現全体として組織化されることのないまま、焦点は次々に移動するのである。そしてついには「このいまわしい闘いを描写して何になるだろう」と、描くことそのものが断念されることになる。詩篇の冒頭で提示された外面と内面の完全な融合、詩的陶酔がもたらす調和的全体性は、断片の一つひとつが互いに衝突する無秩序として表現のレベルで突き崩されるのである。

寓意の多層性

ルソーのテクストを書き換えることで、ボードレールは人間が本源的にとらわれている悪の力を明らかにした。施しが無垢の共同体ではなく、血みどろの争いを引き起こすという点で、「お菓子」は原罪の痕跡に覆われたこの世界を、読み手に理解させる寓意的教訓譚の性格を備えている。他方、すでに見たとおり、「お菓子」には社会問題としての貧困を具体的に喚起する要素が含まれており、そのことにより詩人は社会を本源的な悪の力が作動する寓意的舞台として捉えてもいる。さらに山上での恍惚の境地と、パンを取り合う子供の暴力を、ともに詩的表現行為と結びつけるならば、この詩篇は詩が生み出す浄福感が必然的に孕んでしまう暴力性を、まさにその詩をとおして暴くという、自己言及的寓意性を獲得することになるだろう。子供と子供の残酷な闘いと現実社会における貧困、そして詩的な表現行為とが、互いが互いを照らし出しながら、人間を条件づける本源的悪の作用を多層的に描き出すのである。

だがむきだしの暴力を前に最後に呆然と立ち尽くす語り手は、このとき悪から身を引いたことになるだろうか。この問いに対して、政治的な解釈を好む一部の論者が示唆するように、子供たちの争いを前に、ただ眺めるだけで距離を確保するふるまいに、ある種の暴力性を認める余地はたしかにあり、その意味で語り手もまた悪から逃れてはいないのだと主張することはできるだろう。しかし詩篇を締めくくる語り手自身の台詞には、それ以上の曖昧さがついてまわるように思われる。

そうすると、パンがお菓子と呼ばれ、完全な兄弟殺しの戦いをひき起こすに十分なほど珍しい甘味である、素晴らしい国があるのだ[26]!

「素晴らしい」(superbe)という形容詞の語源を遡れば、この語にはもともと「傲慢な」という意味があった。したがってパトリック・ラバルトが指摘するように、ここでは己の悪に無自覚だった語り手自身の「傲慢」がおそらく揶揄されている[27]。ただのパンを「お菓子」と呼ぶことが、ありのままの自然を魅力的なものに変形させることの比喩だとすれば、山上で語り手が味わう浄福感と重なる。現実の醜さを否定して幸福に浸るのは「素晴らしい」ことかもしれないが、それはおおもとにある動物的欲望や他者の排除を見ようとせず、「美徳」や全能感に酔いしれるという「傲慢」と切り離せないというわけである。他方、先の引用で「堂々たる方言での罵り」と訳した箇所の原文が superbe juron patois であり、同じく superbe の語が使われていることも見落としてはならないだろう。血みどろの闘いに身を投じる子供の残忍なエネルギーも、自分だけが「お菓子」の所有者たりえると考える「傲慢」を含んでいるとすれば、語源的意味と近代的意味とのずれを利用した皮肉は、語り手だけではなく子供たちをも相手取ったものと捉えることができる。

だが自然に対抗する存在として、近代人よりも「野蛮人」や子供を評価するという一面がボードレールにあるのなら、「素晴らしい」(superbe)という語には皮肉だけでなく、言語の力で現実を作りかえる詩的創造への素直な肯定もまた、読み取ることが可能ではないだろうか。たとえばラクロの『危険な関係』についての覚書で、ボードレールは「悪のエネルギーが低下した」同時代への不満を記している[28]。子供=野蛮人の持つ自然のエネルギーを原動力としている以上、詩が暴力や悪と無縁でありえないのはたしかだ。けれどもそのエネルギーを放棄したところで悪から解放されるわけではなく、その意味で悪への対抗は悪によってなされるしかない[29]。寓意を多層化し、この世界があらゆるレベルで原罪の痕跡に覆われているとの絶望的な認識をつきつける一方で、語り手の慨嘆をとおしてボードレールは、悪を悪自身によって束の間乗り越える可能性を、ほとんど消えつつあるかすかな希望、あるいは失われた希望へのはかない郷愁として表現したのだと思われる。

【注】

（1）「お菓子」の前半部に、高山の風景に崇高さを見るロマン主義的感性の反復を認めることは多くの研究者が行ってきたが、ルソーについて『新エロイーズ』第一部二十三番目の手紙との類似を指摘したのは、セナンクールの『オーベルマン』（*Oberman*）の一節とともに当該箇所を引用したロベール・コップの批評校訂版がおそらく最初である（Baudelaire, *Petits Poëme en prose*, édition critique par Robert Kopp, José Corti, 1969, p. 239-240）。ただしコップは具体的な分析には踏み込んでいない。詩篇後半部と『孤独な散歩者の夢想』「第九の散歩」との比較とあわせて、コップを引き継ぐ形で『新エロイーズ』との類似を検討して、「お菓子」とルソーのテクストとの関連づけの基本的枠組みを示し、大きな影響を与えた論文が、Jean Starobinski, « Sur Rousseau et Baudelaire. Le dédommagement et l'irréparable » dans *Le Lieu et la formule. Hommage à Marc Eigeldinger*, Neuchâtel, À la Baconnière, 1978, p. 47-59 である。この詩篇とルソーとの関係をめぐるその後の研究については、以後、直接関係のあるもののみその都度参照することにする。なおルソーとボードレールとの関係全般に関しては、マルク・エジェルダンジェが簡にして要をえた概観を提示しており、議論の背景を理解するうえで有益であろう（Marc Eigeldinger, « Baudelaire juge de Jean-Jaques », *Études baudelairiennes* IX, 1981, p. 9-30）。ラマルチーヌについては、ジェームズ・ヒドルストンが詩篇「孤独」（*L'Isolement*）や「谷間」（*Le Vallon*）との類似を指摘しているが、これは「お菓子」に見られるロマン主義的主題のパロディの一例としての言及である（James A. Hiddleston, *Baudelaire and* Le Spleen de Paris, Oxford, Clarendon Press, 1987, p. 76-77［『ボードレールと「パリの憂愁」』山田兼士訳、沖積舎、一九九九年、一五〇―一五一頁］）。ユゴーと関連づけて「お菓子」を読むことは長らく行われてこなかった。だが『レ・ミゼラブル』（*Les Misérables*）第五部第一章十六「どのようにして兄が父となるか」における、ブルジョワの親子が貧民の反乱をさげすむ一方で公園の白鳥に「お菓子」をめぐむ場面と、ボードレールの詩篇との類似と相違は非常に示唆的で、近年、複数の研究者が注目している。Steve Murphy, *Logiques du dernier Baudelaire, Lectures du* Spleen de Paris, Honoré Champion, 2003, p. 315-318. ならびに Pierre Laforgue, « Baudelaire / Hugo. Sur les misérables dans *Le Spleen de Paris*. L'exemple du *Gâteau* » dans André Guyaux et Henri Scepi (dir.), *Lire* Le Spleen de Paris *de Baudelaire*, PUPS, 2014, p. 79-95 を参照のこと。

（2） OCI, p. 297-298.（『全集』第四巻、三四頁。）ボードレールの作品からの引用は、クロード・ピショワの編纂した以下の版から行い、第一巻をOCI、第二巻をOCIIと略記する。*Œuvres complètes*, éd. Claude Pichois, Bibliothèque de la Pléiade, 2t., 1975-1976. 訳文は拙訳を用いるが、筑摩書房版『ボードレール全集』（阿部良雄訳、全六巻、一九八三年—一九九三年。以下『全集』と略記）の該当箇所をあわせて記す。

（3） *Nouvelle Héloïse*, texte établi par Henri Coulet et annoté par Bernard Guyon dans *Œuvres complètes* de Jean-Jacques Rousseau, Bibliothèque de la Pléiade, t. II, 1961, p. 78.（『新エロイーズ』松本勤訳、『ルソー全集』第九巻、白水社、一九七九年、七六頁。）ボードレールとのテクストの類似点をはっきりさせるために引用は拙訳による。

（4） 旅行のあとにボードレールが書いた詩篇はきわめてラマルチーヌ的なものだが、同時に自身がピレネー地方の町バレージュの北にあるエスクーブ湖で見た光景をおそらくはうたっている。旅行の詳細については、Claude Pichois et Jean Ziegler, *Baudelaire*, nouvelle édition, Fayard, 2005, p. 132-133（クロード・ピショワ、ジャン・ジーグレール『シャルル・ボードレール』渡辺邦彦訳、作品社、二〇〇三年、一一九—一二〇頁）を参照のこと。

（5） *Nouvelle Héloïse*, éd. cit., p. 79-80.（『ルソー全集』第九巻、七七—七九頁。）

（6） OCI, p. 419-420.（『全集』第五巻、五五頁。）

（7） OCI, p. 436.（『全集』第五巻、七三—七五頁。）

（8） OCI, p. 424.（『全集』第五巻、六一頁。）

（9） *Rêveries du promeneur solitaire*, texte établi et annoté par Marcel Raymond dans *Œuvres complètes* de Jean-Jacques Rousseau, Bibliothèque de la Pléiade, t. I, 1959, p. 1092-1093.（『孤独な散歩者の夢想』（佐々木康之訳）『ルソー全集』第二巻、白水社、一九八一年、四二五—四二七頁。）

（10） Starobinski, art. cit., p. 56. スタロバンスキーの考察を出発点に、「お菓子」とルソーのテクストを「施し」の観点から分析した日本語による成果に、宮本陽子『近代における幸福の分配——ルソーからボードレールまで』、英宝社、二〇一五年、一七三—一七七頁がある。

（11） Starobinski, art. cit., p. 55.

(12) 二人の子供を殺害者カインと被害者アベルに重ね合わせるのは適切ではなく、兄弟殺害の志向をともに持つという意味で二人のカインと見なすべきである点については、Starobinski, art. cit., p. 55 を参照。

(13) Dolf Oehler, *Le Spleen contre l'oubli. Juin 1848. Baudelaire, Flaubert, Heine, Herzen*, traduit de l'allemand par Guy Petitdemange avec le concours de Sabine Cornille, Éditions Payot et Rivages, 1996, p. 326.

(14) 「お菓子」における「方言」と、『レ・ミゼラブル』における「隠語」との相違については、Laforgue, art. cit., p. 91-92 で明快に論じられている。

(15) Oehler, *op. cit.*, p. 322.

(16) 韻文詩「白鳥」（*Le Cygne*）に含まれる、よく知られた詩句である。OCI, p. 86.（『全集』第一巻、一六六頁。）

(17) この点についての日本語による簡潔なまとめとして、小林善彦『誇り高き市民——ルソーになったジャン＝ジャック』、岩波書店、二〇〇一年、一八四—一九四頁を参照のこと。

(18) OCII, p. 325.（『全集』第二巻、一六三—一六四頁。）

(19) OCII, p. 716.（『全集』第四巻、一七二—一七三頁。）

(20) OCII, p. 690.（『全集』第四巻、一四五頁。）

(21) OCI, p. 337.（『全集』第四巻、八一頁。）

(22) 詩的境地を誇張的に表現する前半部に、それが生まれるメカニズムを批判的に暴き出す後半部を対置することで、詩的境地そのものを無効化してしまうという「お菓子」の構造自体は、バーバラ・ジョンソンがすでに指摘している。ただし脱構築批評の代表的実践者といえるジョンソンの関心は、隠喩という詩に特徴的な文彩がはらむ、言語本来の意味と比喩的な意味との間での、同化と差異化の際限ない運動にあり、本稿とは議論の次元が異なる。Barbara Johnson, *Défigurations du langage poétique*, Flammarion, 1979, p. 76-82.（『詩的言語の脱構築』（土田知則訳）、水声社、一九九七年、九六—一〇三頁。）

(23) ボードレールにおける詩の位相を、ルネ・ジラール的な欲望論にもとづいて分析し、模倣としてあらわれる欲望同士の衝突とその「均衡」という視点から、ボードレールの詩学と社会観を一体的に理解する可能性を提示したのが、ジェローム・テロの以下の著作である。Jérôme Thélot, *Baudelaire, violence et poésie*, Gallimard, 1993. 一九〇頁に短いながら「お菓子」にふれた箇所があり、子供が「お菓子」を強く求めるのは、それを求める他の子供の欲望を模倣するからであり、欲望によってただのパンが「お菓子」と誇張されてあらわれること、その意味で「お菓子」は詩的幻想にすぎないことが強調されている。なお別の著作でテロはこちらもきわめて短いながら、詩的欲望の起源に飢えを置く「お菓子」の設定に、ボードレールにおける詩と悪との結びつきを認める記述をしている（Jérôme Thélot, *Au commencement était la faim, traité de l'intraitable*, encre marine, 2005, p. 92）。

（24）「平等」が喜びの感覚の共有ではなく、暴力という悪の双方向的行使によって実現することを、貧困の主題と結びつけながら皮肉をまじえて描き出した詩篇が、「貧民を殴りたおそう！」である。暴力による逆説的平等の位置づけ、ならびにそれにもとづくこの詩篇の教訓譚的性格については、Patrick Labarthe, « *Le Spleen de Paris* ou le livre des pauvres », *L'Année Baudelaire* 5, 1999, p. 104-108を参照のこと。

（25）OCI, p. 298.（『全集』第四巻、三五―三六頁。）

（26）OCI, p. 299.（『全集』第四巻、三六頁。）強調は原文。

（27）Labarthe art. cit. p. 104. しかし「傲慢」の理解に関するかぎり、この論文でのラバルトは、社会的経済的次元に重きを置き、詩的創造との関わりを十分に考慮していない憾みがある。

（28）OCII, p. 68.（『全集』第二巻、七〇頁。）

（29）ただし悪のエネルギーに全面的に身を任せるだけでは、悪への抵抗は有効なものたりえず、そこには「意志」の存在が不可欠となる。ボードレールにおける、子供的であることと悪、そして詩的創造との関係については、以下の拙論で詳述した。海老根龍介「子供・感受性・秩序――後期ボードレールの美学と存在論」『仏語仏文学研究』（東京大学仏語仏文学研究会）、第四九号、二〇一六年、三〇五―三二〇頁。

〈言葉の受肉〉としての引用
――ゾラとトニー・ガルニエのユートピア

彦江智弘

壁に刻まれた言葉

通常、引用あるいはリライトという現象が前提としているのは、一つのテクストが何者かによって読まれたという事実であるはずだ。そしてこの何者か、すなわちテクストの読者は、必ずしも文学者に限定されるわけではない。彼、あるいは彼女は、思想家であるかもしれず、あるいは政治家、聖職者、音楽家、科学者、企業家、あるいは一介の労働者、名もなき市井の人々であるかもしれない。彼らは自分たちが生み出す言説において、引用あるいはリライトという実践をあらかじめ奪われた存在ではないはずだ。このように文学を超え出たところに存在し、なおかつテクストがその出会いに開かれた読者たちによる引用という行為に対する総合的なアプローチの技法を、私たちはまだほとんど知り得ていないのではないだろうか。

もちろん本論考はそのような野心に十全に応えようとするものではない。むしろ引用というテクスト現象が文学テクストの外で行われる、ささやかな事例を提供するものにすぎない。実際ここで問題となるのは、一人の建築家・都市計画家による文学テクストの引用である。彼、トニー・ガルニエは、一九一八年に産業化時代の理想都市の設計プランを綿密に図案化した『工業都市』を発表する。架空の都市のマスタープランを構想しモダニズムの都市計画の嚆矢とされるこの『工業都市』において、ガルニエは一九〇一年に出版されたゾラの『労働』からの引用を行っている。ゾラ最晩年のこのテクストは理想都市の建設を物語っており、むろんこれがゾラとガルニエを結びつけるものにほかならない。だがここで注目に値するのが、ガルニエによるゾラの引用が、少なくとも近現代における引用というテクスト現象のある特異なケースを構成している点だ。ガルニエの『工業都市』は非常に大型の出版物で、計画の概略を説明した五ページ程度の序論と独立した百六十四枚の図案から構成されている。ゾラの引用が現れるのは、しかし序論のテクストの内にではなく、『工業都市』の本体をなす図案においてである。私たちがそこで目にすることになるのは、図面上のこととはいえ、建築物に直接刻み込まれた文学作品の一節なのである。

ゾラの引用は、「工業都市」の中心に配置された集会議場を図案化した、プレート番号十五と十八の図版に現れる。プレート番号十五に見られるのは次の一節である(**図1**)。「祝宴は屋外で執り行われる運びとなった。町のそばに広々とした畑があり、そこには巨大な神殿のきれいに並んだ柱のように、澄んだ陽光の下で黄金色に輝く麦わらの山が聳えていた。はてしなく、遠い地平線までも続く麦わらの柱の列は汲めども尽きぬ大地の豊穣を物語っていた(1)」。プレート番号十八には次の文章が見られる(**図2**)。「それは平和な時代にふさわしい生産物だった。レール、そしてまたレール。こうしてあらゆる国境を超えて、あらゆる民族が和解し、地球の上でただ一つの民族となるのだ。地球のあらゆるところに道が走る。それは鋼鉄の大船団だった。だがそれはもはや荒廃と死を運ぶおぞましい軍艦ではない。それは連帯の、友愛の船団であり、各大陸の産物を交換し、人類の富を増大させるのだ(2)」。

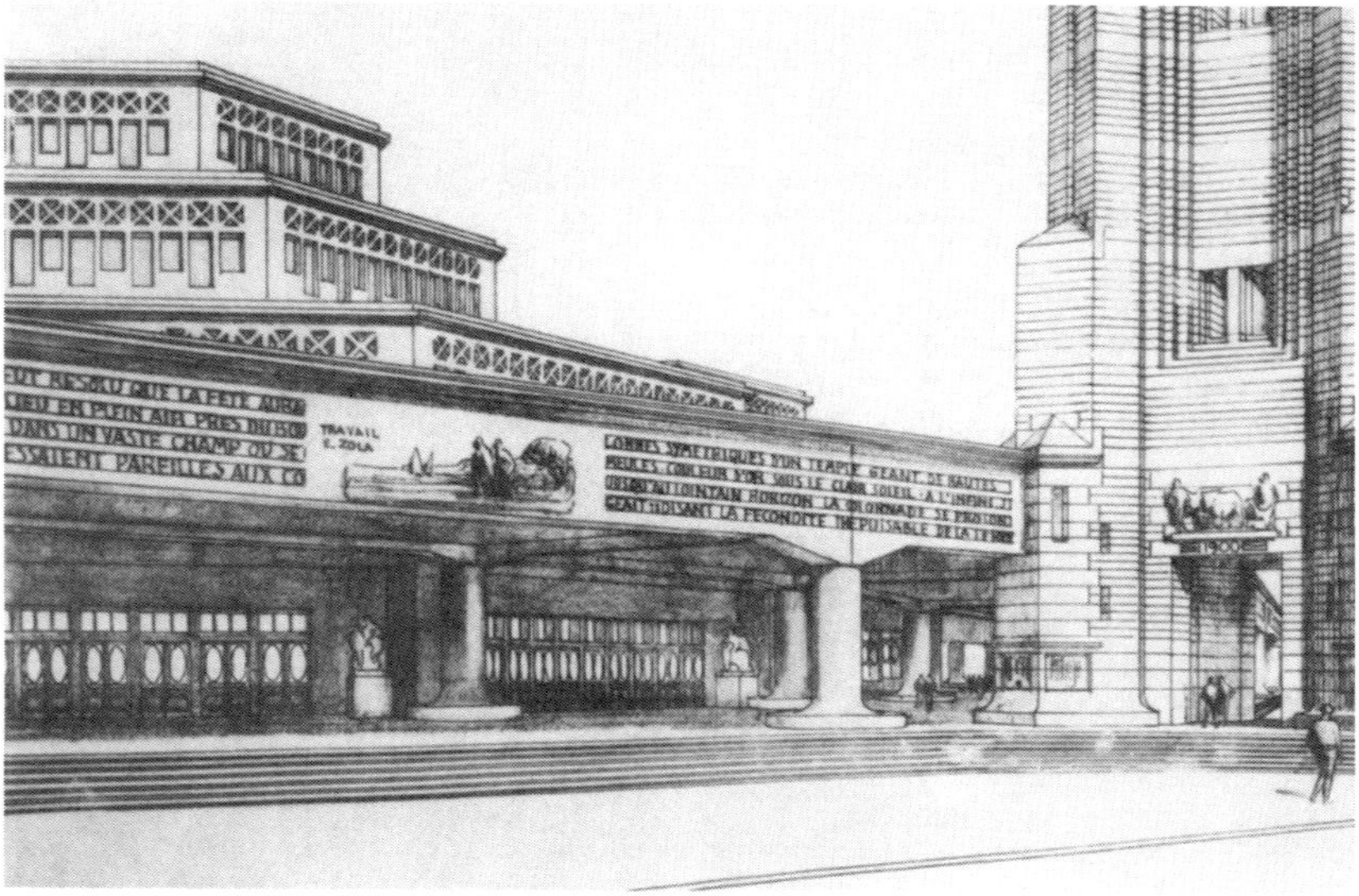

図1　集会議場透視図

図2　集会議場透視図

本論考はこれらの引用を起点に、たんなる影響関係を超えて、ゾラを引用するガルニエをめぐってある理論的フィクションが作動することを仮定的に検討し、そこから可能になる「工業都市」、そして『労働』で描かれる理想都市の読解の端緒を示すことを目指す。その際に中心的なテーマをなすのが、「言葉の受肉としてのユートピア」である。

ガルニエと「工業都市」

トニー・ガルニエは一八六九年にリヨンで生まれた。[3] 当時のリヨンは中世以来の絹産業が最盛期を迎え、それに携わる労働者たちの労働運動も盛んな街であり、それ故に社会主義思想が浸透した都市でもあった。一介の絹織物職人の息子であったガルニエは図画の才能に恵まれ、一八八六年、職業学校を卒業するとリヨンのボザールに進学し、建築を専攻する。ガルニエがゾラ友の会に入会したのがこの時期である。[4] 次いで一八九〇年には、パリのボザールに入学が認められるだろう。そして建築家としての長い修行期間を終え一九〇四年に独り立ちをすると、故郷リヨンに事務所を開き、当時のリヨン市長だった急進社会党のエドゥアール・エリオの庇護の下、大規模な建造物をこの街に残すことになる。その意味で、ガルニエはリヨンという街と深く結ばれた建築家であると言えるだろう。

その一方でトニー・ガルニエを語る上で欠かすことのできないもう一つの都市がローマである。パリのボザールに入学したガルニエが全精力を傾注したのがローマ大賞を獲得し、ローマのヴィラ・メディチの住人となることだった。ルイ十四世によって創設されたローマ大賞は、知られるとおり、アカデミックな公式の芸術教育の頂点に位置するコンクールであり、建築分野においても建築家としてのキャリアを大きく左右する関門だった。ローマ大賞の受賞者はヴィラ・メディチに数年間の滞在を許可され、古典古代やルネサンスの作品

図 3 「工業都市」全体平面図

にふれることで自らの芸術を完成させることが求められた。建築部門においては、一年目は一つの古代遺跡を選び、その実測に基づく調査報告を作成し、二年目以降はその修復案を年度末に提出することが科された。その図面はまずローマで展示され、次いでアカデミーの講評を経てパリで展示される。ガルニエは、実に八回目の受験でこのローマ大賞を獲得するにいたる。

そして一八九九年から滞在することになるローマにおいて、ローマ大賞の課題と平行して構想したのが「工業都市」にほかならない（図3）。近代的都市計画の嚆矢とされるこの包括的プランにおけるガルニエの目論見は、工業化時代の「新しい都市」の一般的モデルを提供することにある。三万五千人の人口を擁する「工業都市」は、「現実ではない想像の産物」(5)とされる架空の場所に設置された都市であるが、サン＝テチエンヌを始めとするリヨン近傍のいくつかの街がモデルとして挙げられている。「工業都市」は、北側の山地と南側の緩やかに弧を描く河川に挟まれ、東側を南北に延びるこの河川の支流によって画されている。この支流は、最北部の湖から流れてきており、湖には水力発電により街に電力を供給するダムがある。都市の構成原理は整然としたゾーニングであり、主に三つのブロックからなる。まず公共施設と住宅地区からなる市街地、ついで製鉄所を始めとする工場地区、そして保健衛生地区である。その一方で、教会、兵舎、警察署、刑務所、裁判所などの施設は存在しない。さらに、「社会秩序に何らかの進化がすでに実現しているものと仮定」した上で、私有地は存在せず、食料や医療も「社会」(la Société)がその負担を負うとされることから、これが社会主義的体制下の都市であることが推測される。[6]

この『工業都市』評価の端緒を開いたのが、一九二一年にル・コルビュジエが『レスプリ・ヌーヴォー』誌に発表した論考である。後に『建築へ』に再録されることとなるこのテクストにおいてル・コルビュジエは、「これは秩序を確立する試みであり、実用的解決と造形的解決の結合である」[7]と評価する。そればかりかル・コルビュジエによってガルニエのゾーニング・モデルはモダニズムの都市計画の原理の一つに据えられたという見立ても存在している。実際、ル・コルビュジエが起草したとされる、モダニズムの都市計画の公理を定めたＣＩＡＭ(近代建築国際会議)の「アテネ憲章」(一九四三)において、都市の機能は「住まうこと、働くこと、休息すること」にあるとされるが、これが三つのブロックからなる「工業都市」のゾーニングの原理であることは先に見たとおりである。[8]

ゾラの引用におけるガルニエの戦略

ガルニエによるゾラの引用には建築に関する直接的な言及は見られないが、『労働』はこのような理想都市の設計プランに引用されるにまことにふさわしいテクストである。「四福音書」叢書の第二編にあたる『労働』は、鉄鋼の町ボークレールにおけるリュック・フロマンによる理想都市建設を物語っている。テクストの冒頭において、リュックが「エンジニアとしての専門の勉強だけでなく、手仕事を学んだ。リュックは石工を経験し、設計し、建設し、幾つもの家を建ててきた」(p. 549) 青年として登場することをまずは確認しておきたい。このリュックがボークレールにおいて目にするのが、アビームと呼ばれるクリニョン製鉄所を中心に築かれた街区のおぞましいまでの悲惨である。ここからリュックは様々な敵対者たちとの格闘の末に、エンジニアである友人のジョルダンが行う技術革新に助けられ、労働環境だけでなく社会システムまでをも刷新し、最終的にボークレールは文字通り理想都市として立ち現れることになる。

ガルニエは、他でもないこの『労働』からの引用を「工業都市」の中心的な施設に刻み込むわけだが、すでに多くの研究者がゾラの『労働』で描き出される新しい都市とガルニエの「工業都市」との様々な共通点を指摘している。(9) 確かに公共施設の都市中心部への配置、緑地帯に散在する住宅群、水力発電を始めとする電気エネルギーの広範な使用、共学による教育システム、監獄や教会や兵舎が存在しないことなど偶然という以上の共通点が両者の間に多数見出される。またゾラがボークレールの地形を描いたメモが残されているが、両者が同じような地形の土地を選んでいるということもある。ゾラは『労働』執筆のためのリサーチの過程でサン=テチエンヌ近傍のユニウーの製鉄所を訪問しており、この製鉄所がアビームのモデルとなるのだが、(10) ガルニエも自身の「工業都市」のモデルとなる都市の一つにサン=テチエンヌを挙げていたのは先に見たとおりである。

むろんここから引き出される仮説は、ガルニエによる『労働』の引用が私淑する作家へのたんなる敬意の印ではなく、ましてや自身の提案に対する権威付けの身振りでもなく、「工業都市」がゾラの『労働』のいわばリライトなのではないかということだ。しかもこのような仮説は、たんに両者に多くの共通点があるというだけでなく、『工業都市』におけるガルニエ自身のあるパフォーマティブな仕掛けのうちにも読み取ることが可能である。実は『工業都市』の建造物に文章が読み取れるのは、先に挙げたゾラの二つの引用だけではない。同じ集会議場の別の部分を図案化したプレート番号十三のエンタブラチュア部分には、次の文章が刻み込まれている(図4)。「このポルティコの周囲にこの地方に生きた人々の歴史が書き込まれる。そこで彼らの伝説、彼らの栄光が物語られ、この都市の創設の歴史が刻み込まれる」[11]。この文章は集会議場の時計塔の直ぐ脇のエンタブラチュア部分に配置されているのだが、『工業都市』の読者が図版を順番に見ていくとしたら、まずこのガルニエ自身の言葉を読んだ後に、ゾラの『労働』からの引用があるプレート番号十五と十八を目にすることになる。あたかも「工業都市」の「伝説」や「創設の歴史」が『労働』の物語世界によって充当されるかのように。

　もちろんこのような主張は、『工業都市』の成立過程の精緻な確定作業を要求するだろう。『工業都市』の成立には、おおよそ三つの段階があるとされる。まず、一九〇一年のローマ大賞の最初の課題提出時に参考資料として付された二枚の図案。次いで一九〇四年の最終報告の付帯資料として提出された複数の図案、そして一九一八年に出版されたヴァージョンである[12]。どの段階でガルニエは『労働』を読んだのであろうか？

図4　集会議場時計塔立面図（部分）

　現状では多くの資料が消失しており、『工業都市』の生成過程の確定は極めて困難であるのだが、実はゾラがガルニエに言及した書簡が存在している。後にゾラの婿となるモーリス・ル・ブロン宛ての一九〇一年十一月十四日付けの書簡がそれである。

　親愛なるル・ブロン様、まことに遺憾ながら、明日の会合に参加することはできません。しかしながら頭の中ではぜひとも会合の場にいるよう努め、いまだに今日の芸術の足を引っ張る桎梏に抗するあなたの称賛すべき働きかけを全面的に支持いたします。今日の芸術は自由かつ崇高でなければならず、民衆のうちからその美を汲み取るものです。今日の芸術は民衆に由来し、民衆に帰って行く。私もトニー・ガルニエ氏に同情いたします。彼は苦しんでおられる。奥深く新しい世代の美があのようにつねに花開くものであることを願います。(13)

一介の建築家の卵に過ぎないガルニエのことがどうしてゾラの耳に届いたのであろうか？　事の次第をこの書簡は詳らかにしてはくれない。しかしながら少なくとも一九〇一年の秋の段階で、ガルニエの「工業都市」がゾラの『労働』を多少なりとも意識したものとしてあったからなのではあるまいか。

「工業都市」と断絶の仮説

だがこの書簡が興味深いとしたら、その理由は他にもある。なぜゾラが同情を示すほどトニー・ガルニエは「苦しんで」いたのか？　実は「工業都市」は建築界にある波紋を呼んだことでも知られる計画案である。先に見たとおり、ガルニエは一九〇一年に最初の研究課題を提出するのだが、そこには建築アカデミーを激昂させるにたる挑発が含まれていたのである。パリのボザール時代には持ち前の図画の才能を発揮して、新古典主義の書法に則った精緻な図面を作成しローマ大賞に臨んでいたガルニエであるが、古代ローマの古文書館であるタブラリウムを取り上げた彼の調査報告にはその片鱗すらも見ることはできない。アカデミーの規定では実測に基づく六枚の細密な図案を提出しなければならないところを、ガルニエは一枚の水彩画と鉛筆書きのおざなりな二枚の図面を提出し、しかも余白には図面にもまたがるような形で次の言葉が書きつけられていた。

「偽りの原理に基づくすべての建築、古代の建築は一つの誤りであった。真実のみが美しい」[14]。アカデミーは当然の如くこれを「極めて不遜」であるとみなす。とりわけヴィラ・メディチ滞在者が遵守すべき規定に違反したとして、ガルニエの図案はパリでの展示から外されるだけでなく、ガルニエはあやうくローマ滞在のための給費を打ち切られそうになる。ゾラが「彼は苦しんでおられる」とする事態は、これら一連の経緯を指していると考えてまず間違いないだろう。

つまりガルニエの「工業都市」は、たんに新しい時代の都市計画を提示するだけでなく、古典古代から十九世紀末のアカデミーにまで引き継がれた美学との断絶の身振りを伴っていたのである。ならばゾラの『労働』は「工業都市」のモデルとなっただけでなく、この断絶にも何らかの形で関与したということはないだろうか？　もちろんゾラの『労働』こそがこの断絶を導き出したと結論するのは、慎重さを欠くことになるだろう。例えばポール・ラビノーも主張するように、ガルニエとおおよそ同時代のローマ大賞受賞者の間で近代的な都市計画への渇望が芽生えており、「工業都市」をめぐるスキャンダルはこのような気運の先鋭的な現れであると考えることも可能である[15]。

だが同時に、ガルニエがこの段階でゾラの『労働』を読んでいたとするならば、リュックが再建するボークレールが従来の建築理念を一挙に色褪せたものに見せたということがあったのではないだろうか。確かにガルニエが「古代の建築は一つの誤りであった」と書くとき、彼の念頭にあったのが、古典古代の都市そのものであるのか、あるいはボザールの教育の根本にある新古典主義の建築理念であったのか、その内実を詳らかにする資料は今のところ存在しない。しかしゾラの『労働』はたんに来るべき都市計画の着想源となるというだけでなく、ボザール流の建築教育が骨の髄までしみわたったガルニエにとって、まず何よりも旧来の建築・都市思想から断絶した都市の具体的なヴィジョンとの出会いだったのではないだろうか。もし仮にそうであるならば、「古代の建築は一つの誤りであった。真実のみが美しい」という一文を書きつけたとき、ガルニエの念頭にあったのは自身の「工業都市」だけでなく、ゾラの『労働』が描き出す理想都市でもあったとは言えはしまいか。

「言葉の受肉」としてのユートピア

このようにガルニエの「工業都市」が纏う断絶の身振りにあえてこだわるのは、他でもないこれこそがガルニエをユートピアの問題に近づけると思われるからだ。多くのユートピア研究が指摘するように、ユートピアというテーマは十八世紀後半に大きな転換期を迎える。それまでは遠く離れた島や隔絶された土地に自らのイメージを投影していたのに対して、啓蒙主義の時代進歩の観念と結びつくことでユートピアは時間化されることになる。「eu/utopia、すなわち良き／非場所から、我々は euchronia、すなわち未来における良き場所へと移行する」[16]。つまりユートピアは発見されるべき理想郷ではなく、未来において実現されるべき理想社会・理想都市となるのだ。このような転換を産業革命とフランス革命が加速させ、十九世紀になるとユートピアの実現に向けて社会システムの変革、経済システムの刷新、技術革新などが様々な濃度で夢想あるいは模索されることになるだろう。実際、フーリエやサン＝シモンが目指し、多くの賛同者を感化したのも、それがたんなる空想ではないという次元だったはずだ。

このようなユートピアの歴史的転換を踏まえ、ジャック・ランシエールはユートピアを次のように再定義している。「u-topie はたんなる否定ではなく、二重の否定である。ある場所が非－場所であるということではなく、非－場所の非－場所なのである」[17]。つまりユートピアという語に付された否定の接頭辞「u」には、存在しないこと自体をさらに否定する二重否定の作用が備わっており、それ故にこの語には非－場所を場所へと至らせる力が潜んでいる。これは言い換えると、ユートピア主義者を「言葉の受肉」という問題機制と関連づけて解釈する戦略でもある。実際、十九世紀のユートピア主義者の多くはユートピアについて書き、あるいはユートピアについて読み、そこからユートピアを現実において「受肉」させようと試みた人々なのではなかっただろうか。

　面白いことに、『労働』のリュックもユートピアをめぐるこのような「言葉の受肉」の衝動を経験した一人だ。実際、リュックがボークレールを作り変える決心をする際に大きな役割を果たすのが書物の存在にほかならない。リュックは亡くなったジョルダンの祖父の居室に寄宿しているのだが、ある晩、見聞きしたボークレールの惨状が頭を離れず、これを何とかしたいと煩悶し眠れずにいる。するとその時、「サン＝シモン、コント、プルードン、カベ」(p. 653) らの本で埋めつくされている本棚に目がとまる。そしてその中の一冊がリュックの心にひときわ強く訴えかける。フーリエ主義者であるイポリット・ルノーが書いた『連帯』(*Solidarité*) がそれである[18]。「リュックはそこに書かれていることなどとっくにすべて知っていた。彼は師であるフーリエ自身の本で読んでさえいた。しかしかつてこれほどまでに心を揺さぶられたことはなかった。〔……〕その小さな本は活き活きした存在感を放ち、すべてが新しくさし迫った意味を帯びた。あたかも生きた事物が彼の前で突然沸き上がり、現実のものとなるかのようだった」(p. 653-654)。このように本に書かれたユートピアが「現実のものとなる」かのような感覚がリュックを捉える。もちろんこの書斎の場面は『労働』の準備段階でゾラが行ったリサーチを反映していると考えることも可能だが、同時にこの描写の中心にあるのが、リュックがまさしく「言葉の受肉」の衝動に突き動かされた存在であるということを見逃すことはできない。

　この二重否定としてのユートピアの問題を検討する際にランシエールが好んで取り上げるテクストが、大江健三郎が『人生の親戚』としてリライトしたことでも知られる、バルザックの『村の司祭』である。通常はユートピア小説と分類されることのないこの作品がランシエールにとってユートピアという問題系の範例になりうるとしたら、その理由はこの作品が一冊の本との出会いによる「言葉の受肉」の衝動に貫かれたテクストであるからだ。その一冊の本とはベルナルダン・ド・サン＝ピエールの『ポールとヴィルジニー』である。主人公であるヴェロニックはある日偶々手に入れた『ポールとヴィルジニー』に熱狂し、この物語を実際に生きようと貧しい労働者の若者と恋に落ちるのであり、これが悲劇的な結末を迎えると、それを贖うかのように今度は『ポールとヴィルジニー』の幸福な島を灌漑事業によって実現し地域に豊かな生活をもたらすことになる。このように『村の司祭』のヴェロニックは、ランシエールの読解に従えば、一冊の書物との出会いによって「言葉の受肉」の衝動を呼び覚まされた存在として物語の中心に据えられていることになる。

ランシエールの読解はさらにこの「言葉の受肉」の主題を「感性的なもののパルタージュ」の主題に接ぎ木し、『村の司祭』においてヴェロニックはたんに「言葉の受肉」の衝動に駆られて行動するだけでなく、彼女のこの衝動は自らが属していた感性的なものの秩序からの逸脱を伴っていたとする。まず場所と社会的役割・身分が安定的に配置された「ポリス的秩序」[19]がある。そこでは身体は社会的に定められた一定の場所をあてがわれ、その身体が発する言葉も社会的秩序のなかで明確な起点と終点を持つものとして運用される。この「ポリス的秩序」においては、ヴェロニックは庶民の娘としての生を全うし、秩序づけられた社会回路のうちで定められた場所と言葉に自足している。しかしエクリチュールという不安定な言葉との出会いによって、身体はこの安定した社会的回路の外にさまよい出る。「あれらのプロレタリアの息子たちの生を見舞った災いとは、エクリチュールによって捉えられ、〔書物という〕島のうちに折り込まれたいくつかの言葉や文章の効力によって感性的世界の異なるパルタージュに向けて逸脱させられたことである」[20]。このようにランシエールはヴェロニックの悲劇的恋愛をエクリチュールとの出会いによる一つの社会的秩序からの逸脱の結果として捉えるのだが、その一方でヴェロニックによる灌漑事業としてのユートピアの実現はまた別の社会的秩序の構築の試みとして捉えられることになる。

エクリチュールとの出会いによる逸脱を経て発せられる言葉が、安定した社会的秩序に「不和」(mésentente)

をもたらし、「ポリス的秩序」を脆弱化することは容易に想像がつくだろう。そしてこのような「不和」の契機が全般化した時に成立する不安的な「感性的世界の異なるパルタージュ」が「政治的秩序」であり、ランシエールはこれをフランス革命以降の社会に見出すことになる。しかし通常ユートピア主義者が目指すのは、ユートピアを実現することでまた別の安定的な秩序を再構築することではあるまいか。ならばユートピア主義者において問題となる「感性的世界の異なるパルタージュ」とはこの「政治的秩序」ではありえないはずだ。従って、ランシエールの議論においてユートピア主義者とは、「ポリス的秩序」に不和をもたらすことで「政治的秩序」への転換を図る存在ではなく、「言葉の受肉」の衝動によって「不和」を特徴とするこの「政治的秩序」を超克する存在であるとひとまずは言うことができるだろう。

その一方でこのようなユートピアの衝動はまた別の安定的な秩序を目指すが故に「ポリス的秩序」に逆行する、場合によっては全体主義化する可能性をも孕んでいる。実際、ランシエールはこのような傾向をサン＝シモン教団の教父であるアンファンタンが思い描く理想都市の内に見出している[21]。これに対してランシエールが評価するのが、何らかの形で「不和」の契機を残した「ユートピア的秩序」であり、それは例えば同じサン＝シモン主義者ではあるが、一介の指物師にすぎないルイ＝ガブリエル・ゴニーが構想したユートピアである。ランシエールによれば、ゴニーの都市は曲がりくねった街路からなる迷宮的な都市で、明確な機能を持たない空間がちりばめられており、そこでは人々が目的を持たずそぞろ歩き、会話を交わす。そればかりかゴニーの都市には、かつての係争の記憶を刻み込んだ空間も存在している。「魂のエンジニアが作る都市では、その意味が提示されるのは都市自らの身体の上においてである。〔都市の〕身体それ自体が意味なのだ。これに対して、このエクリチュールの都市では、都市の身体は二つの世界のパルタージュを語る書き込みに覆われている[22]」。つまりゴニーの理想都市は一つの意味によって塗り込まれることなく、「政治的秩序」が現れる契機と「不和」の記憶を宿す都市であると言えるだろう。

ユートピア的読解の可能性

はたしてゾラの『労働』を読んだトニー・ガルニエも、ヴェロニックと同じユートピアの衝動に突き動かされていたと言うことが可能だろうか。古典古代の都市のあり方あるいは新古典主義の建築教育の理念が「ポリス的秩序」を前提とするものだと仮定するなら、ガルニエにおいても「ポリス的秩序」からの脱却に一冊の書物が関係しており、しかもこの書物の実現が目指されていると考えることが可能かもしれない。ここからガルニエが『村の司祭』のヴェロニックに限りなく近い存在であると仮構することが許されるなら、ランシエールがゴニーに即して描き出す理想都市のあり方を元に、ガルニエの「工業都市」、あるいは『労働』においてリュックが再建するボークレールを検討する道筋が開かれるだろう。前者については、ゾラの引用だけをここでは取り上げよう。先ほどはこれを「工業都市」の住人を名指すガルニエのパフォーマティヴな身振りと関連づけて解釈したが、婚礼と世界をつなぐ鉄道網について語る二つの引用は、いずれも不和が宥和の内に解消されていくことを告げているのははたして偶然だろうか。しかしこれがたんに不和が掻き消されていく社会の到来を告げているのか、あるいは宥和を語りながら不和の記憶を留めるものであるのかは、他の街区の分析を通して検討を深められなければならないだろう。

このようにガルニエが『労働』から宥和のイメージを取り出すとおり、これがリュックによって再建されるボークレールにおいて重要な役割を果たしていることは間違いない。その一方でリュックのボークレールを特徴づけるもののひとつが「浮遊」であるように思われる。「ユートピア的秩序」が、社会的役割と場所とが安定した秩序を再構築することだとすると、場所と社会的役割との固定的な関係が想定されるが、ボークレールでは機械化により労働時間が縮減されるだけでなく、労働者は自分の職能に縛られず好きな作業を選ぶことができる。「人々は四時間しか働かず、仕事も自由に選ぶことができ、それも飽きが来ないように絶えず変化した。実際、それぞれの労働者が複数の職務をこなしており、幾つものグループを行き来している」(p. 917)。また新しいボークレールの住人たちには、住宅に当てられた街区の好きな場所に自由に住宅を建てることが許されてもいる (p. 923)。

その一方で、「政治的秩序」の契機、あるいは不和の記憶はほとんど掻き消されているように見える。この点に関して象徴的なのが、底辺の労働者でありながら常にリュックと敵対し、旧態依然とした労働システムに固執するラグーの存在である。『労働』は都市の描写においてシンメトリックな構成をなしており、作品の冒頭で描き出されるボークレールの街がリュックの視点から描き出されるのに対して、作品末尾で視点人物となるのがこのラグーである。つまり新旧のボークレールは、それぞれその敵対者の視点から描かれるという仕掛けが採用されているのだ。ところが数年間に及ぶ放浪の旅から帰還したラグーの目にはまさしく様々な「不和」が演じられる舞台であったかつてのボークレールが一掃されているばかりか、行き場を見出せないラグーは再び放浪の旅へとさまよい出ていくだろう。つまり「不和」の主体であるはずのラグーは、他の敵対者同様このボークレールから排除されていき、その痕跡はかき消される。その意味で、ここには本源的な「不和」は場所をもたないように見える。もちろんこのような結論を下すためには、ガルニエの「工業都市」同様、『労働』の新しいボークレールについてもより精緻な分析が必要なことは言うまでもない。

『労働』を読む労働者たち

本論を閉じるにあたって、「工業都市」のおよそ六十年後に、ゾラの『労働』が思いもよらない読者たちによって読まれたことに言及しないではいられない。一九七九年、ヴェルディエ社からゾラの『労働』が再刊される。注目に値するのが、この再刊がブザンソンに拠点を置く時計メーカーであるＬＩＰを舞台にした労働運動から持ち上がった企画だという点である。ＬＩＰの労働者運動は、フランスで初めてと言われる労働者による自主管理を実現し、戦後のフランスの労働者運動を画すものとされるが、つまり社会主義の小さなユートピアを経験したこの労働者たちは、ゾラのこのほとんど顧みられることのない小説を発見し、自分たちの運動のなかでこれを読んだのである。

この序文はＬＩＰの運動に参加した数名の男女からなる労働者の対話という形式を取っているのだが、そこでは複数の声が同じＬＩＰでの経験を語りながら、時には解け合い、時には対立する。本論考を閉じるにあたって、ある労働者の言葉をここに引用しよう。次のように語るルイは、集団性の危機を問題にするだけでなく、同時にエクリチュールについて、あるいはひょっとするとある種の引用の作用についても語っているのではないだろうか。「コミュニケーションはいくつものグループを結びつけるが、それだけでなく分裂させることもある。なぜなら言葉とは、人から人へと伝わり、ひしめき合い、打ち寄せてくるものなのだから。まるで岩を流し去る奔流のように[23]」。

【注】

（1）Tony Garnier, *Une cité industrielle. Étude pour la construction des villes*, 中央公論美術出版, 2004, pl. 15 ; Émile Zola, *Travail*, *Œuvres complètes*, t. 8, édition établie par Henri Mitterand, Cercle du livre précieux, 1968, p. 869.

（2）Tony Garnier, *Une cité industrielle*, *op. cit.*, pl. 18 ; Émile Zola, *Travail*, *op. cit.*, p. 897. 以降、『労働』からの引用はミットラン版に依拠し、引用ページ数のみ本文に示す。

（3）以下のガルニエの伝記的要素は主に以下に依拠した。吉田鋼市『トニー・ガルニエ』鹿島出版会、ＳＤ叢書、一九九三年。

（4）　ゾラ友の会の結成はゾラ没後の一九〇三年とされており、ガルニエが入会していたとされるゾラ友の会は非公式なサークルだった可能性もある。

（5）　Tony Garnier, *Une cité industrielle*, *op. cit.*, p. 3.（吉田鋼市『トニー・ガルニエ「工業都市」注解』中央公論美術出版、二〇〇四年、六頁）

（6）　*Id.*（吉田鋼市『トニー・ガルニエ「工業都市」注解』七頁）

（7）　Le Corbusier, *Vers une architecture*, Flammarion, coll. « Champs Arts », 1995, p. 38-39.（ル・コルビュジエ－ソーニエ『建築へ』樋口清訳、中央公論美術出版、二〇〇三年、四一頁）なおル・コルビュジエはガルニエに書簡を送り、リヨンで実際に会ってもいる。

（8）　Le Corbusier, *La Charte d'Athènes*, Seuil, coll. « Points », p. 77 *et sq.*（ル・コルビュジエ『アテネ憲章』吉阪隆正編訳、鹿島出版会、SD叢書、一九七六年、一一五頁以降）ガルニエと「アテネ憲章」のゾーニングの関係については例えば以下を参照のこと。吉田鋼市『トニー・ガルニエ』、五三―五五頁。Christophe Pawlowski, *Tony Garnier. Pionnier de l'urbanisme du XXe siècle*, Création du Pélican, 1993, p. 62 ; Paul Rabinow, *French Modern. Norms and Forms of the Social Environment*, MIT Press, 1989, p. 230-231.

（9）　この点については例えば以下を参照のこと。吉田鋼市『トニー・ガルニエ』、九一頁。Alain Lagier, « Émile Zola et Tony Garnier. Retour aux sources urbanistiques », *Techniques et Architecture*, n° 331, juin-juillet 1980, p. 47 ; Anthony Vidler, « L'Acropole moderne », *Tony Garnier : l'œuvre complète*, Centre Pompidou, 1989, p. 79 ; Christophe Pawlovski, *Tony Garnier*, *op.cit.*, p. 41 ; Jean-Michel Leniaud, *Les Bâtisseurs de l'avenir. Portrtaits d'architectes XIXe-XXe siècle*, Fayard, 1998, p. 289. なお各論者がゾラとガルニエとの差異も指摘していることも併せて記しておく。

（10）　この点については以下の論文に詳しい。Josiane Naumont, « Enquête sur une visite de Zola à Unieux pour la préparation de *Travail* », *Les Cahiers naturalistes*, n° 48, 1974, p. 182-204.

（11）　Tony Garnier, *Une cité industrielle*, *op. cit.*, pl. 13.

（12）　この点については以下を参照した。吉田鋼市『トニー・ガルニエ』、三四―四〇頁。

（13）　Émile Zola, lettre à Maurice Le Blond du 14 novembre 1901, *Correspondance*, t. X, éditée sous la direction de B. H. Bakker, Les Presses de l'Université de Montréal / CNRS Éditions, 1995, p. 334.

（14）　Cité dans Pierre Pinon et François-Xavier Amprimoz, *Les Envois de Rome. Architecture et archéologie*, École française de Rome, 1988, p. 324.

（15）　Paul Rabinow, *French Modern*, *op.cit.*, p. 223-224.　また「工業都市」にはギリシャの古代都市の影響が見られるという指摘

も存在する。これについては以下を参照のこと。Christophe Pawlowski, *op. cit.*, p. 35 ; Anthony Vidler, « L'Acropole moderne », *op. cit.*, p. 71 *et sq*. 吉田鋼市『トニー・ガルニエ』、五六―七〇頁。

(16) Fátima Vieira, « The concept of utopia », in Gregory Claeys (ed.), *The Cambridge Compagnon to Utopian Literature*, Cambridge University Press, 2010, p. 9.

(17) Jacques Rancière, « Sens et usages de l'utopie », dans Michèle Riot-Sarcey (dir.), *Utopie en question*, Presses universitaires de Vincennes, 2001, p. 66. ランシエールは「バルザックと書物の島」において、「言葉の受肉」の問題をより主題化した形で本論考の内容を発展させている。Jacques Rancière, « Balzac et l'île du livre », *La Chaire des mots. Politiques de l'écriture*, Galilée, 1998, p. 115-136.（ジャック・ランシエール「バルザックと書物の島」西脇雅彦訳、『言葉の肉　エクリチュールの政治』せりか書房、二〇一三年、一三八―一七四頁）

(18) 『労働』における『連帯』の影響については、以下に詳しい。Fabia Scharf, *Émile Zola : De l'utopisme à l'utopie (1898-1903)*, Honoré Champion, 2011, p. 359-368.

(19) Jacques Rancière, « Sens et usages de l'utopie », *op. cit.*, p. 73.

(20) *Ibid.*, p. 69.

(21) *Ibid.*, p. 76. ゾラの『労働』のユートピアも全体主義的であるとの批判の対象になっている。例えば以下を参照のこと。Henri Mitterand, « Un anti-*Germinal* : l'Évangile social de *Travail* », *Roman et Société*, Armand Colin, 1973, p. 74-83.

(22) Jacques Rancière, « Sens et usages de l'utopie », *op. cit.*, p. 76.

(23) « Préface », dans Zola, *Travail*, Verdier, 1979, p.19.

パオロ・ウッチェッロをめぐる変奏

――ヴァザーリ、シュオッブ、アルトー

千葉文夫

マルセル・シュオッブの『架空の伝記』[1]（一八九六）は古代の哲学者エンペドクレスから十九世紀のエディンバラを騒がせた殺人者バークとヘアーの二人組までを主人公とする計二十二篇の小伝をもって構成されているが、なかでも「絵師　パオロ・ウッチェッロ」[2]と題された一篇は思わぬ刺激を後世にもたらしたという点で別格の扱いがなされるに値するといってよいだろう。《サン・ロマーノの戦い》を代表作とする十五世紀フィレンツェの画家をめぐるシュオッブの記述は、言うまでもなくジョルジョ・ヴァザーリ筆になる浩瀚な芸術家列伝（一五五〇年初版）に収められた小伝にその素材の大半を得たものでありながらも[3]、シュオッブ的な女性像の典型とすべきモネルに似た形象をここでも登場させるなど自由な創作を加え、バルザックの『知られざる傑作』の画家のそれを思わせる探求に明け暮れる人物の姿を描き出す点において独自なものとなっている。場合によっては、ほとんど剽窃に類するといってもよい文章表現が顔を覗かせてはいても[4]、それがむしろシュオッブの独創と見えるあたりには、「剽窃」と「独創」をめぐるわれわれの固定観念を揺るがす契機が潜んでい

る。いずれにしても、ヴァザーリからシュオッブに到る流れのなかでどのようにウッチェッロの肖像が書き換えられていったのかという問題は、恰好なリライト研究の題材になることはまちがいなく、実際これに関する先行研究としてアニェス・レルミットあるいはブリュノ・ファーヴルの著書がすでに存在しており、ヴァザーリとシュオッブの両者の比較検討という点に限って見るならば、ほぼ言うべきことは尽くされている観がしないでもない[5]。

しかしながら、ヴァザーリではなくシュオッブのテクストが今度は発想源となり、これをもとにテクストが新たに書き継がれてゆく連鎖に目を向けたとき、いわばテクスト同士の一対一の関係を前提とする古典的枠組みにはおさまりきらない別種の現象が見えてくるのではないか。そのようなテクスト生成の連鎖のなかにあって、いわば起源というべき地位にあるはずのヴァザーリのテクストもまた決して孤立したものではありえず、新たな読みの対象となりうるのである。過去の作家および作品は新たに書かれるテクストによって再創造されるというプルースト的、あるいはボルヘス的な命題をここに呼び出してもよい。書名からしてシュオッブの影響化にあることをおのずから明らかにするジャンル＝フィリップ・アントワーヌの『小鳥の肉体　パオロ・ウッチェッロの架空の伝記』[6]（一九九一）はフィクションとエッセイをおりまぜた形式をもって『架空の伝記』を継承する試みに取り組んでいるわけだが、同時にまたシュオッブ経由でウッチェッロを主題とすることでヴァザーリを陰画として浮かび上がらせているともいえる。あらためてこのような相互関連的な事態を眺め直せば、後に来る読みの可能性と切り離されたところで起源のテクストを固定化するなど不可能だという極端な議論もありうるはずなのである。

ヴァザーリ／シュオッブあるいは別の物語

ヴァザーリとシュオッブの比較検討に際して盲点というべきものが確かにあるにちがいない。たとえば、ヴァザーリが書き残した百六十人以上におよぶ夥しい数の芸術家列伝からいったい何を基準にシュオッブはウッチェッロひとりを選び出したのかという問題がこれにあたる。おそらくその点を考察の対象にすえることなしには、シュオッブの短篇が数多くの書き手に影響をあたえたという事柄の理解には到らないだろう。この問いに対する手っ取り早い答えは『小鳥の肉体』の以下の記述に見られる。

ヴァザーリは新興成金を描くハッピーな書き手であって、パオロの禁欲的な研究心など理解してはいない。デッサンとは形態へのアイデアであって、不在を糊塗するものではないことも分かってはいない。また貧乏であるということも分かっちゃいないのだ。だから別の物語が必要なのである。(7)

シュオッブはヴァザーリとほぼ同じ素材を用いながら、そこに別種の展開の可能性を見てとったといえる。そしてまた「別の物語が必要なのである」という上記の引用文の結語はさまざまな水準において適用可能なものとなるだろう。たとえば「美術史」というディスクールの水準にあてはめてみるとどのようなことになるのか。きわめて長い年月にわたり、西洋美術史の言説はヴァザーリに端を発するルネサンス絵画をめぐる価値判断を反復してきた。(8) ヴァザーリの価値判断の要点は以下の一節に示されている。

彼ら〔＝ブルネレスキ、ドナテッロ、ギベルティ、ウッチェッロ、マザッチョ〕は当時まで続いていた幼稚な技法を一掃したばかりではない。自身の美しい作品によって、後世の人々を励まし力づけ、創作活動を現在に見られる完成した偉大な水準に到達せしめたのである。不断の努力をもって、至高の境地に達する真の道しるべとなったこれら先覚者に、私たちは真実負うところ大である。正統派絵画に関しては、特にマザッチョに負っている。絵画の本質は生きている自然をあるがままに、デッサンと色で飾り気なく出来得るかぎり正確に再現すること以外にはないと、マザッチョはみなしていた。〔……〕美しいポーズ、動き、高貴性、躍動感、まったく自然で均衡のとれた立体感を生み出したのも、マザッチョをもって嚆矢とする。(9)

ヴァザーリはウッチェッロを五人の先覚者のひとりに数え上げる。しかしながら「自然で均衡のとれた立体感」を生みだした存在として評価すべきはマザッチョであり、その彼がルネサンス絵画の始祖となるのである。これに対してウッチェッロの仕事にあっても評価すべき点は多々あり、遠近画法がその典型例であるわけだが、彼の探求はしだいに自然らしさの追求から逸れてゆく。「人物の姿形よりも遠近画法により注意を払う人は、側面描写の多い、無味乾燥な描き方におちいってしまう」というわけである。ヴァザーリはウッチェッロがこうして隘路に入り込んだとして否定的評価をくだす。

それでそうした人々は、パーオロ・ウッチェッロのように、孤独で、奇妙で、憂鬱で、貧乏な人になってしまうことがまことに多いのである。ウッチェッロは天性、鋭敏な、学理を好む才に恵まれた人だが、遠近画法の難問や解決不能の問題を研究するだけが楽しみの人であった。その問題は奇想に富んだ面白いものではあったが、そのために人物の姿形がたいへんなおざりになり、年を取るにつれて姿形の出来ばえがますます悪くなった。(10)

要するにウッチェッロはマザッチョに対する陰画のような存在ということになるのである。ジャン＝フィリップ・アントワーヌは上記のヴァザーリの文言に対して異を唱え、これとは別ヴァージョンの物語が必要だと言っているわけだ。シュオッブがどのように別の物語を描いて見せたのか、その詳細はアニェス・レルミットおよびブリュノ・ファーヴルなど諸家の研究に委ねるほかないが、ひとまず要点をかいつまんで記しておこう。

ヴァザーリは開口一番「パーオロ・ウッチェッロは、遠近画法のことでいろいろと苦心して時間を費やした人だが、それと同じくらいの精力を人物の姿形や動物の画に費やしたならば、ジョット以来今日にいたるまでイタリアで生まれたもっとも軽妙かつ奇想に富める天才と認められたことであったろう」と述べる。この条件法表現にはすでにウッチェッロ評価の大筋が述べられているわけだが、これに対して、シュオッブは「彼の本名はパオロ・ディ・ドーノだったが、家中が絵に描かれたさまざまな鳥や獣でいっぱいだったので、フィレンツェの人々は彼をウッチェッリとか鳥のパオロとか呼んでいた」として、鳥の名にかかわる一文でいきなり話を始めている。シュオッブが錬金術を話題にするのもヴァザーリにはない特徴であって見逃せない点だが、なんといっても最大の相違点は、シュオッブがウッチェッロの妻にセルヴァッジャという名を独自に与え、全体の三分の一に相当する部分に彼女を登場させている点にある。別種の物語、それはまたバルザックの短篇が描き出す画家フレンホーフェルにどことなく似通ったウッチェッロ像の造型である。ドナテッロは晩年のウッチェッロが描いた聖トマスの絵に「乱雑に重なり合った線しか見なかった」わけだが、シュオッブの視線は『知られざる傑作』の登場人物に似て、一貫して「びっしり絡まり合った不思議な線の交錯」に向けられている。

引用が続くことになるが、同じく美術史の言説に関係するものとして、日本語で書かれたウッチェッロ論として、いまだなお傾聴に値すべき内容をもつ辻佐保子の文章の一節をここに引いておくことにしよう。

図1 『シュルレアリスム革命』誌第8号，1926年

彼〔＝ウッチェッロ〕のさして数の多くない作品は、一度その魅力に呪縛されると容易に逃れようのない魔力を備えている。この魔力はこれに感応する資質のある特定の人にしか効力を発揮しないらしく、ヴァザーリに始まりベレンソンに至るまでの大部分の美術史家や批評家は、常識的な写実主義絵画の規範からは逸脱した異端の画家としてウッチェッロを扱い、その特性を十分に評価するに至らなかった。どの作品を眺めても、極端に理知的、幾何学的な構成と、これと相反する幻想的な雰囲気とがまことにユニークな形で結合されており、シュルレアリスムやキュビスムの革命的な美学が登場するまで、こうした共存状態は理解しがたい矛盾と考えられたのである。(11)

ここに見られるヴァザーリに始まりベレンソンに到る美術史家および批評家の限界の指摘は、辻が中世美術を専門領域とする美術史家であり、イタリア・ルネサンス美術をめぐる紋切り型の思考から比較的自由であったことにもよるはずだが、この引用文の最後の部分が示唆するのは、すでに述べたプルースト的あるいはボルヘス的な命題である。すなわち一九一〇年代から二〇年代にかけての芸術運動が新たにウッチェッロ評価を可能にしたという指摘がなされていることになるからである。

辻佐保子の指摘にあるシュルレアリスム美学とウッチェッロ評価のかかわりという点を少しばかり補足して

おくことにしよう。『架空の伝記』の初版が世に出たのは一八九六年、それより少しばかり時をおいて、一九一〇年代半ばから一九二〇年代には、たとえ限られた範囲だとしてもシュオッブが熱心に読まれた形跡が見出される。マルグリット・ボネによれば、すでにアンドレ・ブルトンはヴァレリーの勧めにしたがい一九一〇年代半ばに『モネルの書』や『拾穂抄』を読んでいたとされる。[12] いっぽうマリー＝クレール・デュマはブルトン、アラゴン、アルトー、レリスなどシュルレアリスム運動にかかわったメンバー何人かの例をあげてシュオッブの影響を論じている。[13] そのほかに『シュルレアリスム革命』誌の創立者のひとりフィリップ・スーポーは一九二六年に運動を離れるが、その三年後に一冊のウッチェッロ論を上梓している。彼は導入部でウッチェッロの関心とキュビスムの画家の何人かのあいだに共通の関心が認められるとしているが、シュルレアリスムとの関係についての言及はない。[14]

スーポーのウッチェッロ論は今日の目でみれば分析の点では物足りない部分も多いが、モノクロ図版ながら六十点のウッチェッロ作品の複製写真を掲載している点は当時としては画期的だったといえる。これに先立って、『シュルレアリスム革命』誌第八号には、「ウッチェッロ、毛」という奇妙なタイトルをもつアルトーのテクストを飾り立てるようにしてウッチェッロの《聖餅の奇蹟》のパネルの一枚の複製図版が掲載され（図1）、その二年後にはブルトンの『ナジャ』に同じ絵が図版として用いられるということがあった。どちらの場合もなぜこの絵が選ばれたのか理由の説明はなされていないが、ある種の不安な緊張感がそこから漂い出す印象があるのは確かである。

アントナン・アルトーにおける「パオロ・ウッチェッロの主題」

一九二〇年代前半、ブロメ街四十五番地にあるアンドレ・マッソンのアトリエでもシュオッブが熱心に読まれた形跡がある。画家は回想のなかで、ほぼ毎日のようにそこを訪れていた者としてジョルジュ・ランブール、アントナン・アルトー、ミシェル・レリス、ロラン・テュアルの四人の名を上げ、このアトリエでどのような読書体験が共有されていたのかを語る。まず名があげられるのはニーチェ、サド、ドストエフスキーの三人、マッソンは引き続き「エリザベス朝の暴力的にして残酷な戯曲」に属するウェブスター、フォード、シリル・ターナーの仏訳の朗読がおこなわれたことにも言及し、「それがわれわれの演劇だった」と述べており、アルトーが後に「残酷演劇」への傾斜を強めていった背景にはこのような集合的体験があったと見ることもできる。そしてまた大戦前はかなりよく読まれていたものの、不当にもその後忘れられてしまった作家としてマッソンはマルセル・シュオッブの名をあげ、アルトーの名はそこにはないが、レリスがとくに強い愛着をもって読んでいたと語っている。(15) そのアルトーに関する以下の一節もじつはシュオッブに関係している。

夜が明けかかる頃に目が覚めるとアントナン・アルトーが私の枕元に座っていたことがあった。謎あるいは問いに悩まされ家で眠ることができないので、一緒にこれを解いて欲しい(ほとんど命令口調だった)という。つまり「どの分野に彼は秀でているのか、それは演劇なのか、デッサンなのか、詩なのか……、あるいはまた彼には舞台場面のアイデアがあるのですぐにそのデッサンをしてほしいという。デッサンのうちひとつは『コメディア』誌に掲載された。私の記憶が正しければ、パオロ・ウッチェッロにかかわる芝居の構想のためのものだった。(16)

このデッサンに対応すると考えられるものが「舞台装置の展開」と題するアルトーのテクストと一緒に『コメディア』誌(一九二四年四月十九日号)(図2)に掲載されている。二種類のデッサンが存在し、いずれも舞台装置を示す幾何学的な見取り図を示すものであるが、これに対する説明文として「マルセル・シュオッブにもとづく脳内演劇（le théâtre mental）『愛の広場』のためのアントナン・アルトーによる建築図式」という言葉が記されており、この図を描いたのはアルトー自身だとも読めなくはないが、実際にはマッソンの手になるもの、あるいは『コメディア』誌掲載に際してアルトーを含む誰かがマッソンのデッサンを描き直した可能性の方が強いだろう。

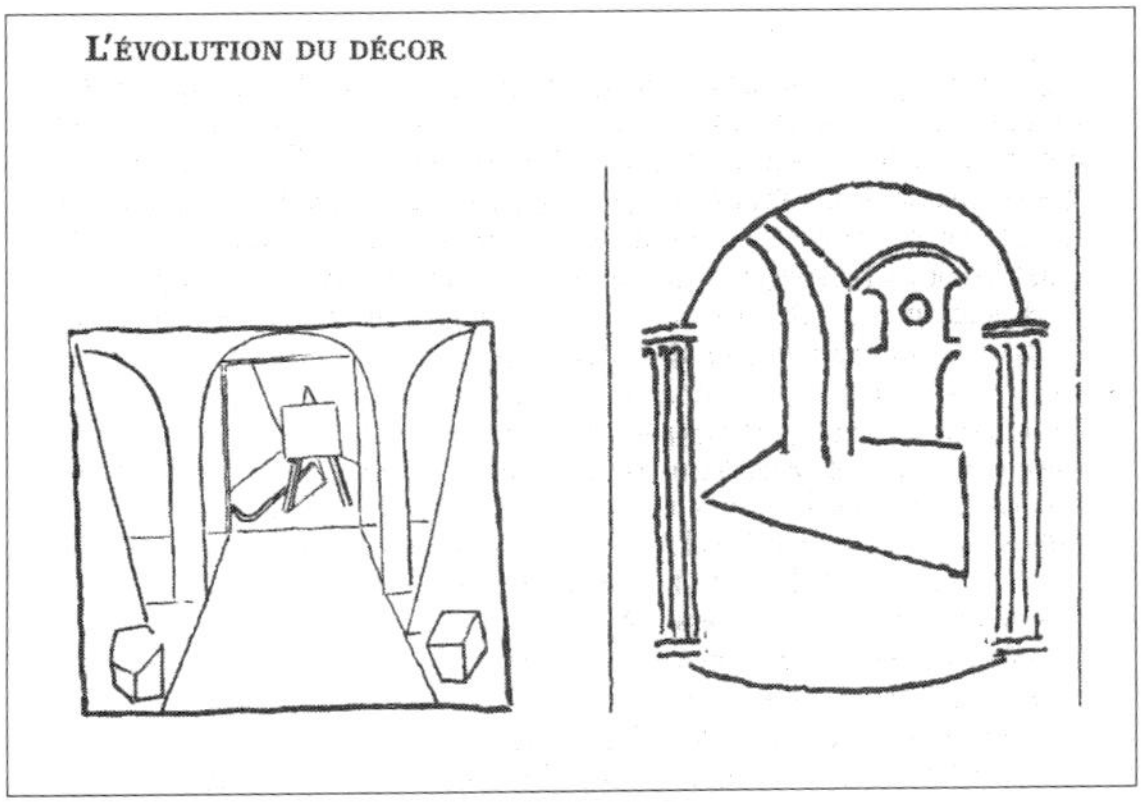

図2　アルトーのテクスト「舞台装置の展開」に合わせて『コメディア』誌（1924年4月19日）に掲載された舞台装置案のデッサン

「パオロ・ウッチェッロの主題が私に働きかける」とアルトーは言う。(17) レリスの最初の作品となった『シミュラクル』は彼自身の証言によれば、文字通りこのアトリエを場とした画家との緊密な関係から生まれたものだったというが、アルトーみずから「パオロ・ウッチェッロの主題」と呼ぶものもまたこのような集合的な体験のなかで懐胎されたといえる。「パオロ・ウッチェッロの主題」をめぐって、破棄されたテクストを含めると全部で四種類のテクストをアルトーは書いている。これには二つの系列があり、ひとつは「小鳥のポールあるいは愛の広場」（以下「小鳥のポール」と表記）もしくはそれに類するタイトルがつけられており、破棄された第一稿（脳内詩篇と題されていた）、それぞれ異文を含む第二稿（執筆時期は一九二四年四月）および第三稿（執筆時期は一九二五年二月）が存在し、両者のあいだには、かなり大きな内容の違いがある。第三稿は、アンドレ・マッソンによるアルトーの肖像デッサンを表紙口絵としてNRF書店から一九二五年に刊行された『冥府の臍』に収録されているものと同じである。両者のあいだにはタイトルの上でも若干異同があり、前者には「レモン頭の男のための散文」という補足が加わっている。

同じく「パオロ・ウッチェッロの主題」の圏内にあるものとして、この第一の系列とは別に「ウッチェッロ、毛」[18]と題されるテクストが存在している。『シュルレアリスム革命』誌第八号に掲載され、その後『芸術と死』(一九二九年刊)に再録されたものである。全集版の注にはこのテクストの執筆時期についての記述はないが、ウッチェッロ関係の一連のテクストのなかでは一番あとに書かれたものと見なされている。

第一の系列をなす「小鳥のポール」の二つの稿は、戯曲そのものと捉えるのは困難であっても、そこに演劇の萌芽を見ることはできるだろう。失われた第一稿には「脳内詩篇」という副題が付されていたのが、改稿にあって「脳内演劇」という副題に書き換えられ、『コメディア』誌に舞台装置の図まで掲載されることになる点を考慮すると、しだいに舞台化への意欲が強まっていったと見ることができる。第二稿には「私はこれを演劇ドラマとして見たのだが、それはただひたすら精神のなかで繰り広げられる種類のものなのだ」という言葉、そしてまた第三稿には「彼〔小さなポール〕によって演劇〔あるいは劇場〕が樹立され、考えられた」という演劇についての自己言及的な言葉が見られる。すべてを合わせて考えると未来の演劇のための設計図に相当するものがここに示されているといってもよいだろう。

二つの系列をなす上記のテクストは失われた草稿を含めて考えてみても、すべて一九二三年から二六年にかけての時期に集中して書かれたものであり、未完のままに放り出されたテクストという印象がひときわ強い。いわば混沌未生という形容があてはまるようなものだが、ただし時間が経てばその先に完成形が見てくるといった種類のものでもない。まさにジャック・リヴィエールとの往復書簡において問題化された事態がここにもあらわれている。その点を改めて確認するために、一九二三年六月五日の日付をもつジャック・リヴィエール宛の書簡のよく知られた一節を引用しておこう。

私は、精神のおそるべき病に苦しんでいます。私の思考は、ありとあらゆる段階において私を離れ去ってしまうのです。ただの思考という段階から、語句によるその具体化という外部化された段階まですべてが関係しているのです。語句、文という形、思考のさまざまな内的な方向、精神の単純な反応、このようにして、私は、たえず自分の知的存在を追いかけているのです。だから私が何かある形をとらえることができるときは、たとえ、それがいかに不完全なものであっても、それをしっかり固定します。さもないと考えたことがすべて失われてしまう気がして不安なのです。[19]

ほかに『冥府の臍』の序の位置におかれる文章、すなわち「ほかの連中が作品をさしだすのに対して、私はここに私の精神以外の何ものも示す気はない」という一文を証拠物件として持ち出してもよい。作品化しえぬ混沌未分、あるいはいまだフォルムを見出しえぬ混沌たる思考が蠢く暗がりのなかで書く行為はそれ自体が果てしない書き直しの連続のようなものだが、いわゆる「作品」の枠におさまらぬプロセスを対象としつつ、これを「リライト」という問題圏に引き寄せることはなおも可能なのだろうか。

ウッチェッロ／マッソンあるいは画家の神話化

アルトー研究の多くは勇敢にもこのような混沌のうちに隠れた論理の筋道を見出そうとしてさらに内的体験の深い闇に潜り込んでゆこうとする。[20] ただし問題を別の位相で考え直す手立てがありうるのではないか。じかにテクスト内容を問い質そうというのではなく、テクストの機能ぶりに目を向け、完成ではなく未完のままに独自な働きをしめす、つまりパフォーマティヴなテクストの身ぶりに目を向けるやり方もあるはずなのである。

ジャック・リヴィエールとの往復書簡を通じて明らかになるのは、アルトーの病以上に複数の書簡のやりとりが描き出す未完なるものの作品化という事態ではなかったか。アルトーにおける「パオロ・ウッチェッロの主題」をこのような文脈で読み解くための手がかりとなるのは、アンドレ・マッソンとの関係にほかならない。

この時期のアルトーはマッソンとの強い繋がりのもとにあった。[21] ブロメ街のアトリエにおける体験の共有、『冥府の臍』、『神経の秤』などがマッソンのデッサンを挿画として用いているのはこの共通体験の証言ともいえるわけであり、さらに二人のつよい結びつきを示す事柄としては、アルトーがマッソンの油彩《男》(一九二四)の最初の所有者となるほどにこの絵に執着していたという事実がある。こうした点を考慮に入れながら、執筆時期としては一番あとになる「ウッチェッロ、毛」と題されるテクストから見直すことにしよう。アルトーのテクストのなかでも最もシュルレアリスト的な一篇とされるものである。

「ウッチェッロ、わが友、わがキマイラ、あなたはあの毛の神話と一緒になって生きていた」という二人称の呼びかけに始まるこの一篇は、一貫してウッチェッロを二人称(tu)の位置におく。それは主語となることもあれば、命令法の対象となることもある。一人称「私」と二人称「あなた＝ウッチェッロ」のあいだのやりとりを通して表面化するのは、具体的な存在の輪郭をもたぬ芸術家の肖像を描こうとする逆説的な身ぶりであり、それはまた同時に一人称話者の自画像を描き重ねようとする二重の試みとなっている。そこに古典的なエクフラシスを成り立たせる観察主体と観察対象の明確な区別があるかどうかは定かではない。「すべてが回転する、すべてが顫動する」運動のなかに両者は巻き込まれ、シンメトリーを欠いた世界(「左手に毛、左手に夢、左手に爪、左手に心臓」)にすべては投げ込まれるのである。

三つのパラグラフに分割されるこのテクストのそれぞれの部分をあえて特徴づけると、まず最初の部分では「ウッチェッロ」と「毛」(le poil)との結びつきが執拗に語られる。すでにタイトルに単独であらわれるこの「毛」という語の奇矯さは、テクスト自体がもたらす異様な印象の原因となっているといってもよい。これは動物の毛皮あるいは体毛を連想させ、セクシャルなコノテーションを有する言葉であるが、たとえばこれを画家の絵筆の毛先と捉えるならば、別の光景が見えてくる。たとえば「ほらここにもまたあなたの毛の峻厳な軌跡が、溺れた者としてのおまえの脳髄の夢のようにしてその繊細な線を浮かび上がらせる」という一行などは、そのような読みにわれわれを誘うものである。

第二のパラグラフで試みられるのは絵の断片的記述であり、そこから画家の内面（「あなたの悔恨と苦しみ」）に触れる言葉が導き出される。画家は、二人の友人と一緒に自分自身を絵のなかに描き込んだとされているのだが、このテクストの表題そのままにウッチェッロをそこに重ね合わせて読もうとする努力は徒労に終わらざるをえない。毛を意味するpoilはPaul、それ以上にPaoloの変奏あるいは置換でもありうる。パオロ・ウッチェッロと真正の名をもって呼ぶかわりに、ウッチェッロ・ル・ポワルと呼ぶことで具体的レフェランスは消し去られ、フォルムを欠いた未知の存在がたちあらわれる。アルトーはウッチェッロの名を呼ぶばかりで、その背後に実体などありはしないのだ。それゆえに、ここでウッチェッロの名で呼ばれる画家とは、理念的あるいは想像的な存在とすべきだろうが、それでもなおありうべきモデルとしてアンドレ・マッソンの名をあげる誘惑に抗しがたいのは、「そのテーブルの上に横になった頭」というアルトーの記述に、《眠る男》（一九二四）や《食事》（一九二二）に描かれるテーブルに突っ伏した男の頭部の姿があまりにもぴったりと重なり合うからである。

図3　エリー・ラスコー《羽＝男の家》，1925年，油彩，46 cm × 61 cm

「毛」(le poil) という語の使用に関してほかに考えられるもうひとつの要素は、マッソンを主題とするジョルジュ・ランブールの紹介文「羽＝男の物語」(Histoire de l'homme-plume) との関係に求められる。[22] シモン画廊での画家の最初の個展（一九二四）のために書かれた文章であり、その不可解なタイトルの意味については冒頭の一文にその説明がある。「このひとは家禽小屋を歩きまわっていたにちがいない、というのも綿毛だらけのセーターを着ていたからである。というわけでこのひとはみんなから羽＝男という名をもって知られるようになった。[23]」当時マッソンが「羽＝男」の名で呼ばれていたことについての証言にあたるものとしては、ほかにエリー・ラスコーの油彩《羽＝男の家》（一九二五）(図3) がある。この絵は、男がひとりブロメ街のアトリエに戻ってくるところを描いたものであり、黒い上着（セーター？）の両方の裾がちょうど鳥の羽のように垂れ下がっているのが見える。つまりこの場合の「羽」とは、鳥の換喩でもあるわけだ。ランブールはまたその当時マッソンが描いていた作品に登場する「鳥」についても繰り返し言及している。くだんの紹介文の最後は「死を呼び覚まし、飛翔が命を失った翼から離れるのを見る潔い遊戯のために、羽＝男は皿の上に一羽の渡り鳥をおく」と締めくくられている。この点を踏まえると、ランブールの「羽」(plume) に抗するかたちで、アルトーはあたかも反歌のようにして「毛」(poil) を置いたとも考えられるのである。

一九二三年から二五年にかけて描かれたマッソンの油彩はアトリエの日常的体験をそのままモチーフとしているものが多い。さまざまな事物と形象が折り重なるように散乱するなか、テーブルの周囲に何人かの男たちが集まり、カード遊びに興じたり、食事を一緒にしたりする光景が透かし彫りのように見えてくる。そのような群像のなかのひとりとして描き込まれているアルトーは、マッソンの絵に触発されたテクストを幾つか書き残している。『冥府の臍』に収められた一篇、「すべすべした腹」という語句で始まり、「このタブローを描いた人間は、世界で最も偉大な画家である、アンドレ・マッソンに、彼にふさわしい一切を」という語句をもって終わるテクストは《男》(図4) の描写がもとになっているとされる。[24]

画布は落ちくぼみ、層をなしている。絵は画布の中にきっちりとじこめられている。それは閉ざされた円のようだ。くるりと回転し、中央で二分されている一種の深淵のようだ。それはみずからを注視し、掘り返す精神のようだ。精神のひきつる手によってたえずこねまわされ、加工されている。一方、精神はおのが燐を蒔くのだ。

精神は堅固だ。世界の中にしっかと片足をおろしている。ザクロ、腹、胸部は、現実の証拠物件というべきだろう。一羽の死んだ鳥がいる。列柱の葉むらがある。大気は鉛筆の打撃にみちている。ナイフの打

図4　アンドレ・マッソン《男》, 1924年, 油彩　100.4 cm × 66.1 cm

撃のような、魔力をもつ爪の溝のような、鉛筆の打撃に。大気は十分裏返しになっている。[25]

実際にこの絵の複製を脇においてテクストを読み直してみれば判るが、絵のモチーフというべき要素が順繰りに取り上げられている（腹→ザクロ→胸→太陽→眼差し→煉瓦→列柱→薄墨のような線→死んだ鳥→列柱の葉むら→細胞→卵→螺旋など）。すべてのモチーフが数え上げられているわけではないし（とりわけ気になるのは魚の欠落）、上空に飛び立つように見える鳥が果たして死んだ鳥と言い切れるのかどうか、アルトーの描写をそのまま受け入れられない場合もあるが、ここにはブロメ街のアトリエを頻繁に訪れた時期のアルトーの書法の特徴がきわめてよくあらわれている。絵解きに終始するテクストではない。すでに完成された絵の記述というよりも、現在進行中の制作プロセスを追うにも似た運動感がそこには漲っている。最後は描写行為そのものに言及する言葉（「涙を浮かべつつこの絵を描写したのは、それが私の心臓をゆさぶるからだ」）が見え、「このタブローを描いた人間は、世界で最も偉大な画家である。アンドレ・マッソンに、彼にふさわしい一切を」という讃辞で締めくくられる。

このテクストのほかには、「まだフィジカルな世界がそこにある……」に始まる無題のテクスト（『シュルレアリスム革命』誌第二号、一九二五年）、「力の鉄床」（『シュルレアリスム革命』第七号、一九二六年、その後『芸術と詩』に再録）なども同じくマッソンの絵とのつながりが深いとされ、全集版の注は、この時期のマッソンのアトリエが「互いのやりとりの実験室」なる特権的な場となっていたことを強調している。

一九二四年から二六年にかけて、ランブール、レリス、アルトーなどがマッソンを主題とする詩的テクストを書く一方、その流れに呼応するかのように『シュルレアリスム革命』誌にはマッソンのデッサンおよび油彩の写真複製が次々と掲載されてゆく。本稿の文脈からすれば、その大部分が「鳥」をモチーフとしたものであることは興味深い。[26]この時期のマッソンは鳥（ウッチェッリ）の画家であり、これはアルトーが「パオロ・ウッチェッロの主題」の強迫的支配のもとにあった時期に完全に一致するのである。

アルトーとその分身

「ウッチェッロ、毛」のうちにマッソンとの繋がりを見出すことはできても、もはやシュオッブの影はどこにも見当たらない。これに対してその少し前に書かれたと思しき「小鳥のポール」の二つのヴァージョンは、ウッチェッロ、ブルネレスキ、ドナテッロ、セルヴァッジャなど、シュオッブのテクストにあらわれる固有名をそのまま取り込んでいる点で『架空の伝記』の著者との繋がりを想像させるものとなっている。とはいってもそれが「リライト」の圏内にあるとただちに言い切れないのは、シュオッブの小伝にそなわる物語的要素がほとんど顧みられていないからである。「小鳥のポール」にあって第一稿は破棄され、その復元のために第二稿が書かれたとされるが[27]、第二稿と第三稿のあいだの書き換えをどのように扱えばよいのか。複数の草稿が存在する場合、完成形へと練り上げられてゆくプロセスが想定できれば、それなりに帰納的に書き換えの論理が想定できるだろうが、さもなければ、書き換えの法則を探り当てるのはほぼ不可能に近い。

「小鳥のポール」の二つのヴァージョンにあって、大筋のところで、詩的形式(脳内詩篇)から演劇的形式(脳内演劇)への転換をはかろうとする身ぶりは共通している。性質を異にする断片的記述(シナリオ、台詞、ト書き、人物の説明)が同居している点も多かれ少なかれ共通である。まずは両者の大まかな特徴を見ておこう。

まずは引かれる固有名に目を向けると、第二稿では登場順にウッチェッロ、セルヴァッジャ、ブルネレスキ、ドナテッロ(ここまではシュオッブを踏襲)となり、そのほか最後にダンテとアッシジの聖フランチェスコの名が引かれる。これに対して第三稿では、同じく登場順に、ウッチェッロ、ブルネレスキ、ドナテッロ、アントナン・アルトー、アンドレ・マッソン、セルヴァッジャ、ダンテ、アッシジの聖フランチェスコとなり、セルヴァッジャの比重は少なくなっている。何よりもアルトーとマッソンが登場し、なおかつ彼らとウッチェッロの同化が試みられている点に特徴がある。

「パオロ・ウッチェッロは自分自身を考えている最中だ。自分自身と愛を。愛とは何なのだろうか。精神とは何なのだろうか。私自身とは何なのだろうか。」このように第二稿は、いわば形而上学的な三つの問いを立てるところから書き始められている。全篇を通じてこの問いが展開されるといってもよい。「精神」、「私自身」という肉体を欠いた存在にパオロ・ウッチェッロもしくは小鳥のポールの名が与えられ、セルヴァッジャの愛と死が喚起され、ブルネレスキと私（ことウッチェッロ）のあいだで生、精神、芸術をめぐる議論が展開される。つぎに「私はこれを演劇ドラマとして見たのだが、それはただひたすら精神の内部で繰り広げられるものなのだ」というメタテクスト的なコメントが書き加えられる。「私」は固定的な同一性をもつことがない点において芝居の登場人物に似る。ブルネレスキあるいはドナテッロを相手とする「討議」が一個の「巨大な演劇」を形作るとされ、その構図は第三稿に引き継がれることになるだろう。

第三稿はより短い分だけ引き締まった印象を読者にあたえる。第二稿がいわば形而上学的問いから始まっていたのに対して、こちらの場合はむしろ修辞的形象がその始まりをしるす。

パオロ・ウッチェッロはまさに限りなくひろがる脳の織物の真っ只中でもがいているところ、そこで彼の魂の歩む道を見失い、ついには形態も、現実をつなぎとめる支点すら見失ってしまったのだ。(28)

「いままさに……しているところ」(être en train de...) という表現をもって書き始められている点は二つの稿に共通する部分だが、その次に来る se débattre （＝もがく）という動詞は鳥の羽ばたきを連想させるとともに、第二稿の最後で述べられる巨大な演劇の始動につながるはずの「討議」を連想させる点において、テクストをより複雑なものに見せる効果を生んでいる。この部分につづいてウッチェッロが二人称で名指され、「舌を抜け」という命令形がいきなり繰り出される。「舌＝言語」への強迫観念はきわめてアルトー的なものであるが、ここに見られる二人称の展開が「ウッチェッロ、毛」の下敷きとなったという推定も成り立つ。

第三稿の最大の特徴は、すでに述べたようにテクスト内にアルトー、そしてマッソンを召喚する点に求められる。その一節を引いておこう。


ほかにアントナン・アルトーもいる。しかしそれは産褥にあるアントナン・アルトーだといってよい存在、脳のガラス板すべての反対側に立ち、みずからを、こことは別のどこかにいるよう思い描くためには、いささかも努力を惜しまぬ者だ（ほかの場所というのは、たとえば見た目はパオロ・ウッチェッロそっくりのアンドレ・マッソンのもとにというわけだが、彼は昆虫または白痴特有の層をなす肉体をもち、蝿のように絵のなかに、いや、彼自身の絵のなかに閉じ込められ、そのあおりを受けて絵もまた層をなすに到っている）。[29]

ウッチェッロとマッソンが同一視され、画家のアトリエを思わせる場の喚起がなされるなど、この一節もまた、すでに述べたマッソンをめぐる神話の形成に強く関係している。マッソンの「層をなす肉体」なる表現は、この«stratifié»という語を介して「画布は窪みが穿たれ、層状になっていた」という《男》の描写の一節と響き合う。まさしく「層状」なる語は一九二二年から二六年にかけてのマッソンの制作の本質を衝く表現なのである。

「脳内詩篇」の要素を含み込みながらも「脳内演劇」へと転換してゆく「演劇への生成」(le devenir théâtre)

は、『神経の秤』に示される「私はアントナン・アルトーに立ち会う」という奇妙な表現に示される事柄とかかわりがある。アルトーはたえず分身を求め、そのための舞台をつくりだす。ジャック・リヴィエールとの往復書簡もそのような舞台のひとつだったわけだが、アラン・ジュフロワはこのプロセスを「アルトーがアルトーに立ち会う」という表現をもってみごとに語っていた。[30] この「演劇への生成」[31] のプロセスがそのための設計図のようにしてあらわれるのが、ウッチェッロに関連する一連のテクスト群である。アルトーは「ワークス・イン・プログレス」の諸段階をまるで生の素材をそのまま提示するようにして示す。アルトーはテクストの書き手となり、演出家となり、俳優となり、パオロ・ウッチェッロとなり、小鳥のポールとなって数々の分身を生きるのである。

結論に代えて

「パオロ・ウッチェッロの主題」をめぐるアルトーの断片的テクストをシュオッブの小伝の書き換えと捉えるのは難しい。それは文学的テクストの境界線を越えて絵画や演劇など別の表現媒体の領域が関係してくるという理由からではない。ジャンルを超えたリライトもまた一般的なリライト研究の枠内でなしうるはずなのである。一九二三年から二六年にかけての時期にブロメ街のアトリエにおいて、シュオッブが描き出した錬金術師にも似た画家ウッチェッロの像がはかりしれない刺激をもたらし、マッソンをそのようなウッチェッロの姿に重ね合わせようとする神話形成の試みが繰り返しなされるのを目にするとき、われわれはテクスト分析、イメージ分析の領域を突き抜けた地点に足を踏み入れざるをえなくなるのではないか。『冥府の臍』の序に相当する部分でアルトーは「生から切り離されたものとして作品を思い描くことができない」と述べていた。すなわちアルトーとともに「生の作品化」と呼ぶべき事象に向きあうことがわれわれに求められるのである。そのような事象のなかでアルトーはアルトーを演じ、ウッチェッロを演じようとした。マルセル・シュオッブによるウッチェッロ伝からアルトーは幾つかの固有名を抜き出してきただけだとする見方もありうるだろうが、それがいささか皮相なものに思われるのは、この短篇がアルトーにおける分身の発明に決定的な作用を及ぼしたことを疑う余地などないように思われるからである。

【注】

（1）Marcel Schwob, *Vies imaginaires*, Charpentier, 1896.

（2）Uccello の日本語表現は様々だが、ここでは基本的にウッチェッロに統一した。

（3）「ところでヴァザーリの説明によると、駱駝は無様な大きい動物であるのに対して、カメレオンは小さな干涸らびた蜥蜴に似ている」とシュオッブは述べて、発想源を明らかにしている。

（4）「ものの実体を捨てて、影をおいかけている」に相当する部分は、ヴァザーリの原文では « il certo per l'incerto » とあるのを « la substance pour l'ombre » と書き直しており、シュオッブ的な技にも見えるのだが、じつはJ・フォスターによる英訳 « the substance for the shadow » をそのまま引き写している。つまりシュオッブは英訳を直訳しているわけだ。Cf. Bruno Fabre, *L'Art de la biographie dans* Vies imaginaires *de Marcel Schwob*, Honoré Champion, 2010.

（5）Agnès Lhermite, *Palimpseste et merveilleux dans l'œuvre de Marcel Schwob*, Honoré Champion, 2002. Bruno Favre, *op. cit.*

（6）Jean-Philippe Antoine, *La Chair de l'oiseau : Vie imaginaire de Paolo Uccello*, Gallimard, 1991.

（7）ジャン＝フィリップ・アントワーヌ『画家ウッチェッロの架空の伝記』宮下志朗訳、白水社、三三頁。

（8）たとえばヴァザーリの批判的読解の試みとしてはジョルジュ・ディディ＝ユーベルマンの著作がある。Cf. Georges Didi-Hubermann, *Devant l'image*, Les Editions de minuit, 1990.

（9）ヴァザーリ、『芸術家列伝1』平川祐弘・小谷年司訳、白水Uブックス、二〇一一年、一〇二―一一二頁。

（10）同上、八二頁。

(11) 辻佐保子『天使の舞いおりるところ』岩波書店、一九九〇年、二〇〇頁。

(12) Marguerite Bonnet, *André Breton : Naissance de l'aventure surréaliste*, Librairie José Corti, 1988. ヴァレリーの『レオナルド・ダヴィンチ方法序説』（一八九四）がマルセル・シュオッブに捧げられている点を改めて指摘しておこう。

(13) Marie-Claire Dumas,« "Comme dit l'autre" : Marcel Schwob chez quelques surréalistes », in *Marcel Schwob d'hier et d'aujourd'hui*, sous la direction de Christian Berg et Yves Vadé, Champ Vallon, 2002.

(14) Philippe Soupault, *Paolo Uccello*, Les Editions Rieder, 1929.

(15) André Masson, *Le Rebelle du surréalisme. Ecrits*, Hermann, 1976, p. 79.

(16) *Ibid*., p. 81.

(17) Antonin Artaud, *Œuvres complètes*, tome I**, Gallimard, 1976, p. 14

(18) フランス語タイトルは« Uccello, le poil ».

(19) Antonin Artaud, *Œuvres complètes*, tome I *, Gallimard, 1976, p. 24. 粟津則雄訳（『アントナン・アルトー全集1　神経の秤・冥府の臍』現代思潮社、一九七七年）を参照した。

(20) 『オブリック』誌のアルトー特集号（一九七六）に掲載されたミシェル・カミュの論考など。Cf. Michel Camus, « Paul les Oiseaux ou la dramaturgie intime d'Artaud », in *Obliques/Artaud*, Roger Borderie et Jean-Jacques Pauvert, 1986.

(21) 一九二二年秋あるいは一九二三年初めにエリー・ラスコーがアルトーをマッソンに紹介したという。Georges Charbonnier, *Entretiens avec André Masson*, Ryôan-ji, 1985, p. 49. Cf. André Masson, *Le Rebelle du surréalisme. Ecrits*, *op. cit*., p. 97, note 18.

(22) « L'Homme-plume » と « Uccello, le poil» の対置が、成句 « être au poil et à la plume »（獣も鳥もよく追う＝どんな仕事もこなす）に見られる獣（毛皮）と鳥（羽毛）との対比にもとづいているのは確かだろう。

(23) Georges Limbour, « Histoire de l'homme-plume », préface à la plaquette de la première exposition André Masson, galerie Simon, Paris, 1924, texte repris dans Georges Limbour, *Spectateur des arts : Ecrits sur la peinture, 1924-1969*, Le Bruit du temps, 2013, p. 43.

(24) Cf. Antonin Artaud, *Œuvres complètes* I*, *op. cit*., p. 280. アルトーの讃辞に呼応するかのようにミシェル・レリスもまた『日記』に「アンドレ・マッソンはピカソとともにいま生きている画家のなかで最も偉大である」（一九二二年十月二十七日）と書き記している。

(25) Antonin Artaud, *Œuvres complètes*, tome I*, *op. cit*., p. 60.

(26) 明らかに鳥の姿を識別することができるものを列挙すれば、《小鳥の誕生》（『シュルレアリスム革命』誌第一号）、《男》および「無題デッサン」（同誌第三号）、「無題デッサン」（同誌第五号）、《矢でもって貫かれた小鳥》（同誌第六号）、《小鳥の死》（同誌第七号）となり、同誌に掲載されたマッソンの図版の大半を占めることがわかる。

（27）　エドモン・ジャルー宛書簡（一九二四年四月十三日）にそのことについての言及がある。Cf. Antonin Artaud, *Œuvres complètes*, I **, *op. cit.*, p. 205.

（28）　この部分に関しては大岡信訳が存在している（『アントナン・アルトー全集1　神経の秤・冥府の臍』現代思潮社、一九七七年）。大岡訳では「ついには形態もなく、現実は中断された」となっているが、ガリマール全集はこの箇所の異文を注に示している（« ... et à la suspension dure et stable de sa réalité »）。二つの形容詞が加えられたことによって suspension は「中断」ではなくむしろ「支点」と解すべきゆえんが明確になる。

（29）　Antoin Artaud, *Œuvres complètes*, tome I *, *op. cit.*, p. 54.

（30）　Antonin Artaud, *L'Ombilic des limbes*, Poésie/Gallimard, 1968, p. 11.

（31）　「演劇への生成」はふたつの側面をもつ。ひとつは「演劇化」（dramatisation）に関わるもの。主にウッチェッロとブルネレスキのあいだのやりとりによって示される「対話」と「抗争」からなる部分である。ここでは詳述する余裕はないが、このような論争モデルはシュオッブの短篇「藝術」に求めることができるだろう。そこにはウッチェッロ、ドナテッロのほかにダンテも登場している。すでにセルヴァッジャの名もここにあらわれている。主要登場人物はそれぞれが異なる平面（プラン）に属すると言われているのだから、「対話」と「抗争」はそれら平面相互の関係でもある。もうひとつの要素は「劇場化」（théâtrialisation）である。「脳内演劇」であっても、空間的展開が求められ、登場人物が位置する複数の平面の異なる位相が強調され、さらには『コメディア』誌に掲載された二点の図版が示すように舞台装置、舞台空間の設計をも呼び寄せる。

IV

『失われた時を求めて』は『サント＝ブーヴに反論する』の小説版なのか

——小説的批評と批評的小説

池田 潤

はじめに——批評の書き直しによって生まれた小説

ここでは、作家が自分自身の書いたものを書き直す、もう一度書くという意味でのリライトについて、プルーストをとりあげて論じる。

プルーストはきわめて勤勉に何度も同じパッセージに書き直しを加え続けた作家として知られる。プルースト研究において草稿研究が非常に盛んかつ高度化されている所以だが、あえて最も素朴な視点をとってみたい。すなわち、プルーストが『サント＝ブーヴに反論する』を『失われた時を求めて』に書き直したことに注目し、そこにプルーストにおけるリライトの核心を探ることを試みたいと思う。

この書き直しについて、筑摩書房版『プルースト全集』に掲載されている、吉川一義による解説を要約すると次のようにまとめられる。[1]『サント＝ブーヴに反論する』の執筆開始は一九〇八年と推定されていて、書簡などから執筆は一年ほど続いたと考えられる。しかし結局この試みは放棄され、プルーストは『失われた時を求めて』にとりかかる。この小説自体も、プルースト自身は全巻刊行を見ることはなく一九二二年に亡くなるが、『サント＝ブーヴに反論する』はさらに後年の一九五四年、ベルナール・ド・ファロワの調査によって親族所蔵の草稿から発掘されたものであり、プルーストには出版の意思はなかった。しかしながら、サント＝ブーヴに逆らうという趣旨のもとに書かれた作家論およびサント＝ブーヴ批判は、伝記批評への明確な異議申し立てとして文学史上に刻まれている。

この書き直しについて、プルースト研究における一般的な説明は次のようなものである。プルーストは『サント＝ブーヴに反論する』と仮に題をつけた批評を書いていたが、これは普通の批評テクストに加えて「私」と「私の母」との会話であったり、またこれも一人称による「私」の経験や考察が語られたりする文章を含んでおり、先の吉川一義の言い方を借りれば「小説化された批評(2)」とでもいうべき形をしていた。ところが書き進めるにつれてそのうちの小説の部分が膨れ上がっていき、結局一九〇九年ごろにはプルーストの意思は明確に小説を書くという方向に移っていた。ただし、『サント＝ブーヴに反論する』草稿群にみられる文学的、批評的ヴィジョンは『失われた時を求めて』の最終形に至るまで根幹的な思想として維持されていて、この小説の随所にそのあらわれを認めることができる。このように整理できるであろう。

では、なぜ批評を小説に書き直したのか。しかしこれはあまりにも幼稚な問いなのであろう、そのままでは答えをプルースト研究のうちにみいだすことはできない。あえて多くの研究書や論文から公約数的な答えをまとめてみても、プルーストは批評の才能もあったがやはり小説家として花開く人だったのだ、だとか、プルーストにとっては小説家になることこそが本来の目標だったのだ、だとかいうことにしかならない。

そこで、次のようにもう少し問いを詰めてみることにする。みずからの文学的思想、批評的意見を述べるということであれば、批評ないしは小説的な部分を含む批評でじゅうぶんだったのではないか。同じことを表現するにあたって、批評ではなく小説という形式がとられなければならなかったということの必然性はどのように説明できるのか。

これについて総合的な解答は出せなくても、少なくとも足がかりとして、ここではヴィルパリジ侯爵夫人という人物をとりあげ、この登場人物のサント＝ブーヴの代弁者としての性格について論じたい。そのために『失われた時を求めて』の中のたったひとつのパッセージに注目することとする。

ヴィルパリジ侯爵夫人の社交人的文学論

問題となるのは次の一節である。

そういうこと、私ならお話しできると思うんですの。父のところにいらしてらした方たちですし、それにあの才気あるサント＝ブーヴさんの言うとおり、間近に見て、どれくらいのものか判断できた人のことを信じるべきですからね。[3]

ヴィルパリジ侯爵夫人という登場人物は、語り手の主人公にとっては文学の世界、また社交の世界の入り口近くに立つ人間として現れる。というのも主人公にとって彼女は、はじめて直接個人的に言葉を交わす貴族、しかも名門のゲルマント家の人間である上、文学的な教養も深いため、海辺の避暑地バルベックでの交流はさまざまな面で感興をそそる。ある時、二人の間でバルザック、ユゴー、シャトーブリアンが話題となるが、かつてそれらの作家を実家のサロンに迎えたことがある身として侯爵夫人が述べたのが先の引用だ。

この発言には、典型的にサント＝ブーヴ流の文学観が、批評家の名前も引き合いに出されつつ明示的にあらわれている。ヴィルパリジ夫人は文学的な判断において、作品をどう読んだかではなく、自分が作家に直接会ったということをもちだし評価の軸にすえていて、言うまでもなくこれは『サント＝ブーヴに反論する』でプルーストが反論の主な対象とした点である。これも典型的な箇所を『サント＝ブーヴに反論する』から引用しておこう。

彼が作り上げたこの方法は、詩人、作家を理解するにあたって、その知人、親交があり、女性関係ではどうふるまっていたかなど、つまり詩人のほんとうの自我とは無関係なまさにその点について答えてくれる人に、熱心にあれこれ尋ねまわるというものだった。[4]

こうしてふたつの箇所を並べてみるとその対応関係は明白で、プルーストは批評テクストで理論的に記述していた思想を、その後の小説執筆の際に人物造形や筋、場面の構成に利用したのだと言えそうだ。実際、ヴィルパリジ侯爵夫人という人物は、物語前半でこそ主人公にあこがれを抱かせる存在なのだが、話が進むにつれて、実は社交界でも花形というには程遠いということが明らかになる。そして文学についての考え方にしても、全体の筋を俯瞰的に見た場合、主人公の成長の過程で現れる間違った考えの持ち主という位置にあるということが言えるのである。

もちろん、小説というテクストはその本性上、なんらかの考えについて「正しい」とか「間違っている」とかいうふうにはっきりと価値判断を示さないのが普通だろう。この場合もそうで、『サント＝ブーヴに反論する』がテクストとして明確にサント＝ブーヴの考え方に反論しているのに対し、『失われた時を求めて』が提示しているのは、主人公の成長の過程においてあたかも地獄や煉獄をめぐるかのように、めいめい文学について語る有象無象が現れたことであった、ということ、しかしそうした出会いの末に主人公は自らの文学的啓示を得るに至った、ということだ。批評から小説へと形式を変えたことで、表現はモノロジックな論述からポリフォニックな描写へと転換したと言えるのかもしれない。

ところが『失われた時を求めて』は、それだけでは説明しきれない複雑さを備えている。ヴィルパリジ侯爵夫人の話の続きを見てみよう。

バルザックにも非難は向けられ、甥たちが大好きなんて言っているのは信じられない、社交界を描いたということらしいがそこには「迎えられていなかった」わけで、ありそうもない話ばかりだということであった。(5)

ここでも侯爵夫人の話はきわめて表層的なレベル、または素朴なリアリズムにとどまっていて、作品じたいをどう読むかということよりも、現実の社交界でありそうなことが書かれているかどうかということが評価の基準になっている。そしてやはり、社交界に迎え入れられていたかどうかという、これもプルーストの論に照らせば作家の本来の活動とは無関係なことがらが、小説家の資質に関わる重大な要素として持ち出されているという点も指摘できよう。

プルーストによればサント゠ブーヴは同時代の偉大な作家たちをことごとく評価し損なっていて、『サント゠ブーヴに反論する』は作家論の部分でネルヴァル、ボードレール、バルザックをとりあげてこれら不当な評価を受けた作家たちを独自に論じるという形になっている。ちなみに、この同時代云々ということについてはサント゠ブーヴ自身がたとえば『シャトーブリアンとその文学グループ』などで、批評家にとって試金石となるのは古典作家よりもむしろ、いかに同時代作家を正しく評価できるかということなのだと繰り返し書いていることであり、(6) プルーストはそこを辛辣に突いているのである。

ではそのサント＝ブーヴは、バルザックについて実際にはどのように述べているのだろうか。サント＝ブーヴのバルザック評としてまとまった形をもったものは二つあり、ひとつは『現代作家の肖像』[7]、もうひとつは『月曜閑談』[8]にそれぞれ収録されている。このうち前者は一八三四年『両世界評論』の初出で、バルザックが『三十女』の成功以来人気を博していた当時のものである。この記事でサント＝ブーヴはバルザックとその人気ぶりを小馬鹿にしたような態度をとっており、『絶対の探求』をとりあげておきながら作品じたいにはさして触れもせず、錬金術についての蘊蓄を披露するに終始している。この点はプルーストも『サント＝ブーヴに反論する』でとりあげ[9]、サント＝ブーヴの批評がいかにまとはずれなものであるかということの根拠としている。

一方、もうひとつの記事、『月曜閑談』に入ることになる記事の方は一八五〇年『コンスティチュショネル』での発表で、これはバルザックが死去した年にあたる。サント＝ブーヴがこの記事を執筆した頃にはすでにかなりの程度作家の評価は固まっていた。サント＝ブーヴの批評も十六年前とはうって変わって本格的なものになっており、こうした豹変ぶり、もっといえば風見鶏のような姿勢はそれもまたプルーストのみならず多くの論者から非難される点ではあるが今はそのことはいったんおくとして、この一八五〇年の記事から次の一文に注目してみよう。

たとえば帝政期の老人たちや美女たちを彼よりもうまく描いた者があっただろうか。とりわけ復古王政末期の公爵夫人やら子爵夫人やらとなると、あのえもいわれぬタッチは他の誰に出せただろう。[10]

このとおり、かりに時流におもねる面があったにしても、サント＝ブーヴはバルザックの人物描写には最大限の賛辞を寄せているのであって、それはヴィルパリジ侯爵夫人の意見とは正反対のものである。そしてさらに興味深いのは、このねじれがプルーストによって意図的に作り出されたものだということだ。プルーストは、『サント＝ブーヴに反論する』のバルザック論の箇所にこうメモしている。「おかしくもありほっとすることでもあるが、サント＝ブーヴはこう言っている。『復古王政期の公爵夫人たちを彼ほどうまく描いたものがあっただろうか？』」[11]プルーストが記憶に頼って引用しているのが先に挙げた一節であることは明らかで、つまり侯爵夫人の発言がサント＝ブーヴのバルザック論とは相いれないということは、偶然や見落としによるものではなくて、むしろ周到に狙いすまされた設定だと考えられるのである。

ねじれた代弁者が生まれるまで

侯爵夫人とサント＝ブーヴの間にある「ねじれ」についてどう考えるべきか、この一節の生成過程をたどることで考察の材料にしたい。

実はこの場面の執筆過程をもっとも古いところまでさかのぼると、『失われた時を求めて』の起源、その源流のひとつにゆき着くことになる。すなわち『サント＝ブーヴに反論する』のバルザック論の箇所がそれである。批評テクストと小説テクストが混在している草稿群の中の、カイエ5フォリオ41レクトに「侯爵夫人」（la marquise）という名前のない人物が登場し、バルザック好きの「伯爵」に反論するという場面がある。

ところが侯爵夫人はぶつぶつとこう言うのだった。「そもそも社交界について書いてあるのはみんな間違いです。迎えられなかった人ですから。知りもしないことについて書くなんてねえ。〔……〕ダブランテス夫人の知り合いということですが、この人にしても社交界の人間というのではありませんしね。」[12]

この一節はヴィルパリジ侯爵夫人による文学談義の一番初めの形で、この時点ではまだ人物に名前はついていないが、主張していることはほとんど同じである。あえて違う点を探してみると、カイエ5の侯爵夫人の発言の方が最終稿と比べてやや激しい印象を受ける。最終稿では発言が語り手による間接話法になっており、自然、語気が和らげられている。カイエ5の段階ではそれが侯爵夫人による直接話法で提示されていて、内容も「みんな間違いです」というように端的、というより極論、きめつけというべき言い方になっている。

それから目を引くのはダブランテス夫人への言及である。これは実在の人物で、バルザックと親交があったというのも事実である。ただし社交界における地位に関しては必ずしも正しくなく、たしかにダブランテス夫人は不遇の晩年を送るとはいえ、バルザックとの交流があった時期は彼女の人生における華やかな社交生活の時期とも重なる。(13)

カイエ五の記述の次の段階はカイエ一にみられる。

しかしとりわけ度し難いのは、バルザックが社交界を描いたなどと言っていることであるようだった。「そもそも出入りしていなかったのですよ、迎えいれられもせずに何を知っているというんです？　晩年になってカストリ夫人との親交があったということですが、そんなところで何が見られるでもありません、なんということはないお人でしたから。(14)」

カイエ5とのもっとも大きな違いはダブランテス夫人がカストリ夫人にとってかわられていることだが、結局は同じことで、フォーブール・サン＝ジェルマンの女王とも呼ばれた人物をつかまえて「なんということはないお人」と言ってしまうねじまがったものの見方、あるいはいじけたような性格がこの台詞で描き出されている。

その次の段階がカイエ41で、これは明確に『失われた時を求めて』の草稿としての体裁をなしている。前後にも十分な文脈があり、大貴族ゲルマント家の人々が集まる場でヴィルパリジ侯爵夫人が話をしていることがわかる。

彼の小説ほどおかしなものなんてありません。それに社交界を知っていたはずもないのですよ。迎えいれられていませんでしたからね。カストリ夫人のところに行っていたというのでフォーブール・サン＝ジェルマンの人間というつもりだったのでしょうが、これがまた気の触れた方というのでしょうか、伯爵夫人たちに片っ端から紹介してしまったのです。[15]

草稿のここまでの段階では侯爵夫人は貴族どうしの会話に参加しているのだが、最終稿にはそれに相当する場面は存在しない。より正確には、『ゲルマントのほう』に貴族たちがバルザックをめぐって意見をかわす場面があり、それがカイエ5で着想されて以来引き継がれてきたものにあたるわけだが、ヴィルパリジ侯爵夫人はそこから姿を消してしまっている。彼女は、推敲の過程で、まるでゲルマントのサロンからひとり引き抜かれてきたかのように、最終稿ではバルベックで若い主人公の相手をすることになる。この「引き抜き」が起きたのは先のカイエ41からカイエ32の間のことである。カイエ32での侯爵夫人の発言を次に挙げておく。

ド・バルザックさんは社交界を描いたということなのですが、迎えられてもいなかったのですよ。〔……〕それから生前にも、才気あるサント＝ブーヴさんが[16]『コンスティチュショネル』の素敵な記事で彼について書いていらして、ずいぶん話題になっていましたね。

推敲はこのあとさらにカイエ70へと続くが、そこではほぼ最終稿とほぼ同じ形になるのでここには引用しない。ただ、「作品の価値判断には作家を個人的によく知っている人の意見を聞くべきだ」という主張が加えられたのがこのカイエ70の時点においてであることは特筆すべきだろう[17]。

いうまでもなくカイエ41と32の間でヴィルパリジ侯爵夫人が話をする場所、またそれにともなって話をする相手が変わるのは大きな変化である。そしてとりわけ注目すべきなのは、サント＝ブーヴの名前が持ち出されるのがこのカイエ32の時点であるということだ。

翻案あるいはパロディ

ここまで、紙幅をさいてヴィルパリジ夫人がバルザックについて語る場面の生成過程をあとづけた。その結果は次の三点に整理できる。

ひとつめに、ヴィルパリジ侯爵夫人は、まだ名前もない一番初めの時点では、サント＝ブーヴの代弁者として生まれたわけではなかった。カイエ5にある発言、バルザックは社交界に迎えられていないがために間違いばかり書いているという難癖は最終稿まで残るものだが、実はサント＝ブーヴに限らず一般にバルザック受容史においてこのような言説を探すのは簡単ではない。ここでは深入りしないが、たとえば『十九世紀ラルース』は「バルザック」の項目で、「彼をよく知る人物から聞いたところでは、この大作家ほど当時の社交界と無縁だった人間はいないということである[18]」と書いているものの、この証言の典拠は示していない。つまりラルースの記述、そして侯爵夫人の発言は、それこそサント＝ブーヴの言い方を借りれば「パリの批評の真髄はおしゃべりから生まれる[19]」とでもいうべきもの、具体的にどの批評家がどの文献で書いているというのではなく、いかにもある種の社交人が口にしそうなことという性質のものなのである。

ふたつめに、侯爵夫人の発言においてこれも初めから最後まで一貫しているのは、言うことが極端でかつ事実関係についてゆがんだ認識を示しているということである。カイエ5で名指されたダブランテス夫人の話にしても、またそのあとのカストリ夫人の話にしても、侯爵夫人の認識は常識からはかけはなれている。さらに後の段階になってサント＝ブーヴの名前が出されるわけだが、そのバルザック評がじつは侯爵夫人の意見と相容れないものであることは先にみたとおりである。

みっつめに、侯爵夫人がサント＝ブーヴの名前を出すのはこの場面の生成過程ではどちらかといえば後の方に属するということ、またこの批評家の名前が出たのが、侯爵夫人が主人公と文学談義をするというように場面が設定されたのと同時であったということである。つまりこの設定は、推敲の過程で、主人公の文学遍歴ともいうべき筋のうちにその位置付けを得たのだということがいえる。

これらの点をさらにまとめてみよう。『失われた時を求めて』最終稿のこの場面は、いかにも『サント＝ブーヴに反論する』を小説に翻案したというようにみえる。しかしそもそものはじめは、侯爵夫人という人物は、バルザックの読者として、そのひとつの典型として生まれたものであった。そしてこの典型が、サント＝ブーヴのバルザック論とは相容れないということをプルーストは意識していた。ただ、この人物は「でたらめを言う人物」でもある。サント＝ブーヴふうの発言をする人物として主人公の成長過程に姿を現すとしても、必ずしもサント＝ブーヴの忠実な代弁者ということにはならない。『サント＝ブーヴに反論する』の、プルースト対サント＝ブーヴという構図は、『失われた時を求めて』における、主人公とヴィルパリジ夫人の会話にはそのままあてはまるものではないのだ。

しかしながら、このまとめ方に対しては次のような反論が可能である。まず、サント＝ブーヴのバルザック評がヴィルパリジ侯爵夫人の主張と食い違っているということはサント＝ブーヴをひもといてはじめて気づくことであるのに対し、侯爵夫人の主張、作家についてはその知人こそが正しい判断を下せるのだという考えは、誰もが知るサント＝ブーヴ流の批評原理である。よって、仮に各論としてバルザックに関して見方が食い違っていて、ごくまれにそのことに気づく読者がいるかもしれないとしても、総論部分においてはきわめて明示的にサント＝ブーヴの代弁者たりえている。しかも、サント＝ブーヴの名前が出されるのが推敲過程の後半にあたり、さらには肝心の部分が書き加えられるのが最終段階に近いカイエ70の時点でしかないとしても、このことはむしろ、『失われた時を求めて』が『サント＝ブーヴに反論する』の小説版としての格好を整えていく過程として理解できるのではないか。

この反論に対して再反論するのは困難である。そこで議論の次元を少しずらし、思いきってこのように考えてみてはどうだろうか。すなわち、サント＝ブーヴの名前が出されていること、さらにはいかにもサント＝ブーヴふうの批評原理が明示されていること、それ自体が『サント＝ブーヴに反論する』と『失われた時を求めて』の本質的な違いを表してはいないかということである。『失われた時を求めて』で展開されるプルースト独自の文学理論は、もちろん潜在的にはサント＝ブーヴに対抗するものであり、その点でこの作品と『サント＝ブーヴに反論する』との連続性は否定のしようもない。しかしこれも自明のことながら、そこではもはやサント＝ブーヴが主要な問題として取り上げられているわけではないのだ。

要するに、問題の一節はあまりにもわざとらしいということである。これは非常に感覚的な読みであり、かつ非論理的でもある。というのも、この場面では、ヴィルパリジ侯爵夫人がサント＝ブーヴについて明示的に言及しているがゆえに、この人物はサント＝ブーヴの代弁者でありかつ同時にそうではないということだからだ。詭弁のようながら、しかしこの論理が成立する次元、A＝A かつ not A が成立する次元というのが、アイロニー、またパロディの次元であり、それこそは小説の言語の独壇場ではないだろうか。先に、批評から小説への転換は、モノロジックな論述からポリフォニックな描写への転換であったと述べた。ポリフォニーというのはバフチンの用語だが、周知の通りこの語は複数の意味で用いられている。整理すると、まず、よくできた小説では登場人物たちがそれぞれ独自の声を持っている。次に間テクスト性という意味での多声性。それからもうひとつが、小説の言語はひとつの意味に還元されないということ、つねにダブル・ミーニングへと開かれているということである。

問題の一節のわざとらしさは、それ自体として説明することはできない。それは個人的な感覚にとどまるのかもしれないが、そう感じるのには外縁的なものながらいくらかの根拠がある。というのは、『サント＝ブーヴに反論する』という文章は、たしかに文学史上重要な位置づけを与えられているとはいえ、一方であくまで未完成で、不完全な文章だという事情があるからだ。そこから、プルースト自身『サント＝ブーヴに反論する』を超えようという意識があったのではないかと推察する余地が生じる。

『サント＝ブーヴに反論する』の不完全さについては、プルースト研究者よりもサント＝ブーヴの研究者の方が敏感であるようだ。たとえばロクサナ・M・ヴェローナは、みずからの著書をこのようなそれこそ皮肉たっぷりの一文で書き始めている。

今日、サント＝ブーヴを読むなら必ずプルーストの『サント＝ブーヴに反論する』を通ることになる。それは通関のようなもので、「賛成、反対」のどちらかをせまられる。[20]

プルーストの仕事は看過しようもないが、しかしそれによって二項対立の構造の中にとらわれることにもなる、今やそうした構図は対象化され再検討されるべきだという含意がここには読み取れる。

また、ミシェル・ブリックスはもっと直接的に、プルーストとサント＝ブーヴはめざすところは同じだったのだと主張し、「サント＝ブーヴが〈社会的自我〉を通して見定めようとしたのはまさしく〈創造的自我〉なのだ[21]」と言う。ただもちろん、めざすところが同じでも行き着いたところが同じかどうかは別の話で、ミシェル・クレピュのように、

サント＝ブーヴは、プルーストのいう、「他人たちを捨象したところにしかみいだせない深い自我」の存在をわかっていなかったわけではない。プルーストと同じくらいわかっていたのだが、しかしどう言い表すべきかわからなかったのだ。[22]

と評価することも可能であろう。

ともあれ、実際『サント＝ブーヴに反論する』のサント＝ブーヴ批判が随所であまりにも性急だということは、本来サント＝ブーヴをひもとけばただちにわかることであるはずだった。おそらくは、ファロワが『サント＝ブーヴに反論する』を発掘したのがいわゆるヌーヴェル・クリティックの時代と重なっていたということがあり、それから、サント＝ブーヴの同時代からすでに反サント＝ブーヴという立場の取り方がいわば批評のひとつの型のようなものにすらなっていて、テーヌ、レミ・ド・グールモン、ランソンといった論者の中に置き直したとき、中野知律がいうようにプルーストにはほとんど新規性などないのだとしても[23]、一方でそうした状況が、この文章が受け入れられる土壌ともなっていたのだということがいえるだろう。

サント＝ブーヴ自身は、先に引用したロクサナ・M・ヴェローナの言い方をすれば、通関の向こう側でどんなことを書いていたのか。その著作は膨大であるだけでなく、サント＝ブーヴ本人がそう言っているように、時期によってめまぐるしく性質を変えもするが、その著作の中から比較的初期のものでサント＝ブーヴの批評的立場がかなり明示的に示された文章をここで紹介したい。『文学的肖像』に収録されたコルネイユ論、より正確には、タシュローという人物の著作『ピエール・コルネイユ、生涯と作品』についての文章である。次に

挙げるのはその冒頭の一文である。

批評、また文学史を読むというとき、何にもまして、息抜きにもなれば心地よくもあり、また同時に万事において非常にためになるものといえば、偉人についてよく書かれた伝記をおいて他にない。(24)

この文章が発表された一八二九年はサント=ブーヴの批評キャリアのごく初期にあたる頃だが、のちに伝記批評を大成したと言われる人物ならではの一文ということになるだろう。

しかしながら注意しなければならないのは、この時点ですでに、サント=ブーヴが伝記批評に対してきわめて慎重な姿勢をとっているということである。この文章は伝記批評の擁護と顕揚どころではなく、いかに伝記批評が誤謬に陥りやすいかを論じているのだ。論点はふたつで、ひとつめは次のようなものである。

伝記作家は、どういうわけか作家の来歴がすべてその作品の中にあると思いこんでしまって、批評は表層的なものとなり、作家の詩魂にまでたどりつかないということになってしまっていた。(25)

ここで問題にされているのは、まったく素朴な、フィクションと現実に区別をつけない伝記作家のことだ。この素朴さから脱するために、批評は作家また作品の成立に関わる情報をできるだけ集めなければならないということになる。それこそはプルーストが批判の対象としたまさにその方法なのだが、しかし同時にまたサント=ブーヴは次のようにも書いていて、これも見落とすわけにはいかない。

この考え方は、詩が半分、批評が半分といったところだが、じゅうぶん明快だろうか？　ともあれ私はこれこそ実に真理だと思っているのだが、伝記作家が、偉大な詩人について私と同じように考えないのなら、たしかに有用な本、正確を期した立派な本が出来もしようが、それは高度な批評の、そして芸術の域に達した作品とはいえない。〔……〕そういう伝記作家は、神殿の帳簿を手にしてはいるかもしれないが、神に仕える司祭とはいえない。[26]

ここで「考え方」と言われていることはむしろヴィジョンといったほうが良さそうなのだが、その要点ともなる部分をこれもサント＝ブーヴのこの文章から引くならば、「詩人はみずからの天分が生きる領域、そしてのびひろがる領域を見出し、批評家はその天分の本性と法則とを見出す[27]」ということになるであろう。「天分」(génie) という語は言うまでもなくロマン派のキー・ワードのひとつであってサント＝ブーヴの発明というわけではないが、しかしサント＝ブーヴの批評の中心にはいつもこの「天分」のヴィジョンがある。一八二九年のこの文章だけでなく、のちにも時折、思い出されたように似たような意見表明がなされる。とくに大々的なのは『シャトーブリアンと文学グループ』のための「開講の辞[28]」であろう。

こうした主張はじつはサント＝ブーヴの著作の随所にみられるものである。言わんとするところは明らかだ。伝記的な事実をどれだけ収集したところで、それのみで批評が成立するわけではない。そんな仕事は、批評家ではなく単なる帳簿係のものにすぎないというのである。先に何人か挙げたサント＝ブーヴ研究者たちが、サント＝ブーヴにこうしたヴィジョンがあることをふまえて『サント＝ブーヴに反論する』を相対化していることとは間違いない。しかし本来ならば、何度も明示的に表明されるこのヴィジョン、実証的伝記批評への反発と言っていいほどの疑念に気づかないままサント＝ブーヴを読むのはそもそも不可能なことであるはずだ。『サント＝ブーヴに反論する』という文章には明らかにゆき過ぎた部分、批判する対象についての意識的看過がある。少し極端に言うと、プルーストはサント＝ブーヴを批判する身振りをとりながら、実際にはサント＝ブーヴと同じ主張をしてしまっているのである。

おわりに――小説という自己意識

ヴィルパリジ侯爵夫人に戻ろう。彼女の発言は、誰もが知るサント＝ブーヴの批評原理を体現している。しかしこれは正確には、サント＝ブーヴを批判する者にせよ、また逆にそのエピゴーネンであるにせよ、多くの論者によってその批評原理だというふうに受け取られてきたその理論、と言い直すべきであろう。『失われた時を求めて』には、たしかにいかにもサント＝ブーヴ的な発言をする人物を描くという小説的企図がある。しかしながらそれと同時にまた別の次元では、この作品はいかにも『サント＝ブーヴに反論する』の小説版らしい場面を含んでいるということもできて、『サント＝ブーヴに反論する』が人の目に触れない前提であったとしても、少なくともプルースト自身にとってはそれは自己参照あるいは自己をのり越えることだったのではないだろうか。小説的批評であった『サント＝ブーヴに反論する』が『失われた時を求めて』という批評的小説として本質的に生まれ変わったことについて、次のことをここでの結論としたい。すなわち、『失われた時を求めて』は『サント＝ブーヴに反論する』の小説版であり、同時に、みずからが『サント＝ブーヴに反論する』の小説版であるということを意識しているがゆえに、『サント＝ブーヴに反論する』の単なる小説版ではないひとつの小説なのである。

[注]

（1）吉川一義「訳注（サント＝ブーヴに反論する）」『プルースト全集14』、筑摩書房、一九八六年、四六六―五四六頁。

（2）同、五一三頁。

（3）Marcel Proust, *À la recherche du temps perdu*, Gallimard, « Bibliothèque de la Pléiade », 1987-1989, 4 vol., abr. *RTP*, II, p. 70. 以下フランス語の翻訳は全て拙訳による。

（4）Marcel Proust, *Contre Sainte-Beuve* précédé de *Pastiches et mélanges* et suivi de *Essais et articles*, Gallimard, « Bibliothèque de la Pléiade », 1971, abr. *CSB*, p. 225 ; Naf. 16636 « Proust 45 », f° 22 r°.

（5）*RTP*, II, p. 82.

（6）C.-A. Sainte-Beuve, *Chateaubriand et son groupe littéraire sous l'Empire, cours professé à Liège en 1848-1849*, Garnier frères, 1861, 2 vol, t. 2, p. 117-118. プルーストは « Journée de lecture » という文章の中でこの箇所に言及している（*CSB*, p. 190）。

（7）C.-A. Sainte-Beuve, « M. de Balzac. *La Recherche de l'Absolu* », *Revue des Deux Mondes*, 15 novembre 1834, p. 440-458 ; *Portraits contemporains*, Nouvelle édition revue, corrigée et très augmentée, Michel Lévy frères, 1889, t. 2, p. 327-357.

（8）C.-A. Sainte-Beuve, « M. de Balzac », *Le Constitutionnel*, 2 septembre 1850 ; *Causeries du lundi*, 3e édition, Garnier frères, s. d., t. II, p. 443-463.

（9）*CSB*, p. 278. ; Cahier 1, f° 34 v°.

（10）Sainte-Beuve, *Causeries du lundi*, Garnier Frères, 1857-1859, t. II, p. 415.

（11）*CSB*, p. 296 ; Cahier 4, f° 51 v°. プレイヤッド版はこの記述をプルーストによる「原注」のように扱っているが、この部分は本文とは別に書かれており、仮に出版されていたとしてもプルーストに掲載の意図があったかどうかは疑わしい。

（12）*CSB*, p. 297-298 ; Cahier 5, f° 41 r°.

（13）Gabriel Ferry, *Balzac et ses amies*, Calmann Lévy, 1888, p. 44-45.「ダブランテス公爵夫人もまた、作家にとっては苦難の時期にあって心を許せる友であった。〔……〕帝政期を通して彼女は社交界に君臨し、そのサロンは当時のもっとも輝かしいもののひとつだった。」

（14）*CSB*, p. 283 ; Cahier 1, f° 27 v°.

（15）Cahier 41, f° 29 r°.

（16）Cahier 32, f° 64 r°. この一節の判読には黒川修司氏の協力を賜った。記して謝す。

（17）Cahier 70, f° 122 r°, f°123 r°, f° 126 r°.

（18） Pierre Larousse, *Grand Dictionnaire universel du XIXe siècle*, « Balzac, Honoré de », Librairie classique Larousse et Boyer, 1866-1877, t. 2, p. 138.

（19） C.-A. Sainte-Beuve, « Mémoires d'outre-tombe », *Causeries du lundi*, 3e édition, Garnier frères, s. d., t. 1, p. 448 ; *Chateaubriand et son groupe littéraire sous l'Empire, cours professé à Liège en 1848-1849*, Garnier frères, 1861, 2 vol. t. 2, p. 434.

（20） Roxana. M.Verona, *Les « salons » de Sainte-Beuve. Le critique et ses muses*, Honoré Champion, 1999, p. 17.

（21） Michel Brix, « Introduction », *in* Sainte-Beuve, *Panorama de la littérature française,* textes présentés, choisis et annotés par Michel Brix, Librairie Générale Française, 2004, p. 12.

（22） Michel Crépu, *Sainte-Beuve, portrait d'un sceptique*, Perrin, 2001, p. 24-25.

（23） 中野知律「サント＝ブーヴの後世」『言語文化』第四六号、一橋大学語学研究室、二〇〇九年、三―二一頁。

（24） C.-A. Sainte-Beuve, « Pierre Corneille », *Portraits littéraires*, Garnier frères, 1862-1864, t. 1, p. 29. この文章でサント＝ブーヴが論じているのは次の著作。Jules-Antoine Taschereau, *Histoire de la vie et des ouvrages de Pierre Corneille*, Alexandre Mesnier, 1829.

（25） *Ibid.*, p. 30.

（26） *Ibid.*, p. 32.

（27） *Ibid.*, p. 31.

（28） C.-A. Sainte-Beuve, *Chateaubriand et son groupe littéraire sous l'Empire, cours professé à Liège en 1848-1849*, Garnier frères, 1861, 2 vol., t. 1, p. 23.

ペルソナとしてのギリシア神話
――二人の女性作家、マルグリット・ユルスナールとクロード・カーアンが「私」を語るとき

村中由美子

本稿では、両大戦間期におけるギリシア神話のリライトという文脈を踏まえた上で、一九三六年に出版されたマルグリット・ユルスナールの散文詩集『火』を、クロード・カーアンの小話集『ヒロインたち』(初出、一九二五)と対比しながら論じる。ユルスナールの『火』は、この作家の作品のなかで、文体においても、内容においても異色のテクストである。文体の面で言うならば、作家自身「決定的にモダン」[1](résolument moderne)と形容しているように、彼女のデビュー小説、一九二九年の『アレクシス――あるいは空しい戦いについて』でアンドレ・ジッド風のフランス的な物語《レシ》の形式が取られているのとも異なるし、一九二〇年から三〇年代にかけて雑誌『新フランス評論』が顕揚した、装飾を切り詰めた控えめで簡潔な文体からも遠い。内容においては、晩年の回想録においてでさえ自らについて寡黙であった作家が、個人的な情念を題材にしているという点でも希有なテクストである。ユルスナールは、一九三〇年代に出版社グラッセに送ったものの没になっていたピンダロスについての原稿を発掘し評価してくれた編集者、アンドレ・フレニョーという男性に強

く惹かれるのだが、フレニョーは同性愛者だったため、この恋慕が成就することはなかった。ユルスナールのテクスト『火』は、神話や聖書の登場人物たちをひとりずつ扱う短い九つのテクストから成り、それぞれのテクストのあいだには、フレニョーとの悲恋の渦中に書き付けた日記に基づいて、恋愛についてのアフォリズム的な言葉が一人称の断章形式で挿入されている。ユルスナールはこの作品のことを散文詩集であると述べ、さらには「宝石が光を発するように、それぞれの語が隠された価値を明らかにするような最大限の意味を含んでいる」と一九六七年版の序文で述べている。(2) このように、作家はこの『火』という作品を、宝石のような強度を持ったことばから成る作品として位置付けているのである。

ユルスナールのこの特異な作品の系譜を考える際に浮上してくるのが、クロード・カーアンのテクスト『ヒロインたち』だ。このテクストにおいても、神話、聖書、おとぎ話の登場人物たちが一話につきひとりずつ扱われている。このテーマと形式を、カーアンは作品冒頭で献辞を捧げているラフォルグの『伝説的教訓劇』(一八八七)や、叔父マルセル・シュオッブの『架空の伝記』(一八九六)など、象徴主義の作家たちの小話集から継承したようだ。(3) しかし、これら先行する作品群においては、扱われる人物には男性も女性もおり、客観的で匿名の語り手が主人公たちを三人称で扱い物語を進めているのに対して、カーアンの作品では扱われる人物はみな女性であり、しかも多くの場合、女性主人公たちが自ら語り手の「私」として物語る。この、神話や聖書のなかの女性主人公たちによる一人称語りの多用という点が、カーアンの『ヒロインたち』と、ユルスナールの『火』とのあいだの大きな共通点と考えられる。本稿では、この二つのテクストに共通する背景や問題意識に迫りたい。

また、ユルスナールは、アカデミー・フランセーズの会員に女性として初めて選ばれた作家だが、これまでユルスナールの作品がジェンダーの観点から論じられることはほとんどなかった。しかし、この『火』をカーアンの『ヒロインたち』と並べて再読することで、ユルスナールの作品を、特定の年代に書かれたものに限定されるとはいえ、ジェンダー的な視点から読む可能性を見出せるのではないだろうか。

本論においては、二段階のリライトについて扱うことになるだろう。第一に、ユルスナールとカーアンに共通する背景としての、戦間期におけるギリシア神話のリライトである。ただ、ギリシア神話自体が一枚岩ではなく、はっきりとした原典があるわけではないということは押さえておくべきだろう。次に、カーアンとユルスナールの生涯を簡単に比較したあと、それぞれの作品を具体的に検討することになる。第二のリライトとして、ユルスナールがカーアンのテクストを実際に読んでいたのであれば、ユルスナールの『火』がカーアンの『ヒロインたち』のリライトなのではないかという仮説が成り立つ。しかし、結論を先取りしてしまうと、カーアンとユルスナールとの接点については、パリのナタリー・クリフォード・バーネイのレズビアン・サロンに両者とも参加していたという事実以外は不明で、お互いに作品を読んでいたのかということについて確かなことは分かっていない(4)。この点については今後の課題とし、ここでは、二人のテクストの対比から見えてくるものに焦点を当てる。

雑誌『ギリシアへの旅』と戦間期におけるギリシア観の変化

戦間期のフランスにおけるギリシア神話のリライトには、どのような時代背景があったのだろうか。第一に、作家だけではなく、画家や建築家、知識人を巻き込んで一大ブームを引き起こした、当時のギリシア旅行の流行が挙げられる。ギリシア神話のリライトはもちろん戦間期に始まったわけではなく、ギリシア神話は文芸において常に発想の源泉として機能しているが、戦間期においてギリシアへの見方が一変したことは注目に値するだろう。つまり、この時代、ギリシア旅行の流行によって、ギリシアがより近しい存在になったのだ。それを如実に示すのが、戦間期に出版されていた雑誌、その名も『ギリシアへの旅』である。この雑誌は、一九三四年から一九三九年にかけてギリシアの船会社ネプトスの社長エルキュール・ジョアニデスによって出版され、この船会社が企画する地中海クルージングの乗客に主に配られた商業的な雑誌なのだが、執筆陣の顔ぶれには目を見張るものがある。建築家のル・コルビュジエ、画家のジョルジョ・デ・キリコ、作家のジャン・グルニエ等、当時の芸術各界を代表するような人物が、古代ギリシアの伝統的なイメージを超えるような、同時代のギリシア、現実のギリシア、自らの目で見た今のギリシアの姿を伝えるべく、こぞってエッセイを執筆したのだ。ソフィー・バッシュとアレクサンドル・ファルヌーは、この雑誌が二十世紀において最も完成度の高い出版物のひとつであると述べている(5)。前述の船会社社長のジョアニデスは、この雑誌を通して、「ギリシアと、ギリシアへの旅行者とのつながりを、作家、画家や同時代の知識人たちの仲立ちによって築く」ことを望んでいた。その結果、ツーリズム雑誌としての性格を超え、クラシシズムとアヴァンギャルドをつなぐような場になったのである。

図1 （上段左）雑誌『ギリシアへの旅』第1（春夏）号, 1934年。（上段右）同第2（春）号, 1935年。（下段左）同第3（夏）号, 1935年。（下段右）同4（春）号, 1936年, アンリ・ローランによるデッサン。

ユルスナールが寄稿したエッセイを取り上げる前に、この雑誌そのものの美術的な価値に触れておこう。まず、表紙はキュビスムの彫刻家、画家であるアンリ・ローランら、当時を代表する画家たちによって描かれている（図1）。色彩豊かで柔らかい感じのデッサンが多いが、それはヴィンケルマン以来ギリシア的な美とされてきた、モノクロームで厳かな美と大きな対比を成していると言えよう。表紙だけではなくもちろん中身にも編集の工夫がこらされ、たくさんの写真や絵が挿入されており、ダリ、マッソン、ピカソといった画家たちが挿絵に協力した。単なるツーリズム雑誌という性格を超える、この雑誌の高い芸術性を可能にしたのは、編集を担当したテリアッドという人物である。彼は、ギリシア人美術批評家で、この雑誌『ギリシアへの旅行』第一号出版の前年からは、アルベール・スキラと共につくったシュルレアリスム雑誌『ミノトール』の編集にも携わっている。実際、『ミノトール』と『ギリシアへの旅』の結びつきは強く、『ミノトール』のほぼ各号に、『ギリシアへの旅』の出版元の船会社ネプトスが主催する地中海クルージングの広告が掲載されている。

それでは雑誌のなかを覗いてみよう。一九三四年に出版された第一号（春夏号）には、ル・コルビュジエのエッセイが掲載されている。目を引くのが、写真を中央に据えたレイアウトの斬新さである（図2）。これは先ほど述べたテリアッドによるものと思われ、雑誌『ミノトール』にもこのレイアウトが見られる。ル・コルビュジエのエッセイの内容はアテネのパルテノン神殿に端を発するもので、それに対応する写真が中央に添えられている。このル・コルビュジエのエッセイの冒頭部分を引用してみよう。

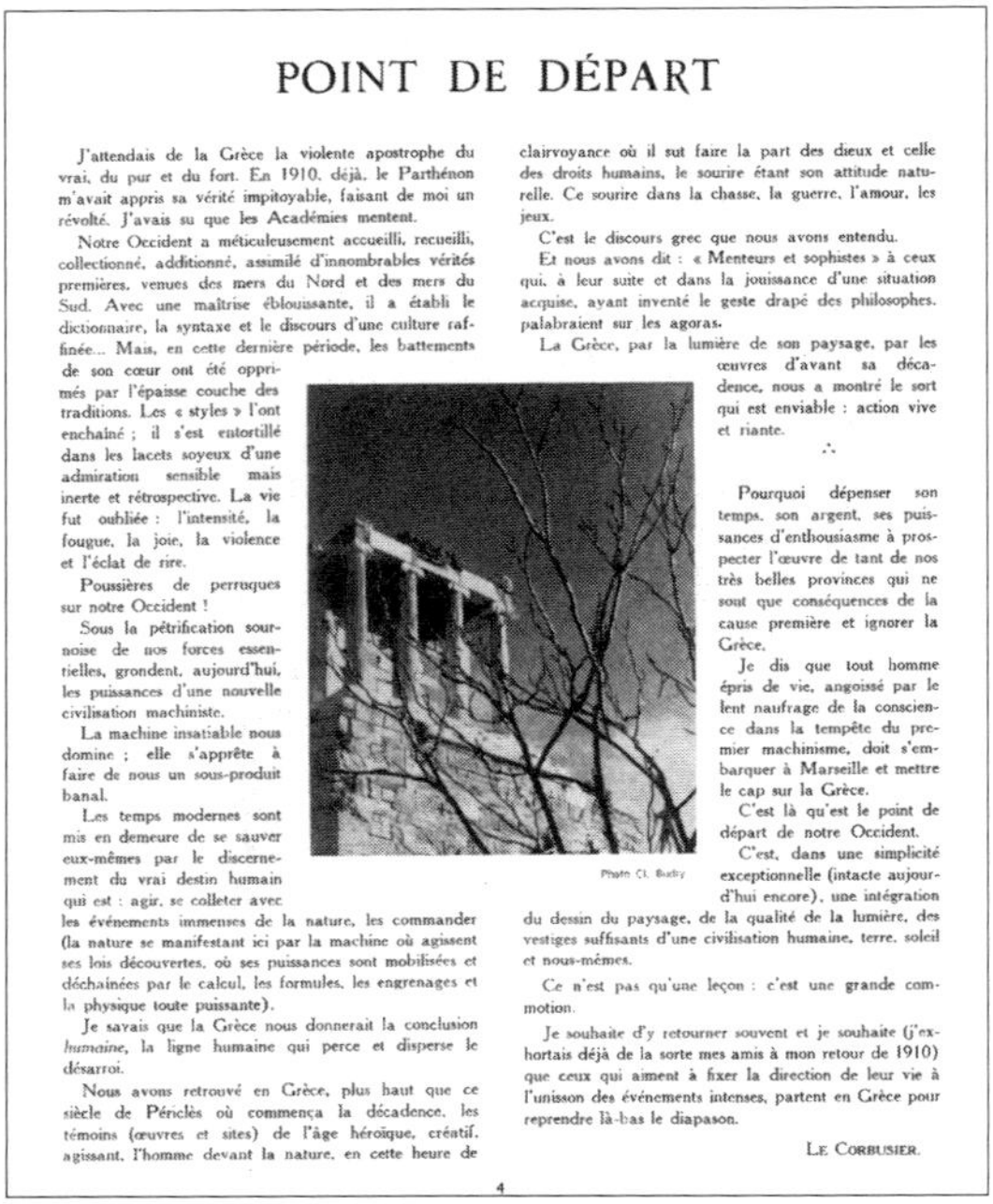

POINT DE DÉPART

J'attendais de la Grèce la violente apostrophe du vrai, du pur et du fort. En 1910, déjà, le Parthénon m'avait appris sa vérité impitoyable, faisant de moi un révolté. J'avais su que les Académies mentent.

Notre Occident a méticuleusement accueilli, recueilli, collectionné, additionné, assimilé d'innombrables vérités premières, venues des mers du Nord et des mers du Sud. Avec une maîtrise éblouissante, il a établi le dictionnaire, la syntaxe et le discours d'une culture raffinée... Mais, en cette dernière période, les battements de son cœur ont été opprimés par l'épaisse couche des traditions. Les « styles » l'ont enchaîné ; il s'est entortillé dans les lacets soyeux d'une admiration sensible mais inerte et rétrospective. La vie fut oubliée : l'intensité, la fougue, la joie, la violence et l'éclat de rire.

Poussières de perruques sur notre Occident !

Sous la pétrification sournoise de nos forces essentielles, grondent, aujourd'hui, les puissances d'une nouvelle civilisation machiniste.

La machine insatiable nous domine ; elle s'apprête à faire de nous un sous-produit banal.

Les temps modernes sont mis en demeure de se sauver eux-mêmes par le discernement du vrai destin humain qui est : agir, se colleter avec les événements immenses de la nature, les commander (la nature se manifestant ici par la machine où agissent ses lois découvertes, où ses puissances sont mobilisées et déchainées par le calcul, les formules, les engrenages et la physique toute puissante).

Je savais que la Grèce nous donnerait la conclusion *humaine*, la ligne humaine qui perce et disperse le désarroi.

Nous avons retrouvé en Grèce, plus haut que ce siècle de Périclès où commença la décadence, les témoins (œuvres et sites) de l'âge héroïque, créatif, agissant, l'homme devant la nature, en cette heure de clairvoyance où il sut faire la part des dieux et celle des droits humains, le sourire étant son attitude naturelle. Ce sourire dans la chasse, la guerre, l'amour, les jeux.

C'est le discours grec que nous avons entendu.

Et nous avons dit : « Menteurs et sophistes » à ceux qui, à leur suite et dans la jouissance d'une situation acquise, ayant inventé le geste drapé des philosophes, palabraient sur les agoras.

La Grèce, par la lumière de son paysage, par les œuvres d'avant sa décadence, nous a montré le sort qui est enviable : action vive et riante.

∴

Pourquoi dépenser son temps, son argent, ses puissances d'enthousiasme à prospecter l'œuvre de tant de nos très belles provinces qui ne sont que conséquences de la cause première et ignorer la Grèce.

Je dis que tout homme épris de vie, angoissé par le lent naufrage de la conscience dans la tempête du premier machinisme, doit s'embarquer à Marseille et mettre le cap sur la Grèce.

C'est là qu'est le point de départ de notre Occident.

C'est, dans une simplicité exceptionnelle (intacte aujourd'hui encore), une intégration du dessin du paysage, de la qualité de la lumière, des vestiges suffisants d'une civilisation humaine, terre, soleil et nous-mêmes.

Ce n'est pas qu'une leçon : c'est une grande commotion.

Je souhaite d'y retourner souvent et je souhaite (j'exhortais déjà de la sorte mes amis à mon retour de 1910) que ceux qui aiment à fixer la direction de leur vie à l'unisson des événements intenses, partent en Grèce pour reprendre là-bas le diapason.

LE CORBUSIER.

Photo Cl. Budry

4

図2　ル・コルビュジエ「出発点」,『ギリシアへの旅』第1（春夏）号，1934年，4頁。

私はギリシアに、真実、純粋さ、強さから成る激しいアポストロフを期待していた。一九一〇年には、もう、パルテノン神殿が私にその厳しい真実を教えており、私は反発を覚えた。アカデミーは嘘をついていると、私には前から分かっていたのだ。

我々の西欧は丹念に、北の海から、南の海からやって来る本源的な真実を数えきれないほど受け入れ、蒐集し、積み重ね、吸収した。目もくらむような名人芸で、西欧は辞書を、シンタックスを、洗練された文化のディスクールをつくった……。しかし、この最終段階において、その心臓の鼓動は伝統という分厚い層によって抑圧された。数々の「様式」が西欧を縛り付けたのだ。繊細だが生気がなく回顧的な、称賛の絹の糸に巻き付けられてしまった。生命が忘れられた。強烈さ、激情、荒々しさ、そして弾けるような笑い声が。

我々の西欧は、埃の鬘《かつら》をかぶってしまったのだ(6)!

このように、ル・コルビュジェのエッセイには、硬直した西欧文明への危機感が表明されている。とりわけ最後の部分、「我々の西欧は、埃の鬘《かつら》をかぶってしまったのだ！」には、古代ギリシアに端を発した西欧文明が、今や伝統や様式によってがんじがらめになっており、それらの分厚い層が自分自身と実際のギリシアとを隔ててしまっていることへの驚きと苛立ちが感じられる。このエッセイは、実際のギリシアを訪れるよう強く勧める次の文章で締めくくられる。

私はギリシアにまた頻繁に行きたいと願っており、(そもそも一九一〇年に帰国したときからそのように私の友人たちに説き勧めている)、強烈な出来事の数々を調和させるような方向に向けて自らの人生を送りたいと願う人々が、そこで音域を取り戻すため、ギリシアに出発することを望むのである。[7]

このように、「ユニゾン、調和」(l'unisson)、「音域、声域」(le diapason) といった音楽に関連することばを印象的に用いながら、ル・コルビュジエはギリシア行きを強く勧めている。「音域を取り戻すために」という表現には、戦間期の文学・美術界における「秩序への回帰」と呼ばれる潮流、つまり新たな指針への希求の高まりを読み取ることも可能だろう。

さらに、ル・コルビュジエ以外にもう一人、作家カミーユ・モークレールの寄稿を参照しておこう。『ギリシアへの旅』や『ミノトール』といった戦間期の雑誌においては、アンケート形式の記事が頻繁に掲載されていた。ここで引用するモークレールの記事もそのような機会に質問への回答として書かれたものである。モークレールが答えているのは、現在が、歴史上繰り返されてきたヘレニズム思想の周期的な回帰に相当するのか、さらに、そうであるとするならば、ギリシアの影響は新しいかたちであらわれていると言えるか、という二つの問いである。モークレールは、執筆時の一九三六年がそのヘレニズム思想の回帰にあたるとした上で、とりわけ「ギリシアの本当の、純粋な姿をまずは復元しなければいけない」と主張する。なぜなら、ギリシアはレッシングや、ヴィンケルマンや、カノーヴァや、ダヴィッド派や、アカデミー会員や、大学教授たちによって誤った概念を与えられてきたからである。これら、積み重ねられてきた既存のイメージから自由になることの必要性を、モークレールは強調している。[8]

ユルスナールがギリシア神話の人物のリライトに取り組んだのは、このような時代背景においてであった。雑誌『ギリシアへの旅』に、ユルスナールはアンケートへの回答に加えて二つのエッセイを掲載しているが、そのどちらにおいてもギリシア神話の登場人物たちが扱われている。一つ目は、一九三四年に執筆され、翌年一九三五年に雑誌『ギリシアへの旅』第三号に掲載された「悲劇的アポロン」で、カッサンドラを中心に、アポロン、アガメムノン、クリテムネストラが登場する短いエッセイである。二つ目は、同じく一九三四年に執筆され、雑誌『ギリシアへの旅』の一九三六年第四号に掲載されたテクスト「近頃のオリンピア」で、古代都市遺跡オリンピアをめぐって、ボードレールの『悪の華』のなかの詩「女巨人」に言及しながら、オリンピアの風景とギリシア神話の神々が一体となるさまを描いている。前者のほう、「悲劇的アポロン」の冒頭を引用しておこう。プレイヤッド版との相違が存在するが、初出のテクストを引用する。


ミュケナイ、正午、犯罪の時。

――アポロン、アポロン、私を殺す者……

誰がそんな風にうめいているのか？　カッサンドラだ。トロイアは陥落し、歓びの炎は、三十世紀の間アルゴリダの山々の上に燃えている。ミュケナイは、クリテムネストラの命によって赤いケシの花で飾られている。(9)


このあとに、アガメムノンの到着が語られ、歓びの炎の赤、ケシの花の赤はアガメムノンが浴槽で刺殺される際の血を予告している。しかし、ここで注目したいのはそれ以上に、「歓びの炎は、三十世紀の間アルゴリダの山々の上に燃えている」という箇所、つまり、過去の物語として神話の世界が想起されているのではなく、現在の視点から、現代のギリシアのなかに息づくものとして神話が捉えられていることである。中心に描かれるのはカッサンドラで、ギリシア悲劇ではカッサンドラはトロイア陥落後にアガメムノンの奴隷となり、アガメムノンの妻クリテムネストラに殺されるのだが、このテクストでは、カッサンドラが嫉妬に燃えるアポロンによって殺されるという筋になっており、その部分がユルスナールによるリライトの特色と言えよう。

ここまでの部分で、戦間期における神話のリライトの背景として雑誌『ギリシアへの旅』が果たした役割、およびこの雑誌においてユルスナールが神話の登場人物をどのようにリライトしたかをみてきたが、このテクスト執筆の約二年後、ユルスナールは神話の人物だけでなく、聖書の人物も含めた登場人物をひとりずつ扱ったテクスト『火』を出版している。先に述べてきたような時代背景において、ユルスナールによるギリシア神話のリライトはどのような変容を見せるのか、クロード・カーアンの場合と比較しながら、次にみていこう。

ユルスナールとクロード・カーアン

『ハドリアヌス帝の回想』(一九五一)や『黒の過程』(一九六八)といった重厚な歴史小説が主要作品として思い浮かぶユルスナールを、仮装や過度な化粧を施して奇抜なセルフ・ポートレートを撮る写真家クロード・カーアンと並べることには、戸惑いを感じる人のほうが多いかもしれない。カーアンのテクスト『ヒロインたち』の執筆年代近くに撮られた、カーアンの代表的なセルフ・ポートレートを概観してみると、まず、派手な化粧で女性的な性質をパロディー化した滑稽な感じのもの(図3)、鏡のなかから微笑みかけるという女性のまなざしのコードを意図的に破るかのように、聴衆をまっすぐに睨みつけるもの(図4)、骨格がよく見えるように犯罪者のポートレートに使われる構図を意図的に使い、髪も短く男性的なもの(図5)、などがある。[10] また、クロード・カーアンは、写真家であると同時にシュルレアリストに近い文筆家でもあった。[11] カーアンとユルスナールの生涯を概観すると、カーアンがドイツ占領下のジャージー島でレジスタンス運動に従事し死刑宣告を受け、それによる体調不良が原因で六十歳という若さで亡くなったのに対して、ユルスナールは第二次世界大戦開戦時にアメリカに亡命し、『ハドリアヌス帝の回想』の成功によって恵まれた晩年を送った。したがって、後半生において大きな隔たりがあるのは確かだが、それぞれの生涯の前半においては、文筆家としての歩みだけでなく、家族との関係においてもたくさんの共通点があることが分かる。

第一の共通点として挙げられるのが、母親の不在である。カーアンの場合、精神病に冒された母親が入退院を繰り返していたのに対して、ユルスナールに関しては生後十日にして母親が産褥熱によりこの世を去っている。二つ目として、十代の早い時期にイギリス生活を体験していることである。第一次世界大戦の戦火を避け、父親と一時ロンドンで暮らしていたユルスナールは、生涯イギリスや英文学に愛着を持ち、特にオスカー・ワイルドの作品を若い頃耽読していたようである。ワイルドへの傾倒が同じく見出されるカーアンは、ワイルド裁判に言及するエッセイも書いている。それに関連して三つ目の共通点として、作品における同性愛のモチーフの重要性が挙げられる。一九一三年から一九一四年頃、未刊行ではあるが、男性の同性愛者を指す「ウラニアン」という言葉をタイトルに冠した『ウラニアンの戯れ』というテクストをカーアンが執筆しているのに対して、ユルスナールの一九二九年の小説『アレクシス――あるいは空しい戦いについて』の主人公は同性愛者のピアニストである。この主人公のモデルとなった実在の人物は、絶筆となった自伝的作品『なにが？　永遠が』（一九八八）にも登場するため、この作家は生涯を通して同性愛あるいは同性愛者のテーマに関心を持っていたと考えられる。

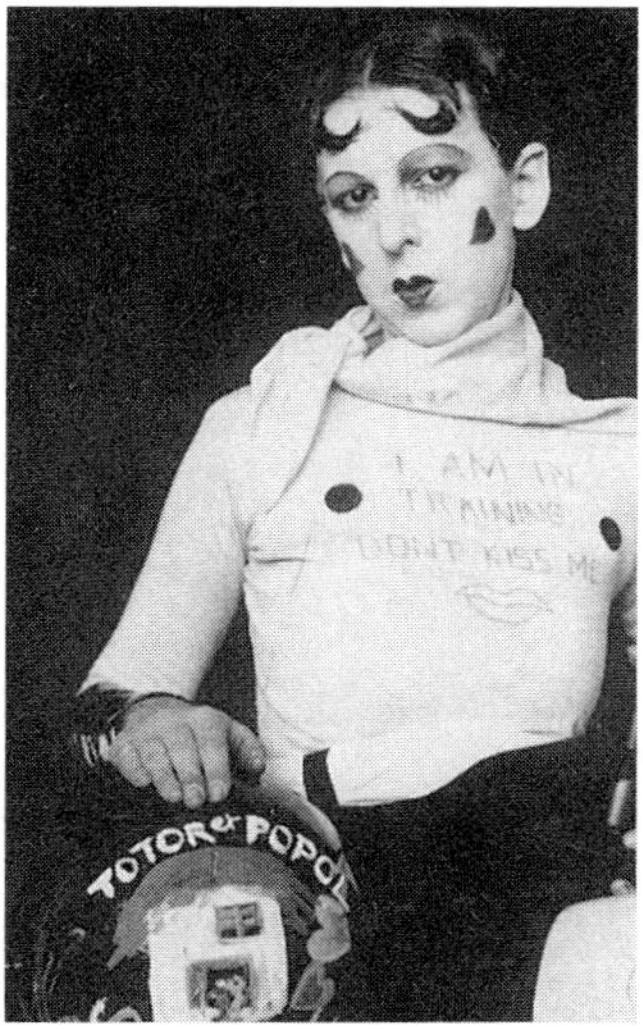

図3　クロード・カーアンのセルフポートレート，1927 年頃

共通点はまだ続く。四つ目として、男性とも女性とも分からないペンネームの採用である。一九一四年に『メルキュール・ド・フランス』誌に出版したテクスト「風景と幻影」で、カーアンは「クロード・クルリ」という筆名を使った。ユルスナールの場合も、一九二一年に詩集を自己出版した際、「マルグ・ユルスナール」と意図的に女性であることを隠すようなペンネームを用いた。女性作家が本名を

隠すケースは、ジョルジュ・サンドや初期のコレットに見られるようにとりわけ珍しいものではないが、これらの場合、男性であると思わせるようなペンネームを用いることで出版を容易にするという明確な目的が透けて見えるのに対して、カーアンとユルスナールの場合はそのケースには当てはまらない。カーアンの場合は、出版界や文学界で活躍する家族のつてで作品を出版することができたし、ユルスナールの場合も父親の援助による自己出版だったので、出版を容易にするためにペンネームを使う必要はなかったはずだ。

私生活においては、両者とも伴侶は女性であり、またフランスを離れてカーアンはジャージー島、ユルスナールはカナダに程近いアメリカのメイン州マウント・デザート島で暮らし、その地、島で生涯を終えている、という点も同様である。恵まれた文学環境で子供時代を送った二人の女性作家が、十一年の隔たりはあれども、神話や聖書の登場人物、とりわけ女性人物が次々に一人称で語る、という作品をそれぞれ発表していることには、共通の問題意識や背景があったと考えるのが妥当ではないだろうか。

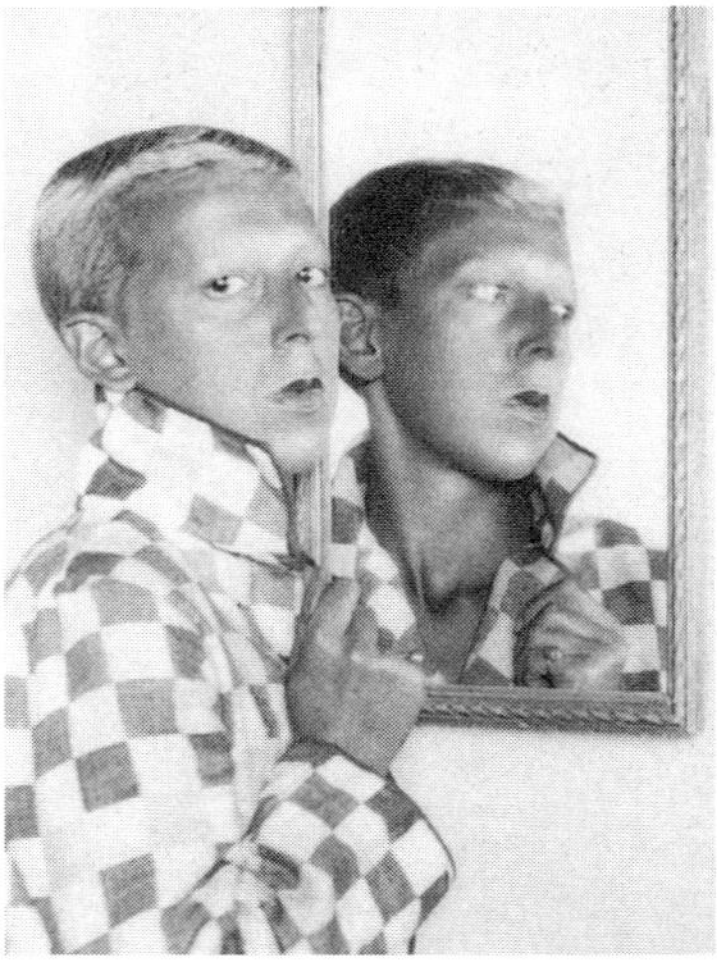

図4　クロード・カーアンのセルフポートレート，1928 年頃

図5　クロード・カーアンのセルフポートレート，1928 年頃

神話上の女性登場人物による一人称語り

カーアンのテクスト『ヒロインたち』とユルスナールの『火』の構成をまず比べてみよう。カーアンの作品のほうは、最後の挿話を除いて登場人物の全員が女性である。神話や聖書の登場人物だけでなく、シンデレラや『美女と野獣』の「美女」を登場させている点でユルスナールの『火』よりもバラエティに富んでいる。他方、ユルスナールにおいては、パトロクレスとアキレウス以外が女性の人物である。両者において、それぞれの人物の大半が「私（Je）」として語っていることが確認できる。

カーアンのテクストにおいて、登場するヒロインたちに対して読者が抱いている好意的なイメージは、ヒロインたちの口で見事に打ち砕かれる。たとえば、シンデレラは実はマゾヒストで、継母や姉たちのいじめは彼女にとってむしろ快楽であり、王子もまたシンデレラに一目惚れしたわけではなく、単に靴のフェティシストであった、という具合である。このように、万人に理想とされるような女性像が、次々と登場人物自身の告白によって覆されていくさまは読者にとって痛快であり、永井敦子も述べているように、「こうした読みかえや意味づけのおかげで読者は、ヒロインたちのイメージは、歴史のなかで主体として存在してきた男性たちが、女性の意志や欲求を軽視して、自分たちの願望や都合に合わせて理想化した女性像にすぎなかったのではないかと考えるに至る[12]」。

他方、ユルスナールの『火』においても、同様の神話のパロディーが見られる。たとえば、クリテムネストラが「私」を語る、『火』のなかの八番目のテクスト、「クリテムネストラあるいは罪」をみてみよう。このテクストは、夫アガメムノンの殺害の罪を問われたクリテムネストラが、法廷で殺人の動機を述べるモノローグから成る。クリテムネストラの陳述に耳を傾けてみよう。クリテムネストラは、トロイア遠征によって夫アガメムノンが不在だった頃の生活について、法廷で次のように訴える。

私はあの人の代わりに農地の仕事や海路の往来を監督し、収穫したものを倉庫に納め、市場の棒杭に強盗の首を曝しものにさせました。私はあの人の鉄砲で烏《からす》を撃ちもしたし、茶色い布の脚絆をはいた足で、あの人の狩用の馬の腹を蹴りもしました。少しずつ私は、私に欠けていたあの人、私がつきまとわれていたあの人と入れ替わっていったのです。しまいにはあの人と同じ目つきで下婢たちの白いうなじを眺めるようになりました。(13)

このように、クリテムネストラはアガメムノンの不在中に彼の仕事を代わりに行なうことによって、男性的な役割を身につけるに至っている。では、ユルスナールのクリテムネストラはなぜアガメムノンを殺さなくてはならなかったのか。アガメムノン殺しの動機として、ギリシア悲劇においては、アガメムノンが妻クリテムネストラとの娘イフィジェニーを生け贄として捧げたことにクリテムネストラが反発した、ということがまず挙げられる。しかし、ユルスナールにおけるクリテムネストラは娘の死にさほど心を動かされていない。さらに、ギリシア悲劇では、クリテムネストラが愛人アイギストスと手を組んで政治権力を掌握したかった、ということが動機として描かれる。しかし、ユルスナールのテクストにおいては、アイギストスはアガメムノン殺しの際にろくに手伝うこともできない、役立たずの子供染みた男として描かれており、またクリテムネストラについてもその権力欲については言及されておらず、読み取ることも困難である。クリテムネストラはむしろ、夫の不在時に責任を持って国を守る理性的な人物として描かれている。アガメムノンの果たしていた役割はもう自分が立派に果たせるので、必要のなくなった夫を厄介払いしただけであると、ユルスナールのクリテムネストラは主張しているかのようだ。

とはいえ、クリテムネストラへの男性的な性格の付与は、ユルスナールのオリジナリティーというわけではない。ギリシア悲劇・ギリシア神話の専門家であるアラン・モローによれば、アイスキュロスにおいてすでにその性格が見られ、「クリテムネストラは男の役割を引き受ける男性的な女である」ことをモローは指摘している。[14] したがって、ユルスナールはアイスキュロス的なクリテムネストラ像を継承しながら、よりその性格を強め、その振る舞いを自らの口で語る自律的、主体的女性としてクリテムネストラを描いていると言えよう。

また、神話のパロディー化に続く、カーアンとユルスナールのテクストの類似点として、作者の自伝的な事柄が神話のリライトのなかに挿入されている、ということが挙げられる。カーアンの作品研究の第一人者フランソワ・ルペルリエによれば、『ヒロインたち』のなかで最もカーアンの自画像に近いのが十四番目のテクスト、「婦人参政権論者サルマキス」である。この小話は、カーアン自身に捧げられている。サルマキスとは、ギリシア神話に登場するニンフで、ヘルメスとアフロディテの息子であるヘルマフロディトスが泉で水浴びをしている最中に言い寄り、一体となることで両性具有になったとされている。カーアンのテクストにおいて注目すべきであると思われる箇所は、サルマキスが初めて避妊手術を行なった、とされていることである。カーアン自身も、日常生活に支障が出るような耐え難い生理不順のため、ためらいもなく手術を受けたという伝記的事実が知られる。[15] また、永井によれば、「この小話のタイトルでサルマキスが〈婦人参政権論者〉とされていたり、ニンフが卵巣を摘出する避妊手術を受けていたりすることには、当時のフェミニズム運動への暗示が見られ」るという。カーアンが英語から訳して一九二九年にメルキュール・ド・フランスから本名で出版したハヴロック・エリス「社会衛生第一巻——社会のなかの女性」という論説のなかでも、「女性保護や社会問題解消のための方策として、女性の参政権拡大や産児数制限が提言されている」とのことで、自伝的事実のみならず、当時の社会的な動きがテクストには反映されているようである。[16]

とりわけカーアンのテクストに影響をもたらしたとされるのが、一九二九年に精神分析に関する国際雑誌に掲載された、イギリス人精神分析医、ジョアン・リヴィエールによる論文「仮面としての女性性」である。この論文では、タイトルが示す通り、女性性というものが個人に元来備わった性質ではなく、取り外しのできる仮面にすぎないという主張がさまざまな事例とともに述べられている。たとえば、知的な女性がわざと知識や能力を隠して無能な女性を演じることで、男性の報復を避け対立を避けようとする、等である。[17] そこから、この「マスク（仮面）としての女性性」という主張と、仮面を多用したカーアンのポートレートとの親近性を指摘する研究者もいるようだ。[18] しかし、永井も指摘しているように、カーアンはセルフ・ポートレートにおいて、仮面をはがして真の自分自身に到達することを目指しているわけではなく、むしろさまざまな仮面をつけることで、一元的な固定された自分自身、つまり唯一絶対の真理のような自己像が存在する、という考えそのものを否定しているように思われる。[19]

この、仮面を通してさまざまな自己を描いてみせるという姿勢は、ユルスナールの『火』にも共通している。ユルスナール自身が、執筆の三十年後にこのテクストに添えた序文で述べているように、このテクスト『火』は「恋愛に関する危機の産物[20]（[p]roduit d'une crise passionnelle）」であり、最初に述べたように、同性愛者のアンドレ・フレニョーへの叶わぬ思いから生まれたものであった。また、この序文が「この仮面舞踏会は、認識のためのひとつのステップだった[21]」という一文で終わることからも、作者が自分自身を批判的距離を置いて眺める装置として、つまりギリシア神話を仮面として自らを語るために、神話の登場人物の語りを借りるリライトを行なっていたのではないかと考えることができる。

結びとして、戦間期という共通の時代背景のもとで執筆されたカーアンの『ヒロインたち』とユルスナールの『火』は、神話や聖書の女性登場人物たちという、万人がなんらかの固定的なイメージを持っている人物像を借りて、ジェンダーや自己同一性についての既成概念を問い直す強度を備えていると言えよう。ここでは特にギリシア神話の登場人物たちに焦点を当てたが、両作家において共通しているのは、自己の変容の契機、あるいはプロセスとしてギリシア神話をリライトしていることだ。その背景には、雑誌『ギリシアへの旅』でみたように、当時のギリシア観の一新があった。現代に息づくものとしてのギリシア神話という当時の観点が、リライトを容易にしたのは間違いないだろう。しかし、ギリシアをめぐる固定概念が払拭され、原初のギリシアの姿が追求された同時代の潮流にならい、根源的な自分自身の姿を追求するということを二人の作家が望んだわけではなかった。二人は、むしろ自分というものを韜晦する方向へと向かった。カーアンとユルスナールにとって、自己を織り込みながらギリシア神話を「私（Je）」として書き直す行為は、「仮面」＝「ペルソナ」をつくり出す行為であったと言えるのではないだろうか。稲賀繁美は、三島由紀夫の『仮面の告白』に言及しながら、「〈仮面〉が古代ギリシア語ではペルソナであり、したがってそこに人格が憑依すること」であると述べる。さらに、「〈告白〉が真理の開示であるとともに、虚偽という〈仮面〉（マスク）による真理の隠蔽と裏表であること」を指摘し、「虚構こそは、隠された真実を、虚偽を手段として暴く技法である」と述べている。[22]仮面がひとつだと、それを剥ぎ取られてしまうと「真実の自分自身」なるものが現れるかもしれないが、カーアンとユルスナールに至っては、自伝的な要素を組み込みながら神話や聖書の人物たちを次々と語らせることによって、無数の仮面としての複数の自己像を提示し、自己が一元化されることを拒んでいるのではないか。自己が一元化されることは拒みつつも、自らについて語り続けずにはいられない、つまりリライトとは、更新され変容し続ける自己の証なのだ。そう考えると、神話的人物のリライトが、のちの自伝的作品、つまりカーアンにおいては『無効の告白』（一九三〇）、ユルスナールにおいては『世界の迷路』（一九七一―一九八七）にどうつながっていったのかを考えることが次の課題となろう。ペルソナとしてのギリシア神話を借りた自己の語りが、これら二つの作品においてどう変容していくのかを検討するためには、別の機会を待たねばなるまい。

[注]

（1） Marguerite Yourcenar, *Œuvres romanesques*, Gallimard, coll. « Bibl. de la Pléiade », 1982, p. XIX. 訳文については、言及がない限り拙訳による。

（2） Yourcenar, « Préface » (1967), *Feux*, *ibid*., p. 1079.

（3） 永井敦子『クロード・カーアン――鏡のなかのあなた』水声社、二〇一〇年、六四頁。

（4） ユルスナールとナタリー・クリフォード・バーネイとのあいだに交わされた書簡は、パリのジャック・ドゥーセ文学図書館に所蔵されている。カーアンとバーネイの交流については、フランソワ・ルペルリエによる次の伝記を参照されたい。François Leperlier, *Claude Cahun. L'Exotisme intérieur*, Fayard, 2006, p. 81.

（5） Sophie Basch et Alexandre Farnoux (éd.), *Le Voyage en Grèce, 1934-1939. Du périodique de tourisme à la revue artistique*, actes du colloque international organisé à l'école française d'Athènes et à la fondation Vassilis et Eliza Goulandris à Andros (23-26 septembre 2004), Athènes, École française d'Athènes, 2006, p. 1.

（6） Le Corbusier, « Point de départ », *Le Voyage en Grèce* [abrégé désormais en : *VG*], n° 1, printemps-été 1934, p. 4.

（7） *Ibid*.

（8） Camille Mauclair, *VG*, n° 5, été 1936, p. 14.

（9） Yourcenar, « Apollon tragique », *VG*, n° 3, été 1935, p. 25.

（10） 永井、前掲書、九六―一一八頁。

（11） 二〇〇二年にフランソワ・ルペルリエの編集したクロード・カーアンの著作集が出版され、日本でも作品の抄訳を含む前掲の永井敦子の書籍が二〇一〇年に水声社から出版されている。

（12） 永井、前掲書、六五―六六頁。

（13） マルグリット・ユルスナール『火』多田智満子訳、『ユルスナール・セレクション4』白水社、二〇〇一年、三三八頁。この引用箇所に関して、『火』における倒錯のテーマについて分析した以下の拙論も参照されたい。« L'Écriture baroque de Marguerite Yourcenar – Une analyse du thème de l'inversion dans *Feux* (1936) »、『仏語仏文学研究』、東京大学フランス語フランス文学研究室、第五〇号、二〇一八年、一三三―一五〇頁。なお、このフランス語論文を校閲してくださったシャルレーヌ・ヴェイヨン（Charlène Veillon）氏の助言を契機として論者はクロード・カーアンに着目するようになった。ヴェイヨン氏にこの場を借りて御礼申し上げる。

（14） Alain Moreau, *Eschyle peintre de la violence et du chaos*, Lille, A.N.R.T, 1985, p. 42.

(15) François Leperlier, *Claude Cahun. L'exotisme intérieur*, *op. cit.*, p. 26.

(16) Havelock Ellis, « La Femme dans la société, I. L'hygiène sociale », traduction de Lucie Schwob, Mercure de France, 1929. リュシー・シュオッブ（Lucie Schwob）はクロード・カーアンの本名である。永井、前掲書、七八頁。

(17) Joan Rivière, "Womanliness as a masquerade", *The International journal of psycho-analysis*, volume X, 1929, p. 303-313. ここで挙げた事例については p. 306-308 を参照されたい。

(18) 永井、前掲書、七四頁。

(19) 前書、一〇六、一一〇頁。

(20) Yourcenar, « Préface » (1967), *Feux*, *Œuvres romanesques*, *op. cit.*, p. 1075.

(21) *Ibid.*, p. 1081.

(22) 稲賀繁美「〈私〉と〈わたし〉が出会うとき：あるいは双子の幽霊・輪廻転生説と複数宇宙論から」、『国立国際美術館ニュース』二一四号、国立国際美術館、二〇一六年六月一日、二—三頁。

［図版出典］

図3：クロード・カーアン、一九二七年頃（Juan Vicente Aliaga et François Leperlier éd., *Claude Cahun*, Hazan / Jeu de Paume, 2011, p. 25 より転載。）

図4：クロード・カーアン、一九二八年頃（*Claude Cahun et ses doubles* [le catalogue d'exposition « Claude Cahun (Nantes, 1894 ; Jersey, 1954). Photographies, dessins, écrits », présentée à la médiathèque Jacques-Demy, du 3 juillet 2015 au 31 octobre 2015], Nantes, Bibliothèque municipale / musée des beaux-arts / éditions MeMo, 2015. p. 4 より転載。）

図5：クロード・カーアン、一九二八年頃（Juan Vicente Aliaga et François Leperlier éd., *Claude Cahun*, *op. cit.*, p. 35 より転載。）

モーリヤックとサガン
――「十八歳の魅力的な怪物」をめぐる引用とリライト

福田耕介

サガンのペンネームとタイトル

一九五四年三月十五日に、『悲しみよこんにちは』で華々しくデビューしたフランソワーズ・サガンは、五月二十四日には、権威ある批評家賞を受賞する。フランソワ・モーリヤックがこの受賞を取り上げた「この前の文学賞」(Le Dernier prix) という論説を、六月一日の『ル・フィガロ』の一面に発表すると、それがまた評判となり、サガンのデビューが語られる時に必ずと言っていいほど引用される文章となった。本論の主眼は、このモーリヤックの論説が、引用される過程でどのようにリライトされてきたかを跡付けていくことにある。

本題に入る前に、「引用」というテーマに即して、サガンというペンネームと「悲しみよこんにちは」というタイトルが既に引用であることを簡単に振り返っておこう。フランソワーズ・クワレーズがペンネームを使うに至った経緯を、姉シュザンヌはマリ＝ドミニック・ルリエーヴルに、「父が妹に、《私の名前をお前の本に使わないでくれ》と言いました」[1]と語っている。父親の名前を使うことを禁じられた娘は、プルーストの『失われた時を求めて』に出てくるサガンという、実在する貴族の家名を拝借する。ただ、このサガンという名前は、このプルーストの小説の中でもっぱら引用されるだけの名前だった。この名前が初めて『失われた時を求めて』の中に登場する箇所を井上究一郎訳によって引用してみよう。

どちらも〔オデットと以前は門番をしていた女性〕上流社交界には暗く、はなはだ単純なので、サガン大公夫人やゲルマント公爵夫人はその晩餐会に多くの人を集めるためには、さもしい連中をお金で駆りあつめなくてはならないのですよ、と彼女たちに信じこませるのはいともたやすく、もし誰かが彼女たちに、このふたりの貴婦人の家に招待させるようにはからいましょうといったとしたら、元の門番もこの高級娼婦も鼻の先でことわってしまったことであろう。[2]

サガンという名がプルーストの小説に現れる時には、実際にサガン家の人が登場して行動することは少なく、多くの場合この例のように、ゲルマントなどの虚構の名前に添える形で引用されて、実在する貴族の名前の威光を虚構の名前に波及させる効果が狙われている。その上でまた、その威光を理解しない無知で身のほど知らずな作中人物たちを滑稽化する役割も担っている。

それにしても、家の格式にこだわるとも思えないフランソワーズ・クワレーズは、なぜプルーストの世界でほぼ引用されるだけのこの名前に着眼したのだろうか。そう考えた時に目に留まったのが、「ゲルマントのほう一」にある次の箇所である。

なるほどそうした名士たちは、ゲルマント家で、パルム大公夫人とかサガン大公夫人とか（フランソワーズは、サガン大公夫人のうわさをしょっちゅうきかされているうちに、この大公夫人をラ・サガントと呼ぶようになった、文法上そんな女性形が要求されてもいいと思いこんで)、その他多くの名門の夫人たちを見かけた。(3)

原文も確認したが、この箇所において、サガンとフランソワーズという二つの名前のページ上での距離が、ほとんど隣接するまでに縮まっている。憶測の域を出ないが、サガンの名前の有難さを今ひとつ理解していない、同じファーストネームを持つフランソワーズの方に、自分を重ね合わせることに面白みを感じて、この近接する二つの名前を結合したと考えると、はるかにこの女性作家のイメージに近付くのではないだろうか。

次いで、「悲しみよこんにちは」というタイトルにもごく簡単に触れておこう。このタイトルは、ポール・エリュアールの詩集『直接の生』所収の「わずかに歪んだ」という詩からの引用であり、エピグラフには詩の全文が掲げられている。そこから、詩の内容と小説の冒頭とを対比することで、詩が「悲しみよさようなら/悲しみよこんにちは(4)」と始まっていることに照応する形で、それまで「名誉ある」感情だと思っていた「悲しみ」と決別し、「甘美」で「自分勝手な(5)」感情を新たに「悲しみ」と名付けたと作品の冒頭で語られていることに気が付く可能性が生まれている。

「この前の文学賞」をめぐる言い落とし

サガンというペンネームとデビュー作のタイトルが「引用」であることを確認したところで、本題であるモーリヤックの「この前の文学賞」に目を移すことにしよう。最初に、サガンの研究者たちによって全体像の紹介されることのほとんどないこの論説の内容を簡単に振り返っておこう。モーリヤックは自分が選考委員を務めている「文学国民賞」[6]（le prix national des Lettres）から話を始めて、賞の選考には、特に委員がカトリックだった場合には、「良心」[7]が深く関与すると言明する。その上で、批評家賞に話を移し、「たとえば先週、批評家賞が十八歳の魅力的な怪物に授与された」[8]という有名な一節を書く。「女性の青春時代のふしだら」を主題とする受賞作からは、「道徳を引き出すこともでき」ると譲歩しつつも、「男子、女子を問わず若い人たちに時おり見られる、無感覚、私にはわからない明晰な残酷さ」[9]の描かれていることに嘆め息を洩らす。その後に、これから幾度か問題とすることになる次の一節がくる。

批評家賞の選考委員会が、この残酷な本に賞を与えることは間違いだったのか。私としては判断を下すつもりはない。最初のページから文学的才能は輝きを放ち、議論の余地はない。しかし、文学と関係のない考慮は、どんなものでも遠ざけられなければならなかったのか。たとえば、歴史的情勢などは。[10]

ここでモーリヤックが、「歴史的情勢」と書いているのは、ジャン・トゥゾーが脚注で述べているように、[11]「ディエンビエンフー陥落」とそれに続いてまさに協議中だったインドシナ停戦協定のことである。この文の呼吸からは、モーリヤックがこの文章を書いた目的が、サガンの文学的才能を称揚することにはなく、それを前段として、批評家賞の選考委員会が、「歴史的情勢」を斟酌しなかったことに疑義を呈することにあったことが伝わってくる。じじつ、モーリヤックはこの「歴史的情勢」が「あまりに才能に恵まれたひとりの少女の小説」と何の関係があるのかと問うて論を展開し、「私たちの義務は、それゆえ、文学的才能が同じであれば、フランスの霊的な生活を証言する作品を提案することなのだ」[12]という結論に至る。その後は、サガンと同じくらいの才能を有するほかの候補者や、「歴史的情勢」と文学との関係などに話を向け、ようやく結びの文において、「しかし、私たちはこの恐ろしい少女から離れてしまった」[13]とサガンに話を戻すに過ぎない。

サガンの受賞は明らかに、モーリヤックが「この前の文学賞」を執筆する契機であって、常に論の中心を占めているわけではないのだ。示唆的なのは、ジャン・トゥゾーが脚注で指摘しているように、[14]「この前の文学賞」では、サガンの名や『悲しみよこんにちは』というタイトルが、どこにも書かれていないことである。「引用」であるサガンの名前とタイトルを、モーリヤックは全く「引用」しなかったのだ。この論説で、モーリヤックがサガンを「十八歳の魅力的な怪物」と呼んだことは、サガンのデビューを語る時に必ずと言っていいほど引き合いに出されるのだが、そう呼ぶことで「サガン」と名指さなかったことに触れたサガン論は皆無であると言っていい。賞のそのほかの候補者の名前は列挙してはばからないモーリヤックが、サガンの名と本のタイトルを言い落としたことからは、モーリヤックがサガンとの間に一定の距離を保っていることが伝わってくるのだが、あくまでモーリヤックがサガンの才能を認めたことを偏重するサガン伝説の磁場では、モーリヤックの言い落とし自体が、当り前のように言い落とされてしまうのである。

サガン伝説における「この前の文学賞」

続いて、サガンのデビューを語る時に、「この前の文学賞」がどのように引用されているのかを見ていこう。本論では、「引用」に伴う「リライト」という観点から、オリジナルと異なる要素を含むものに焦点を絞って、二つの代表的なタイプを紹介することにする。第一のタイプは、モーリヤックがサガンの文学的才能を認め、褒め称えたとだけ伝えるものである。たとえば、『サガン　魅力的な小さな怪物』のアラン・ヴィルコンドレは、「この成功は、それでもモーリヤックが『ル・フィガロ』の論説を彼女に捧げた時、ひときわ威光のある言い回しを手に入れる。《十八歳の魅力的な小さな怪物》は、このアカデミー会員を完全に魅惑する」[15]と書いてはばからない。サガンに関して「この前の文学賞」が引用される時には、ほとんどの場合、このように、サガンを称揚するモーリヤックの言葉だけが「歴史的情勢」から切り離されて、伝説の中に移植される。肝心なのは、あくまでモーリヤックがサガンに「完全に魅惑」されたと語ることなのである。

ヴィルコンドレに関して、もうひとつ目を引くのが、「十八歳の魅力的な怪物」に「小さな」(petit) という形容詞が混入して、それがタイトルにまで据えられていることである。この「小さな怪物」は、これから見ていくように、ヴィルコンドレの専売特許などではなく、多くの論者によって採択される、「十八歳の魅力的な怪物」の最も有名なリライトとなっているのだ。

この表現の広まった最大の要因と考えられるのが、『返答 1954-1974』(邦題『愛と同じくらい孤独』) にあるサガンの、「その時、『ル・フィガロ』に出た記事の中で、モーリヤックが私をたしか《魅力的な小さな怪物》呼ばわりしました[16]」という言葉である。「たしか」(je crois bien) という言葉からうかがわれるように、モーリヤックの「十八歳の魅力的な怪物」をサガン自身がうろ覚えで「魅力的な小さな怪物」にリライトして引用していたのだ。

サガンが「小さな」という形容詞を付け加えた理由も推測に難くない。「この前の文学賞」の中で、モーリヤックはサガンと彼女の小説に関して、「この小さな小説[17]」(ce petit roman)、「あまりに才能に恵まれたひとりの少女の小説」(le roman d'une petite fille trop douée)、「この恐ろしい少女」(la terrible petite fille) という表現を連ねて、「小さな」を多用していたのであり、それが、「十八歳の」に置き換わる形で、彼女の記憶に刻まれたと推察することが許されるだろう。

この『返答 1954 − 1974』というインタビュー集では、編纂されて収められたそれぞれの「返答」の初出が明示されていないので、どの時点での「返答」なのかは判然としないが、モーリヤックではなくサガンを読んで「小さな怪物」として記憶に留めた読者が少なからずいたことは想像に難くない。「この前の文学賞」掲載の三年後の一九五七年に上梓された『こんにちはフランソワーズ…神秘的なサガン』の中で、ゴイエ=マルヴィエが既に「十八歳の魅力的な小さな怪物」[18]（un charmant petit monstre de dix-huit ans）と完全な表現の中にさらに「小さな」を加えて引用していることからも、「小さな怪物」がかなり早い時期から浸透していた表現だったことが確認できるのである。

モーリヤックがサガンの才能を賞賛したことだけを強調するサガン論として、もうひとつ、既に取り上げたマリ＝ドミニク・ルリエーヴルの著作の中でモーリヤックが引用されているところを引用しておこう。

「先週、批評家賞が十八歳の魅力的な怪物に授与された……選考委員会が、この残酷な本に賞を与えることは誤りだったのか。私としては判断を下すつもりはない。最初のページから文学的才能は輝きを放ち、議論の余地はない」と彼は『ル・フィガロ』に書いている。彼の時評において、モーリヤックは、「あまりに才能に恵まれた少女の小説」、彼女の「明晰な残酷さ」に言及している。

好意的という以上のものであり、時勢に通じていることを望むモーリヤックは、「文学的才能」に免じて、この若い作家に赦しを与えるのだ。[19]

ルリエーヴルは、「たとえば」を省略するなどのほかは、ほぼ正確にモーリヤックの文言を引用している。ただし、モーリヤックがサガンを評価した部分だけを繋ぎ合わせて引用していることは明らかであり、モーリヤックがサガンに「赦しを与える」ことを到達点とするために、「歴史的情勢」などは全て言い落とされているのだ。

最後に、比較的新しい研究書として、エヴ＝アリス・ルスタンの『フランソワーズ・サガン　寛大な視線』にも一言触れておこう。ルスタンの著作は、「この前の文学賞」以降にモーリヤックがサガンを論じた「ブロック・ノート」に、順を追って論評を加えていることでも注目に値するのであるが、意外なことに、「この前の文学賞」に関してだけは、「彼が賛辞を呈した小説」、「『悲しみよこんにちは』に賛辞を呈した」[20]と繰り返すばかりで、モーリヤックの論説の一面だけを伝える不正確な紹介に甘んじている。

「この前の文学賞」にはない文の引用

サガンのデビューを語る中でモーリヤックの言葉が誤りを含んで引用される時の、第二のタイプとしては、モーリヤックが「この前の文学賞」に書いていない文章がそこに書かれていたかのように引用されることが指摘できる。顕著な例は、DVD-ROM版『アンシクロペディア・ユニヴェルサリス』(二〇一三年版)にある、フレデリック・マジェの執筆した「サガン」の項目の、次の一節である。

フランソワ・モーリヤックは、『ル・フィガロ』の第一面で作者を、「十八歳の魅力的な小さな怪物」と形容して、この作品を擁護する。「才能は一頁目において、輝きを放つ。この本には、若さのあらゆる余裕、あらゆる大胆さが備わっていて、いささかも下品なところがない。明らかに、彼女が大騒動を巻き起こすことに関しては、サガン嬢には全く責任がない。(中略)私たちの前に、新たな作家が誕生したと言うことができる。[21]

マジェは、「十八歳の魅力的な小さな怪物」と書いて「小さな」を混入するのみならず、「擁護」だけを強調して、まさに第一のタイプの誤りを含んだ引用を実践する。新たな問題を孕んでいるのはその後に来る引用である。「才能は一頁目において、輝きを放つ」という最初の文は、まだ「この前の文学賞」の面影を留めている。しかし、それに続く「この本には」から始まる賛辞は、モーリヤックの論説にはなかった。つまり、「この前の文学賞」にない文章が、『ル・フィガロ』の一面にモーリヤックが書いたものとして引用されていることになるのだ。もちろん、モーリヤックがほかの日に『ル・フィガロ』に書いた可能性を完全に否定することはできないが、「この前の文学賞」でこだわりを持ってサガンと書かなかったモーリヤックが、ほかの日には、「サガン嬢」と名指して、このように書くとはにわかには信じ難い。なお、引用文中の中略はマジェ自身の施したものである。

マジェがモーリヤックの文章とするものの出典を探るために、この「サガン」の項目の末尾に掲げられた三冊の参考文献にあたったところ、マジェがジュヌヴィエーヴ・モルの著作から、若干の変更を加えて引き写していることが判明した。モルの問題となる箇所を引用してみよう。

もっとも驚くべき見解は、フランソワ・モーリヤックが五月二十五日の『ル・フィガロ』の第一面で展開するものである。フランソワーズ・サガンを「十八歳の魅力的な怪物」、「恐ろしい少女」として扱うと同時に、この尊敬を集めるノーベル賞受賞者は、率直に意見を述べる。「そこでは才能は、一頁目から輝きを放つ」と彼は書く。「この本には、若さのあらゆる余裕、あらゆる大胆さが備わっていて、いささかも下品なところがない。明らかに、彼女が大騒動を巻き起こすことに関して、サガン嬢には全く責任がない。そして、二作目が私たちを裏切らない限り、私たちの前に、新たな作家が誕生したと言うことができる。(22)」

マジェの引用とモルの引用はほぼ同じであり、マジェが問題となっているモーリヤックの言葉を、多少省略したほかは、忠実にモルから引き写していることは疑う余地がない。マジェが五月二十五日と書いたのは、サガンの受賞が二十四日なので、その翌日に論説が出たと勘違いしたためだと思われるが、モーリヤックが五月二十五日にも別の論説を書いていて、そこでは「サガン嬢」云々と書いたと取れなくもない。そこで、念のため、五月二十五日の『ル・フィガロ』にも当たってみたが、第一面に掲載されている「歴史を知ること」（Connaissance de l'Histoire）と題されたモーリヤックの論説の中で、サガンに言及されることはなかった。

モルの著作とマジェの項目を対置することで、もうひとつ明らかになるのは、ほとんどモルの記述を引き写しているマジェが、モルが正確に引用した「十八歳の魅力的な怪物」だけは、「小さな」という一語を書き加えてリライトしていることである。彼の参考文献にあるほかの二冊は、ジャン＝クロード・ラミーの『サガン』[23]と既に取り上げたルリエーヴルの著書であるが、どちらにおいてもこの表現は正確に引用されていたので、「小さな」という一語は、マジェが自分の判断で付け加えたことになる。それほど、「魅力的な小さな怪物」という表現の持つ「魅力」は抗し難いものだったのである。

残る問題は、モルがどこからこのモーリヤックの言葉を引用したのかということである。『ル・フィガロ』にはないとしても、どこかで読んだ記憶があったので、サガンの著作を読み返したところ、一九八八年出版の『肩越しに』（*Derrière l'épaule*）の中に、サガンが次のように書いていることがわかった。

「そこでは才能は、一頁目から輝きを放つ」とこの通りの言葉で『ル・フィガロ』の第一面でフランソワ・モーリヤックが宣言して、それと同時に、『悲しみよこんにちは』を売り込んでくれた。先に名前を挙げた批評家たちによると、「この本には、若さのあらゆる余裕、あらゆる大胆さが備わっていて、いささかも下品なところがない。明らかに、彼女が大騒動を巻き起こすことに関しては、サガン嬢には全く責任がない。そして、二作目が私たちを裏切らない限り、私たちの前に、新たな作家が誕生したと言うことができる。[24]」

モルが依拠したのが、モーリヤックではなくこのサガンの一節であることは、一目瞭然である。モーリヤックの言葉は往々にして、原典に当たる労を取らずに、サガンを介して引用されるのだ。しかし、引用の出所としてサガンが「先に名前を挙げた批評家たちによると」と書いているのは、それ以前のページで具体的に名前が引用されているエミール・アンリオやロベール・ケンプ、アンドレ・ルソー、ロベール・カンテールのことであって、モーリヤックはそこに含まれていない。モルは不注意から、サガンがほかの批評家たちに帰している言葉をモーリヤックの言葉として引用し、それをマジェがさらに引用して、『アンシクロペディア・ユニヴェルサリス』の、誤った引用が完成したのだ。信頼できる文献であるはずのこの百科事典も、サガンのデビューとモーリヤックを巡る言説に関しては、そこを支配する、様々なリライトを許容する文化の「魅力」に抗することができなかったのである。

日本における「魅力的な怪物」

次に、日本で出版されている『悲しみよこんにちは』翻訳に添えられた「解説」において、モーリヤックの言葉がどのように紹介されているのかを見てみよう。一九五五年に出版された新潮文庫の朝吹登水子訳『悲しみよこんにちは』初版の「あとがき」には、次のように書かれていて、それがそのまま、一九六八年改版の「あとがき」にも踏襲されている。

モーリヤックが、フランソワーズ・サガンを評して「小さな悪魔《プチ・ディヤーブル》」といった時、かの女はこう答えた。「モーリヤック氏はいつも罪悪感にとり憑かれているかも知れないけれど、私には罪悪感がないのだもの」(25)

モーリヤックの言葉として、「小さな悪魔」がプチ・ディヤーブルというルビを伴って紹介される。定番として混入する「小さな」に、「怪物」ではなく「悪魔」が組み合わされて、「十八歳の魅力的な怪物」には存在しない言葉だけから成る、斬新な表現が登場した。ルビの振られていることからは、もとにフランス語の表現があると推測されるが、今までのところ出典を特定することができない。朝吹登水子は、一九五四年十二月にサガンと会って直接話をした、とこの「あとがき」に書いているので、彼女がサガンから直接聞いたことも考えられる。仮にそうであるならば、この表現も直接モーリヤックから引用されたのではなく、サガンを介しての引用だということになるだろう。

二〇〇九年刊行の新潮文庫の河野万里子新訳『悲しみよこんにちは』の「訳者あとがき」には、旧訳の「あとがき」を受けて次のように書かれている。

　神なき人間の悲惨を描いたといわれるノーベル賞作家、フランソワ・モーリヤックは「悲しみよこんにちは、青春よこんにちは」と言い、彼女を「魅力的な小悪魔（petit diable）」と絶賛したという。diableには「いたずらっ子」「おてんば娘」といった意味もあり、年少の彼女に対してそういったニュアンスも含ませていたことだろう。(26)

「悲しみよこんにちは、青春よこんにちは」という今までにないモーリヤックの言葉が引用されているが、その出典も突き止めることができない。その後に、「魅力的な小悪魔（petit diable）」という「十八歳の魅力的な怪物」の新しいバージョンが登場する。「小さな悪魔」という新潮文庫旧訳の「あとがき」にあった表現に、「魅力的な」というオリジナルの表現にある形容詞が付け加えられたものであることは明らかだ。ただ、気にかかるのは、「小悪魔」という日本語にだけ原文が添えられていて、「魅力的な」にあたるフランス語が引用されていないことである。旧訳のルビをフランス語に直しただけで、「魅力的な小悪魔」という三語揃ったフランス語の表現が参照されたわけではない可能性も依然として残されているのだ。

さらに、diable という言葉が、「いたずらっ子」「おてんば娘」という意味で使われているという注解が続く。そのために、diable をフランス語で提示する必要があったとも考えられるだろう。カトリック作家として知られるモーリヤックが、字義通りに「悪魔」という言葉を使ったと読者が「誤解」して、モーリヤックがサガンを賞賛したという神話が崩れてはならないという配慮が働いたのに違いない。ここでも「絶賛した」と書かれているように、日本語の「解説」的な文章においては、モーリヤックがサガンに賛辞を呈したということだけを伝える傾向が主流となっていくのだ。

「いたずらっ子」「おてんば娘」からは、既に引用した『返答 1954-1974』の中でサガンが間違って引用した《charmant petit monstre》を、一九七九年刊行の新潮文庫の翻訳、邦題『愛と同じくらい孤独』の中で朝吹由紀子が、次のように注を付して訳していることが思い出される。

> あのころル・フィガロ紙にモーリヤックがわたしのことを確か《小さなかわいい怪物》［冗談に手に負えない子供のことを呼ぶ時の表現］と呼んでいる記事が載りました。(27)

サガン伝説に移植され、修正をほどこされた「小さなかわいい怪物」は、「冗談」に過ぎないと断言される。「手に負えない子供」と「いたずらっ子」「おてんば娘」は、同じ範疇の子供を指し得る日本語であり、サガンに賛辞を呈する役割を担うモーリヤックが「怪物」という言葉を使ったのであれば、それは「冗談」でなければ収まりが悪いという、河野の「訳者あとがき」に作用したのと同じ心理が働いているのだ。

それにしても、「悪魔」であっても、「怪物」であっても、サガンの読者にとっては、賛辞というラインが揺るがなければ問題ないのだろうが、モーリヤックの読者にとっては、モーリヤックが同じことを表現するために、「悪魔」と言ったり「怪物」と言ったりするものだろうか、という素朴な疑問が残る。「十八歳の魅力的怪物」の中にある、「魅力的」の名詞形「魅力」(charme)や「怪物」(monstre)が、モーリヤックの思い入れの深いヒロイン、テレーズ・デスケルーに関しても使われる言葉であることも忘れてはなるまい。その時、「怪物」は否定的な意味ばかりを持つわけではなく、むしろ、果たして本当に「怪物」なのか、という反語的な問いかけとして、読者のテレーズに対する共感を呼び覚ます使命を負っている。同じ文脈で「悪魔」が使われることはなく、モーリヤックにとって、「怪物」と「悪魔」が、区別なしに使われる言葉であるとは考えられないであろう。

新潮文庫新訳の一年前の二〇〇八年に河出書房新社から出た『池澤夏樹=個人編集　世界文学全集』の「『悲しみよ　こんにちは』解説」には、『愛と同じくらい孤独』の訳者でもある朝吹由紀子が次のように書いている。

五月二十五日に「批評家大賞」を受賞してからはメディアがさかんにサガンを取り上げるようになった。ノーベル賞作家フランソワ・モーリヤックがフィガロ紙の一面に記事を載せ、後に誰もが引用することになる「小さな可愛い怪物」という表現でサガンのことを呼んだ。モーリヤックはサガンの才能を適切な表現でこう褒めた。「彼女の才能は第一ページ目から鮮やかに輝いている。小説には若者特有の心の余裕と大胆さが備わっていて、品のなさなどみじんも見受けられない[28]」

批評家賞の受賞は厳密には、五月二十四日である。「小さな可愛い怪物」には、『愛と同じくらい孤独』のサガンの言葉が、「かわいい」を漢字に直してそのまま使われている。ここでも、「後に誰もが引用することになる」モーリヤックの表現を引用するために、モーリヤックの原典は顧みられずに、サガンのテクストが参照されていることがわかる。

また、『愛と同じくらい孤独』においても、「『悲しみよこんにちは』解説」においても、《charmant》が「かわいい」（あるいは「可愛い」）と訳されていることも目に留まる。そのことで、「魅力」が日本語から消えることになったが、テレーズ・デスケルーは魅力的であっても、かわいいとは言われないので、「かわいい」は必ずしもモーリヤックの使う《charmant》にふさわしい訳語とはならない。ここでも、必要とされているのは、デビューした時のサガンにふさわしいサガンらしさであって、モーリヤックがどのような意味でこの表現を使ったのかというモーリヤックらしさではないのだ。

その後に続く「若者特有の心の余裕」から始まるモーリヤックの引用は、既に見たように、モルが間違って引用して、『アンシクロペディア・ユニヴェルサリス』に継承された、モーリヤック以外の批評家たちの言葉の一部分にほかならない。同じ解説の中では、邦題『足跡をたどって』として *Derrière l'épaule* から別の箇所が引用されてもいるのだが、モルの過誤に目が留まることはなかったのであろう。「モーリヤックはサガンの才能を適切な表現でこう褒めた」と語ることのできる表現が必要とされるサガン伝説の中では、その信憑性を疑ってかかる批判精神は働きづらくなってしまうのだ。

「この前の文学賞」に言及しない解説

サガン『悲しみよこんにちは』翻訳に付された「あとがき」の例外的なものとして、モーリヤックの表現に全く触れていないものにも言及しておこう。一九五七年の安東次男訳『悲しみよこんにちは』の「あとがき」では、安東は「問題はこの微視の世界からどのようにしたらわれわれが全体を回復できるかということだ(29)」と論を展開し、「一九五四年度《批評家大賞》を獲得した[30]」ことに言及しながらモーリヤックの言葉には全く言及していない。「フランスの若い世代の代表的詩人シャルル・ドブザンスキー[31]」によるサガンのインタビューを長く引用しているので、詩人である安東にとっては、老大家との対比以上に、世代の近い若い詩人との言葉のやり取りが興味深く思われたということなのだろう。

サガンの初期の四つの小説を収めた、一九六〇年刊行の新潮社版『世界文學全集42　悲しみよこんにちは』に、白井浩司が書いた「フランソワーズ・サガン―人と作品―」という解説文もひときわ異彩を放っている。白井は先ず『一年ののち』が刊行された時に、「カソリック作家で有名なフランソワ・モーリヤックは長文の評論を発表し、サガンに対する賛辞を惜しみませんでした[32]」と書き、その内容を丁寧に紹介する。それに続いて、遡る形で、「モーリヤックはサガンをかなり高く評価していますが、第二作の『ある微笑』が刊行されたときも、同じように、ずいぶん好意的な批評を下しました[33]」と書いている。白井が紹介している二つのモーリヤックの文章は、ともに一九五八年にフラマリオン社から刊行された『ブロック・ノート 1952-1957』に収録されたものである。

白井の解説が特異なのは、このようにモーリヤックがサガンに呈した賛辞をふたつ紹介しておきながら、「十八歳の魅力的な怪物」という有名な表現には全く触れていないことである。憶測の域を出ないが、サガンについての解説を書くにあたって、白井は当然モーリヤックの論説のことを知っていたので、『ブロック・ノート 1952-1957』にあたって原文を確かめようとした。ところが、そこには「この前の文学賞」は収録されていなかった。原典にあたれなかったことで、「この前の文学賞」に触れることは差し控え、そのかわりに目に留まった『ある微笑』と『一年ののち』を論じた「ブロック・ノート」を紹介したのではないか。原文を参照しようとする姿勢が、逆説的に「十八歳の魅力的な怪物」を引用する妨げとなった可能性が考えられるのである。

「十八歳の魅力的な怪物」からは逸れることになるが、白井の解説を読んでもうひとつ目に留まったのが、「わずか十九歳の少女によって書かれたということは、まさに驚嘆に値する」描写の例として、セシルがシリルと初めて肉体関係を持った後に、家に戻って「読書をしているアンヌのすぐ傍に腰を下ろし、タバコをすおうとしても、手がどうしてもふるえてマッチがつ［かない］」[34]場面に言及していることである。この場面については既に別のところで論じたことがあるが[35]、最近になって、この「驚嘆に値する」描写とよく似た一節がカポーティの「夜の樹」に見出せることに気が付いた。サガンがカポーティを読んだという記述にまだ出会っていないので、リライトであると断言はできないが、参考までに新潮文庫の川本三郎訳を引いておこう。

彼女は煙草を一本見つけて、火をつけようとした。風が次々にマッチの火を吹き消して、残りは一本だけになった。彼女はランプのある片隅に行き、最後のマッチが消えないように両手でマッチをおおった。火がつき、ぼっと燃えあがり、消えてしまった。彼女は腹が立って煙草とマッチの空箱を投げ捨てた。緊張が張り裂けそうな頂点にまで達し、こぶしで壁をたたいた。そしてむずかる子どものように、静かにすすり泣き始めた[36]。

『悲しみよこんにちは』第二部第四章末尾の記述との類似は明らかだ。フランスでは一九五三年には翻訳が出版されているので、カポーティのこの一節がサガンの記憶に刻まれていたと考える余地は残されている。

「この前の文学賞」の部分訳

最後に、何度か言及したルリエーヴルの著作には、永田千奈による翻訳『サガン　疾走する生』があるので、そこで「この前の文学賞」の引用がどのように訳されているのかを見ておこう。モーリヤックの引用を含む箇所は次のように訳されている。

『悲しみよこんにちは』最大の宣伝係にして、その成功を決定的なものにした功労者は、フランソワ・モーリヤックだった。カトリックの偉大な作家、時評欄「ブロック＝ノート」でフランス文学界の良心を担う、あのモーリヤックだ。彼は『フィガロ』紙に書いた。「先週、批評家賞が、一八歳のチャーミングな怪物に授与された。〔……〕こんな残酷な本に賞を与えていいのか、という声もある。だが、私はそうは思わない。最初のページを読んだだけで、その才能は眩いばかりであり、疑いの余地がない」彼はさらに「過剰なまでの才能をもった少女が書いた作品」であり、「聡明な獰猛さ」を感じると続ける。好意的という言葉を超える評価。つねに時流に目を配るモーリヤックは、文学界のご意見番として、若きサガンに〈無罪放免〉を言い渡したのである。[37]

ルリエーヴルは、細かいところを省略記号なしに省略しているとはいえ、文面に表われているモーリヤックの文言は改変されていない。それに対し、その翻訳では、選考委員会の判断に疑問を呈する「こんな残酷な本に賞を与えていいのか」という文に、「という声もある」という原文にない表現が付加されて、モーリヤック自身が発している問いではないことを明確にした上で、「そうは思わない」とモーリヤックがそれをきっぱりと否定することになっている。そのことで、批判的な世間の声に対してモーリヤックがサガンを擁護するという図式が鮮明になる。ただ、「判断するつもりはない」(Je n'en déciderai pas.) が「私はそうは思わない」に変わってしまうと、「たとえば歴史的情勢などは」と切り出す流れが断ち切られて、そこで話が終結し、モーリヤックがこの「論説」を書いた動機も消滅する。ここでも、ただモーリヤックがサガンを称揚したという言葉だけが残るのだ。そのことでまた、その後の部分において、モーリヤックがサガンの才能に免じて、サガンを「赦した」というルリエーヴルの誤解を、「無罪放免」という日本語訳によって、いっそう強調することも可能となったのだ。また、モーリヤックの二つの賛辞を追加して引用するところが、原文では既に引用したように、「彼の時評において、モーリヤックは、《あまりに才能に恵まれた少女の小説》、彼女の《明晰な残酷さ》に言及している」と継ぎ目が明白になっていたのに対し、翻訳では、「さらに」と「感じると続ける」に変わって連続性が強調されることになったことにも目を留めておこう。

山口路子『サガンという生き方』の中でサガンのデビューに関するモーリヤックの言葉が紹介されている部分にも言及しておこう。

なかでも最大の宣伝係は、フランソワ・モーリヤックだった。彼は「フランス文学界の良心を担う」とまで言われた作家だった。その彼が『ル・フィガロ』紙に書いた。
「先週、批評家賞が、十八歳の《かわいい怪物ちゃん》(手に負えない子どもを呼ぶときの一種の愛情表現)に授与された。こんな残酷な本に賞を与えていいのか、という声もある。だが、私はそうは思わない。最初のページを読んだだけで、その才能は眩いばかりであり、疑いの余地がない。これは過剰なまでの才能をもった少女が書いた作品であり、聡明な獰猛さを感じる。」
文学界のご意見番であるモーリヤックが手放しで賞賛している。これは大きな影響力があった。[38]

この一節は、明らかにルリエーヴルの訳書のリライトになっている。そこでは、先ず、問題としてきた「十八歳の魅力的な怪物」が、ルリエーヴルの訳書における「チャーミングな怪物」から、「かわいい怪物ちゃん」へと変容する。「手に負えない子ども」という注が、朝吹由紀子訳『愛と同じくらい孤独』から拝借されているので、『愛と同じくらい孤独』の「小さなかわいい怪物」にある「小さな」のニュアンスが、「ちゃん」によって置き換えられたと考えることもできるだろう。いずれにしても、希求されているのが、デビューした時のサガンにふさわしいイメージであって、モーリヤックの表現にふさわしいかどうかではないことは、繰り返すまでもないだろう。

その後に続くモーリヤックの文章とされるものの特筆すべき点は、モーリヤックの賛辞だけをつなぎ合わせて引用していたルリエーヴルが、それでも一続きの引用ではないことを示すために挿入していた、「彼はさらに」「〜であり、〜を感じると続ける」という継ぎ目が、永田が連続性を強調したことを受けて、完全に削除されて、モーリヤックの言葉が一続きの文章としてよどみなく流れて、文字通りに隙のない賛辞に生まれ変わったことである。そのおかげで、ルリエーヴルの「赦し」もまた、「無罪放免」を経て「手放しで賞賛」することにまで昇華された。モーリヤックがサガンに賛辞を呈したという伝説と、原典に当たらない引用という二つの傾向が見事に融合し、比類のない高みに到達しているのである。

ベルグソンと『霊的生活』

モーリヤックが、「歴史的情勢」を斟酌せずにサガンに批評家賞が与えられたことに疑義を呈する中で、「十八歳の魅力的な怪物」という表現が生れた。ただ彼がその時重視した「歴史的情勢」は、モーリヤックの言葉を引用する者たちによっても、再度あっさりと切り捨てられてしまう。しかし逆にそのことで、この表現はサガン伝説の中で新しい生命を得て脈動し続けることになったのだ。モーリヤック自体は、老カトリック作家、アカデミーフランセーズ会員、ノーベル文学賞受賞者として、若い奔放な女性の生き方を体現したサガンの対極に位置付けられて、鮮やかな対照を構成する記号であればそれで十分だったのである。

本論では、「十八歳の魅力的な怪物」をめぐる引用とリライトを跡付ける以上のことができなかったが、モーリヤックがサガンの『悲しみよこんにちは』出版とほぼ同時期に推敲していた『小羊』には、既に別のところで述べたように、[39]意外な類似点が潜んでいる。そこでは指摘しなかったが、引用という手法に関しても、『悲しみよこんにちは』では、バカロレアの課題としてセシルが取り組んでいるベルグソンの一節が彼女の理解できないものとして引用され、『小羊』では、神学校に入る予定にしていたグザヴィエがこれから慣れ親しむべき雑誌として読んでいる『霊的生活』の一節がやはり彼の理解できないものとして引用されるという共通点が見出される。主人公の理解を超えた難解な言葉が、セシルがアンヌと衝突する伏線となり、グザヴィエがジャン・ド・ミルベルによって神学校から引き離されることの誘因となるように、物語の要衝に位置付けられているのだ。

また、モーリヤックが「私たちは常に同じ物語を語る」[40]とサガンを擁護していることも重要である。作家としてモーリヤックとサガンは「同じ物語」をリライトして深めていくという同じタイプに属していた。いずれ稿を改めて論じたいと考えているが、「引用」と「リライト」はモーリヤックとサガンの作品世界の類縁性を論じるための、有力な観点ともなっているのである。

［注］

（1） Marie-Dominique Lelièvre, *Sagan à toute allure*, Denoël, 2008, p. 48.

（2） プルースト（井上究一郎訳）『失われた時を求めて1』、ちくま文庫、一九九二年、三一五頁。

（3） プルースト（井上究一郎訳）『失われた時を求めて4』、ちくま文庫、一九九三年、三四七頁。

（4） Françoise Sagan, *Bonjour tristesse* in Sagan, *Œuvres*, Robert Laffont, « Bouquins », 2009, p. 2.

（5） *Ibid*., p. 3.
（6） François Mauriac, « Le Dernier prix » in *La Paix des cimes Chroniques 1948-1955*, Bartillat, 2000, p. 488.
（7） *Ibid*., p. 489.
（8） *Id*.
（9） *Id*.
（10） *Id*.
（11） *Id*.
（12） *Id*.
（13） *Ibid*., p. 491.
（14） *Ibid*., p. 489.
（15） Alain Vircondelet, *Sagan, un charmant petit monstre*, Flammarion, 2002, p.113.
（16） Françoise Sagan, *Réponses 1954-1974*, Jean-Jacques Pauvert, 1974, p.47.
（17） « Le Dernier prix », *op. cit*., p. 489.
（18） Gohier-Marvier, *Bonjour Françoise .. mystérieuse Sagan*, Grand Damier, 1957, p. 179.
（19） Lelièvre, *op.cit*., p. 52.
（20） Eve-Alice Roustang, *Françoise Sagan, la générosité du regard*, Classiques Garnier, 2016, p. 35.
（21） Frédéric Maget, « Sagan（Françoise）1935-2004 » in *Encyclopaedia Universalis*（DVD）, 2013.
（22） Geneviève Moll, *Madame Sagan*, Ramsay, 2005, p. 97.
（23） Jean-Claude Lamy, *Sagan*, Mercure de France, 1988, p. 25.
（24） Françoise Sagan, *Derrière l'épaule*, Pocket, 2000, p. 22.
（25） 朝吹登水子「あとがき」、サガン『悲しみよこんにちは』、新潮文庫、一九五五年、一五四頁。
（26） 河野万里子「訳者あとがき」、サガン『悲しみよこんにちは』、新潮文庫、二〇〇九年、一八二―一八三頁。
（27） サガン（朝吹由紀子訳）『愛と同じくらい孤独』、新潮文庫、一九七九年、四二頁。
（28） 朝吹由紀子「『悲しみよ　こんにちは』解説」、『太平洋の防波堤／愛人　ラマン／悲しみよ　こんにちは』、河出書房新社、二〇〇八年、五九五頁。
（29） 安東次男「あとがき」、サガン『悲しみよこんにちは』、ダヴィッド社、一九五七年、二〇〇頁。

(30) 同書、二〇二頁。

(31) 同書、二〇三頁。

(32) 白井浩司「フランソワーズ・サガン―人と作品―」、『世界文學全集42　悲しみよこんにちは』、新潮社、一九六〇年、四二九頁。

(33) 同書、四三〇頁。

(34) 同書、四二六頁。

(35) 拙論「肉体の『秩序』、肉体の『冒険』――サガン『悲しみよこんにちは』に関する一考察」、『lilia candida』第三五号、白百合女子大学フランス語フランス文学会、二〇〇五年、一―一五頁。

(36) トルーマン・カポーティ（川本三郎訳）「夜の樹」、『夜の樹』、新潮文庫、二〇〇五年、四八―四九頁。

(37) マリ＝ドミニク・ルリエーヴル（永田千奈訳）『サガン　疾走する生』、阪急コミュニケーションズ、二〇〇九年、五一―五二頁。

(38) 山口路子『サガンという生き方』、新人物往来社、新人物文庫、二〇一〇年、三九―四〇頁。

(39) 拙論「モーリヤックとサガン――肉体における聖と性」、『仏語・仏文学論集』第五二号、上智大学フランス文学科、二〇一七年、三五―五四頁。

(40) François Mauriac, *Bloc-notes I*, Editions du Seuil, « points essais », 1993, p. 508.

鏡の書法、あるいはヌーヴォー・ロマン的リライトの機制

——ワーグナーを引用するロブ＝グリエ

三ツ堀広一郎

《ヌーヴォー・ロマン》の騎手アラン・ロブ＝グリエ（一九二二－二〇〇八）が十年以上にわたる歳月を費やして執筆・刊行した《ロマネスク》三部作——『戻ってくる鏡』（一九八五）、『アンジェリックあるいは蠱惑』（一九八八）、『コラント最後の日々』[1]（一九九四）——は、いずれも奇妙というよりほかない書物である。というのも、第一部『戻ってくる鏡』の劈頭で、これが自伝の試みであることを謳いつつも、架空の作中人物を配してどこまでも胡乱なフィクションを繰り広げてみせるからだ。「私とは何であるのか？　そして私はここで何をしているのか？」（AE, 69）というルソーの『告白』伝来の問いに寄り添って回想録が紡がれるようでありながら、そうした問いは、「アンリ・ド・コラントとは何者であったのか？」（MR, 7）という虚構空間内の問いへと漸進的に横すべりしていく。

アンリ・ド・コラントとは何者であったのか？　この問いが虚構の次元での謎めかした問いでしかありえないのは、著者の父の知己であったというコラント伯爵なる人物が、たとえロブ＝グリエ自身の像をいくぶんか

は映し出しているのだとしても、あくまで虚構の存在として造形されているからだ。こうして《ロマネスク》三部作は、自伝的真相の究明と小説的効果の探求の両極のあいだを行き来しながら、ときに書かれつつある作品についての理論的考察を仲立ちにして、それら両極を交錯させていく。この点で、《ロマネスク》の総体は、ジャンル横断的ともハイブリッドとも形容しうるテクストなのだろう。

ところで、こうした異種混交的なテクストの様相にさらなる陰影を与えているのが、おびただしい数の先行作品の再利用、もしくは広義における引用である。もちろん、これが作家の自伝でもある以上は、過去の自作品が引かれることは少しも不思議ではない。だが、ことは自作品にとどまらない。明示的であれ暗示的であれ、神話や伝説、古今の文学作品、オペラや映画や絵画など、種々の参照物が《ロマネスク》には詰めこまれている。しかも、それらが何らかの書き換えをほどこされることによって、真贋の別が判然としない逸話が次から次へと生み出される。

これら数多の参照物のなかでも筆頭に挙げるべきは、ワーグナーの楽劇、とりわけ《ニーベルングの指環》四部作だろう。というのも、《指環》のドラマとそのモチーフが《ロマネスク》のもろもろの逸話の生成因子になっているばかりか、書き換えられた《指環》が、《ロマネスク》の物語の構図を、さらには引用という操作の創造性そのものを集約して示す「紋中紋」[2]になっているように思われるからだ。なかでも『アンジェリックあるいは蠱惑』(以下、『アンジェリック』と略記)における《指環》の書き換え箇所は、典型的な紋中紋として機能しているのではないか。以下、ロブ=グリエの創作とワーグナーの接点を見届けたうえで、《ロマネスク》におけるワーグナーの作品の参照箇所に分け入り、その紋中紋としての機能様態をつぶさに検証してみたい。

ワーグナーという紋章

ロブ＝グリエ自身のワーグナーとの出会いは若年の頃にまでさかのぼる。『戻ってくる鏡』によれば、一九四一年、ドイツ軍占領下のパリで国立農学院に入学した十九歳のロブ＝グリエは、同好の士とともに《農学院《アグロ》音楽サークル》を組織し、コンサートやオペラに通い詰めたという（MR, 141）。それより以前、ブレストで過ごしたリセ時代にはすでにワーグナーに愛着を抱くようになっていたが、舞台上演に触れるようになったのは、パリのオペラ座でのことだった。最初に観たのは《さまよえるオランダ人》で、ついで《ローエングリン》、そして《ラインの黄金》の順でワーグナーを発見していった、とロブ＝グリエは一九八七年に刊行されたインタビュー記事のなかで回顧している[3]。ワーグナーの影響は、見やすいかたちでは、何より映画作品に見いだすことができる。《囚われの美女》（一九八三）では《ラインの黄金》の序奏が印象的に用いられていたが、自身の映画にはいずれも「短いが具体的なワーグナーへの目配せがちりばめられている[4]」のだと作家は述べている。しかし、文芸創作においてワーグナーが明示的な言及の対象となるには、《ロマネスク》を待たなければならなかった。

　この自伝的三部作でワーグナーの名が最初に明示されるのは、第一部『戻ってくる鏡』のなかで、ブルターニュ半島の先端の街の生家から望見することのできた「海」が話題になった直後のことだ。ロブ＝グリエにあって「海」は、まずもって「ざわめきと変わりやすさ、ひそかな危険の支配」（MR, 13-14）の場であった。それゆえ、「魅惑的でかつ恐ろしいこの水中世界の全体は、悪い夢を養うのに好適だった」（MR, 86）。さらに、フランス語で「海」（mer）の語が「母」（mère）と同音であることから、「海」というトポスには、心理学的な――というよりむしろ精神分析学的な――含意が込められることにもなる。つまり、心理的にはひとしく癒着と離反の対象であるという点で、「海」とは「曖昧な関係」を結んでいるというのだ（MR, 36）。そして、「海」とのこうした両義的な関係の仲介になったものとして挙げられるのが、ワーグナーの音楽なのである。

音楽がもたらしたものは決定的だったかもしれない、というより少なくとも、触媒として大きな役割を果たしたのであろう。私はその頃、ワーグナーとドビュッシーを同時に発見して熱狂していた。漠たる和音が尽きることなく継起し、確固たる調性に安らって足場を固めることが決してないところは、まるで波が、見かけは退いていくようであっても、次から次へと押し寄せてくる海のようだった。〔……〕はっきりしているのは、すでに一九四〇年代の初め頃から、《ペレアス》や《トリスタン》を聴くときにはいつもかならず、たちまちにして油断のならない恐ろしい大波のうねりに持ち上げられ、やがて未知の、揺らめきやまぬ、非合理な液状世界のなかへと否応なく吸いこまれていって、いまにも呑みこまれようとする感じがしたということだ。その世界はいわく言いがたい、死と情欲の相貌をともに帯びている。〔……〕此岸の世界は仮象でしかなく、彼岸にはそれとは別の、より「真実の」世界が控えていて、そうした彼岸世界は終局的な至福の溺死のあとでしか始まらないらしい。（MR, 37）

和声学でいう《解決》をたえず繰り延べにしながら、つまり不協和音の不安定から和音による安定へと決定的に戻ることなく、ひたすらうねるように続いていくワーグナーやドビュッシーの旋律、とりわけ《トリスタンとイゾルデ》の旋律を、動いてやまぬ海になぞらえてみせるのは、ロブ＝グリエならずとも誰もが口にするだろう紋切型に属すると言ってよい。というよりむしろ、音楽の隠喩としての海を描写するここでのロブ＝グリエの言葉は、《トリスタン》のフィナーレにおけるイゾルデの歌唱からの、あからさまな借用だと見なしてよい。〈愛の死〉と呼ばれるこの大詰めの絶唱では、性愛がその極点で死に通じ、さらには万有との合一にまで至る過程が、高まる大波に呑まれて溺れ、海中へと沈みゆくような体験として歌われていた。「だんだんに波が高まり／ざわめきがわたしを包む／吸いこんだらいいのかしら？／それとも耳をすましたらいいの？／すすりながら／とっぷり浸ったらいいの？／香りの海に／快く息たえればいいの？／大波が打ち寄せ／高鳴る響きは鳴りわたり／世界の息吹が吹きかよう／万有のうちに／溺れ――／沈む――／われ知らぬ／至高の快楽《けらく》！(5)」見られるように、海の世界での死と情欲の通い合い、言い換えればエロスとタナトスの一致は、《トリスタン》の明白な主題でもあったのだから、ここでのロブ＝グリエは、ワーグナーの音楽について、借用をまじえた通り一遍の言辞を弄しているようにも見える。しかし留意すべきは、この一節が精神分析的な含意をもつ「海」の比喩を仲立ちとすることで、ロブ＝グリエの創作がワーグナーの音楽と取り結んでいる両義的な関係、すなわち誘引と反発の複合感情を指し示そうとしていることだ。じっさい先の引用箇所につづけて、ロブ＝グリエはこう書いている。

ドイツ軍の占領からフランスが解放されてから四年後、ようやく小説の執筆に着手したときに私が目論んでいたのはもちろんこのようなことではなく、逆に、こうした死の誘惑に全面的に抗することだった。消滅と至高の快楽《けらく》とを、意識の喪失と存在の充実とを、そしてやがては絶望と魂の美とを混ぜ合わせることになる死の誘惑に。(MR, 37)

ワーグナーの音楽が喚起する「死の誘惑」なるものに全面的に抵抗すべく創作が進められるのだとしても、ロブ＝グリエの作品世界では、エロスとタナトスの欲動がきれいさっぱり拭い去られるわけではない。一見したところテクストの表層から消し去られているようであっても、たとえば『覗くひと』(一九五五)では話者の黙説法によって、『嫉妬』(一九五七)では視線としてのみ存在して物語には不在の話者を通じて、主体をおびやかす情動は、深層にいわば抑圧されている。だが、抑圧の痕跡は表層に残されてもいる。ロブ＝グリエに言わせれば、「私が格闘していた怪物たちの、疑わしげでさえある痕跡」（MR, 38）は、大方の批評家の目を逃れていたにすぎない。そのようにして抑圧され、見逃されていた妄執は、とりわけ『快楽の館』（一九六五）以降の作品において、嗜虐的な性愛遊戯、芝居じみた少女凌辱、倒錯的な快楽殺人などの主題となってテクストの表層に回帰してきて、それらをほのめかす縄、ハイヒール、血の溜まり、火事といったモチーフがちりばめられるようになる。ただし、そうしたモチーフはつねに遊戯的な手つきで扱われ、物語の意味内容を示すというより、偏差をはらんだ反復の運動のなかで形式的に並べたてられてゆくばかりだ。ロブ＝グリエの小説に頻発する人称の移動や人物名の入れ換えともあいまって、もろもろの主題は、時系列や因果律に沿った展開をたえず阻まれるから、物語の統一的な《意味》としては、ついに結実しない。

この点で、《解決》を繰り延べにしながら波のように揺らいでいくワーグナーの《トリスタン》の旋律は、《意味》の固着を回避しようとするロブ＝グリエの叙述作法の喩えにもなりうるだろう。じっさいロブ＝グリエは、一九七四年のインタビュー記事において次のように述べている。「ワーグナーの《トリスタン》では、解決されない巨大な不協和音が楽譜の始めから終わりにいたるまで進展していき、音楽的に、われわれに逸楽をもたらします。それと同じように、ここでの逸楽は、私にしてみれば、説話の構造をつらぬいて次から次へと波が寄せては返すさまに、そして波が寄せるたびに意味が（思いがけず、なおかつ必然的に）移ろうさまに拠っているのです」[6]。こうしてワーグナーの音楽は、ロブ＝グリエにとっては自身の叙述作法を示す紋章になりうることが、ひとまず確認できる。

転倒される《指環》

《ロマネスク》三部作、わけても『アンジェリック』には、ワーグナーの楽劇からの引用が輻輳してくる。「私」の父（だが実在の父なのか？）の屋敷の暖炉には「大蛇に姿を変えた森の巨人が身をくねらせるように」火が燃え盛っており、その火はまた「ジークフリートの死のあとでヴァルハル城を包む火炎」とも見える（AE, 25-26）。その父（だが誰の父なのか？）が戦地で遭遇する少女は「ヴォータンの清純なる使者」に、「クリングゾールに［……］連れてこられた花の妖精」になぞらえられ（AE, 50）、負傷して気絶した彼（誰？）のもとには「ワルキューレが天馬に乗って」舞い降りてきて、「ヴァルハル城に連れ去ってゆく」（AE, 52）。こうまで露骨に明示されていなくとも、明らかにワーグナーからの借用としか思えぬものもふんだんに盛り込まれていて、たとえば森のなかのコラントを先導する美しい鳴き声の小鳥は、ジークフリートをブリュンヒルデのもとに導いていく小鳥であろうし、林間の岩山にたたずむ少女は、炎に包まれて眠るブリュンヒルデであるにちがいない。さらに暗示的なものも含めれば、ワーグナーのモチーフはそこかしこに見いだすことができる。たとえば《指環》のヴォータンの槍は、《ロマネスク》では幻影の死神の鎌、コラント伯爵の杖、銛、ペンなどに変異していると見ることさえできる。だからワーグナーからの借用を数え上げようとすれば、文字どおり、きりがない。とはいえ、ワーグナーの作品とロブ＝グリエの作品とのあいだに厳密な照応を見て取ることはできない。つまり話を『アンジェリック』だけに、さらにはそのいくつかの挿話だけに限ってみても、ワーグナーの楽劇はその解読格子にはなりえないのだ。なぜならワーグナーから借りてこられたモチーフはすべて、ロブ＝グリエのテクストの他の諸要素と絡まり合うことで、もとの象徴性を大きく変えられてしまっているからだ。この点で重要なのは、架空の作中人物アンリ・ド・コラント伯爵が、《ニーベルングの指環》四部作にほどこす書き換えだろう。

ロブ＝グリエ自身の父と第一次大戦の戦場で知り合いになり、以後は身分の違いを越えて親交を結んだというコラント伯爵は、ひどく怪しげな横顔を持つ人物である。ナチズムに強く共鳴しながらも、「無政府主義的社会主義」なるものを政治理念として抱懐し、第二次大戦前夜から戦中にかけては国際政治の舞台裏で暗躍したらしく、終戦とともに南米に身を隠したのだという。その一方で、何年もかけて自伝的な大著の執筆に没頭しているとされる点で、まさに自伝的三部作を綴っているロブ＝グリエ自身の横顔が、この人物に重ねられていることは明らかだろう。したがって、コラント伯爵の仕事机のうえにひろげられている原稿用紙、「黒のインクで記された細かい文字でびっしり埋められ、そのうえに抹消線がいっぱいに引かれている」(AE, 12) 原稿用紙は、ロブ＝グリエの《ロマネスク》三部作、ここでは『アンジェリック』の下書き原稿そのものを自己言及的に映し出す、テクストの内なる鏡と言えよう。

コラントの手になる大著については、さる出版社が完成稿を破棄してしまったために、断片的な草稿しか残されていないというのだが、断片から推測しうるその内容は、「自伝と《革命》理論の〔……〕寄せ集め」で、「そこには小説とは言わないまでも、いくばくかの政治フィクションがまじえられてもいた」(AE, 25) らしい。『アンジェリック』では二度にわたって、それら断片の内容が引き写される。一度目は歴史と芸術家の関係についての、二度目はワーグナーの作品を起点にしての、奇矯とも見える省察が綴られており、いずれも不穏な政治文書の様相を呈してもいる。さらに、これら二度の「引用」に先立って、第二次大戦へと至る歳月にコラントを訪問した客に、本人がたびたび語って聞かせたという「《ニーベルングの指環》四部作においてニーベルング族が果たす役割についての、彼の正統的ならざる解釈」(AE, 19) が、テクスト上では「要約」というかたちで披瀝される。この「要約」こそは、コラントの原稿の二度の「引用」と並んで、《ロマネスク》の総体を小さな鏡さながらに映し出す作中作であり、もっとも重要な紋中紋と言えるかもしれない。

ならば、コラントによる《指環》の「正統的ならざる解釈」とは、いったいいかなるものなのか。その解釈の基軸になっているのは、英雄ジークフリートに向けられた徹底的な侮蔑と、ニーベルング族の系譜につらなってジークフリートら英雄たちの敵役を演じるアルベリヒ、ミーメ、そしてとりわけハーゲンの最大限の称揚である。

このコラントの《指環》解釈について、「彼はナチス体制に強く共感していると思われていただけに、この解釈にはいっそう驚くべきものがあった」(AE, 19) と但し書きが付いていることから、ニーベルング族の価値づけに込められた意図の一端がすでに明らかになる。そこからはまず、ヒトラー時代のバイロイト音楽祭を通じて《指環》が強くにじませるようになった反ユダヤ主義の色彩を脱色し、ナチスによるイデオロギー的回収からワーグナーを遠ざけておこうとする語り手の、すなわち著者ロブ゠グリエの意図が透けて見えるのだ。というのも、ラインの黄金を奪う権力の亡者アルベリヒ(《ラインの黄金》)、ジークフリートをそそのかして魔法の指環を我が物にしようとする小人ミーメ(《ジークフリート》)、そしてアルベリヒの息子として指環奪還をもくろむ策謀家ハーゲン(《神々の黄昏》)——これらニーベルングの一統がユダヤ人の戯画になっていることが、たびたび指摘されてきたからだ。[7] 一方で、ジークフリートが「遺伝上の絶対的な純血性」によって、すなわちヴォータンの血をともに引く「兄妹どうしの父母〔ジークムントとジークリンデ〕」の子であることによってこそ「愚者」であるのだと強調されるのは、純血性を奉ずるナチスの人種主義に対する痛烈な皮肉と言うべきだろう。コラントによれば、度重なる近親婚による「同型接合的な純真さとでも名づけうるもの」こそが、記憶もなければ恐れも知らぬ愚者ジークフリートの性格づけの由来なのである(AE, 20-21)。

こうして反ユダヤ主義および人種的純血性のイデオロギーに対する批判を言外ににじませながら、コラントによる《指環》は、ワーグナーが敷いた文脈を編み変えて、英雄たちとニーベルング族の双方の価値づけをずらしていく。両者を代表するのは、英雄たちの側ではジークフリート、ニーベルングの系譜の側ではハーゲンである。「ワーグナーが勇者ジークフリートには容赦のない軽蔑をあらわにし、ちやほやしたり嫌みを浴びせたりしてたえず押しつぶそうとするのにひきかえ、陰謀家ハーゲンのことになると、どうやら親しみと感動と友愛を覚えるようだ。《神々の黄昏》においてワーグナーが両者のいずれに共感を寄せているのか、ジークフリートに割り振られたつねに滑稽すれすれのテノールの声域についてくだくだと論じなくとも、見て取ることはさほど難しくない」(AE, 21)。そしてハーゲンこそが、「自由なる人間の種族を生み出すはずだ」(AE, 22)と言われるに及んで、両者の役割はたがいに入れ換えられ、関係は完全に転倒される。

輝きの失せたライン河がなおも流れる夜霧のなかで、ハーゲンは身じろぎもせず、おのれの時が至るのを待ち受ける。「眠っているのか、ハーゲン、わが子よ」、と老いたるアルベリヒは言う。いや、ハーゲンは眠っていない。目覚めたままだ。そして彼は、やがておのれに自由をもたらすはずの指環に思いを致す。(AE, 23)

だが、こうした転倒を通じたコラントの《指環》解釈の真の狙いは、自然史をもふくんだ壮大な人類史観の展開にある。この点では、世界の始原から没落までを描く神話としての《指環》の解釈の定石にのっとっていると言ってよい。それゆえコラントの解釈は、《指環》のドラマのそもそもの発端から、すなわち《神々の黄昏》の序幕で運命の女神ノルンの語りを通じて明らかにされる、神々の長《おさ》ヴォータンの劫初の罪から説き起こされる。

かつて〈自然〉に対して最初に危害を加えたのは神々の種族だった。つまりヴォータンが、世界樹であるトネリコの木から枝を一本切り取って槍をこしらえたのである。トネリコの木は、そのときの傷がもとで徐々に立ち枯れてゆく。だが神々の長《おさ》の罪は明白な肯定的価値を帯びてもいる。というのも、槍はすぐれて男性的な象徴となり、爾後は〈秩序〉と〈掟〉とを保証することになるからだ。(AE, 20)

じっさいヴォータンは世界樹の枝から槍をつくり、その柄に契約の呪文を刻むことによって世界を統治しはじめたのだった。ワーグナーの楽劇におけるこの挿話は、自然の収奪と法の秩序にもとづく文明社会の起源神話になっている。この点に限っては、コラントの《指環》解釈にはとりたてて「正統的ならざる」ところはない。

しかし一方で、語頭の大文字によって強調された〈自然〉(Nature)が、端緒から鍵概念として差し出されていることの意味は大きい。というのも、コラントによる《指環》解釈では、登場人物たちは自然なるものとの関係によって、ドラマ全体での位相が標定されることになるからだ。いわく、ヴォータンによる劫初の自然破壊を通じて、「神々の一統は疑念に駆り立てられ、衰微せざるをえなくなり、やがてやってくる死を待つばかりとなった。自然が衰弱すれば、いかなる自然の掟も生きながらえることはできないからだ」。巨人族の命運もまた、自然の力への無理解によって尽きたのだとされる――「愚かな大蛇となった巨人たちには、自分たちが存在するのはひとえに自然の力のおかげであり、それゆえ自然なしに繁栄することなど不可能であるということがわかっていない」(AE, 20)。ニーベルング族のアルベリヒもまた、〈自然〉に対する罪によって特徴づけられる――「〈自然〉に対しては、アルベリヒが第二の危害を加えた。つまり彼は奸計によってラインの黄金を奪った。おかげでライン河はたちまちその崇高な輝きを、やがてはその生気を失うことになる」(AE, 21)。そしてジークフリートについては、「ヴォータンから授かった既存の価値観で膨張した閉じたハリボテであって、〈善〉を、つまりは掟を再生産するよりほかのことはできない」と言われるのだが、ジークフリートのこうした「既成秩序への隷属」を示しているのが、「自然との幸福な結託」なのだという(AE, 22)。こうしてコラントによる《指環》解釈は、森や河川が具現する「自然」に、既存の秩序や所与の価値観までをも重ね合わせて、〈自然〉をひとつの理念と化してゆく。そのようにして理念化された〈自然〉との馴れ合いこそが、コラントによるジークフリート蔑視の最大の理由である。

この点でジークフリートにするどく対立させられるのが、《神々の黄昏》で大いなる陰謀劇を仕組んでジークフリートを倒すハーゲンである。「アルベリヒの息子ハーゲンは〔……〕、積極的な否定性を内に抱え込んでおり、これが彼をして良識派に、自然に、神々に立ち向かわせるのだ」(AE, 22)。ここでハーゲンが内に抱え込んでいるとされる「積極的な否定性」(négativité active)なるものは、ワーグナー研究者の言葉を借りれば「世への恨みに反転した自己嫌悪のエネルギー[8]」をほのめかしていると考えて、ひとまず差し支えはないだろう。こうした性格上の「否定性」が、《神々の黄昏》の筋立てを裏からあやつるハーゲンの相貌に、深い陰影を与えていることに間違いはない。また、そうした負性の顕著な刻印が、コラントをしてハーゲンの役割を際立たせることになっているはずである。しかし、ここでの「否定性」の語には、同時に哲学的な含意が込められている。それは「ヘーゲルのいう意味での人間精神の隠喩」でもある、とテクストは記すのである。

人間の中心にうがたれた根本的な欠如は、人間の実存投企の、すなわち人間の自由の根源的な場として立ち現れる。結局のところ無の核のみが人間の具体的な厚みを規定するのであり、内奥における不在こそが、世界内存在としての、世界意識としての、自己意識としての、生成としての人間を、自己の外へと企投せしめるのだ。(AE, 22)

テクストでは引用符号を欠いているために、ここでの発話主体が作中人物のコラントなのか、作者のロブ゠グリエなのか、あるいは借用した哲学的言説(ヘーゲル? ハイデガー? サルトル?)なのか、この点が曖味なのだが、いずれにせよこの一節によって、《指環》のドラマの読み換えの意味が明らかになる。世界の始原から没落までを描き出そうとする《指環》の神話は、「ヘーゲルのいう意味での人間精神」の弁証法的な発展の寓話として、すなわち人間の歴史的生成の寓話として読み解かれているのだ。また同時に、そのことによって、コラントが置かれている歴史的状況を映す鏡にもなっている。じっさい、残されたコラントの草稿断片の二度目の引用箇所には、彼の《指環》解釈の要約箇所を引き継ぐかたちで、こう記されているのだ。

ライン河の濁流の岸辺で見張りに立つハーゲンが夢想する未来の自由なる人間は、例のあの肯定的英雄の対極にいる。肯定的英雄は今や、たちまちにして復権したブルジョワの諸価値の後を追って、レーニンによって打ち立てられた社会主義世界のおめでたい偶像になってしまった。生きた英雄は、否定的英雄でしかありえない。そのありったけの生命力を、そのありったけの力を――筋力を（おお、シジフォスよ！）、知力を、エロスの力を――ふるって、彼は反逆する。（AE, 82）

「例のあの肯定的英雄」とあるのは、ロブ＝グリエが別の場所で示唆しているとおり[9]、スターリン体制の一翼を担って前衛芸術批判を展開したジダーノフの路線に沿った人物像、具体的には社会主義リアリズム小説の典型的な主人公像のことだ。だが、もちろんそこには《ニーベルングの指環》のジークフリートが重ねられている。そして、その対極にいるというハーゲンに、というよりハーゲンが夢想する「未来の自由なる人間」に、コラントが自身を投影していることは明らかだろう。コラントはここで、歴史の弁証法的な展開における「否定的英雄」として、つまりは「否定性」そのものとして、みずからを提示しているのである。

「自然」や「否定性」といったヘーゲル哲学に由来する概念を配置しながら、《指環》のドラマを独自に読み換えてゆくコラントの解釈を支えているのは、じつは「ドイツでナチスが権力を固めてゆくのとほぼ時を同じくして、アレクサンドル・コジェーヴことコジェーヴニコフがユルム街の高等師範学校でおこなっていたヘーゲルについての講義」であった。「アンリ・ド・コラントが、この講義に熱心に通い詰めたことはほぼ疑いない」(AE, 21-22)。よく知られるように、一九三三年から三九年にかけてパリの高等研究院で開講されていた亡命ロシア人アレクサンドル・コジェーヴによるヘーゲル哲学の講義には、バタイユ、ラカン、メルロ＝ポンティ、サルトル、アロン、クロソウスキーをはじめ錚々たる面々が出席し、戦中から戦後にかけてのフランスの思想界に深甚な影響を及ぼすことになる。講義録はレーモン・クノーの手で編纂され、一九四七年に『ヘーゲル読解入門』の題を冠して刊行されている。

ロブ＝グリエは戦後、この書物を熱心にひもといた。一九八八年の講演では、「ドイツ軍による占領からフランスが解放されたときに、私は御多分にもれず、コジェーヴを通じてヘーゲルを発見した」のだと述懐し、「私のヘーゲルはコジェーヴのヘーゲルということになる」[10]と付け加えている。コジェーヴの講義に通い詰めたらしいというコラントには、ロブ＝グリエ自身の影がさしているのだ。

『精神現象学』の精読を中心に据えたコジェーヴのヘーゲル解釈を、ここでつまびらかにする余裕はない。ただ、その見やすい特徴の一端だけ挙げておけば、『精神現象学』を「歴史的人間の現象学」あるいは「歴史の形而上学」[11]と解したうえで、人間の歴史的生成を最大限に強調することにあるだろう。コジェーヴによれば、人間は普遍的な本性などもたず、人間は人間自身の自己創造としての歴史的な生成のうちでこそ成立する。「〈人間〉はひとたび人間としての特有性において構成されると、〈自然〉に対立し、それにより新たな生成を生み出していく。このような生成が自然的所与の〈存在〉を本質的に変貌せしめ、それを無化する〈時間〉、すなわち否定する〈行動〉の歴史となっていくのである[12]」。したがって、「人間は本質的に〈否定性〉であり、「無化する〈無〉[13]」である。見られるように、ワーグナーの《指環》を書き換えるコラントの言葉は、コジェーヴを通したヘーゲルの弁証法的な歴史哲学からの借用で成り立っており、またその文脈でこそ理解しうるものだ。

ならば、こうした文脈において、あの指環は何を意味するのか。ワーグナーの楽劇では、ラインの黄金からつくられた指環は、それを手に入れた者に至上の権力を授ける力をもっていたのだった。その意味で、指環は端的に「権力」の象徴だった。ところがコラントによれば、あの黄金の指環は、円環状の形とその中心に開いた大きな穴によって「欠如と開口と女性性の象徴」(AE, 21)としてあるのだという。この点で指環は、先刻引いたとおり〈秩序〉と〈掟〉と男性性の象徴としてあったヴォータンの槍と、あざやかな対照をなす。そしてやがては、内に欠如と不在を抱え込んだその形姿をつうじて、ヘーゲル＝コジェーヴの弁証法における「否定性」もしくは「無化する〈無〉」の表徴として思い描かれることになるだろう。そうした「無」の表徴としての指環は、「ラインの黄金」(l'Or du Rhin)という語の形姿にアナグラム的な操作をほどこすことによって示唆されている。第三部『コラント最後の日々』の終わり近くで、つまりコラントの物語の結末で、コラントはこう独りごちる。

> 無《リヤン》だと！ それがこのわけのわからない話の真相だというわけか。無《リヤン》の黄金(l'or du rien)か、とコラントは(自分でも苦笑を浮かべながら)思った。ヘーゲルの指環の黄金、自己に欠如をうがつ存在の黄金か。
> (DJC, 220)

「ラインの黄金」から「無《リヤン》の黄金」へ。指環はだから、「権力」ならぬ「無」の象徴となり、これを求めるハーゲンは、いかなる既存の権威にも欠如をうがち、ありとあらゆる体制を根底から機能不全に陥れようとする秩序転覆的な異分子ということになる。「彼はフランコに反対するコミュニスト、ヒトラーを滅ぼすユダヤ人、ソヴィエト化されたポーランドにおけるカトリック教徒、第三共和制下の王党派になるのにやぶさかではないだろう」(AE, 83)。

こうして《神々の黄昏》の策謀家ハーゲンの役割を際立てることを通じて、コラントは歴史的現在における自身の立ち位置を指し示そうとする。言い換えれば、コラントが読み換えてゆく《指環》の神話世界は、コラント自身が生きている歴史=物語 (histoire) の映し鏡になる。その意味で、《ロマネスク》のコラントをめぐる物語の紋中紋として機能しているように見える。

だが、それだけではない。コラントによる《指環》の書き換えは、ロブ=グリエの著作の生成原理をも告げようとしているにちがいない。この《指環》解釈を含むコラントの大著の原稿が、ロブ=グリエが現に執筆中の《ロマネスク》の原稿を映し出す、テクスト内の小さな鏡だったことを想起しよう。この観点に立つとき、コラントが手にしている筆記具の描写はじつに示唆的である。それは、「黒いガラリット製の紡錘形の軸に金のリングの嵌まった」(AE, 36) 万年筆であると記されるのだが、万年筆のこの「金のリング」は、あの「黄金の指環」を招き寄せずにはおかない。してみると、コラント=ロブ=グリエにとっての執筆行為とは、「無化する〈無〉」の表徴たる指環=ペンを手に、「否定性」の刻印を刻んでいくことにほかならない。ならば、いったい何に、「否定性」のしるしを刻むのか？　それが、まずは理念化された〈自然〉であることは、もはや言うまでもないだろう。

「自然」もしくは「自然なもの」は、初期ロブ=グリエのあの決定的評論「自然・ヒューマニズム・悲劇」

（一九五八）で明白に忌避され、爾来ことあるごとに指弾されてきた理念であった。ロブ＝グリエのいう「自然」とは、鉱物的・植物的・動物的自然のみならず、「精神と世界とのあいだの永遠の連帯性」[14]の媒介となるようなもの一切を含んでいる。それゆえ、「ブルジョワの秩序、ブルジョワの道徳、ブルジョワの諸価値」といった「自然らしさの神話」に奉仕してきたものもまた、「自然」と名指される。「既成秩序の機能とは、まさにそうした要素を自明のものとして、ずっと以前からもこれから先も存続するものとして、人目に触れないようにすることだ。そしてそれこそがまぎれもなく〈自然〉（Nature）の定義そのものなのだ」[15]。この意味での〈自然〉の「否定」こそ、ロブ＝グリエが自身の「新しい小説」の創作理念として掲げてきたものだった。

だがまた同時に、ロブ＝グリエの弁証法において「否定性」の楔を打ち込まれ、揚棄の対象となるのは、創作の下敷きとなる先行作品でもある。たとえば、実質的なデビュー作『消しゴム』（一九五三）の下敷きになったのはソフォクレスの『オイディプス王』であったことをロブ＝グリエ自身が明言しているが、その書き換えは、「もとの意味を故意に変更しながら」[16]なされたのだという。

ある意味で、それは昔のテクストを破壊するためにこそやっている。ここでヘーゲルの諸概念が、とりわけ例の「アウフヘーベン」（*aufheben*）という動詞が思い浮かぶ。この動詞から「揚棄」（*Aufhebung*）という概念が生じた（フランス語では長らく「総合」（*synthèse*）と訳されてきたが、デリダは「引き揚げ」（*relève*）という訳語を提案している）。これはヘーゲルの哲学では矛盾の乗り越えのことだ。「措定」（*thèse*）と「反措定」（*antithèse*）は両立も和解も不可能なので、両者を総合することはできないということだ。「アウフヘーベン」とは、乗り越えること、持ち上げることであるが、また同時に破壊することでもあるのだ[17]。

ヘーゲルの弁証法の鍵概念を解き明かそうとするここでのロブ＝グリエの強調点は、「揚棄」の契機に含まれる「破壊」の相のほうにある。だからこそ、『オイディプス王』の書き換えとしての『消しゴム』について、「この小説では『オイディプス王』の物語が語り直されているが、それは古いテクストに加えられた殺害の物語でもある」[18]と言われるのだ。書き換えの対象となる先行作品を解体し、毀損し、殺害し、それを新たな作品へと引き上げること——これこそが、ロブ＝グリエにとっての「新しい小説」の創作原理なのであった。そしてそれは、《ロマネスク》という「新しい自伝」でも同断なのだ。

先立つ作品の破壊。これはまさに、ロブ＝グリエの《ロマネスク》がワーグナーの《ニーベルングの指環》に対しておこなっていたことにほかならない。じっさいコラント＝ロブ＝グリエは、ニーベルング族と英雄族の、ハーゲンとジークフリートの役割を入れ換え、相互の関係を転倒させることを通じて、《指環》の物語の意味を変えてしまっていた。してみると、《指環》という先行作品の破壊と引き上げ、すなわち揚棄のしぐさそのものがむしろ、《ロマネスク》のテクスト総体の生成原理を告げる、本当の紋中紋ということになりはしまいか。

破壊される鏡

自伝的な三部作を書きすすめるロブ＝グリエの脳裡には、破壊のあとの光景がひろがっている。それは、終戦後に目のあたりにした故郷の街ブレストの廃墟であり、両親が信奉していたペタン主義の右翼イデオロギーの廃墟であり、そしてまた古色蒼然たるリアリズム小説と文学的制度と化した自伝の廃墟でもある。これら幾重にも折りかさなった廃墟の光景から、《ロマネスク》が立ち上がる。そのとき、テクストにふとワーグナーの名が召喚され、その作曲技法に言及されることは、いかにも興味深い。『コラント最後の日々』のなかほどに、ロブ＝グリエはこう書きつけている。

ワーグナーの作品全体は、まさに、みずからがその最後を飾っている調性システムの壮麗な廃墟のうえに建てられているのではないだろうか。同じように現代小説――最後の小説――も、廃墟と化した昔の素材、リアリズムの、すなわち確実性の素材で、その揺れ動く構築物を築いているのだろう。（DJC, 144）

またしても、ワーグナーの音楽によってロブ＝グリエの創作の理念と原理が解き明かされているように見える。その意味で、この一節もまた、《ロマネスク》の成り立ちを開示するテクスト内の紋章のひとつであるように見える。

だが、はたして本当にそうなのか。そもそも、紋章全体の図柄を縮尺で示しているように見えた紋中紋は、紋中紋のまま収まっていることができるのか。それは、物語全体の《意味》を決定的に映し出す鏡でありつづけることができるのか。

この点に関して、プルーストの『失われた時を求めて』のなかで他ならぬワーグナーが言及対象となる箇所について、ロブ＝グリエが『アンジェリック』刊行時に受けたインタビューで述べていることは、まことに示唆的である。ロブ＝グリエによれば、『消え去ったアルベルチーヌ』のなかには〔……〕、プルーストがワーグナーに、ワーグナーの作曲技法に言及することをもって自身の小説の構成技法を説明している」[19]くだりを見いだすことができる。しかし、そこでプルーストのテクストがやっていることは、じつのところ何なのか。それは、「ある対象を示し、それがどうやってできているかを示すべく解体してみせる」ことではあるのだが、「その対象はひとつ上の水準に引き上げられ、そこでは客観的であれ主観的であれ反省的であれ、提示されたすべての要素が、織物の全体を織り上げるテーマのひとつでしかなくなってしまう」[20]。つまり、プルーストの

「くだんのページは、読者にとって、大海の一要素でしかなくなってしまう」[21]のだ。

同じことが、ロブ＝グリエの《ロマネスク》三部作におけるワーグナー言及箇所についても言えるのではあるまいか。すなわち、書き換えられたワーグナーの神話世界は、《ロマネスク》の物語を集約しながら映す特権的な鏡のままにとどまっていることはできないのではないか。じっさい、この鏡をいくら見つめても、アンリ・ド・コラントが何者であったのかは、結局のところ判然としない。それどころか、鏡はコラントをめぐる物語の総体に屈折作用を及ぼし、物語を攪乱しさえする。なるほど、紋中紋として像を結んでいるかに見えたテクスト内の鏡もまた、テクストの生成過程の一契機である以上、それ自身の弁証法によって破砕されないいわれはないのだろう。自己に欠如をうがつ否定性？　いや、そもそものはじめから、鏡は壊されていたのではなかったか。なにしろ、コラントによる《指環》の解釈なるものは、破棄されてしまった原稿の断片のなかに読み取れるものでしかなかったのだから。こうして砕けた鏡の砕片は、《ロマネスク》の海に散らばってただよい、波のまにまに揺らめいているのである。

【注】

＊　本稿は、『FLS言語文化論集　ポリフォニア』第一〇号（東京工業大学FLS言語文化研究会、二〇一八年）に発表した拙論「アラン＝ロブ・グリエ《ロマネスク》三部作におけるワーグナーの引用をめぐって」を、本論集のテーマに沿ってリライトしたものである。

（1）　Alain Robbe-Grillet, *Le Miroir qui revient*, Minuit, 1985（『もどってきた鏡』芳川泰久訳、水声社、二〇一八年）; *Angélique ou l'enchantement*, Minuit, 1988 ; *Les Derniers jours de Corinthe*, Minuit, 1994. いずれも未邦訳。以下、ロブ＝グリエの《ロマネスク》三部作からの引用箇所もしくはその参照箇所を示すさいは、『戻ってくる鏡』にMR、『アンジェリックあるいは蠱惑』にAE、『コラント最後の日々』にDJCの略号を用い、それら略号につづけて原書の該当頁をあらわす算用数字を本文の括弧内に記す。

（2）《ヌーヴォー・ロマン》と「紋中紋」の手法の関係については、次の研究書が詳細な分析と理論化をおこなっている。リュシアン・デーレンバック『鏡の物語——紋中紋手法とヌーヴォー・ロマン』野村英夫・松澤和宏訳、ありな書房、一九九六年。ただし原著の刊行は一九七七年なので、《ロマネスク》三部作は分析の対象にはなっていない。

（3）Alain Robbe-Grillet, « Entretien avec Françoise Escal », *Revue des sciences humaines*, n° 205, janvier-mars 1987, repris dans *Le Voyageur*, Christian Bourgois, coll. « Points », 2003, p. 524.

（4）*Ibid.*, p. 536.

（5）ワーグナー『トリスタンとイゾルデ』三光長治・高辻知義・三宅幸夫編訳、白水社、一九九〇年、一四一頁。

（6）Alain Robbe-Grillet, « Entretien avec Alain Clerval », *L'Art vivant*, n° 46, février 1974, repris dans *Le Voyageur*, *op. cit.*, p. 416. このインタビューは映画《快楽の漸進的横滑り》（一九七四）の公開に合わせておこなわれたものだが、引用箇所はロブ＝グリエの映画と小説とに共通する説話作法について述べられたものだと考えてよい。

（7）たとえばアドルノが《指環》の反ユダヤ主義的な側面を早くから指摘している。テオドール・W・アドルノ『ヴァーグナー試論』高橋順一訳、作品社、二〇一二年、九一二九頁を参照。

（8）次のワーグナー事典の「ハーゲン」の項目（山崎太郎執筆）を参照。『ワーグナー事典』三光長治・高辻知義・三宅幸夫監修、東京書籍、二〇〇二年、二七六頁。

（9）Alain Robbe-Grillet, « Entretien avec Jacques Henric », *Art Press*, n° 122, février 1988, repris dans *Le Voyageur*, *op. cit.*, p. 548.

（10）Alain Robbe-Grillet, « L'exercice problématique de la littérature » (1989), in *Le Voyageur*, *op. cit.*, p. 266.

（11）アレクサンドル・コジェーヴ『ヘーゲル読解入門』上妻精・今野雅方訳、国文社、一九八七年、二三一頁。

（12）同前、二三二頁。訳文は原著のフランス語原文に従って変更した。

（13）同前、二三三頁。

（14）アラン・ロブ＝グリエ『新しい小説のために』平岡篤頼訳、新潮社、一九六七年、五七頁。

（15）Alain Robbe-Grillet, « Sur le choix des générateurs » (1972), in *Le Voyageur*, *op. cit.*, p. 134.

（16）Alain Robbe-Grillet, « Du Nouveau Roman à la Nouvelle Autobiographie » (1994), in *Le Voyageur*, *op. cit.*, p. 289.

（17）*Ibid.*, p. 292.

（18）*Ibid.*

（19）Alain Robbe-Grillet, « Entretien avec Jacques Henric », in *op. cit.*, p. 544. プルーストの小説におけるワーグナー参照箇所だとされるページは、ロブ＝グリエが言うように『消え去ったアルベルチーヌ』ではなく、じっさいは『囚われの女』の巻に見いだせる。

（20） *Ibid*.

（21） *Ibid*., p. 543.

【補論】

リライトとパロディ

ダニエル・サンシュ
（辻川慶子 訳）

――ジェラール・ジュネットに捧ぐ

リライトに関心を持つものは必ずパロディの問題に出会うことになる。実際、パロディはリライトの一つの方法である。すなわち、ある作品（B）が、先行する作品（A）を書き直し、かつ喜劇的、遊戯的、または諷刺的に変化を加えたものである。パロディに関して私がこれまでに刊行した著作『パロディ』（アシェット社、一九九四年、イタリア語訳も刊行）および『パロディ的関係[1]』（ジョゼ・コルティ社、二〇〇七年）で私はこのような定義を提示した。しかし、パロディの定義は自明のものではなく、本論でも後に再度定義の問題を取り上げたい。実際に諸時代を通して何種類もの定義がなされ、パロディを行う作家とパロディを定義する理論家の間で、この語は同じ意味では用いられず、時に正反対の意味を持つことすらあった。現在でもなおパロディの定義は多くの議論を呼んでいる。本論では、古代から今日に至る西洋文学におけるパロディの歴史を概観し、時系列に沿って見ることでパロディというリライトについて理解を深めたい。

今日では「パロディ」という語には、主に三つのとらえ方があると考えられている。

第一に、「通俗的な」とらえ方があり、パロディの語は、不適切な模倣、模造品、粗雑で人を騙そうとする模倣という侮蔑的な意味を持つ。例えば、「法廷のパロディ」、「訴訟のパロディ」、「選挙のパロディ」などという言葉が一般に広く用いられている。日常語の中でのネガティブな語義がどこから生じたのかを考える必要があるだろう。

第二に、意味を広く解釈したとらえ方があり、この意味でのパロディは、文学・芸術作品の喜劇的な書き直し《リライト》の全ての形式を含む、幅広い文化的行為だと考えられている。英雄滑稽詩、ビュルレスクな戯作、パスティーシュなどの手法は、文体や文学流派や作家を揶揄する他の模倣とともに、パロディの「柔軟な」概念に含まれる。

第三には、これとは反対に狭義でのとらえ方があり、パロディとは、一般に喜劇的な目的のために特定の言説にピンポイントに介入し、テクストまたはテクストの一部分を変形させることを示している。この「狭義の」概念を提唱した最も著名な人物がジェラール・ジュネットである。ただジュネットは、パロディが喜劇的な目的を持つと考えておらず、「ある特定のテクストの遊戯的変形」と定義していることに注意したい。[2]

私は「通俗的な」とらえ方および広義のとらえ方を否定しないが、私もまたパロディを第三の狭義の意味で定義しており、さらにより広くパロディの意図は喜劇性と諷刺性にあると解釈している。私が二冊の研究書で示したパロディの定義とは「ある特定のテクストの遊戯的、喜劇的、あるいは諷刺的変形[3]」というものである。私の観点は文学に限定されるため、ここでテクストと述べているが、芸術や音楽をも含めるためには作品と呼ぶことが望ましいだろうし、あるいはまた、パロディの頻出する漫画やジャーナリズムや広告を考察するためには、文化財と呼ぶことが適切だといえるだろう。

パロディの起源に関する諸仮説

パロディの起源を遡ると、ギリシア語のパローディアー（parôdia）という語にたどり着く。この語は、「歌」を意味するôdeと、「〜に沿って」と「外れた」という両方の意味を持つparaとの二語に分かれるため、パロディは、ある歌と距離を置いて並行して展開する歌を指すと同時に、まさに外れた、場違いな、偽りの歌、オリジナルの歌に対して調子外れの「対位旋律」としても示される。アリストテレースは『詩学』第二章で簡潔にパローディアーに言及し、パロディ作家の名として「パローディアーを最初につくった」タソス出身のヘーゲーモーンと『デイリアス』の作者ニーコカレースという二人の名を挙げている。アリストテレースによるジャンルの枠組みに従うと、パロディは劣った人物と行為を描く物語作品にあたる第四の枠に分類され、パロディは叙事詩の変形として現れることになる。その一例に挙げられるのがビュルレスクな叙事詩『マルギーテース』である。アリストテレースは第四章で、ジャンル体系第四の分類に入るものとして、（ホメーロスの作と考えられていた）この作品を引き、「『イーリアス』と『オデュッセイア』が悲劇にたいしてもつのと同じ関係を、『マルギーテース』は喜劇に対してもつ[4]」と述べている。

アリストテレースがパロディについてはこれ以上何も論じておらず、彼が例として挙げたパロディ作品も現存していないため、初期のパロディの定義および領域に関しては推測の域を出ない。他の原典に依拠して、パロディとは叙事詩の朗詠法または歌唱法を変化させただけのものだと考える研究者もいる。「まずパロディという語は歌ではなく語りを意味し、したがって〔朗唱という〕叙事詩の伝統的提示方法とは異なっていた[5]」。しかし、「臆病者たちのイーリアス」である『デイリアス』や、蛙と鼠の戦いを描いた叙事詩であり、当時ホメーロス作と考えられていた『蛙鼠合戦』の例を見ると、パロディは、もとの作品のさらに大きな変形、すなわちテーマや文体の逆転を指すものだとも考えられた。この観点によるとパロディは、ビュルレスクな歪曲と英雄滑稽詩という二つのジャンルに及ぶものとしてとらえられるだろう。

パローディアーの定義が確定できない上、古代のパロディ作家たちが何を意図し、どのような効果を狙っていたのかも不明である。聴衆や読者を笑わせようという単純な意図を超えて、どのような枠組み、どのような場でパロディが行われたのだろうか。『パロディについての試論』（一八六八―一八六九）の著者オクターヴ・デルピエールは次のように説明している。

吟遊詩人たちが『イーリアス』や『オデュッセイア』の詩句を朗唱していて、物語が聴衆の期待や興味に応えていないと感じた時、彼らは一息入れるために幕間劇という形で、唱えたばかりのものとほぼ同じ詩句から成り、意味をずらした小さな詩を混ぜ、聴衆を楽しませる別の事柄を表現した。これが「パロディを行う（parodier）」と呼ばれていたが、この para と odé という二語は、反対となる歌を意味した。(6)

パロディはこのように観客に向けて、今聞いたばかりの叙事詩の一部を「ずらし」たものを聞かせて、観客に気晴らしを与え、楽しませる役割を持っていたようだ。こうしたずらしは、間接的なやり方で真面目な叙事詩の一節を引き立たせ、深刻さを忘れさせるものだったのではないかと問うことができる。

真面目な作品とパロディ作品が共存していたという点で、この事実は十七世紀から十九世紀のフランスの舞台で行われていたことを想起させる。観客の人気を博し、成功した悲劇やオペラはいずれも自動的にパロディの対象となったのだった。十七、十八世紀にコメディ・フランセーズ劇場やオペラ座で上演された悲劇とオペラに対して、イタリア座や縁日芝居などの非公式劇場ではパロディが作られ、上演されていた（例えば、ウダール・ド・ラ・モットの悲劇『イネス・ド・カストロ』をもとに、ドミニックによる『アニエス・ド・シャイヨ』というパロディが作られた)。十九世紀には、ロマン主義演劇および(例えばゾラの小説のような)成功した小説の舞台化作品のパロディが作られ、ヴォードヴィルやヴァリエテ座の舞台で上演された。例えば、デュマの『アントニー』には『バタルディ』が、ユゴーの『リュイ・ブラス』には『リュイ・ブラグ』というパロディが作られ、ゾラの小説から生まれた『居酒屋』という戯曲が『笑うための居酒屋』と形を変えた。古代の吟遊詩人たちにおいては、真面目な朗唱とパロディとが同じ舞台で上演されていたが、これら例として挙げたパロディは同じ舞台で、同じ演目の中で上演されたものではない。とはいえ、十七世紀から十九世紀にかけての劇場の観客も、真面目な演目を見た翌日にパロディを観に行くことができた。パロディは真面目な作品の自然な延長線上にあり、両者は不可分でさえあったのだ。

古典主義時代におけるパロディの(善良なる)意図

古代には、パロディとは単なる滑稽な引用の方法である、というもう一つのより狭い定義が存在する。フレッド・J・ハウスホルダーが示すように、ギリシアの修辞学者と文法学者にとってパロディとは「喜劇の中に、悲劇、叙情詩、叙事詩の短い一節を挿入することであり、(a)内容上の変化がない場合、(b)一語ないし数語が置き換えられる場合、(c)パラフレーズされている場合、(d)大きく変化し、元の作品の文法およびリズムの模倣以上の別作品になっている場合、のいずれかにあたる」[7]。この定義では、パロディは特定の言説内部での、または言説に対する非常に限定された操作へと単純化されるが、この同じ定義がラテン語の修辞学にも見られる。例えば、クィンティリアーヌスは『弁論家の教育』の中で、パロディを「よく知られた詩句に類似する詩句を作り出す」技術であり、聴衆を笑わせる目的で行われるものだと述べ、狭義でのパロディのとらえ方が喜劇的要素に関係することを示している。

アリストテレースによるパロディの定義は欠落したまま残されたため、後に続く詩論家たちも、パロディが一つのジャンルとして『詩学』の第四の分類をなすものだと示しはしなかった。そして古代の修辞学者たちの狭義のパロディ概念が次第に重みを増すようになる。古典主義時代においてパロディは「意味の適用」の文彩として、詩学よりもむしろ修辞学概論で扱われるようになった。デュ・マルセーによると、パロディは「揶揄する目的で、他の作家が別の観点で作った詩句をずらす」ものであり、誰もがそれと分かるよく知られた詩句を「より不真面目な主題に」「当てはめる」ものなのである。例えば、ラシーヌはコルネイユの次の詩句のパロディを書いている。

額の皺にも、武勲の数々が刻み込まれ

（『ル・シッド』）

ラシーヌは『裁判気違い』で「武勲」という語に滑稽な意味を与え、これを別の文脈に置き換えている。

他の者なら六カ月間かかる以上を一日で稼ぎ、
額の皺にも、武勲の数々が刻み込まれ、［ここでの「武勲」は、訴訟上の成功の意味を指し、軍功を示すものではない］

他方、一六一四年にフランス語に「パロディ」という語が導入されて以降、先ほど触れたように、十七世紀および十八世紀には演劇やオペラでのパロディの発展が見られたが、それでも古典主義の詩論家たちはパロディを一つのジャンルとして認めてはいなかったようである。隣接ジャンルである「ビュルレスクな戯作」（スカロンの『戯作ウェルギリウス』など）や「英雄滑稽詩」（ボワロー『譜面台』など）に関しては定義や体系化（『詩法』など）が行われているのに、パロディに関しては、その作者ですらこれを承認しようとしなかったのだ。例えば、ボワロー、ラシーヌ、フュルティエールらの作家は共作で、『ル・シッド』のいくつかの場面のパロディである『かつらをとられたシャプラン』を執筆し、ドン・ディエーグとドン・ゴメスの諍いを、王の年金に関するシャプランとラ・セールとの諍いへと滑稽に変化させている。よく知られるように決闘のきっかけとなった平手打ちが、かつらが剥ぎ取られる場面へと形を変えたり、コルネイユ的板挟みの状況がラ・セールの弟子が師を裏切るか否かを悩む状況に変化したりするのである。作者である作家たちはこのパロディを「喜劇」と呼んでいる。これはパロディが周縁的な存在にすぎず、アリストテレースが正統と認めていないため公的な存在たる権利を持たないからだ、と考えてもいいかもしれない。しかしながら、それは事実に反している。ボワローはこの『かつらをとられたシャプラン』をアカデミー・フランセーズに献呈しさえしており(8)、パロディが制度内で受け入れられなかった訳ではないことを示している。しかもパロディは貴族のサロンで幅広く行われている娯楽だと見られていた。

　では、パロディはいかなる意図で行われていたのだろうか。『かつらをとられたシャプラン』の場合、コルネイユのテクストを通して行われるのは文学界の慣習に対する諷刺である。自由裁量で年金を割り当てることのできるシャプランの権力、宮廷で買収される二流詩人たち、文人たちの傷つきやすい自尊心などが揶揄の対象となっている。では、パロディはリライトされる元のテクストをも揶揄の対象としているのだろうか。『かつらをとられたシャプラン』には、コルネイユのエクリチュールを幾分揶揄しようとするパロディ作家の意図が垣間見える部分がある。例えば、第二、第三行に「デュカ」（金貨）という語の語呂合わせがある。

　ようやく、あなたが勝ち取ったのです、そして王の寵愛は、
　私のものになるはず《デュ・カ・モワ》の贈り物をあなたに浴びせるのです。

そして、同じ語は第七三行にも見られる。

もしそうならば私はこれらの金貨《デュカ》を運ばねばなりません。

ここでは、コルネイユの文体上の欠点である偶然による語呂合わせ（偶然にも一続きの音が場面にそぐわない別の意味を持ってしまうという現象）(9)が揶揄を込めて告発されている。『ル・シッド』の第一五二行と第二二三行には「私のものになるはず《デュ・カ・モワ》の地位にあなたを取り立てたという訳だ」と「もしそうならばこの名誉は私の腕にこそふさわしいはず《デュ・カ・モン・ブラ》」という例が見られる。

古典主義時代におけるパロディの目的の一つは、作家の欠点を批判することであった。役に立ちかつ心地よいという観点から見ると、実際にパロディは教訓を与えることができ、さらに喜劇の衣装をまとうことでより効果的にこれを伝達することが期待できた。サリエ神父は、これがパロディの持つ二つの役割の内の一つであると述べている。

〔パロディは〕人間の振る舞いに観察される滑稽さを白日のもとにさらすこともあれば〔これが諷刺のためのパロディである〕、作品の美がまがい物であることを見せ、自尊心と追従に惑う作家の目を覚まさせることもある。自分が完璧の域に達したと思っていても、いかに完璧から程遠いかを作家に直視させるのだ……。〔……〕そして、パロディは詩人たちに救いとなる恥の感情を吹き込むことで、自己修正へ向かうように彼らをいざなう。ことに厳しい批判も冗談の味わいで和らげられ、苦味も辛辣さもなく、教えながらも楽しませるものである時には。(10)

パロディを書く作家たちはおそらく、様々なジャンルに良かれと思ってパロディを書いたのだろうが、パロディの対象となる作家にとって作品が笑い者になるのは承服しがたいことであった。十八世紀にはパロディに激しく反発している作家がいたことからもこれは明らかである。ランソンによると、ヴォルテールは半世紀もの間、縁日芝居とイタリア座でたえずパロディの対象にされていたため[11]、後者の劇場において、コメディ・フランセーズとオペラ座で上演される作家のパロディを禁止させる措置を勝ち取った。当時の状況を示唆するこの事実を指摘したクロード・アバスタドは、憤慨をあらわにしたヴォルテールの抗議の文章も引用している。「パロディは私たちを笑い者にする。フレロンは私たちの心を引き裂く。命を縮める思いをして書いた仕事の報いがこれなのか[12]」。これはヴォルテール一人の問題ではなかった。十八世紀には、パロディは概して剽窃と同一視され、蔑むべきものだと考えられていた。人々はこれを茶化しとみなし、自分自身では創作する能力もなく、大作家の成功を嫉妬する作者たちの常套手段だと考えていた。ピロンは自身がパロディ作家であったにもかかわらず、これが「悪意ある小者で、美しい作品を台無しにし、醜悪にするしか能のない者たちに開かれた実験室」だと述べている[13]。

十八世紀においては、民衆の間やサロンで大成功をおさめていた演劇のパロディが、文人からは常に「粗悪なジャンル」とみなされるという矛盾が見られた。こうした矛盾は理解にかたくない。古典主義文学の分野において象徴的な威信を持つのは高貴なジャンルに限られていた。パロディは高貴なジャンルには属さず、いかに幅広く大衆の人気を博していたとしても、承認を受けることなく制度から除外され、周縁的な地位にとどまらざるを得なかったのである。

革命からデカダンス期にかけてのパロディ

十九世紀に入ると状況は一転し、パロディは全体的に肯定的な価値を持つようになる。ロマン主義は、古典主義美学の原則を疑問に付し、ビュルレスク、グロテスク、道化、およびパロディなどの概念を重視する。パロディの語は特殊性を失い、意味が極端に拡大されて、歪曲や嘲笑のための複製に属するものすべてを指し、「カリカチュア」の同義語となった。

十九世紀におけるパロディの発展には、第一に古典主義的な意味での模倣の否定が関与している。模倣には批判と諷刺が不可欠なものとなるのだ。シャルル・ラサイーは『トリアルフの放蕩』の中で、「彼らがことに敬意を払うところに、私はパロディの芽《きざし》を撒こう」と叫んで、規範転覆とカーニヴァル化の意志を表明し、若いロマン主義者たちを動かした。十九世紀も後になり、同様の考えが嵩じ頂点に達したのが、イジドール・デュカス（ロートレアモン）の実践する偶像破壊的転覆、すなわちフランシス・ポンジュが「マルドロール＝詩《ポエジー》の装置」と呼んだ、文学を「傘のように」「裏がえす」[14]文学的「自沈」行為であった。こうして、シェークスピアが述べる「もろきもの、汝の名は女である」という考察は、デュカスにおいて「善良なるもの、汝の名は男である」となり、ダンテの「ここに入る者、一切の希望を捨てよ」は、「ここに入る者、一切の絶望を捨てよ[15]」に変化するのだが、これは次の二重の原則によって行われる。

> 学校の舎監は、今世紀の詩人たちが述べたことの反対を述べれば、文学的教養が手に入れられる。詩人たちの主張を否定すれば良いのだ。あるいはその反対を行うこともできる[16]。

そして

剽窃は必要不可欠である。進歩には剽窃がともなう。ある作者の文章に間近に迫り、その表現を自分のものとし、考えの誤りを消去して、正しい考えに置き換えるのだ。[17]

ここでは「剽窃」の語はパロディを指しているが、イジドール・デュカスは古典作品をも近代作品をもパロディの対象とすることで、時代遅れまたは時代錯誤になった主張を歴史的に適応させようとしている。ラ・ロシュフーコーやパスカルの箴言が時代を経て、真実に反した主張になっているなら、パロディはそれらに対して「矛盾のエクリチュール[18]」を実践する。こうしてデュカスは、これらの箴言が代表するイデオロギー的・文化的（「文学的教養」）・教育的（「舎監」）価値に異議申し立ての姿勢を示すのだ。

十九世紀において、パロディはしばしば異議申し立ての一つの戦略となっていた。周知の通り、七月王政ついで第二帝政下では、政治的閉塞状態からありとあらゆる種類の抵抗の形式が発展し、ユーモア新聞雑誌、生理学、サロン戯評、諷刺小説（『ジェローム・パチュロ』）などが飛躍的発展を遂げた。この時、パロディは諷刺およびカリカチュアと手を携えたのだ。一八六九年から一八七〇年までアンドレ・ジルが刊行していた諷刺とカリカチュアの週刊誌が『パロディ』というタイトルであったのはこの点で示唆的である。カリカチュアとパロディは抵抗および反権力という共通の意思を示し、さらには歴史自体がパロディの段階に入ってしまったという深い意識と結びつくものとなる。『ルイ・ボナパルトのブリュメール十八日』冒頭の有名な文章でマルクスはこう述べている。「ヘーゲルはどこかで、すべての偉大な世界史的事実と世界史的人物はいわば二度現れる、と述べている。彼はこう付け加えるのを忘れた。一度は偉大な悲劇として、もう一度はみじめな笑劇として、と」。

この時期、パロディとカリカチュアの類縁性は非常に高く、テオドール・ド・バンヴィルは『綱渡り芸人のオード』というパロディの試みがカリカチュアに関わると考えていた。「一言で言うと、彼〔『綱渡り芸人のオード』の作者〕はあらゆる芸術を包含し、あらゆる芸術の手段を含み持つ〈詩《ポエジー》〉という芸術を用いて、〈カリカチュア〉が単なる殴り書きではない場合に目指すものを作ろうとしたようだ」(19)。バンヴィルのカリカチュア＝パロディが立ち向かおうとした権力とは、同時代の文学制度（ジャーナリズムの慣習など）であると同時に、ただ一人で文学制度を体現するヴィクトル・ユゴーその人であった。バンヴィルは『綱渡り芸人のオード』で〔ユゴーの〕『東方詩集』のパロディを行っている。

　しかし、重要な側面がもう一つ加えられる。バンヴィルがパロディに向かうのは、もはや創造を神聖視しようとしない同時代の作家や芸術家の多くと同様に、自らを綱渡り芸人、韻文の曲芸師、道化、大道芸人だと考えていたからでもあった（ジャン・スタロバンスキーの『道化のような芸術家の肖像』を参照のこと）。確かに、意図的に滑稽かつ遊戯的であろうとするのが十九世紀後半のパロディ文学の本質的特徴である。こうした側面がそれ以前に存在しなかった訳ではない。ただ、古代および古典主義時代におけるパロディ作家は、人々を笑わせ、楽しませようとしていたとしても、おそらくラフォルグ、コルビエール、『アルバム・ジュティック』におけるランボーや、「シャ・ノワール」に集ったユーモア作家ほどには、遊戯性それ自体を目的とすることがはるかに少なかった（娯楽にはほとんどの場合、教訓が添えられていた）。ダニエル・グロジノウスキーは、数々の運動（水飲み《イドロパット》、不統一《アンコエラン》、もじゃもじゃ《イルシュット》、無関心主義《ジュマンフーテイスト》など）に属していたパロディ作家を「不真面目な精神《エスプリ・フュミスト》」という指標でまとめてとらえている。彼らは、美学上の構想や反抗心と無縁であった訳ではないが、彼らの活動は何よりもまず「機嫌のよさと楽しい歌」(20)を旗印にしていた。

　しかし、十九世紀後半には、これほどには楽しみに満ちていない別のパロディ概念も存在する。「世紀末の精神」あるいは「デカダンスの美学」と呼ばれるものに支配的であったのは、文化が飽和し、枯渇しているという感情であった。事実、多くの芸術家や作家は、新たな創作はもはや不可能であり、作品が蓄積し、知識が高まりゆく中、何を見ても既読感や既視感から逃れられないと感じていた。マラルメが「肉体は悲しい、ああ！　そして私はすべての書物を読んだ」（「海の微風」）と嘆き、モーパッサンが苦々しく「まだなされていない何が残されているだろうか、まだ言われていない何が残されているだろうか？」（『ピエールとジャン』序文）と述べたことを思い起こそう。世紀末の作家たちは無力感にとらわれ、リライトや二次創作という、最後の頼みの綱とも逃れえない宿命とも見えるものに逃避する。しかし、パロディはこうしたリライトの営為の一つではあっても、他の営為とは異質なものだと考えられていた。パロディは諷刺や揶揄と結びつき、創造における無力を破壊的な嘲笑へと変化させ、そうして文化遺産の価値をおとしめ、結果として、世紀末の混乱を増大させるものだとみなされる傾向にあったのである。パロディは「概して、最も美しい作品にさえ敬意を払わなくなりはじめた、老いゆく文学の楽しみだ[21]」とデルピエールは論考で述べている。同様に、デカダンスという概念を広めたことで知られるポール・ブールジェもまた、パロディをデカダンスの概念に結びつけずにはいない。オッフェンバックについての論考準備中に、彼は手帳に次のように記している。「パロディは批評的精神の一形態にすぎない。私たちは理解できる範囲のことには何にでも嫌気がさしてしまう。完全に意識の範疇にある事柄は死んだも同然だ。このためパロディはデカダンスの時代、つまり極端な知性の時代、そのため無力な時代のみに登場するのである[22]」。そして、発表されたオッフェンバック論には次のように書かれている。

> つまり、パロディは現代の真髄なのである。パロディとは批評的精神が嵩じた変化形の一つであり、そして現代は何よりもまず批評の時代であるからだ。大なり小なりいかなる創作においても、無意識または自発性が大きな部分を占めているのではないだろうか。創作ができないという認識から、洗練と俗悪の度合いに応じて、皮肉《アイロニー》とわざとらしさという正反対の二つの精神状態が生まれる。単一の思考では活動を制

御できないと感じた鋭敏な知性は、あらゆる金貨に欠陥を見出して贋金とし、あらゆる熱狂に喜劇の種を見つけて虚偽とみなすことで楽しもうとする。[23]

このように、十九世紀にはパロディの価値向上という全般的傾向が見られるが、一方で啓蒙の十八世紀と同様、これに並行してパロディが美しい作品の堕落を望む無力な人間の執筆行為だという蔑視も見出される。ロドルフ・テプフェールによると、パロディは「辛辣な揶揄へと書き換えることで作品を萎れさせ、評判を落とすもの」[24]であり、ジュール・ジャナンは、パロディ作家の手にかかると「あらゆるものがしおれ、傷んでしまい」、「すでに捏ねられた泥を、その後もさらに捏ねようとする」[25]と書く。両者ともにパロディに非難を向ける反応を見せている。

とはいえ、これも十八世紀と同様に、ロマン主義演劇の無数のパロディ（『アルナリ』、『深刻なユール《ユール・グラーヴ》』、『リュイ＝ブラグ』、『リュイ＝ブラック』など）や自然主義小説の舞台化作品には観客が大挙して押し寄せていた。時には作者自身がパロディ作家に手を貸すこともあり、例えばゾラは『居酒屋』のパロディの一つでシナリオ執筆の協力をしている。それ以前にも、一八七九年の一月から八月までだけで十五作ほどのパロディ作品がすでに劇場で上演されていた。つまりパロディは、成功し、有名になり、認知された作品だけに許される第二の社会的聖別であった。十九世紀の作家たちもこのことを十分に理解しており、例えばユゴーは「すべての偉大な作品の傍らにはパロディがある」と書いている。傑作はパロディを受け入れざるをえず、パロディが相手にするのは傑作だけだと彼は言わんとする。

さらに、バンヴィルは『綱渡り芸人のオード』の序文の一つで「パロディは常に人気や天才に捧げられた敬意《オマージュ》であった、と今一度述べる必要があるだろうか」[26]とさえ述べている。そして、バンヴィルは、パロディがデカダンスの徴候であるどころか、むしろ健全さのしるしであると考えている。

それに、彼〔『綱渡り芸人のオード』の作者〕は、文学の諸ジャンルが頂点にまで達し、もはや自らのパロディを書く以上の表現はないと考え直した。こうした嘲笑の試みは、いかに拙劣なものであれ、私たちの叙情詩が持つ資源の活力や力強さを計る上でおそらく有用なものであると思われたのだ。[27]

パロディからパスティーシュへ

二十世紀に入ると、ロシア・フォルマリストが「文学の進化」と呼ぶものの要因の一つとしてパロディがとらえられるようになる。これは、パロディがデカダンスの要因だという考えを反転したものであるが、バンヴィルが述べた「頂点」とみなすまでにはいたらない。ここに目的論的な意味がなかったと考えるのは難しいものの、シクロフスキーやエイヘンバウムら文学理論家が考える「文学の進化」は実は進歩という意味で理解されるものではなかった。彼らにとって重要であったのは、合目的性ではなく、「進化」のダイナミスムやプロセスであり、それらは、作品と形式の根本的相互作用の中に、つまりあらゆる作品は同時代または過去の作品との関係の中で構築される、という全般的対話主義の中に見出される。「厳密に言うと、我々は決して文学現象を相関関係の枠外で考えることはない[28]」とトゥイニャーノフはまとめているが、この相関関係は文学的言説の枠を越えて、言語や社会的言説などをも含むものである。周知の通り、一九六〇年代にジュリア・クリステヴァがこの原理を「間テクスト性[29]」という概念とともにフランスに「輸入」している。

パロディは、こうした作品間の相関関係の様態の一つにすぎないものの、ロシア・フォルマリストの考察の中でことに特権的な扱いを受けてきた。トゥイニャーノフは、パロディという現象のうちに、もとの作品の「破壊」と再構成という二つの操作を見ている。この操作は、「過剰な誇示」、「むき出しにすること」、「機械化」といった仕掛けや、「不調和」やギャップといった効果によって、もとの作品の手法の様式化を目指すものとなる。この様式化に「喜劇的な動機」がある場合にパロディとなるが、しかし笑いを生むことは必要不可欠な条件ではない。喜劇的であることは「一般にパロディにともなう色彩であるが、パロディの色彩そのものではまったくない」[30]。パロディ作家の第一の意図は笑わせることではなく、特定のジャンル、特定の時代、特定の文学流派の「標準《カノン》となる」手法を、大げさに用いることで認識させ、これを告発することにあるのだ[31]。古典主義時代のパロディ作家たちの意図に近いものがここに見られる。

　さらに、ミハイル・バフチンにおいて、パロディの意味は非常に広くなり、大きな重要性を獲得するようになる。パロディは特定の作品の変形や文体模倣《パスティーシュ》、伝統的な文学のテーマのカリカチュアを意味するだけではなく、ポリフォニー小説の観点から見た「多言語性」や「多声法」を実現する手段にもなる。事実、複数の言語活動や文学的言説を含む小説は、それらをユーモアやアイロニーやパロディという方法で「屈折」させるものと考えられている。そして様式となった言語活動や言説を小説が「告発」、「破壊」する時には、これを「パロディ的様式化」として論じることができる。しかし、この屈折は、様式となった言語活動や言説に含まれる世界観をも巻き込む必要があり、さもなければパロディは「レトリック上の」「最低限」で表面的なものにとどまる、とバフチンは強調する[32]。彼が意図するのは、パロディを文化的・イデオロギー的問い掛けと結び付けることであり、こうした問い掛けはフォルマリストの「変革」の意図を大きく超え出るものである。ラブレー論は、この非常に包括的な概念を例証した見事な論考であり、この概念によると、中世およびルネサンスにおける「笑いの普遍性」は結果的に、パロディ自体の普遍性をともなうものとなる。

　パロディ作家にとって、一切合財がおよそ例外なく滑稽なのだ。厳粛さと同様に、笑いは普遍的であって、世界全体、歴史、全社会、世界観に照準を合わせる。それは世界についての第二の真実であり、この真実はありとあらゆるものにおよんでおり、何ものもその支配を免れえない[33]。

バフチンのこの概念は二十世紀末のパロディ理論に多大な影響を及ぼした。例えば、マーガレット・ローズはパロディを「既存の文学的な素材を、喜劇的な効果によって批判的に再機能させること[34]」と非常に広く定義している。この場合の文学的な素材とは、テクスト、ジャンル、文体などのいずれでもよく、もとの素材とパロディによる再機能の間の「不調和」の効果の中に喜劇的な要素が生じる。ローズは、パロディが持つ意図という点でバフチンと同じ考えを示している。パロディの反省的な（メタ＝フィクション的な）性質は、「テクストの生成と受容に作用する認識論的・歴史的・社会的条件[35]」を明るみに出し、分析することに至る必要がある。リンダ・ハッチオンもまた『パロディの理論』の中で非常に広い意味でパロディを定義している。パロディは「模倣の一形式であるが、この模倣は皮肉による価値転倒という特徴を持ち、対象となるのは必ずしもパロディを受けるテクストに限定されない」。パロディはまた、「批判的距離をともなう反復であり、類似点よりも相違点を強調するものである[36]」と述べている。ハッチオンは、パロディが非常に広範囲の意図および効果を持ち（これを彼女は「実用主義的精神《エートス》」と呼ぶ）、「冷笑的嘲笑から敬意に満ちたオマージュまで[37]」を含むが、支配的であるのはアイロニーであると考えている。これは非常に「全世界的」な概念であり、ハッチオンがパロディと一般的な間テクスト性とをいかに区別しているのだろうかという疑問が浮かぶ。

マーガレット・ローズとリンダ・ハッチオンは両者ともに、パロディが両義性と矛盾を持つことを指摘している。つまり、異議申し立て、嘲笑、モデルの反転という点でパロディは「革命的」であるが、同時に反論しながらも過去のモデルを存続させる（書き直すとは常に存続させることである）点で保守的でもある、という両義性と矛盾である。しかし、リンダ・ハッチオンは、パロディが連続性の中に書き込まれていることを重視する。実際に、彼女はポストモダン建築のモデルを取り上げてパロディの営為を考察しており、ポストモダン建築では、「建築が過去との対話であるという概念を再構築した」[38]ため、過去の取り込みが静かに行われているのだ。

リンダ・ハッチオンがパロディに見る「静かに」という性質は、本論で検討してきた様々な定義には見られないものである。これとは反対に、パロディは概して論争的かつ諷刺的活動であり、テーマや形式を反転させるもの、特定の作家やジャンルの欠点に「立ち向かい」、笑いによって文化遺産を転覆させるものだと考えられてきた。ロシア・フォルマリストたちは「破壊」のみならず、パロディのテクストとその対象となるテクストの間に生じる「戦い」について論じており、バフチンは、「告発」と「破壊」について論じている。近年のパロディ理論はこうした好戦性や攻撃性を消し去ろうとしているかのように見える（ジュネット自身もパロディを単に遊戯的な営みであると考えている）。

パロディはこれまで悪評を受け、一般的には軽蔑的な意味合いでとらえられ、過去の文学批評では作品を貶める行為と見られてきたが、現代において、パロディの名誉回復が望まれるとともに、抵抗するもの、背反するものとしての力が奪われ、一般に受け入れられやすく、あるいは二十世紀またはポストモダンの時代に広まったある種の文化的コンセンサスに適合するように、「角を丸める」方向へと向かっているようだ。

マーガレット・ローズが、パロディに関する二冊目の研究書『パロディ——古代、近代、ポストモダン』で、このような「新保守主義的ポストモダニスム」（フォスターの表現）においては、パロディはより中立的な営為であるパスティーシュに座を譲ろうとしている、と論じる理論家たちを引用しているのは示唆に富んでいる。例えば、M・ローズが引用するフレデリック・ジェイムソンは次のように書いている。

その時、パスティーシュが登場し、パロディを行うことは不可能になった。パスティーシュは、パロディと同様、特殊かつ誰かに固有の文体を模倣したものであり、文体というマスク、死んだ言語の言説を身にまとうものである。しかし、パスティーシュは擬態の中でも中立的な営為であり、パロディのように隠された動機や諷刺的衝動や笑いをともなわず、さらには、一方に正常なものがあり、他方に模倣される滑稽なものがある、という潜在的な感覚もない。パスティーシュは純然たるパロディ、ユーモアのセンスを失ったパロディである。(39)

パスティーシュはジェイムソンが示そうとするほど中立的でもなければ、ユーモアを欠いた営みでもないため、この判断には留保が必要である。パロディほどあからさまではないにしても、パスティーシュにも諷刺が働いており、揶揄から隔たったものでは決してない。とはいえ、ことフランス文学に関する限り、二十世紀においてはパロディよりもパスティーシュの方が好まれているように見えることもまた事実である。特に、ルブーとミュラーの『かのごとく』、クノーの『文体練習』、ジャック・ローランの『文化の白眉』、パトリック・ランボーの作品群(『楽に読めるロラン・バルト』、マルグリット・デュライユ〔の偽名で発表した作品〕……)などを想起するなら、このことは十分に理解できるだろう。パスティーシュはパロディほど攻撃性を持たないからだろうか。あるいは単に、プルーストによって高貴《レットル・ド・ノブレス》の印を得たジャンルが、パロディという結局のところ悪評を保ち続ける営為よりも、作家たちに好まれただけのことなのだろうか。ともあれ、パロディ作品集が何冊も、パスティーシュ作品集というタイトルで出版され、あたかもパロディが看板としては推奨しづらいものであるかのようであるのは、何らかの徴候だと言えるだろう(40)……。

パロディは従来、他のテクストに寄生し、混乱を与えるものという非難を受けてきたが、二十世紀に入ると文学理論家の著作において価値を高められ、こうした評価が一掃されて、文学を刷新し、ダイナミスムを付与する力を持つと考えられるようになった。しかし、それでもパロディが否定的な判断を受け続けてきたという重い負の遺産が今もなお残されている。一般的な用法でもこの語が否定的な意味をもったのは、この否定的判断のためだと考えられる。またおそらく、今日の作家がパロディを書くことを躊躇しないとしても、それがパロディだと名乗りを上げることに幾分躊躇するのなら、その原点に働いているのもこうした否定的な判断だと思われる。

［注］

（1） Daniel Sangsue, *La Parodie*, Paris, Hachette, coll. Contours littéraires, 1994 ; traduction italienne : Rome, Armando Editore, 2006, et *La Relation parodique*, Paris, José Corti, coll. Les essais, 2007.

（2） Gérard Genette, *Palimpsestes. La Littérature au second degré*, Paris, Seuil, 1982, p. 164 et *passim*. Repris dans la coll. Points/Seuil.

（3） *La Parodie*, *op. cit.*, p. 73-74, et *La Relation parodique*, *op. cit.*, p. 104.「特定の（singulier）」はここで「個々の（particulier）」の意味で用いている。

（4） Aristote, *La Poétique*, trad. Dupont-Roc/Lallot, Paris, Seuil, 1980, p. 45.

（5） Henryk Markiewicz, « On the Definitions of Literary Parody », *To Honor Roman Jakobson*, The Hague-Paris, Mouton, 1967, vol. II, p. 1265.

（6） Octave Delepierre, *Essai sur la parodie*, in *Miscellanies of the Philobiblion Society*, vol. XII, Londres, Wittingham and Wilkins, 1868-69, p. 8, n. 1.

（7） Fred J. Householder, « Parôdia », *Classical Philology*, vol. XXXIX, Nb. 1, Jan. 1944, p. 5.

（8） この点については以下を参照。Annick Bouillaguet, *L'Écriture imitative. Pastiche, parodie, collage*, Nathan, coll. Fac, 1996, p. 96-97.

（9） あるいは意図せぬ語呂合わせ。以下の有名な例を考えると、コルネイユにおいてはまったく意図せぬものではなかっただろうと考えられる（« Et le désir s'accroît quand l'effet se recule » (*Polyeucte*) ; « Je suis Romaine hélas, puisque mon époux l'est » (*Horace*)）。事実、偶然による語呂合わせ（文字通りには「下手な言い回し」）は古典主義時代の観客の耳に衝撃を与えるものだった。

（10） Abbé Sallier, « Discours sur l'origine et sur le caractère de la parodie », in *Histoire de l'Académie royale des inscriptions et belles-*

lettres, t. III, 1733, p. 407-408.

(11) Gustave Lanson, « La parodie dramatique au XVIIIe siècle », *Hommes et livres* (1895), Genève, Slatkine Reprints, 1979, p. 280.『オイディプス』〔ヴォルテールの悲劇〕にはドミニックの『戯作オイディプス』というパロディが作られ、『メロップ』には『マロット』が作られるなどした。

(12) Claude Abastado, « Situation de la parodie », *Cahiers du 20e siècle*, 6, 1976 (*La Parodie*), p. 11.

(13) *L'Antre de Trophonius*, cité par G. Lanson, p. 262, et par Cl. Abastado, art. cité, p. 11.

(14) Francis Ponge, « Le dispositif Maldoror-Poésies », *Méthodes*, Gallimard, 1961, coll. Idées, p. 210-212.

(15) Isidore Ducasse, *Poésies II*, *Œuvres complètes*, Le Livre de Poche, 1963, p. 357.

(16) *Ibid.*, p. 359.

(17) *Ibid.*, p. 367.

(18) これは以下の著作で、クロード・ブーシェが『詩集』のエクリチュールの書評を行う際に用いている表現である。Claude Bouché, *Lautréamont, du lieu commun à la parodie*, Larousse, coll. Thèmes et textes, 1974, p. 150.

(19) Th. de Banville, Préface à l'éd. de 1857 des *Odes funambulesques*, éd. Lemerre, 1892, p. 13.

(20) Daniel Grojnowski, *Aux commencements du rire moderne*, Corti, 1997, p. 41.

(21) *Op. cit.*, p. 37-38.

(22) Extrait de carnets inédits cité par D. Grojnowski et H. Scepi dans leur édition des *Moralités légendaires* de Laforgue, GF, 2000, p. 313, 8 octobre 1880.

(23) Paul Bourget, « A propos de Jacques Offenbach », *Le Parlement*, 10 octobre 1880. *Ibid.*, p. 314.

(24) Rodolphe Töpffer, *Essai de physiognomonie*, in *Töpffer, l'invention de la bande dessinée*, T. Groensteen et B. Peeters éd., Hermann, 1994, p. 188.

(25) Jules Janin, « Les parodies », *Critique dramatique*, t. I, *La Comédie*, Librairie des bibliophiles, 1877, p. 309.

(26) Préface de 1857, *Odes funambulesques*, *op. cit.*, p. 18.

(27) Avertissement de la 2e édition (1859), *ibid.*, p. 2. この点をさらに深く分析したものとして、以下の著作を参照のこと。Laura Hernikat Schaller, *Parodie et pastiche dans l'œuvre poétique de Théodore de Banville*, Classiques Garnier, 2017.

(28) I. Tynianov, « De l'évolution littéraire » (1928), in *Théorie de la littérature*, trad. et éd. T. Todorov, Seuil, 1965, p. 128.

(29) この概念の解説として、以下の拙論を参照のこと。« L'intertextualité » dans *Le Grand Atlas Universalis des Littératures*,

Editions de l'Encyclopaedia Universalis, 1990.

（30） I. Tynianov, « Destruction, parodie », trad. L. Denis, *Change* 2, 1969, p. 76.

（31） 以下の論考を参照のこと。« Thématique » de B. Tomachevski, *Théorie de la littérature, op. cit.* 一例を上げるなら、シクロフスキーは以下の研究で、スターンが小説の伝統的手法である因果関係、時間的継起、直線的構造、または「端から端まで組み合わされた別々の物語」や原稿発見のフィクションなどの技巧をいかにむき出しにしているかを示している（« Le roman parodique. *Tristram Shandy* de Sterne », *Sur la théorie de la prose*, Lausanne, L'Age d'Homme, 1973）。

（32） これは以下の著作の何章かを図式的に要約したものである。*Esthétique et théorie du roman* (trad. D. Olivier, Gallimard, 1978).

（33） M. Bakhtine, *L'Œuvre de François Rabelais et la culture populaire au Moyen Age et sous la Renaissance*, trad. A. Robel, Gallimard, 1970, p. 92-93.

（34） Margaret A. Rose, *Parody and Meta-fiction*, London, Croom Helm, 1979, p. 35.

（35） *Ibid*., p. 13.

（36） Linda Hutcheon, *A Theory of Parody*, New York et London, Methuen, 1985, p. 6.

（37） *Ibid*., p. 37.

（38） *Ibid*., p. 11.

（39） Frederic Jameson, « Posmodernism and Consumer Society », art. cité par M. Rose, *Parody : Ancient, Modern, and Post-modern*, Cambridge University Press, 1993, p. 222.

（40） これも示唆的であるが、ウンベルト・エーコの『文体練習』（*Diario minimo*）には、パスティーシュとパロディがほぼ同数含まれているが、フランス語訳は『パスティーシュとポスティーシュ』（*Pastiches et postiches*, Messidor, 1988）と題されている。確かにエーコ自身も序文でパロディとパスティーシュを区別していない。

謝辞――あとがきに代えて

終わってみると三年を超える共同研究期間はまことに短いものと感じられるが、省みると、総合的研究のテーマとして、「リライト」はまことに時宜を得て、かつ幅広く奥の深い研究対象であった。さまざまな意味で「書き換え」の遍在する中世文学の世界に身を置いていると、当初「リライト」というテーマを掲げた研究の射程を捉えきれないところがあり、研究代表者としてまことに心許ない姿勢で取り組み始めたという自覚があったが、個人的にはリレー講義、講演会、シンポジウムを通じて、つねに知見の深まっていく感覚を覚えていたのは、まさしく共同研究の醍醐味であった。

人文社会系の共同研究では、個人では担いきれないような巨大なスケールの研究を細分して分担するのではなく、担当者各人の個性が十全に発揮され、個々の成果が有機的に結びついて、単なる総和ではなく、別次元の、あらたな認識や創見の生まれることが望まれる。われわれの研究がはたしてその域に達しているかどうか、第三者の冷徹な判断に俟つしかないが、その意味で共同研究が本書の形を取って同学の士の批判に供されるのは何よりの歓びである。

共同研究の進行全体と本書の構成に関しては、巻頭の海老根序文が間然するところ無く詳述していて、屋上屋を重ねるには及ばないと思われる。したがって残っているのは関係各位に対する謝意の表明のみである。

共同研究参加者の個々の研究は別として、われわれの研究は二〇一五年（平成二十七年）にまずリレー講義（オムニバス授業）「芸術におけるリライト」の形で始まり、辻川、篠田、海老根が参加したが、この講義のハイライトは日本滞在のタイトなスケジュールの中で白百合女子大学まで来てくださったダニエル・サンシュ教授の「リライトとパロディ」であろう。のちの研究に多大な刺戟を与えてくださったサンシュ教授にはあらためて心から御礼を申し上げたい。

翌年度の研究で特筆すべきは二〇一七年三月の講演会「ジャンヌ・ダルクとリライト」である。講演者の北原ルミ氏、坂本さやか氏、そしてコメンテーターの嶋中博章氏は、ジャンヌ・ダルクの表象を、さまざまなディスクールと図像表現を対象として分析・検証し、歴史上の人物を「リライト」の視点から再検討するというユニークな試みに一定の成果を上げてくださった。その成果は本書掲載論文に見るとおりである。

そして翌二〇一八年三月、いささかの自画自讃を込めていえば、共同研究の掉尾を飾る大きな企画として、シンポジウム「引用の文化史──フランス中世から二〇世紀文学における書き直し《リライト》の歴史」が実現の運びとなった。十二名の登壇者による八時間半のきわめて密度の高いシンポジウムに参加してくださったのは、研究分担者を除いて、本書のタイトルにちなみ文学史的時系列に沿ってお名前を列挙すると、伊藤玄吾氏（十六世紀）、秋山伸子氏（十七世紀）、嶋中博章氏（十七世紀）、彦江智弘氏（十九―二十世紀）、千葉文夫氏（二十世紀）、三ツ堀広一郎氏（二十世紀）の六人である。これに加えて研究分担者の越森彦氏（十八世紀）、辻川慶子氏（十九世紀）、海老根龍介氏（十九世紀）、福田耕介氏（二十世紀）、途中から加わった池田潤氏（二十世紀）、村中由美子氏（二十世紀）も登壇してそれぞれの研究領域で発表を行ない、前年の講演会参加者を含め、総勢十六名の執筆者による本書が完成した。

繁忙を極める昨今の大学において、負担の多くは若手・中堅の研究者にしわ寄せされているが、そうした厳しい状況の中で研究企画への貢献と論考執筆に貴重な時間を割いてくださったみなさんに深い感謝を捧げる。

二十年近く前、パリ国際大学都市で二年間仕事をしていたときに、留学生として日々研鑽に励んでいる若き研究者の卵たちの姿をかたわらで眺めては自分の留学時代と重ね合わせていたものだった。今回、その中の何人かにこの科研に協力してもらったのだが、個人的感懐の表明が許されるならば、本書執筆者の中に彼らの名を多数見出すことができたのは、まことに心弾むものであることを明記しておきたい。

また忘れてはならないのは、共同研究の申請時から、最終年度を越えて現在に至るまで、日常的に私たちの研究活動を支えてくださった、白百合女子大学総務課の塚本郁絵氏と小俣暁代氏の存在である。おふたりにはわれわれが必ずしも得意としない事務手続き・会計処理において全面的なバックアップをしていただいた。チームを代表して御礼を申し上げる。同じくリレー講義とブックレットの編集、講演会とシンポジウムの運営において、通常の勤務以上の助力をいただいた、白百合女子大学言語・文学研究センターの当時の助教お三方、大塚陽子氏、安蒜貴子氏、大塩真夕美氏にも同じ感謝の言葉を伝えたい。

最後になるが、今回の共同研究のいわば前史とその展開について若干触れておきたい。そもそも最初にリライトをテーマに思索を深めていたのはネルヴァル研究の辻川慶子氏であった。当初はそれが大きな研究の対象になるとも思えなかった私に、ネルヴァルの未知の一面を提示してその可能性を示してくれたのも同氏である。そしてその着想を受けて、海老根龍介氏とのコンビで、共同研究の企画、立案があれよあれよという間に具体化し、同僚である越森彦、福田耕介両氏を加えてチームが結成された。その後の具体的な企画の人選、運営、編集等々のすべてにおいて、辻川、海老根の名コンビは次々にアイディアを提起し、実現してくれた。おふたりには仲間褒めとなることを承知の上で謝意を表したい。とりわけ時としてあらゆる雑務を一身に引き受け、幹事長的役割を完璧に果たし、研究を遺漏なく進行させてくれた海老根氏には特段の労いの言葉をかけたいと思う。これまでの教育・研究生活において、単独のものを含めると科研費による研究の代表者となるのは五回目だが、今回ほどすべてが気持ちよく進行し、また楽のできたことはなかった。四十年にわたる研究生活のよき想い出となるにちがいない体験であった。チーム全員に心からお礼を申し上げる所以である。

最後の最後になってしまったが、本書がこのように形を成すにあたっては、水声社の井戸亮さんの献身的な御尽力が不可欠であった。記してここに感謝申し上げる。

篠田勝英

二〇一八年十月七日

編者・執筆者について――

篠田勝英（しのだかつひで）　一九四八年生まれ。白百合女子大学教授（中世フランス文学）。著書に、『フランス中世文学を学ぶ人のために』（共著、世界思想社、二〇〇七年）、訳書に、『薔薇物語』（ちくま文庫、二〇〇七年）、M・パストゥロー『ヨーロッパ中世象徴史』（白水社、二〇〇八年）などがある。

海老根龍介（えびねりゅうすけ）　一九七〇年生まれ。白百合女子大学教授（十九世紀フランス文学）。著書に、*Baudelaire et les formes poétiques*（共著、Presses universitaires de Rennes, 2008）、『芸術におけるリライト』（共編著、弘学社、二〇一六年）、『長編小説の扉』（共著、弘学社、二〇一八年）などがある。

辻川慶子（つじかわけいこ）　一九七三年生まれ。白百合女子大学准教授（十九世紀フランス文学）。著書に、*Nerval et les limbes de l'histoire. Lecture des Illuminés* (Droz, 2008)、訳書に、P・ベニシュー『作家の聖別――フランス・ロマン主義1』（共訳、水声社、二〇一五年）などがある。

*

伊藤玄吾（いとうげんご）　一九七〇年生まれ。同志社大学准教授（十六世紀フランス文学）。著書に、『文学作品が生まれるとき――生成のフランス文学』（共著、京都大学学術出版会、二〇一〇年）などがある。

秋山伸子（あきやまのぶこ）　一九六六年生まれ。青山学院大学教授（十七世紀フランス文学）、著書に、『フランス演劇の誘惑』（岩波書店、二〇一四年）、訳書に、『モリエール全集』（共編訳、全十巻、臨川書店、二〇〇〇―〇三年）などがある。

越森彦（こしもりひこ）　一九七三年生まれ。白百合女子大学教授（十八世紀フランス文学）。著書に、*Les images de soi chez Jean-Jacques Rousseau* (Classiques Garnier, 2011)、『文学と悪』（共著、弘学社、二〇一五年）などがある。

嶋中博章（しまなかひろあき）　一九七六年生まれ。関西大学助教（フランス近世史）。著書に、『太陽王時代のメモワール作者たち』（吉田書店、二〇一四年）、訳書に、Chr・ジュオー『マザリナード——言葉のフロンド』（共訳、水声社、二〇一二年）などがある。

北原ルミ（きたはらるみ）一九七一年生まれ。金城学院大学准教授（フランス文学、ジャンヌ・ダルク研究、ヴォルテール研究）。訳書に、A・アルメル『ビルキス、あるいはシバの女王への旅』（白水社、二〇〇八年）、C・ボーヌ『幻想のジャンヌ・ダルク』（共訳、昭和堂、二〇一四年）などがある。

坂本さやか（さかもとさやか）一九七三年生まれ。白百合女子大学ほか非常勤講師（十九世紀フランス文学）。著書に、*Les spectacles de l'histoire dans l'œuvre de Jules Michelet*（パリ第八大学、博士論文、二〇〇九年）、訳書に、P・ブルデュー『男性支配』（共訳、藤原書店、二〇一七年）などがある。

彦江智弘（ひこえともひろ）一九六七年生まれ。横浜国立大学教授（二十世紀フランス文学）。論文に、「悲惨、友愛とその反転——バタイユとセリーヌの十二ヶ月」（『水声通信』三四号、二〇一一年）、訳書に、O・アサイヤス『5月の後の青春、アリス・ドゥボールへの手紙、1968年とその後』（boid、二〇一八年）などがある。

千葉文夫（ちばふみお）一九四九年生まれ。早稲田大学名誉教授（二十世紀フランス文学・イメージ文化）。著書に、『ファントマ幻想』（青土社、一九九九年）、訳書に、『ミシェル・レリス日記』（全二巻、みすず書房、二〇〇一—〇二年）などがある。

池田潤（いけだじゅん）一九八四年生まれ。白百合女子大学講師（二十世紀フランス文学）。論文に、「サント＝ブーヴのサン＝シモン評と『失われた時を求めて』」（『仏語仏文学研究』一〇八号、二〇一六年）、訳書に、B・バニェウヴェンヌイズ『フランス語コミュニケーション教授法』（アルマ出版、二〇一八年）などがある。

村中由美子（むらなかゆみこ）一九八二年生まれ。白百合女子大学講師（二十世紀フランス文学）。論文に、*Marguerite Yourcenar, autre portrait d'une voix : Esthétique d'un écrivain au miroir du néoclassicisme de l'entre-deux-guerres*（パリ第四大学／ルーヴァン・カトリック大学、博士論文、二〇一六年）などがある。

福田耕介（ふくだこうすけ）一九六四年生まれ。上智大学教授（二十世紀フランス文学・比較文学）。著書に、『秩序と冒険——スタンダール、プルースト、モーリヤック、トゥルニエ』（共著、Hon'sペンギン、二〇〇七年）、『異文化の中の日本文学』（共編著、弘学社、二〇一二年）などがある。

三ツ堀広一郎（みつぼりこういちろう）一九七二年生まれ。東京工業大学准教授（二十世紀フランス小説）。訳書に、D・ラバテ『二十世紀フランス小説』（白水社、二〇〇八年）、R・クノー『ルイユから遠くはなれて』（水声社、二〇一二年）などがある。

ダニエル・サンシュ（Daniel Sangsue）一九五五年生まれ。ヌーシャテル大学教授（十九世紀文学、物語論、パロディ論）。著書に、*La Relation parodique*（José Corti, 2007）、*Fantômes, esprits et autres morts-vivants*（José Corti, 2011）などがある。

引用の文学史——フランス中世から二〇世紀文学におけるリライトの歴史

二〇一九年一月三〇日第一版第一刷印刷　二〇一九年二月一〇日第一版第一刷発行

編者——篠田勝英・海老根龍介・辻川慶子

装幀者——西山孝司

発行者——鈴木宏

発行所——株式会社水声社
東京都文京区小石川二—七—五　郵便番号一一二—〇〇〇二
電話〇三—三八一八—六〇四〇　ＦＡＸ〇三—三八一八—二四三七
［**編集部**］横浜市港北区新吉田東一—七七—一七　郵便番号二二三—〇〇五八
電話〇四五—七一七—五三五六　ＦＡＸ〇四五—七一七—五三五七
郵便振替〇〇一八〇—四—六五四一〇〇
URL : http://www.suiseisha.net

印刷・製本——モリモト印刷

ISBN978-4-8010-0394-1